Nadine Gordimer
Der Besitzer

Nadine Gordimer

Der Besitzer

Roman

Aus dem Englischen von
Victoria Wocker

S. Fischer/Goverts

Die Prosa-Zitate sind entnommen aus:
The Reverend Henry Callaway's ›The Religious System of the Amazulu‹;
sie handeln von Unkulunkulu, oder der Schöpfungslegende;
Amatonga, oder Ahnen-Anbetung; Izinyanga Zokubula, oder Weissagung;
und Abatakato, oder medizinischer Magie und Hexenkunst.
Ursprünglich veröffentlicht von der Springdale Mission Press.
Aus der Faksimile-Ausgabe, veröffentlicht von C. Struik (Pty) Ltd,
Cape Town, 1970, mit Erlaubnis des Verlages.
Die Verfasserin dankt Richard Shelton für die Erlaubnis,
aus seinem Gedicht ›The Tattooed Desert‹ zu zitieren,
das zum ersten Mal in The New Yorker Magazine
(Copyright The New Yorker Magazine, Inc., 1970) erschien und später in
Richard Sheltons Gedichtesammlung ›The Tattooed Desert‹,
University of Pittsburgh Press, 1971, veröffentlicht wurde.

Die englische Originalausgabe erschien 1974
unter dem Titel »The Conservationist«
im Verlag Jonathan Cape Ltd., London

Die deutschsprachige Erstausgabe erschien 1977
im Claassen Verlag GmbH, Düsseldorf

Umschlaggestaltung: Buchholz/Hinsch
unter Verwendung einer Illustration von Oliver Friel
Satz: Fotosatz Otto Gutfreund, Darmstadt
Druck: Wagner GmbH, Nördlingen
Einband: G. Lachenmaier, Reutlingen
Printed in Germany 1989
ISBN 3-10-027012-6

Ich muß halb von Sinnen gewesen sein
mit meinem Fahrrad so draufloszufahren
in die Tropen radelnd mit einer Medizin
für die es keine Krankheit gab
und hoffend
ich käme noch zurecht

Ich kam durch ein Papierdorf unter Glas
wo Forscher erst die Stille fanden
und sie zu sprechen lehrten
wo alte Männer vor ihren Häusern saßen
und gnadenlos den Sand zerstörten

Brüder schrie ich ihnen zu
sagt mir wer den Fluß verlegt hat
wo ist ein guter Platz mich zu ertränken

Richard Shelton
›The Tattooed Desert‹

Weißliche, gesprenkelte Eier.
Sonntagmorgen. Der Besitzer der Farm fährt über die Wegfurchen holpernd auf das Gatter der dritten Weide zu, und plötzlich sieht er: ein Nest voll weißlicher, gesprenkelter Eier vor einem Halbkreis von Kindern. Einige haben sich hingehockt; das Kind, vor dem die Eier liegen, sitzt mit gekreuzten Beinen da, wie ein Verkäufer auf dem Markt. Es ist Besitzerstolz in dem schüchternen Grinsen, das dem Blick des Farmers begegnet. Die Eier sind wie Murmeln angeordnet, die anderen Kinder drängen sich um sie herum, aber es ist klar zu sehen, daß sie ohne Erlaubnis des Kindes im Schneidersitz nichts berühren dürfen. Die nackten Fußsohlen und die Popos der Kinder haben das lange, abgestorbene Gras zu einem Nest für die Eier und für sich selbst plattgedrückt.
Das Emblem auf dem Kühler seines Wagens, der wie ein metallener Blitz wirkt, durchkreuzt sein Blickfeld mit einem vertikal-horizontalen, flimmernden Lichtschwert. An dieser Stelle taucht sonst immer ein Kind auf, auch wenn vorher keins zu sehen war, und rennt übers Feld, um für den Wagen das Gatter zu öffnen. Aber heute zieht der Farmer die Bremse an, läßt den Motor laufen und steigt aus. Ein sehr kleiner Junge kommt zum Gatter gerannt und bleibt dort stehen. Er trägt einen uralten Pullover, der über dem nackten Bauch zu kurz und auch einmal für längere Arme gemacht worden ist. Die anderen lächeln alle, voll Stolz auf die Eier. Das Kind im Schneidersitz (es trägt ein Frauenkleid, könnte aber auch ein Junge sein) breitet seine Hände über die Eier und schiebt sie ein wenig näher zusammen, wobei ein paar vom äußeren Rand in seine Hände zurückrollen. Die Eier sind cremefarben, mit dicker, poröser und leicht gesprenkelter Schale, sie

sind spitzer als Hühnereier, und die Flächen der kleinen, schwarzen Hände sind von einer durchsichtigen, rosa Aprikosenfarbe. Das einzige Geräusch ist verlegenes, schnaufendes Atmen durch rotzige Nasen.

Er stellt dem Kind mit den gekreuzten Beinen eine Frage. Gekicher ist die Antwort. Er zeigt auf die Eier, ohne sie zu berühren und fragt wieder. Die Kinder verstehen die Sprache nicht. Er spricht gestikulierend weiter. Das Kind mit den gekreuzten Beinen neigt lächelnd, wie unter einer Bürde von Lob, den Kopf zur Seite und läßt ein Ei von einer Hand in die andere gleiten.

Das kleine Kind am Tor wartet immer noch. Der Farmer geht zum Wagen zurück, schaltet die Zündung ab und geht in die Richtung, aus der er gekommen ist. Er hat die Straße verlassen, läuft quer übers Buschland. Er springt federnd über die ausgetrocknete Flußrinne und landet auf den verdorrten Cosmos- und Khakisträuchern, die im letzten Sommer das Flußbett einrahmten. Auf dem harten Boden zerdrücken seine dicken Gummisohlen das zu Stoppeln abgeweidete dürre Gras. Er will zum Wohnlager, es liegt oben neben der Koppel, in der nachts die Kälber eingepfercht sind. Aber die sauber angelegte Einfriedung mit den Futtertrögen aus zerschnittenen Ölfässern ist leer: es ist niemand da. Von einer Reihe aus Zementblöcken erbauten Hütten schlängelt sich, wie hörbarer Rauch, der Klang von Radiomusik in den klaren, frischen Morgen. Es ist Sonntag. Hinter einem der Schuppen aus Draht und Blech, die die Wohnungen überragen oder in sie übergehen, kommt eine Frau zum Vorschein. Sie steht ganz still, als sie ihn kommen sieht, wie eine Figur, die mit der Sonne in den Augen auf einem Foto festgehalten ist. Er fragt nach dem Viehhirt. Sie steht bewegungslos, verzieht aber das Gesicht, als gäbe sie sich Mühe zu hören, und gibt ein zustimmendes Grunzen von sich, dann antwortet sie. Er wiederholt versichtshalber, was sie sagt, und sie läßt wieder das zustimmende Grunzen hören, langgezogen und beruhigend wie das sonore Seufzen eines zufriedenen Schläfers. Ihr Blick folgt seinem Rücken in die Richtung, in die sie gewiesen hat.

Er überquert ein Luzernenfeld. Die letzte Spätherbstmahd muß irgendwann in dieser Woche gewesen sein; die verschrumpelten Überreste (wie zwischen Daumen und Zeigefinger geriebene Dreckröllchen oder wie Fetzen geborstener Luftballons) haben zwar ihre kleeblattgleiche Form verloren und sind zu einem Graugrün verblichen, aber wenn man darübergeht, strömen sie hier und da einen süßen Sommergeruch aus – Atem vom Maul einer Kuh oder vom Mund einer warmen, schläfrigen Frau am Morgen. Unabsichtlich atmet er diesen Duft tief in seine Lungen ein, und er vermischt sich mit einem noch stärkeren Genuß, der trockenen, kühlen und vollkommenen Herbstluft des hochgelegenen Buschlandes, die er – mit der verbrauchten Stadtluft im Wagen eingesperrt – an diesem Morgen nocht nicht geatmet hat. Nicht an diesem Morgen, eine ganze Woche lang nicht mehr. Die Luft dringt in ihn ein, und sein Blick weitet sich und wandert umher: die Weiden unten am Fluß sind hell geworden, noch nicht völlig fahl und in nackten Strähnen hängend, sondern leicht gefleckt und zart gestreift, mit vergilbten Blättern. Sie sind von rauchigem Dunst umgeben, einer bläulich verschwommenen Linie, die ihre Silhouette von der klaren Luft trennt...

Ein ganzes Nest voller Perlhuhneier. Elf. Bald wird nichts übrig sein. Im ganzen Land. Auf dem Kontinent. In Meeren, im Himmel.

Plötzlich sieht er die Gestalt des Schwarzen, Jacobus, auf sich zukommen. Er muß aus den Maisfeldern auf der anderen Straßenseite, jenseits der Luzernen, gekommen sein. Er hüpft mit steifen Hüften übers Feld wie ein Mann, der rennen würde, wenn er jünger wäre. Dabei ist *er* es, der nach Jacobus Ausschau hält; irgend etwas stimmt nicht – wie kann der Mann wissen, daß er ihn sprechen will? Buschtrommeln aus

dem Kraal? Er lacht leise über sich selbst, mit einem ärgerlichen, beinahe verlegenen Lachen – und geht langsam weiter. Er widersteht dem Impuls, den Mann durch eine Handbewegung anzuhalten und legt sich zurecht, was er über die Perlhühner sagen will.
Es ist zwar Sonntag, aber Jacobus trägt den ihm für die Arbeit gestellten blauen Overall, und obwohl das Wetter trocken und für die nächsten fünf Monate kein Regen zu erwarten ist, hat er Gummistiefel an den Füßen. Er atmet schwer, kein Wunder; stoppt aber, als sei dort eine Linie gezogen, zehn Schritte vom Farmer entfernt und grüßt sehr formell, wobei er unter anderem einen nicht vorhandenen Hut zieht. Der Farmer nähert sich ihm ohne Hast.
»Jacobus, ich habe dich gesucht. Wie sieht's aus?«
»Gut – ist alles in Ordnung. Ein Kalb am Freitag geboren sein. Aber gestern abend ich versuchen, dich anrufen...«
»Oh, gut, das ist wohl von der Roten, was?«
»Nein, die rote Kuh noch nicht soweit. Dieses ein von der Jungen, die du letztes Jahr in Pietersburg kaufen.«
Beide sprechen schnell, als warteten sie auf eine Gelegenheit, etwas Bestimmtes zu sagen. Beide verstummen einen Moment, um eine Kollision zu vermeiden; aber der Farmer hat selbstverständlich den Vortritt. »Sieh mal, Jacobus, ich bin gerade da unten an der dritten Koppel gewesen...«
»Ich versuchen, Master, versuchen, dich gestern anrufen...«
Aber er hat sich ganz genau zurechtgelegt, was er sagen will: »Die Kinder nehmen die Perlhuhneier zum Spielen. Sie müssen irgendwo im Gras oder im Schilf ein Nest gefunden und die Eier herausgenommen haben.«
»Du warst da am Fluß...?« Die Lippen des Viehhirten entblößen seine verfaulten Pferdezähne. Sein Blick ist zögernd, besorgt: Ja, er trägt die Verantwortung für die Kinder, womöglich sind seine eigenen mit dabei, und außerdem ist es

sowieso seine Aufgabe, die Angehörigen der Farmarbeiter zu ordentlichem Benehmen anzuhalten. Der Farmer hat schon einmal Anlaß zur Klage gehabt wegen der vielen Hunde, die sie halten (eine Gefahr für die Wildvögel).
»Schließlich brauchen sie sie ja nicht als Nahrung. Zum Essen. Nicht wahr? Es sind ja genug Hühner da. Sie sind noch klein und wissen es nicht besser, aber du mußt ihnen sagen, daß diese Eier nicht zum Spielen da sind. Sie dürfen die Eier nicht anrühren, verstehst du? Nicht anrühren, nicht wegtragen, auf gar keinen Fall.« Oh, er versteht natürlich, aber er gibt sich diese verständnislose, gequälte Miene, als sei er an allem unschuldig und als würden die Fehler der anderen ihm aufgebürdet. Jacobus kann manchmal ein wenig kriecherisch sein. »Master«, bettelt er, »Master, is schlimm da unten am Fluß. Ich versuchen und versuchen, dich anrufen gestern. Was da passiert ist. Daß Mann tot ist. Du ihn sehen.« Und seine von einem gebieterischen Zeigefinger geschüttelte Hand fährt in Brusthöhe des Farmers auf die Weiden zu.
»Ein Mann?«
»Da – da.« Der Mann zieht sich vor seiner eigenen Hand zurück, als wolle er etwas in Schach halten. Auf seiner Stirn werden drei tiefe Furchen sichtbar.
»Ist jemand gestorben?«
Der Viehhirt hat jetzt die Autorität eines Mannes, der um etwas Grauenhaftes weiß. »Toter Mann. Solomon ihn gestern drei Uhr finden.«
»Ist einem der Boys etwas zugestoßen? Wer ist es?«
»Nein. Ja, wir wissen nicht, wer es ist. Oder was. Warum er tot sein hier auf der Farm.«
»Ein Fremder. Keiner von unseren Leuten?«
Der Viehhirt breitet vor Verzweiflung weit die Hände aus. »Niemand kann sagen, wer ist dieser Mann.« Und er fängt noch einmal von vorne an: Solomon kam gerannt, es war drei Uhr; er war dabei, die Herde Heimzutreiben. »Gestern

abend ich versuchen, viele Male, fünfmal« – er spreizt Finger und Daumen und hält sie hoch – »dich in der Stadt anrufen.«
«Und was hast du getan?«
»Jetzt gerade, wo ich Wagen sehe, bin ich gerannt, von dort drüben, vom Maisfeld...«
»Aber mit der Leiche, was hast du mit der gemacht?«
Diesmal deutet er nicht nur mit dem Zeigefinger, sondern auch mit dem vorspringenden, bärtigen Kinn: »Der Mann ist *dort*. Du kannst ihn sehen, ist noch da, Master, komm', ich zeig dir, wo.« Der Viehhirt stapft voran. Dem Farmer bleibt nichts übrig, als ihm zu folgen. Warum soll er sich einen toten Mann am Flußufer ansehen? Er könnte ebensogut gleich die Polizei anrufen und die Sache den zuständigen Stellen überlassen. Es handelt sich um keinen der Farmarbeiter, um niemanden, den man kennt. Er könnte sich diesen Anblick ersparen.
Aber der tote Mann befindet sich auf seinem Grund und Boden. Jetzt, in der Anwesenheit des Farmers, fühlt Jacobus sich stark und sicher genug, dem Ereignis eine Interpretation zu geben. Sein entschlossener Rücken im blauen Overall, dessen Kragen von seinem leicht gebeugten Hals absteht, zeigt den Weg zu dem Eindringling. Jacobus tut seine Pflicht, und sein Arbeitgeber hat die Pflicht, ihm zu folgen.
Sie gehen zurück übers Luzernenfeld und die Straße hinunter. Ein herrlicher Morgen, der schon die ruhige Fülle von Frieden und Wärme ausstrahlt, die – ohne sommerliche Hitzegrade zu erreichen – andauern wird, bis die Sonne untergeht. Um zehn Uhr ist es so warm, wie es mittags sein wird. Und mittags wird es nicht heißer sein als um drei Uhr nachmittags. Die Pause zwischen zwei Jahreszeiten; Tage, die so vollendet, so in sich selbst geschlossen sind wie ein Ei.
Die Kinder sind fort; wo sie waren, sieht es aus, als habe eine Kuh im Gras gelegen. Aus der Richtung des Wohnlagers

plärrt eine Stimme in girrend verführerischem Ton Werbetexte... DIE RIESENPACKUNG FREI FÜR SIE... SCHICKEN SIE HEUTE NOCH NAMEN UND ADRESSE EIN...

Die beiden Männer haben den Wagen hinter sich gelassen und das Gatter beinahe erreicht. Der winzige Junge im Pullover erscheint plötzlich aus dem Nichts, aber die Anwesenheit des Viehhirten schüchtert ihn ein. Sein kleiner, staubiger Penis hängt von den gut gepolsterten Leisten wie der Rüssel eines Spielzeugelefanten. Er steht und sieht zu, wie Jacobus die rostige Drahtschlinge loshakt, die Gatter und Torpfosten zusammenhält, und wie das Gatter, das nur ein frei hängender Zaunabschnitt ist, zurückfällt.

Die Straße ist voll Furchen und eingeschnittener Muster von den Regenfällen vergangener Jahre. Sie wirken wie jahrtausendealte versteinerte Eindrücke, nicht wie Abdrücke von Reifen, Stiefeln und Hufen in lebendiger Erde. Es hat diesen Sommer keinen Regen gegeben, aber selbst in Dürrejahren kommt vom *Vlei** her Feuchtigkeit auf die Farm. Auf der dritten Weide sind manche Grasflecken mit einer naß-grünen Haut glasiert, wieder ausgetrocknet, angehoben und am Rand gewellt. Sie knacken unter den Schritten des Farmers wie Zwieback zwischen den Zähnen. Den Fluß kann man weder hören noch sehen, er ist zu tief unten; die Straße wird steiler, und er beschleunigt seinen Schritt. Ein Geruch durchzieht die trockene Luft (wie vorhin der Kleeduft) — der Geruch von Wäsche und Seifenlauge. Der Fluß ist irgendwo da unten, keine Frage.

Und der tote Mann. Sie stolpern jetzt abwärts durch die Weiden und einen Strich Schilf. Das Schilfrohr ist zerbrochen, kreuz und quer verwoben, ein Rohr gegen das andere gefallen. Alles ist eingezäunt bis zur anderen Seite, wo das Land, das dem Nachbarfarmer gehört, wieder anzusteigen beginnt.

* Vlei = Südafrikan. für Sumpfgebiet

In Regenjahren ist es unmöglich, hier durchzukommen, und die Kühe stehen dann mitten im Fluß und starren blöde auf die versteckten Grasinseln dort drinnen, die sie zwar mit ihren Nasen wahrnehmen, aber nicht erreichen können. Die Zweigspitzen der halbnackten Weiden hängen tief über dem fahlgrünen, zertretenen Picknickplatz. Der niedrige Steinhaufen ist voll Asche, dazwischen liegt das Etikett von einem Bierkarton, dessen Aufschrift noch lesbar ist, wenn man sich die fehlenden Buchstaben dazudenkt. An einer Stelle, an der der Fluß schmaler geworden ist, dreht der Farmer mit der Spitze seiner Gummisohle etwas Glitzerndes um, jemand hat hier vergangenen Sommer einen Ring verloren. Er folgt dem blauen Overall, durch abgestorbene Disteln, vorbei an Büscheln von Wasserlilien mit ihren langen, gezackten, in Mandala-Form angeordneten Blättern, zwischen den schwimmenden Enden zählebiger Schilfbündel, deren schwarz-grüne Geschmeidigkeit den ganzen Winter überdauert. Die beiden Männer tauchen schwerfällig wie Ochsen in die trockenen Halme, scheuchen einen Schwarm winziger Vögel auf und spüren die Fäden der samenden Binsenblüten, die sie aufgewirbelt haben, wie Spinnweben im Gesicht. Hier, mit dem Gesicht nach unten, liegt der Mann.

Der Farmer wäre beinahe blindlings in ihn hineingerannt: er hatte sich, dem Viehhirten auf den Fersen folgend, verbissen vorgearbeitet.

Der tote Mann.

Jacobus spaziert um den Anblick herum. Das Gelände ist zertrampelt – sämtliche Lagereinwohner müssen sich hier zur Begutachtung eingefunden haben. »Wie is passiert. Was is passiert. Warum kommt er auf die Farm. Was is passiert.« Er spricht weiter und weiter, in einer Art entrüstetem Trauergesang. Auch der Farmer geht um den Leichnam herum. Er betrachtet ihn mit *seinen* Augen.

Es ist einer von ihnen. Das Gesicht ist in den zähen Schlamm gebettet; die winzigen braunen Ohren, das feine, verfilzte Haar, eine Falte oder ein Polster am Haaransatz, denn, wer immer es war, schlecht genährt war er nicht. Ein braunes Jakkett mit Nadelstreifen, gebraucht gekauft. Von den Knopfleisten an den Ärmeln, die irgendwann zum Anzug eines weißen Geschäftsmanns gehört haben, sind nur Fransen übrig. Hochmodisch geschnittene enge Hosen und ein breiter Gürtel aus falscher Schlangenhaut mit Steppverzierung. Er könnte betrunken sein, wie er da liegt, der kleine Gauner. Aber seine vor langer Zeit »schick« gewesenen Schuhe stecken an toten, verdrehten Füßen, die sich beim Aufprall der Leiche steif und wie gebrochen nach innen gekehrt haben. Von seinem Gesicht abgesehen, das auf ein schmales Stück Erde zwischen den Pflanzen aufgeschlagen ist, liegt sein Körper nicht wirklich auf der Erde, sondern wird von einem Schilfnest gehalten, einem Nest, das die Leiche für sich selbst flachgelegen hat. Die einzige sichtbare Verletzung ist eine lange, rote Schramme an seinem Hals, die offensichtlich von einem zerbrochenen Schilfrohr stammt.

Der Farmer schlägt nach etwas, das ihm im Gesicht klebt. Moskitos gibt es jetzt keine; Samenfäden von den Binsen.

»War er tot, als Solomon ihn fand?«

»Tot, tot, erledigt.« Der Viehhirt geht vorsichtig hinüber, beugt sich vor, blickt zurück auf seinen Arbeitgeber und sagt vertraulich, als habe er gelauscht: »... und fängt schon an, ein bißchen ...« Er rümpft die Nase und zeigt die schwärzlichen Pferdezähne.

Der Farmer atmet ganz normal, zieht diesmal nicht die trokkene, klare Luft tief ein wie oben auf dem Luzernenfeld, versucht aber auch nicht, weniger einzuatmen als gewöhnlich. Es ist nichts, gar nichts; da oben dagegen der süßliche Hauch.

»Du rührst ihn besser nicht an. Bist du sicher, daß ihn niemand kennt? Daß das nichts mit einem von euch zu tun hat?«

Mit vorgeneigtem Kopf und zusammengezogenen Augenbrauen sieht er den Viehhirten eindringlich an.
Jacobus legt mit dramatischer Geste die Hand auf die Brust, auf sein fleckiges Unterhemd, das unter dem nicht zugeknöpften Overall hervorschaut. Er neigt den Kopf langsam hin und her. »Niemand kann den Mann kennen. Nichts für den Mann. Dies sind Leute von da – da...« Er zeigt mit dem Finger anklagend auf die Südgrenze der Farm.
Die Haut der Hand ist nicht feinnervig genug, den Samenfaden zu lokalisieren, aber er hängt noch immer fest. Der Farmer schiebt die Unterlippe vor und bläst scharf aufwärts übers Gesicht. Und jetzt sieht er eine einzelne Fliege, eine von der anhänglichen, hartnäckigen Sorte, direkt über dem wohlgeformten kleinen braunen Ohr dort unten. Die Fliege ist auf der Seite, nach der der Kopf, wenn auch mit dem Gesicht voll im Schlamm, ein wenig gedreht ist, auf der Seite, an der der Mund am ehesten erreichbar sein muß. Die Fliege schwebt und landet, schwebt und landet, ungestört.
»Laß alles, wie es ist. Die Polizei muß kommen.«
»Ja-a-a Master«, sagt der Viehhirt gedehnt, voller Mitgefühl für die Verantwortung, die nicht mehr die seine ist. »Ja-a-a, is besser.« Dann tritt eine kurze Pause ein. Die Fliege sieht aus, als müsse sie eigentlich summen, aber man hört nichts. Hier unten im Schilf herrscht die gewohnte Stille, unterbrochen nur von dem Geräusch (es klingt in der Stille wie ein Gewehrknall), mit dem ein unsichtbarer Vogel ein trockenes Schilfrohr knacken läßt. Das Raunen des Windes, der im Sommer durch das grüne Schilf streicht, hört man zu keiner anderen Jahreszeit. Sie kehren um und arbeiten sich vorwärts, in die Richtung, aus der sie gekommen sind. Den Mann lassen sie zurück. Er liegt hinter ihnen, auf dem Gesicht, allein.
Der Farmer fährt den Wagen zurück zum Haus, und Jacobus begleitet ihn; er hat sich ordentlich hingesetzt, die Füße flach auf dem Teppichboden, die leicht gekrümmten Hände auf

den gerade ausgerichteten Knien – er hat die Hausschlüssel, damit er telefonieren kann, wenn es nötig ist. Das Haus ist verschlossen, weil es während der Woche nicht bewohnt oder benutzt wird. Sie betreten es durch die Küchentür, und der Farmer geht sofort zum Telefon im Wohnzimmer und dreht die kleine Kurbel neben dem Hörer. Die Leitung – ein Gemeinschaftsanschluß – ist besetzt. Während er wartet, entfernt er die trockenen Schilfstückchen aus dem zähen, dünnen Schlamm an seinen Stiefeln. Er reibt eine Sohle an der anderen, und der Morast kräuselt sich und kleckst wie Dung auf das glänzende Linoleum mit dem orange-braunen Rosenmuster. Der Tisch ist gedeckt und mit einem Netz geschützt, dessen Säume mit bunten Perlen beschwert sind; ein über Eck stehender, gebieterisch wirkender Kühlschrank brummt vor sich hin. Der Klingelton, auf den er gewartet hat, läßt ihn zusammenzucken. Die Leitung ist frei, und die Vermittlung verbindet ihn mit dem Polizeirevier.

Im Gespräch mit Beamten benutzt er immer die zweite Sprache des weißen Mannes; auch jetzt spricht er Afrikaans. »Hören Sie, hier Mehring, ich rufe von Vleiplaats an, Katbosrand Road. Sie müssen jemanden herschicken. Auf meiner Farm ist ein toter Mann gefunden worden. Unten im Sumpfland. Sieht aus, als habe man ihn dort abgeladen.«

Am anderen Ende ertönt ein Schnaufen, jemand stößt in gutmütiger Verzweiflung die Luft aus. Die Stimme spricht zu ihm, als sei er ein alter Freund: »Mann... am Sonntag... wo soll ich denn jemanden herkriegen? Der Wagen ist auf Streifenfahrt in der Siedlung – ich bin allein hier. Ist wohl'n Bantu, was?«

»Ja. Die Leiche liegt im Schilf.«

»Ihre Burschen haben wohl 'ne Schlägerei gehabt, was?«

»Es ist ein Fremder. Keiner von meinen Boys kennt ihn.«

Die Stimme lacht. »Ja, die haben die Hosen voll, die sagen immer, sie wüßten nichts. War es 'ne Messerstecherei?«

»Ich sage Ihnen doch, ich habe keine Ahnung. Ich will die Leiche nicht anrühren. Sie müssen jemanden schicken.«
»Verflucht, ich weiß nicht, was ich da machen soll. Ich bin hier ganz allein. Der Wagen ist auf Streife... morgen früh kann ich jemanden schicken.«
»Aber die Leiche ist gestern gefunden worden, sie liegt da schon seit vierundzwanzig Stunden.«
»Was kann ich da machen, Sir? Mann, ich bin allein hier.«
»Können Sie sich nicht mit einem anderen Revier in Verbindung setzen und von dort jemanden schicken lassen?«
»Geht nicht. Es ist mein Bezirk.«
»Und was mache ich mit einer Leiche auf meinem Grund und Boden? Der Mann ist möglicherweise ermordet worden. Er hat offensichtlich eins über den Kopf bekommen oder so und ist dann da abgeladen worden. Man kann seinen Schuhen ansehen, daß er in diesem Sumpf keinen Schritt gelaufen ist.«
»Hat er denn eine Kopfverletzung?«
»Ich habe Ihnen schon mal gesagt, das ist Ihre Sache. Ich will nicht, daß meine Boys einen Ermordeten anrühren. Ich will hinterher keinen Ärger mit dieser Sache haben. Sie müssen noch heute jemanden schicken, Sergeant.«
»Morgen früh, als erstes. Sie werden keinen Ärger haben, machen Sie sich darüber keine Sorgen. Sie wohnen am Vlei, nicht weit von der Eingeborenensiedlung, was? Da kommt es her, das' ist ein schrecklicher Haufen Kaffern, wir kennen diese Bagage...«
Der Farmer legt auf und sagt auf englisch: »Allmächtiger Gott!« Er stößt ein kurzes Lachen aus, leise, damit Jacobus es nicht hört.
Der Viehhirt wartet in der Küche. »Sie kommen morgen früh. Ich habe ihnen alles gesagt. Laß nur keinen Menschen dorthin. Und keine Hunde. Sieh ja zu, daß die Hunde nicht da hinkommen.«
Der Viehhirt zeigt keine Reaktion, dabei hat er zweifellos ge-

glaubt, der Farmer wisse nicht, daß die Hunde, die er vom Lager verbannt glaubte, in aller Stille wieder aufgetaucht sind, als Gattung jedenfalls, wenn es auch nicht dieselben Tiere sind.
»Entschuldigung, Master...« Er gibt zu verstehen, daß er an ihm vorbei ins Wohnzimmer will und geht, beinahe auf Zehenspitzen, auf ein Möbelstück zu, das vor Jahren das Glanzstück einer Eßzimmergarnitur gewesen sein muß, jetzt aber als Bar benutzt wird (ein verschlossenes Schrankfach, und Jacobus hat keinen Schlüssel dazu) und (in unverschlossenen Schubladen) als Aufbewahrungsort für Papiere. Er zieht an dem goldenen und verschnörkelten Griff einer der Schubladen und fühlt mit sicherer Hand unter den Bündeln von Viehfutterrechnungen. Er hat gefunden, was er hier offensichtlich unter Verschluß gehalten hat. Auf der gewölbten Handfläche hält er eine übergroße Uhr mit schwarzem Zifferblatt und breitem Metallarmband und eine Sonnenbrille, deren rechtes Glas zerbrochen ist. Er wartet und gibt dadurch zu verstehen, daß der Arbeitgeber die Hand ausstrecken soll, damit er die Gegenstände in aller Form überreichen kann. »Von ihm?« Und der Viehhirte nickt schwer.
»In Ordnung, Jacobus.«
»In Ordnung, Master.«
»Sag Alina, sie soll um ein Uhr kommen und Mittagessen machen, ja?« ruft er ihm nach.
Sie haben also den Toten dort berührt, das Gesicht hochgehoben. Allerdings kann die Sonnenbrille in einer Tasche gesteckt haben. Kein Geld. Kein Wunder; diese Freitagsmorde werden wegen Geld begangen, weshalb sonst. Jacobus hat die Gegenstände in Verwahrung genommen (die in Japan hergestellte Stahluhr ist typisch für die Art von Diebesgut, das von den Schwarzen heimlich an den Straßenecken angeboten wird), um zu demonstrieren, daß die Leute hier mit der ganzen Sache nichts zu tun haben.

Aus der Schublade, die Jacobus soeben geschlossen hat, fischt er einen frankierten, länglichen Fensterumschlag, der vorher irgendein Rundschreiben enthalten hat. Die Uhr paßt gut hinein, nachdem er das flexible Stahlarmband fest darum gewickelt hat, aber er kann den Umschlag nicht über der Brille schließen. Er schlingt ein Gummiband zweimal um die Finger und windet es um das Päckchen. Dann schreibt er darauf: *Uhr und Brille, Eigentum des toten Mannes.* Er fügt hinzu: *Für die Polizei* und legt den Umschlag mitten auf den Tisch, auf das Netz, dann trägt er ihn in die Küche und stellt ihn auf das Abtropfbecken des Küchenbeckens, wo er niemandem, der hereinkommt, entgehen kann.

Draußen vor der Küchentür bläht er beim Geruch von Entenscheiße angewidert die Nasenflügel. Drei oder vier bläßliche Kätzchen, das Fell dünn wie Entendaunen, die in einem unsichtbaren Luftzug tanzen, flüchten vor seiner sich drohend nähernden, säulenhaften Gestalt. Er ruft *psspsspss,* aber sie bleiben in Deckung, eines faucht sogar. Er geht weiter, vorbei an der Scheune und an der Koppel, in der alle trächtigen Kühe gewaltig und breit beieinanderstehen, vorbei an der winzigen Einzäunung, in der der alte Bulle, seit der Einführung der künstlichen Besamung kaum noch gebraucht, allein lebt, und dann setzt er seinen Gang an den Maisfeldern entlang fort, diese lange Wanderung um die Farm an einem schönen Sonntagmorgen, die er beginnen wollte, als er zur dritten Weide hinunterfuhr.

Und noch immer ist die Sache mit den Perlhuhneiern nicht erledigt. Er denkt beim Gehen darüber nach, denn er weiß, daß man in diesen Dingen kein Auge zudrücken darf. Sie müssen geregelt werden. Elf Eier. Es hätte nichts genützt, sie den schwarzen Orpingtonhennen unterzulegen; sie waren sicherlich schon kalt gewesen. Ein rotbeiniges Perlhuhn, im Glauben, ein gutes Versteck gefunden zu haben, nimmt am Ende einer Reihe abgeernteter Maiskolben ein Staubbad.

Aber die Perlhühner, die gewöhnlich unten im nächsten Feld nach Futter picken, sind nicht da. Diese verdammten Hunde; sie haben ihnen wahrscheinlich den ganzen Sommer über nachgestellt. Elf gesprenkelte Eier, spitz, so anders als die Hühnereier in den Standardvertiefungen der Kunststoffbehälter, in Dutzenden angeordnet und den jahreszeitlichen Preisschwankungen unterworfen. Bald wird nichts mehr übrig sein. Es ist sinnlos, dem nachzuhängen. Man muß etwas dagegen tun. Die Hände des Kindes um die gesprenkelten Eier hatten die Farbe der unteren Hälfte eines leeren Schildkrötenpanzers, der gegen das Licht gehalten wird. Der Mais ist fast ganz abgeerntet, die Stengel sind zu Pyramiden mit dicken, fedrigen Spitzen gestapelt, die zerrissenen Blätter fallen ab. Wenn die Felder abgeerntet sind und die gepflügte Erde sich in fächerförmigen Rinnen bis zum Horizont erstreckt, sieht man wieder Entfernungen; die Farm gewinnt im Winter an Umfang. Im Sommer, wenn die Maiskolben immer größer und dicker werden, kommt der Horizont näher, verkleinert die Farm zu einer Reihe von Korridoren zwischen steifen, grünen Wänden, die höher sind als er. In einem guten Jahr. Wenn es wieder ein gutes Jahr gibt. Eine Doppelegge ist liegengelassen worden und wird rosten (kein Regen, aber es kann kräftigen Tau geben). Jetzt ist die richtige Zeit, das schädliche Unkraut zu vernichten, das diesen Teil des Feldes, im Umkreis der Eukalyptusbäume, heimsucht. Die Bäume haben sich bemerkenswert gut erholt, er kann vor neuen Zweigen kaum noch die Stumpen sehen, aus denen bis vor ein paar Jahren immer das Feuerholz herausgehackt wurde.
Ein Sonnabendnacht-Kopfschmerz, von dem heute morgen beim Aufbruch noch nichts zu bemerken war, drückt auf den Nasenrücken; er schließt die Augen vor dem Licht und preßt den Knochen zwischen Daumen und Zeigefinger. Er verspürt einen angenehmen Durst auf Wasser und nichts sonst. Er geht zur Windmühle neben einem steinernen Nebengebäude. Der

Zement um das Bohrloch ist frisch, und die Windmühlenflügel glänzen noch. Er neigt den Kopf seitwärts unter den Wasserhahn, und das Wasser rieselt, weder warm noch kalt, in seinen Mund. Die Mühle steht still, und er löst die aus Kette und Hebel bestehende Bremsvorrichtung, um sie in Gang zu setzen. Sie bewegt sich zwar knarrend, dreht sich aber nicht, denn es weht kein Wind, die Luft ist still, es ist ein vollendet schöner Herbsttag. Er legt die Bremse sorgfältig wieder vor.

Kurz nach eins, auf dem Weg zum Haus, kommt er an Alinas Raum neben dem Geflügelgehege vorbei und sieht Jacobus mit ihr reden. Er und Jacobus scheinen sich nicht anzublikken, denn sie haben sich heute schon gesehen, und jetzt begrüßen sie sich nicht. Er ruft: »Nimm etwas zum Zudecken – für da unten (er zeigt mit dem Kopf zum Fluß hin). Ein Stück Segeltuch. Oder ein paar Säcke.«

Mehring war kein Farmer, obwohl er zweifellos von irgendwoher Bauernblut in sich hatte. Viele gutverdienende Geschäftsleute aus der Stadt kaufen sich auf einer gewissen Stufe ihrer Karriere eine Farm – die Verluste sind steuerabzugsfähig, und das fällt mit einem anderen, weniger handgreiflichen Privileg zusammen: diese Männer können es sich leisten, sich die Sehnsucht nach dem Landleben zu erfüllen, die gutverdienenden Leuten, die ihr Geld in der Wirtschaft machen, angeboren zu sein scheint. Ein Verlangen, das allgemein als moralisch wertvoll gilt, als ein Zeichen von Menschlichkeit und der Fähigkeit, die einfachen Freuden des Lebens zu genießen, die arme Leute sich nicht mehr erlauben können. Wie der Vorsitzende eines Investmentfonds, bei dem Mehring Direktor war, es ausdrückte: »Macht verdammt viel Spaß, so eine Farm zu haben, was? Wenn ich am Freitagnachmittag da rausfahre, und ein gutes Feld wird abgeerntet, dann fehlt mir nichts zu meinem Glück. Natürlich, wenn der Hagel kommt und den jungen Mais zerschlägt, dann ist das der gottverdammte Weltuntergang.« Sein jungenhaftes, speziell für das Thema Landwirtschaft reserviertes Grinsen gab zu verstehen, wie fern eine solche Naturkatastrophe dem Sitzungszimmer war, in dem diese Plauderei stattfand.
Mehring fuhr fast jedes Wochenende auf seine Farm. Er war davon überzeugt, daß er sie mit etwas mehr Zeit und Mühe profitabel machen könnte, wie alles andere, was er anfaßte. Aber das würde den Steuervergünstigungen ein Ende setzen; es wäre sinnlos. Und doch durfte kein Land mißbraucht werden oder brachliegen, und er hatte die 160 Hektar Buschland und Marsch wieder nutzbar gemacht, für die er vor ein paar Jahren wohl ein wenig zuviel bezahlt hatte. Damals waren sie

von Unkraut überwuchert und vernachlässigt gewesen (ein Stück Dreck in den Augen jedes Landwirts), aber schon damals hatte jemand, der bei der ersten Besichtigung dabei war, gesagt: »Warum nicht einfach kaufen und es so lassen, wie es ist?« Er selbst hatte wenig Sinn für dieses Romantisieren der Städter und sorgte dafür, daß die Schlamperei aufhörte. Nur eine produktive Farm ist schön. Angemessene Produktivität war sein vorherrschendes Ziel; und er mußte immer ein halbes Auge überall haben (mehr konnte er nicht erübrigen), um selbst das zu erreichen. Selbstverständlich hatte er sich elementare Kenntnisse von Landwirtschaft, Viehzucht und Akkerbau angeeignet, um nicht zum Narren seiner Leute dort zu werden und um bei der Planung seine Autorität zu wahren. Man konnte erstaunlich viel lernen, wenn man von der Industrie her daran gewöhnt war, Fakten schnell zu verarbeiten und sich mit neuen Situationen auseinanderzusetzen. Und wie im städtischen Geschäftsleben bediente man sich der anderen – alle Farmer in der Runde waren Fachleute: »Ich bin nicht stolz, ich setze mich zu ihnen auf die Veranda und zapfe ihre Burenköpfe an, wenn es sein muß.« Am Wochenende nahm er manchmal Freunde mit. Was für eine fabelhafte Idee, sagten sie, wie wundervoll, mal rauszukommen, und beim Aussteigen aus ihren Wagen (ein Ereignis, das die Kinder am Gatter der dritten Weide um viele Cents bereicherte): »Wie entzückend, haben Sie es gut, ist es nicht herrlich, so ein Plätzchen zu haben, zu dem man sich flüchten kann.« Es gab dann oft Hammel am Spieß, der von einem der Jungen aus dem Eingeborenencamp gedreht wurde. Man saß auf Heuballen, die Jacobus auf telefonische Anweisung hin hatte anschleppen lassen. Der Wein wurde zwischen den Schilfstauden im Fluß gekühlt, und der Picknickplatz war wegen der Aussicht auf den Katbosrand gewählt worden, eine Hügelreihe im Norden, die mindestens ein- oder zweimal an solchen gemächlichen Sonntagen von großen Düsenmaschinen

überquert wurde. Sie flogen so hoch, daß ihr Flug langsamer schien als der der Silberreiher oder der Hadeda-Ibisse und schienen gemächlich nach Europa zu entschweben. Den Gästen im Gras, die ihren Wein tranken und das knusprige Lammfleisch mit den Fingern aßen, verschaffte dieser Anblick ein Gefühl von Freiheit: es war nicht die Freiheit, nach der sich Reiselustige sehnen, sondern die Freiheit, hier unten auf der Erde zu sein, in der frischen Luft an einem Ort, an dem man muffige Flugplätze, zollfreie Getränke und in Zellophan gewickelte Plastikbestecke vergessen konnte.
Manchmal fuhr Mehring an Wochentagen allein hinaus. Es war eine leichte Fahrt von höchstens 40 Minuten, selbst im Fünf-Uhr-Verkehr. Hatte man die Stadt hinter sich, war noch ein Industriegebiet zu durchqueren, eines jener Transvaaldörfer, deren Maisfelder Fabriken mit kunstvoll angelegten Grünanlagen gewichen waren und deren Hauptstraßen vorwiegend aus Supermärkten, Discountläden für Elektrogeräte und Steakhäusern bestanden. Das war ganz praktisch, man konnte unterwegs Zigaretten oder beim Griechen Lebensmittel kaufen. Danach hatte er freie Fahrt an der Bahnlinie entlang bis zur Afrikanersiedlung, aus deren Toren meist überfüllte Autobusse, Taxis, Lastwagenladungen von Menschen, Fahrrädern und Kindern in einem heillosen Durcheinander hervorquollen. Die Siedlung zog sich endlos hin; der hohe, leicht nach innen geneigte, mit Stacheldraht bewehrte Drahtzaun verlief entlang der Abzweigung von der asphaltierten Straße und setzte sich am Feldweg fort. Die Häuserreihen reichten noch nicht bis zum Rand der Siedlung. Auf dieser Seite lagen sie sogar recht weit entfernt, Reihe, auf Reihe von Prototypen, wie kleine Kinder sie zeichnen: Ein Kasten mit einer Tür in der Mitte, einem Fenster auf jeder Seite und einem Schornstein, aus dem Rauch aufsteigt. Abends und am frühen Morgen lag dieser Rauch dick und weich über ihnen; von einem der Flugzeuge aus würde man die Siedlung über-

haupt nicht erkennen. Dann bog die Straße ab. In der Kurve wohnte der alte Labuschagne mit seinen Söhnen; ihre Kuhställe und Felder und die Hütten ihrer Arbeiter lagen zu beiden Seiten der Straße. Sie hatten eine Windmühle, die wie ein großer Vogel aussah und nie repariert wurde. Das nächste Kennzeichen, das er seinen Sonntagsbesuchern zu nennen pflegte, war der indische Laden zwei Meilen weiter, auf der linken Seite. Ein Emailleschild mit Werbung für eine längst vom Markt verschwundene Limonade auf dem Dach, ein Drahtgestell mit Kartoffeln und verwelkten Kohlköpfen auf der Veranda. Von da an konnte man die Farm sehen. Und man sah die drei Kilometer lange Weidenböschung (die Leute sagten immer, daß sich allein wegen der Weiden der Kauf des Grundstücks gelohnt habe) im Tal zwischen den beiden sanft ansteigenden Landflächen, in der Ferne den Katbosrand und das Haus, in dem niemand wohnte. Wer würde glauben (sagten sie), daß die Stadt nur 40 Kilometer entfernt und die riesige Siedlung gleich um die Ecke lag. Frieden, die klare Stille des Hochlands und die Weite des Weidelandes; das Grün, Gold oder Silberbraun, das je nach Jahreszeit vorherrschte. Eine undramatische Landschaft, wenn sie nicht gerade Schauplatz eines Sommergewitters war, keine Ansichtskartenlandschaft (in Fotografien kam sie meist nicht zur Geltung) – eine typische Transvaallandschaft, die man entweder langweilig findet oder allem anderen vorzieht (wie die Leute sagten).

Der Farmer, Jacobus und der junge Izak, der nur dazu taugt, etwas festzuhalten, sind dabei, die Pumpe zu reparieren. Jacobus hat telefoniert und berichtet, daß die Polizei da gewesen sei, aber mit der Pumpe sei etwas nicht in Ordnung, und die japanischen Rettiche, die man als Winterfutter angepflanzt hatte, trockneten aus. Jacobus ist eigentlich recht gewissenhaft; er war sogar – wenn auch mit einiger Mühe – imstande, Bezeichnung und Nummer des für die Reparatur nötigen Ersatzteils durchzugeben.
Im Pumpenhaus bei den Eukalyptusbäumen ist es dunkel und feucht, und sie arbeiten schweigend in der intimen Atmosphäre, die ein Gaslicht verbreitet, abgesehen von ein paar Anweisungen und gelegentlichem angestrengtem Grunzen, wenn ein Bolzen nicht nachgeben will. Schließlich tauchen sie mit abgespreizten schmutzigen Händen wieder auf. Die Nachmittagssonne fällt auf ihre Gesichter, und die Felsentauben, die der Farmer manchmal zum Vergnügen schießt, fangen an zu fliegen.
»Es hat also keinen Ärger gegeben? Am Montag?«
»Ja, war kein Ärger. Sie sagen zu mir, ich weiß, wer Mann ist. Ich sage – ich, ich weiß nicht, wer, der Master euch schon sagen, keiner hier weiß. Der Master euch schon gesagt. Dann sie mich fragen, wer ist ihm gefunden? Und ich bringen Solomon, und sie fragen ihn auch, du kennen diesen Mann? Solomon, er sagt, nein, ich kann nicht kennen. Ich geben ihnen Sachen aus der Küche, ich sagen, wenn ihr wollt, könnt ihr Master anrufen« – (Mehring nickt billigend, den Blick auf seine Stiefel gerichtet) – »ihr könnt Master in der Stadt anrufen.«
»Es hat niemand angerufen.«

»Nein, ich weiß. Dann weißer Polizist, er mit dem Auto da runter fahren.«
»Gut. Sie haben also alles abtransportiert. Und sie haben dir nicht gesagt, daß du aufs Revier kommen sollst« – er mimt das Unterzeichnen eines Protokolls – »das ist fein.«
Jacobus bleibt stehen, was den Farmer dazu bringt, sich ihm zuzuwenden. Jacobus runzelt die Stirn. Er bleibt einen Augenblick stehen und vergißt weiterzugehen.
»Er ist *da, da*. Der Weiße schicken schwarzen Polizisten zu mein Haus, der fragt nach Spaten. Sie schaufeln und sie vergraben ihn, da unten, wo er Sonntag war. Dann sie gehen weg. Sie mich nicht sehen, mir nichts sagen.«
Wie so oft, wenn er es mit subalternen Beamten zu tun hat, reagiert er zunächst mit Sarkasmus. Gott im Himmel, soll man lachen oder wütend werden? Will man lieber ihre dicken Schädel aneinanderstoßen oder ihnen das Zeugnis ausstellen, daß sie wieder eine Glanznummer geliefert haben? Ein Beispiel ihres arbeitsscheuen Pragmatismus, ihrer Dummschläue, ihrer Fähigkeit, die verschlungenen Fäden der Bürokratie mit dem dreckigen Taschenmesser zu durchschneiden, das gewöhnlich dazu dient, den Trauerrand unter den Fingernägeln zu entfernen? Die Oberhoheit einer Ignoranz, die Unverfrorenheit mit Autorität verwechselt, der Polizist im khakifarbenen Gabardine Hand in Hand mit Justitia? Was bilden die sich eigentlich ein, wer sie sind? Als Anekdote (der Vorfall ist für ihn bereits automatisch zur Anekdote für Cocktails und Abendessen avanciert) steht diese Episode in nichts der oft erzählten Geschichte von dem toten Pferd nach, das von der Commissioner Street zur Market Street geschleift wurde, weil der diensthabende Polizist das Wort Commissioner nicht buchstabieren konnte.
Was bilden die sich eigentlich ein? Er ist wütend; die Farm ist kein öffentlicher Friedhof. Wenn sie sich schon nicht die Mühe machen wollen, den Mörder zu finden, dann sollten sie

sich wenigstens selbst um die Beseitigung der Leiche kümmern. Aber nein. Nur munter ein Loch geschaufelt und hinein damit, aus dem Weg. Auf anderer Leute Grundstück. Es ist sinnlos, diesen Trottel wieder anzurufen. Er geht wohl besser zum Polizeihauptquartier am John Vorster Square und redet mit einem der höheren Beamten.

Die Tage werden kürzer. Die gigantischen Schatten der Eukalyptusbäume liegen wie hingestreckt auf der Straße. Jetzt, da die Sonne untergegangen ist, steigt eine kellerartige Kühle vom Fluß herauf, der Tag hat keine Wärme gespeichert, um sie aufzuhalten. Er öffnet das Gatter zur dritten Weide (wenn Fußgänger kommen, lassen die Kinder sich meist nicht blikken) und geht unter den herbstlich verfärbten Weiden entlang. In seiner Vorstellung ist der Platz ganz nahe, er glaubt, ihn vielleicht sogar vom Rand des Picknickplatzes ausmachen zu können. Aber das Licht schwindet, und er kann nichts finden. Die Kühe trampeln überall hin; so viele Stellen zwischen den in alle Richtungen lehnenden Schilfhalmen und Binsen sind niedergetreten. Das laute, schrille, schläfrige Geschnatter der Webervögel umgibt ihn. Seine eigenen knisternden Schritte hören sich an, als werde er verfolgt. Auch ein paar Rebhühner haben sie gehört und stehen mit gereckten Hälsen still, weit oben im Feld, wo sie sich langsam zu ihren Nestern durchpicken. Oben beim Kraal arbeiten Jacobus und Phineas, von den jungen Kälbern in der Koppel umringt, und er lehnt eine Weile am Querbalken. Die dummen kleinen Kreaturen mit den defensiv aufgepflanzten Beinen und den rückwärts blickenden, weit auseinanderliegenden Augen starren ihn an. Ein Kalb hat sich am Stacheldraht verletzt, und Jacobus schmiert Salbe auf die Wunde. Er schwingt die Beine über die Umzäunung und hilft, das kleine Biest festzuhalten. Die weißen Gesichter und vielfarbigen Flecken der Kälber bilden anstelle der verschwimmenden Umrisse ihrer Körper ein Klecksmuster von Hell und Dunkel. Er benutzt die Gelegenheit, um mit Jacobus über die Perlhuhneier zu sprechen und betont, daß er in letzter Zeit nur wenige der Vögel auf der Farm gesehen hat. Jacobus, der mit dem Kalb fertig ist, steht auf, die Hände an den Hüften, lacht und versichert voller Überzeugung: »Viele, viele Perlhühner hier auf Farm, am frühen Morgen, ich sie sehen, wo wir das Maisfeld pflügen, jeden Morgen...«

Aber *er* ist frühmorgens nicht da. Oder doch nur selten. Sicher – keine Untersuchung bedeutet, daß Jacobus und Solomon ihre Zeit nicht auf dem Polizeirevier vergeuden müssen, daß kein Polizist die Nase in den Kraal steckt, Leute belästigt und Fragen stellt. Es ist immer ein armer Teufel darunter, einer, der keinen oder einen ungültigen Paß hat und dessen illegaler Status ans Licht kommt, wenn die Polizei anfängt, Staub aufzuwirbeln. Und wenn es zu einer Gerichtsverhandlung käme, würde als nächstes er selbst als Zeuge in die Sache hineingezogen, weil es sich um seinen Grund und Boden handelt. Einen oder gar mehrere Tage würden in einem verdammten Amtsgericht draufgehen, bis er schließlich aussagen dürfte, er wisse nichts. Der arme Teufel – der andere arme Teufel – ist ohnehin tot. In dieser Riesensiedlung kommt dergleichen jeden Tag, oder vielmehr jedes Wochenende vor; jeder weiß das. Die Leute werden der freitäglichen Lohntüte wegen ermordet oder bringen sich nach dem Saufen bei Messerstechereien um. Einhundertfünfzigtausend von ihnen wohnen dort. Im Haus öffnet er eine Dose Bier, bevor er sich auf den Weg zur Stadt macht und ruft, während er austrinkt, schließlich doch den Wachtmeister der zuständigen Wache an.

»Was denken Sie sich eigentlich? Ist meine Farm vielleicht ein Abladeplatz oder ein Friedhof oder was?« Das ist die Ebene, auf der man mit ihnen verkehren muß. Etwas anderes hat keinen Zweck. »Nein, Mann – es war nur – wissen Sie, wegen Gesundheit und so – ist doch nicht gesund, 'ne Leiche da liegen zu lassen, und der Wagen vom Leichenschauhaus konnte nicht kommen. Wir holen ihn schon noch ab, vielleicht schon morgen.«

»Vor dem Wochenende?«

»O ja, keine Sorge, es ist nur so, daß der Leichenwagen nicht...« Er will sich die ganze Erklärung nicht noch einmal anhören. Er muß zurück in die Stadt und sich für eines der Abendessen umziehen, bei denen er als Mann mit verheirateten Freunden im gleichen Alter, aber selbst seit einigen Jahren wieder Junggeselle, sehr begehrt ist.

»Und so nah! Da müssen Sie sicher mit Viehdiebstahl rechnen?«
»O ja. Es gibt einen hohen Zaun, der das Rein- und Rausgehen außer durch die Tore der Siedlung verhindern soll, aber sie kommen nachts durch die Lücken, die sie in den Draht geschnitten haben. Mir ist bisher nichts abhanden gekommen, aber ein alter Freund in der Nachbarschaft, De Beer, rechnet mit einem Verlust von etlichen Stück Vieh im Jahr. Trotz seiner Hunde. Und obwohl er im Ruf steht, ohne Warnung zu schießen.«
»Ughhh – die Vorstellung, jemanden wieder auszugraben!«
»Es ist zu schön dort – sind Sie noch nie draußen gewesen?«
Sie war eine gutaussehende Frau, die er seit fünfzehn Jahren kannte. Beim Abendessen gab sie ihm immer den Platz zu ihrer Rechten. Jetzt pochte sie auf die alte Freundschaft, indem sie auf ihre Vertrautheit mit seinem Besitz und seiner Lebensweise anspielte.
»Nun – was immer geschieht, es hat alles seine Vorteile. Es heißt, sie wollen neben der Siedlung, vielleicht auch an der Katbosrand-Seite, eine neue Township für Farbige bauen.«
»O nein! Wie schrecklich!« Sie legte die Hand für einen Augenblick auf seine, gerade als er dabei war, ein Stück von dem Brötchen auf seinem Teller abzubrechen.
»Nicht im geringsten; ich würde enteignet, die Regierung müßte mich entschädigen, und ich würde ein Vermögen machen. Und das wäre mein einziger wirklicher Erfolg als Farmer!« – Während sie lachten, steckte er das Stück Brot in den Mund und fing dabei auf seinem Handrücken den Duft ihres Parfums ein. Als pflichtbewußte Gastgeberin teilte sie ihre Aufmerksamkeit zwischen ihren beiden Tischherren, aber zu

ihm sprach sie mit leiser Stimme, mit vielen gemurmelten Fragen, als ob es der Worte nicht immer bedürfe, und mit einem besonderen, scheuen, aber offenen Blick ihrer blaugrauen Augen. Er kannte diesen Blick; er wunderte sich, daß er ihm nicht schon früher aufgefallen war, denn – das war ihm jetzt klar – sie hatte ihn offensichtlich schon bei anderen Gelegenheiten damit bedacht. Es war ein Blick, der sagte: Wir sind einander schon lange Zeit bewußt gewesen. Bald sind wir alt oder tot. Aber er, der sich solche Gelegenheiten sonst, wann und wie immer sie sich boten, nicht entgehen ließ, verspürte nicht die gewohnte schnelle Reaktion, mit der er sonst diskret auf solche Avancen einging. Etwas später, als ihre sechzehn- oder siebzehnjährige Tochter, die vor ein paar Jahren mit seinem Sohn gespielt hatte, ihm den aus der Kinderzeit überkommenen Gutenachtkuß auf die Stirn gab, machte er eine Entdeckung. Von allen anwesenden Frauen war sie die einzige, die er in einem Hotelzimmer gerne ausgezogen hätte.

Die aus vorgefertigten Zementblöcken errichteten Wohnquartiere auf der Farm hielten den Regen besser ab als die üblichen Lehmhütten, aber im Winter waren sie kälter. Schon jetzt war es, sobald die Sonne verschwand, recht kühl dort drinnen; die Kinder husteten unaufhörlich und unbeachtet, während die Männer hockend oder mit vorgebeugten Schultern die Kohlenpfanne umringten. Jacobus hatte seine eigenen Arrangements getroffen: er wohnte nicht unten im Lager – er, seine Frau und das jüngste Kind lebten in Alinas Zimmer in der sogenannten Dienstbotenwohnung beim Haus, während Alina und ihr Mann sich den Schuppen eingerichtet hatten – aber Jacobus kam der Geselligkeit wegen abends oft ins Lager, in dem er tagsüber ohnehin aus allen möglichen Gründen aus- und einging. Er sprach von der Notwendigkeit, einen scharfen Hund auf der Farm zu halten, um Eindringlinge abzuschrecken. »Wie der Hund vom indischen Laden. Davor hat jeder Angst. Ich halt ihn den ganzen Tag an der Kette, dann ist er nachts scharf. So kriegt man einen guten Wachhund.«
»Frag ihn.«
»Du weißt doch – ich habe ihm das schon oft gesagt.«
»Was kannst du dann machen?«
»Schon oft. Du weißt, wie das ist. Du sagst was, und sie machen Gebrauch davon, um ganz was anderes zu sagen. Er sieht an mir vorbei. Wie viele Hunde haben wir schon auf der Farm? Die Hunde vom Lager bringen alles um. Also sag ich ihm, daß das nicht stimmt. Dann, sagt er, müssen es die Menschen sein, die Fallen für die Vögel stellen, wo sind die Vögel denn alle?«
»Sogar die Eier«, sagte jemand.

Jacobus gab einen langgezogenen, leisen A-Ton der Erbitterung und Niederlage von sich, und die anderen stimmten mit einem ähnlichen Ton, einer Art Lachen, ein. Er ließ die Zunge mit einem kehligen Laut gegen den Gaumen schnalzen.

»Sogar die Eier...«

Aber Jacobus ging nicht darauf ein, und das Lachen verstummte. Er durfte solches Gerede nicht allzusehr ermutigen – er stand selbst halb auf der Seite der Autorität, über die er sich mokierte. Er verdankte dieser Autorität seine Privilegien, gleichzeitig schützte er die hier vor ihrer Quelle. Er hatte die Frauen ermahnt, die Kinder keine Eier sammeln zu lassen, wo man sie erwischen konnte; er hatte *ihm* zu verstehen gegeben, daß es für Leute, die früh an die Arbeit gehen, genug Perlhühner zu sehen gab.

»Er wird nicht (eine Kopfbewegung, die ›Polizei‹ bedeutete) aus der Stadt holen?«

Jacobus grinste wissend: »Er mag diese Holländer nicht!«

Der Mann namens Witbooi, der vor siebzehn Jahren illegal aus Rhodesien eingewandert war, wiegte sich erleichtert auf den Beinen. Sein eigentlicher Name war Simon Somazhegwana, und hatte er auch keinen Paß, so konnte doch niemand behaupten, er besäße keine Papiere. In der Kunstdünger-Tüte aus Plastik, die seine Kleider und anderen Habseligkeiten enthielt, steckte auch eine alte Brieftasche voller Papiere – verfallene Arbeitsgenehmigungen von Gebieten, aus denen man ihn ausgewiesen hatte, aus Schulheften gerissene Seiten, auf denen es hieß: *Überbringer dieses ist ein tüchtiger Boy*... TO WHOM IT MAY CONCERN... *Hiermit bestätige ich, daß der Überbringer, der eingeborene Witbooi*... Unterschrieben hatten kaum schreibkundige weiße Hausfrauen und Farmer, schöne Referenzen. Im Verlauf der Jahre hatte er sie einem Arbeitgeber nach dem anderen präsentiert. Er bewahrte sie sorgfältig auf. Eines Tages würden sie dem Auge des Gesetzes vorliegen und zweifellos für so gültig befunden werden wie

alle anderen von Weißen ausgestellten Dokumente; wie die Stücke Papier, die offiziell vom Paßamt ausgegeben wurden.
Die Leute von der Farm kauften ihr Paraffin und ihren Tabak, ihre Streichhölzer und ihre Seife, Tee und Zucker in dem indischen Laden an der Straßenkreuzung; die wöchentliche Maismehlration war Teil des Lohns und wurde von Jacobus ausgegeben. Die Kinder unternahmen Expeditionen zum Laden, wenn ihr Treiben an der Einfahrt ihnen ein paar Cents eingebracht hatte, oder wenn sie Flaschen fanden, für die sie Pfand einlösen konnten. Jacobus, der fast die ganze Woche über sein eigener Herr war, fuhr mit dem Traktor hin, wann immer es ihm paßte. »Was ist denn los da bei euch?« »Wieso? Wieso ›Was ist los?‹« Jacobus sprach mit dem Inder weder wie mit einem Weißen noch wie mit seinesgleichen. Es waren drei Inder hinter dem Ladentisch: Der Alte – der Vater des Vaters –, der Vater selbst, der eben gesprochen hatte, und der Sohn, ein schlanker, junger Mann. Der Alte hatte einen Bart, bläuliche Lippen, gegen die zwei abgenutzte braune Zähne lehnten, trug eine runde weiße Mütze und saß den ganzen Tag auf einem Küchenstuhl. Auf dem vollen Gesicht des Vaters glitzerten die Bartstoppeln, und er war immer in Hemdsärmeln; der anwesende Sohn (es gab mehrere) trug eng anliegende, ausgestellte Hosen und Jacketts mit Rückenschlitzen oder eingewebten Lurexfäden – die Farmarbeiter befühlten die Sachen manchmal bewundernd, halb im Scherz: »Wo haste das gekauft? In der Stadt?« Sonnabends und sonntags bedienten die noch jüngeren Inder – die Schuljungen der Familie, die im Laden zu helfen begannen, sobald sie alt genug waren, die verschiedenen Münzen auseinanderzuhalten.
»Du weißt doch. Es hat doch Krach bei euch gegeben.« Der herausfordernde, aggressive Ton war für die Leute von der Farm nichts Neues; er diente dazu, die Barriere zwischen

ihnen und dem indischen Ladenbesitzer aufrechtzuerhalten; sie kannten die Unarten des Inders.

Jacobus hielt die Spielregeln ein. »Ich! Was soll ich denn gemacht haben? Ich und Krach? Warum denn?«

»Komm, Komm! Die Polizei war auf eurer Farm. Es hat 'n Mord gegeben.«

»Die Polizei war hier? Bei dir?« Jacobus verdrehte ein Auge und lehnte sich ganz leicht über den Ladentisch.

»Sie waren hier, sie waren hier. Sie haben mit meinen Boys gesprochen, meine Boys wissen nichts, was wissen die schon von eurer Farm?«

Die Inder hielten sich ihre eigenen Schwarzen als Arbeiter.

»Nein, die wissen nichts über unsere Farm. Das stimmt.«

Der Inder warf das Geld mit fachmännischer Geste in die Ladenkasse und ließ sie mit einem schrillen Klingeln zuschlagen. »Ihr macht Scherereien da unten, ihr bringt die Polizei hierher, ihr macht uns allen Scherereien.«

»Nichts machen wir.« Jacobus hob die Hand in Richtung auf die Siedlung. »Die Leute da...«

»Scherereien für alle!«

Aber der alte Mann öffnete weder seine halbgeschlossenen Augen, noch rührte er seine gefalteten Hände. Ein rechter Zeigefinger flatterte ständig, wie ein Insekt, das sich zum Ausruhen niedergelassen hat. Der junge Inder lehnte s-förmig am Ladentisch und schien nicht zugehört zu haben.

»Nein, alles ist in Ordnung. Der Mann war tot, die Polizei hat ihn geholt. Fertig. Keine Scherereien für uns.« Das »uns« umschloß den Ladenbesitzer, seinen Haushalt, Jacobus selbst und die Leute auf der Farm.

Der Ladenbesitzer entzog ihm abrupt seine Aufmerksamkeit. Seine Hand mit dem schmalen rotäugigen Ring hatte schon vorher die Brille auf die Nase geschoben und nach den Lieferantenrechnungen gegriffen, die er jetzt überprüfte. Seine Lippen bewegten sich bei jedem Wort mit einem strengen Ausdruck: nur zwölf Plastikarmbänder für Herrenarmbanduhren. Der Laden war leer, nachdem Jacobus' klobige Gestalt sich zur Tür hinausgeschoben hatte, und der alte und der junge Mann sahen ihrem Sohn und Vater zu, dessen Wachsamkeit auf alles und jeden gerichtet war, mit dem sie zu tun hatten. Die Inder hatten ein eng an den Laden angrenzendes Haus mit Kletterbohnen an der Mauer und Studentenblumen hinter dem Stacheldrahtzaun. Von der Ladenfassade abgesehen, umgab der zehn Fuß hohe Zaun das ganze Grundstück, mitsamt dem halb von einer Ziegelmauer eingerahmten Hinterhof und den an die Hofmauer gelehnten Blechhütten, in denen ihre Schwarzen hausten. Der Zaun war hier und da mit Wellblech, an einer Stelle sogar mit einem alten Bettgestell abgestützt – die Schwarzen hatten ihn für ihre Dienstherren errichtet, um Schwarze fernzuhalten. Die beiden großen Hunde – eine Kreuzung aus den zwei bevorzugten Wachhundrassen des weißen Mannes, Deutschem Schäferhund und Dobermann –, die an Schienen gekettet waren, hatten entlang der Innenseite des Zauns eine flache Rinne getreten. Sie sprangen, rannten und knurrten jedesmal, wenn jemand in Hör- oder Sehweite kam. Sie bellten auch jetzt, verstummten aber, als Jacobus sich der hohen Gattertür näherte, und schnüffelten mit im Staub gespreizten Zehen. Er blieb für ein paar Augenblicke stehen, die Finger um den Maschendraht, und tauschte Begrüßungsworte mit einer Frau, die Waser aus dem Brunnen pumpte. Die Hunde standen schwanzwedelnd da, während die Frau Jacobus einließ und mit ihm zu den Blechhütten hinüberschlenderte. Er und die Leute dort begrüßten einander mit »Bruder«, »Schwester«, »Mutter«, »Onkel«, mit einer Grammatik der Intimität, die ihrer Sprache eigen war; eine der Frauen war dabei, die Wäsche der Inder zu waschen, einer der Besucher aß einen halben Brotlaib und trank eine Flasche Cola, ein alter Mann und mehrere alte Frauen waren in ihren Behausungen. Die Türen standen offen und gaben den Blick auf Abfall, zerbrochene Stühle, leere Flaschen und Kochtöpfe frei. Man sah, daß man nicht nur drinnen wohnte, sondern auch draußen. Einer der Männer, die im Laden arbeiteten, erschien, wohl, weil es ihm durch ein Kind aufgetragen worden war. Er und Jacobus hatten einander während Jacobus' Besuch im Laden nicht gesehen. Seine Hände waren weiß überstäubt: Er hatte im Hinterzimmer Maismehl in Tüten abgewogen.

»Sie sind hiergewesen?«

»Am selben Tag.«

Jacobus saß bequem auf einer umgestülpten Kiste. Er lehnte die Prise Schnupftabak ab, die der Alte ihm aus seiner Dose anbot.

»Worüber regt er sich so auf? Wer hat je gehört, daß ein Inder Leute umbringt?«

»Er hat Angst um seinen Laden. Du weißt doch, daß sie eigentlich nicht hier sein dürfen, die Gegend ist nur für Weiße. Die Inder dürfen hier keinen Laden haben. Sie zahlen.« Er streckte seine schwarze, weiß bepuderte Hand aus und rieb mit dem Daumen an den geschlossenen Fingern. Er lächelte bei dem Gedanken, daß Jacobus davon nichts wußte.

Der Alte sagte: »Ja, die haben genug Geld, diese Leute, sie zahlen, und keiner sagt was. So haben sie ihren Frieden. Sie werden in Ruhe gelassen, es gibt keinen Ärger. Keiner kommt und fragt, ob der Laden 'nem Inder oder 'nem Weißen gehört.«

Jacobus rauchte die halbe Zigarette, die er aus der Tasche gezogen hatte, murmelte eine amüsierte Bemerkung über das Gespräch im Laden vor sich hin und wurde dann abgelenkt von dem neuen Fahrrad des Besuchers, das neben ihm lag: wieviel kostete so ein Fahrrad heutzutage? Es war um ein Drittel teurer als sein eigenes, das er vor ein paar Jahren gekauft hatte, bevor er anfing, mit dem Traktor zu fahren. Sie sprachen über Geld; das führte unvermeidlich zu einem Gespräch über Arbeit. Jemand hatte einen Angehörigen auf einer der Farmen in der Nähe, der gerade entlassen worden war – man hatte ihm gesagt, er müsse gehen. Das war die gängige Form der Kündigung. Niemand stellte sie in Frage, und niemand versuchte zu bemänteln, warum es gerade Jacobus gegenüber erwähnt wurde.

»Wir brauchen niemanden.«

Aber sie wußten alle, Jacobus war der Boß, er verwaltete die Farm, wenn der weiße Mann in der Stadt war. »Na gut, sag ihm, er soll vorbeikommen. Aber nicht am Sonntag. Vor Sonntag, oder nach Sonntag. Ich weiß nicht – vielleicht kann ich... es ist beinahe Winter, es gibt nicht soviel Arbeit, weißt du. Vielleicht kann ich sagen... ich kann ihm sagen, daß wir einen mehr für die Kühe brauchen.«

Eine Frau, die bisher geschwiegen hatte, stellte sich als Frau des Betreffenden vor: »Hallo, Schwester, hallo, Bruder.«

»Sie wohnt hier, aber sie kann nicht bleiben«, sagte jemand. Eines ihrer Kinder trug das Baby der Familie wie einen Höcker auf dem Rücken. Das Baby hatte rötliches Haar, das übliche Zeichen von Unterernährung bei Kindern, die zu alt sind, um an der Brust zu trinken und statt dessen Maismehl bekommen. Es schrie, und das ältere Kind schüttelte es, bis der quäkende Kopf hin- und herrollte. Kinder folgten Jacobus durch das Tor und kletterten auf den Traktor, aber er jagte sie hinunter. Sie sahen ihm nach, als er in dem majestätischen Tempo des eisernen Traktors davonfuhr. Sie lachten, schubsten sich und wälzten sich im Staub.

Ich bete um Mais, daß viele Menschen zu diesem deinem Dorf kommen mögen und einen Lärm machen und dich preisen.

Mehring las in der Zeitung über die Nilpferde, die ihre totgeborenen Jungen in ausgetrockneten Sumpflöchern verloren. Es war das vierte (oder fünfte) Dürrejahr. Ihn traf es allerdings nicht; der Fluß, dessen Wassermenge gesunken war, floß ständig; er wurde von einer unterirdischen Quelle gespeist. Die Farm war nicht abhängig von Oberflächenwasser. Er war nicht abhängig von der Farm. Er würde eine beträchtliche Menge zusätzlichen Viehfutters kaufen müssen, aber das konnte alles von der Steuer abgesetzt werden.

Er ist gerade für eine Woche nach Japan geflogen; seine häufigen Reisen sind von der Art, bei der das Gepäck aus ein paar frischen Hemden und aus Unterlagen besteht, die unterwegs im Flugzeug gelesen werden. Für Vergnügungen bleibt wenig Zeit – oder Gelegenheit. Abendessen mit den Japanern oder Deutschen oder Kanadiern und ihren Frauen gehören zur Tagesordnung. Sie alle haben eine Jacht oder ein Sommerhaus, von denen man – um nicht dauernd von Rohmetall zu sprechen – dann beim Essen plaudert. So gebietet es das Protokoll. »Ich fürchte, ich gehöre nicht zur Klasse der Jachteigner (wie nett er das gesagt hat). Ich habe mein bißchen Buschland und meine paar Kühe. Und das ist alles, was ich mir wünsche.«

In Afrika! Eine Farm in Afrika! Wie er an Afrika hängen mußte. Und gibt es wilde Tiere dort?

Nach einer Woche Japan ist alles so, wie es vorher war. Er passiert den Eingang zur Siedlung. Die Autobusse und die schäbigen Taxen schlingern bedrohlich, die Siedlungsbewohner warten auf sie zwischen den leeren Bierkisten und Apfelsinenschalen, die Frauen sitzen auf ihren Bündeln, die Männer sind aufgeputzt und voll Alkohol. Die Kinder verbringen den Tag damit, den Müll auf dem offenen Feld gegenüber, das als Abfallplatz benutzt wird, zu durchwühlen. Da es Sonntag ist, sitzen die Inder auf ihrer Veranda, sogar die Frauen in ihren rosa und gelben Hosen und Tuniken. Die armen angeketteten Hundeviecher rasen immer noch auf und ab. Die Schwarzen von der Farm wandern schleppend die Straße entlang oder fahren im Zickzack auf ihren Rädern. Der Mann im zerlumpten Overall, der beiseite hüpft und ihn mit einer Mischung von militärischem Salut und Verbeugung grüßt, kennt ihn nicht; er hat nur ein paar über den Durst getrunken. Irgendwo auf der anderen Seite des Flusses hauen sie auf ihren Trommeln herum. Die übliche Biertrinkerei. Aber seine eigenen Leute oben im Kraal sind ziemlich ruhig. Das Trommeln und die fernen Schreie brechen kaum ein in die vollkommene Stille, die sich für ihn bis zum Horizont ausdehnt. Sein Horizont: Das ist zunächst, solange er läuft, die Anhöhe mit der benachbarten Farm jenseits des Flusses, dann, als er sich unter den Weiden niederlegt, das Gewirr aus zerbrochenen Schilfhalmen. Die Weiden baumeln über ihm vom Himmel herab. Ein welkes, vergilbtes Blatt zwischen Daumen und Zeigefinger ist weich wie dünnes Ziegenleder. Er rollt sich auf den Bauch. Es fällt ihm ein, daß er bei seinem Aufenthalt in Tokio einen Punkt nicht geklärt hat, und er nimmt sich vor, eine Notiz darüber zu machen (er hat ein Diktiergerät in seiner Aktentasche, aber die ist im Wagen). Daß er hier im Gras liegt, erscheint ihm für einen Moment, als sei er dabei, einen Beweis dafür anzutreten, als könnten diese Leute auf der anderen Seite der Welt es jetzt mit einem Lächeln für sich selbst sehen: Ich habe mein bißchen Buschland und meine paar Kühe... er muß eingeschlafen sein; er ist plötzlich – aus einer Schwärze, einem Vakuum heraus – gewahr, daß er aus intimer Nähe in die Erde hineinatmet. Laub- und Grasfetzen rühren sich. Es ist der Atem aus seinen Nasenlöchern, der sie bewegt. Für seine halboffenen Augen sind die aus der Nase wachsenden Haare und die Fasern aus abgestorbenem Gras eins. Er hat Sand auf den Lippen.

Für einen Augenblick weiß er nicht, wo er sich befindet – oder vielmehr, wer er ist; aber die Situation, in der er sich findet, Auge in Auge mit der Erde, mit Erde am Mund, ist ihm eng vertraut. Es scheint ihm, als habe er sie innerlich schon einmal durchlebt.

In diesem Moment bäumt sich sein Körper in einem jener plötzlichen Krämpfe, in denen sich jeder Muskel, jedes Glied in einem Paroxysmus zusammenzieht, einem jener von Schrecken erfüllten Absprünge, die das arme Bündel, den Körper, sicher in harmlosem Wachsein landen lassen. Der Abgrund ist nichts weiter als eine Türschwelle; die Landung Sicherheit.

Er muß mit dem Gesicht nach unten eingeschlafen sein, und sein Kopf ist vom Unterarm gerutscht; ein wenig Speichelfluß hat geholfen, die Lippen mit Erde zu verkleben. Er hat gelegentlich Klagen über seine Neigung zu hören bekommen, geräuschvoll und mit offenem Mund zu schlafen.

Er rollt auf die Seite, und es scheint ihm, daß die Schilfhalme ihn umschließen wie zugezogene Vorhänge, die den Tag fernhalten. Das Gefühl der Vertrautheit, einer Art unerwünschten Wissens oder Kennens läßt nur langsam nach. Und dann schafft es ein Vakuum oder enthüllt etwas, wie die Flut, die den Treibsand mit sich trägt.

Er liegt hier, wie ihm scheint, eine lange Zeit. Dieser Ort – seine Farm – ist wirklich das, als was alle, er selbst inbegriffen, es beschreiben. (Und er hört, wie in einer Sprechprobe, seine eigenen Späße über Steuerabzüge, seine ernsthaften Aussagen, die seine bemerkenswerten Kenntnisse von Landwirtschaft verraten.) Ein Herbst im hohen Buschland, silbern-goldener Frieden, die Sonne sanft auf hartem Boden. Die Felsentauben beginnen früher auszufliegen, er hört den Fluß, der seine dunkle Zunge um die Wasserkresse und das Unkraut unterm Schilf windet. Als wäre er nicht fort gewesen; als sei nichts geschehen; als wenn dort unten nie ein Toter gewesen wäre – nicht dort sei. Alle glauben – so wie er selbst seit langem glaubt –, die Farm sei eine Investition gewesen. Aber als er sie herbrachte, an jenem Tag, das erste Mal – das erste Mal auch für ihn –, und sie über dasselbe Stück Boden gingen, auf dem er jetzt ausgestreckt liegt, dieses so ferne erste Mal, das er jetzt zurückruft, da war er nur von der großartigen Idee besessen, das Farmhaus als Treffpunkt mit einer Frau zu benutzen.

»Ich handele mit Eisen.« Selbstvertrauen genug für ein wenig Clownerie. Es war ein Vorgeplänkel, das Stadium des »Tauschen-wir-ein-paar-unwichtige-Informationen aus«.

»Kein gewöhnlicher Eisenhändler«, sagte sie. Aber das war keine Schmeichelei, nicht von ihr – Ironie, ja Sarkasmus, herablassend, um ihn auf die Probe zu stellen.

Das häßliche kleine Farmhaus – er war noch nicht mal drin gewesen, aber er konnte sich das geblümte Linoleum auf dem Fußboden und die toten Fliegen am Schlafzimmerfenster vorstellen – war nur etwa 40 Kilometer von der Stadt entfernt, und sie hatte einen Wagen. Viel sicherer als eine Wohnung, und ein Hotelzimmer kam mit einer Frau wie ihr womöglich nicht in Frage. (Man weiß allerdings nie; die, die sich als Intellektuelle gebärden, sind oft gar nicht so zimperlich, wenn ihre Gefühle einmal erregt sind.) Die ganze Zeit, während sie hier herumwanderten (er hat sich, ein wenig schwindelig, aufgerichtet, hat eine Zigarette angezündet und inhaliert in tiefen Zügen), während er redete und redete, während sein Körper reagierte, wenn er ihre Hand nahm und beim Überqueren der Flußrinnen für einen Augenblick ihr Gewicht spürte, war all seine Aufmerksamkeit auf den günstigen Umstand konzentriert, daß ein Haus da war. Nur 40 Kilometer von der Stadt entfernt, und sie ist die Art Frau, die ständig in ihrem kleinen Wagen in der Gegend herumsaust. Niemand würde jemals

wissen, wohin sie fuhr. Zum Friseur, zur Schneiderin, zu Freundinnen.
Das Haus würde ein Minimum des seinem Zweck entsprechenden Luxus enthalten, aber keine der üblicherweise notwendigen Haushaltsgegenstände. Es würde nicht im geringsten einem Zuhause gleichen, und das würde ihr gefallen. Whisky und dänisches Bier, guter Käse und frisches Brot, unterwegs gekauft; Eau de Cologne und riesige Handtücher im Badezimmer. Ja, seine Einbildungskraft eilte weit voraus, und er schmiedete Pläne, während sie gingen und redeten, versuchten, den Fluß zu überqueren, während sie – einander nahe genug, um des anderen Wärme zu spüren – die Karte studierten, die der Grundstücksmakler ihm gegeben hatte, während sie das Khakikraut durchwanderten, dessen stachlige Samen ihre Hosen in borstige Hüllen verwandelte. Er sprach über Unkrautvernichtung, über den Bau von Zäunen, über Pflügen, Dränieren, Bewässern. Sie befreite sich mit dem konzentrierten Genuß eines sich flöhenden Hundes von den stachligen Samen: »Warum nicht einfach kaufen und es so lassen, wie es ist?« Wie konnte sie wissen, daß er den möglichen Erwerb des Grundstücks in einem recht ähnlichen Licht sah? Zweifellos tausendmal besser als jedes Stadtappartement, diskreter. Die Landarbeiter waren kein Problem, da er nicht verheiratet war und da sie automatisch annehmen würden, daß sie die »Missus« sei. Mein Gott, in was für eine Hitze und Aufregung hatte er sich mit seinen geheimen Plänen dieses Weibsbilds wegen hineingesteigert. Hat er die Badetücher und das Eau de Cologne je gekauft? – daran kann er sich nicht erinnern. Aber er hat 100 Rand pro Acre* gezahlt; das war teuer damals, muß jetzt mehr wert sein, doppelt soviel.
Er hat sich steifbeinig erhoben und hat die Sonntagszeitung vom Boden aufgehoben, die er gelesen hatte, bevor er ein-

* 1 acre = ca. 4000 Quadratmeter

schlief. Eine japanische Rückenmassage ist kein Ersatz für körperliche Bewegung. Die Zeitung ist dick zusammengefaltet wie eine Fliegenklatsche und lästig zu tragen. Aber er läßt niemals etwas herumliegen, nicht einmal einen Zigarettenstummel; sie sind es – die da oben im Lager –, die Plastiktüten wegwerfen und Blechdosen bei den Baumstümpfen liegenlassen. Immer räumt er hinter ihnen her. Da sind schon die Kinder, sie kommen dünnstimmig lärmend übers Buschland und tragen diese ewigen Paraffindosen mit Wasser von der Pumpe. Einige sind so klein, daß sie wie Paraffindosen auf Beinen aussehen. Aber die Eltern scheren sich nicht darum. Gerade zurück von Japan, sieht er sich selbst als einsamen Mann, der da am Schilf entlangwandert. Man kommt jetzt viel weiter vorwärts als vor ein paar Wochen, denn das Schilf ist vertrocknet und vom Vieh niedergetrampelt worden. Die Nester der Webervögel (die aussehen wie die staubigen Haarbällchen, die Frauen beim Kämmen zurücklassen) liegen verlassen auf der Erde, und die Flußrinne ist trocken. Der Fluß hat sich in ein unsichtbares Bett zurückgezogen. Vertrocknete Wasserpflanzen überziehen den verhärteten Schlamm. Er bahnt sich mit der Zeitung einen Weg durch das überhängende Schilf. Flußpferde, die ihre ungeborenen Jungen in ausgetrockneten Wasserlöchern verlieren, Wasserlöchern wie diesem hier. Erstaunlich, wie wenig wählerisch die Natur in Notlagen ist. Die dünnste Erdschicht genügt. Der Teil des Flußbetts, in dem er jetzt steht, muß nahe der Stelle sein, zu der Jacobus ihn geführt hat. Kühe zertrampeln die Oberfläche und brechen sie auf, kleinere Tiere (Ratten?) graben Löcher, Schilf bricht und fällt; es sieht aus wie überall. Kein Unterschied. Die größten Weiden waren da drüben, links von der Stelle, an der der Tote gelegen hatte... Was für einen Aufstand sie gemacht hätte, eine Frau wie sie. Einmal zum Beispiel, gleich nachdem er den Kauf des Grundstücks abgeschlossen hatte, erwähnte er ihr gegenüber irgendeinen Vorfall, im Zusammenhang mit einem neu eingestellten Boy.

»Was hast du gesagt, wie wird er benannt?«

»Witbooi*.«

Ihr Gesicht. »Wie alt ist er?«

»Wie soll ich das wissen? Er weiß es wahrscheinlich selbst nicht.« Danach sprach sie immer von »diesem Viehhirten, Swart Gevaar**«. Ihr Gesicht hatte – hat? – jenen fahlen Teint, den man wohl als olivfarben bezeichnet, obwohl Oliven eigentlich grün, braun oder schwarz sind. Eine gleichmäßige Haut, ohne jede Abstufung der Farbtöne oder der Struktur; faszinierend. Von den Nasenflügeln zu den Ohren, vom Kinn zum Haaransatz. Der Haaransatz ist auch ganz klar gezeichnet – er hat das gern. Keine Beeinträchtigung des Ovals, weder an den Schläfen noch als feiner Wuchs vor den Ohren. In den Dreißigern zog – zieht? – sie ostentativ nie die ein oder zwei weißen Haare aus, die, sichtbar vom Wirbel bis zu den Spitzen, transparent zu sein scheinen, wie eine Angelschnur aus Nylon. »Schwierigkeiten«, sagte sie und lehnte sich im Café über den Tisch, so daß nicht nur das sonnengebräunte V, sondern auch das hellere Fleisch ihrer Brüste im aufgeknöpften Ausschnitt eines dieser Hemden zu sehen war, die sie immer trug. Er hatte, von ihr ungesehen, ihre Augen beobachtet, die ins Leere starrten, während sie auf ihn wartete: sie starrten auf die Angst. Aber während sie ihre Geschichte herunterrasselte, begann sie sich aufzuspielen, wie solche Leute es immer tun. Während sie ihm gegenüber Furchtlosigkeit markierend – ihre Furcht vergaß, begann sie, die Situation zu genießen. Es hätte ihr immer klar sein müssen, daß so etwas geschehen würde. Sie lud sich Schwarze ins Haus und weiße Pfarrer, die Jesus als Revolutionär verkündeten, und

* Witbooi = Weißer Junge

** Swart Gevaar = Schwarze Gefahr

dann wunderte sie sich, die Polizei auf dem Hals zu haben. *Kein gewöhnlicher Eisenhändler.* Das kam ihr jetzt gelegen, nachdem sie ihn mit einem mysteriösen Telefonanruf in irgendein griechisches Café bestellt hatte, um eine Art Schmeichelei daraus zu machen, und die Implikation in einen Anspruch an ihn umzuwandeln. Er sollte mit einem guten Rechtsanwalt reden, einem respektablen, gewieften Firmenanwalt von der Sorte, die er kannte; es wäre sinnlos, sich vor Gericht von einem der ihren vertreten zu lassen. Während er ihr zuhörte, sah er sie vor sich, wie sie zu einem von denen sagen würde: Ich kenne jemanden, einen von diesen Bonzen, die wissen, wie man so was hinkriegt. Einer von den Bonzen, die sie so verachteten. Oh, die *Naiveté* all dieser Leute von ihrem Schlag! Ihre hochmütige Stupidität. Sie stand auf ihrem »intelligenten« Gesicht geschrieben.

Wäre sie jetzt hier, dann hätte ihr Körper begonnen, sich zu verkürzen. Das spielt sich bei Frauen innerhalb weniger Jahre ab, der Raum zwischen Hüfte, Bauch und Brüsten wird immer kürzer, als wenn die Jahre sie vom Kopf aus nach unten drücken. Es geschieht auch der schönen Frau, mit der er seit fünfzehn Jahren befreundet ist und die ihn zu oft zum Abendessen einlädt. An einem Zaun angekommen, der das Feld in Richtung auf das Schilf durchschneidet, hält er einen Moment an; eine Woche in Japan ist kein schlechter Anfang, um diese alte Freundschaft etwas abzukühlen. Eine Woche kann zu Wochen, zu einem Monat werden. Ich bin so oft verreist gewesen... es kommt vor, daß man sich auseinanderlebt. Jeder Mensch läßt gelegentlich einen anderen fallen. Er betrachtet über den Zaun hinweg einen schwarzweißen Storch. Die Tochter – das kleine Mädchen, das kein kleines Mädchen mehr ist – wird für ihn unerreichbar bleiben. Sie hat den Raum zwischen Bauch und Brüsten, selbst wenn sie angezogen ist, sieht man, daß sie keinen Bauch hat, absolut flach.

Der Storch sollte längst nach Europa unterwegs sein; er hüpft mit angelegten Flügeln und bodenwärts gerichteten Augen herum, als habe er etwas Wertvolles verloren. Der Ring letztes Jahr; er hat sich nie angefunden. Es wird ihm klar, daß er diesen Ring, den er sonst auf solchen Gängen, wenn nicht bewußt, so doch mit einem Reflex seiner Fußspitze zwischen den Steinen sucht, heute vergessen hat. Der Storch nimmt von seiner Anwesenheit keine Notiz. Vielleicht verändert die Dürre den Ablauf der Wanderzeit? Die Vögel bleiben, wo es Wasser gibt, bis zum letzten vertrockneten Wasserloch, in dem die Flußpferde ihre halbfertigen Jungen verlieren. Greuel in Kambodscha, für das zweite Jahr keine Maisernte im Transkei, so heißt es in der Zeitung – der Sonntagszeitung, die so lästig zu tragen ist. Er geht am Zaun entlang, arbeitet sich zur Straße und zu den Eukalyptusbäumen durch und schenkt dabei – im Gegensatz zum Storch – der Erde keine Aufmerksamkeit. Nachmittags zu schlafen hat vernichtende Konsequenzen. Manchmal wacht er auf, und der Text irgendeiner alten Tanzmelodie – er kann nicht einmal tonrein singen, so steht es mit seinen musikalischen Kenntnissen – gehen ihm im Kopf herum wie eine eingefangene Schmeißfliege. Manchmal empfindet er eine unerträgliche Gereiztheit im Zusammenhang mit irgendeinem trivialen Vorfall, der sich aus dem verdunkelten Speicher der Erfahrungen gelöst hat und an die Oberfläche gedrungen ist. Manchmal, wie in diesem Moment, scheint er auf jemanden einzureden. Das ist nur ein Schritt von der exzentrischen Gewohnheit des Selbstgesprächs, Greuel in Kambodscha. Womöglich keine gute Idee, die Metallgesellschaft-Deutschen in den Krüger-Park zu führen. Es könnten stinkende Flußpferd-Embryos herumliegen. Auf der anderen Seite des leeren Entwässerungsgrabens begegnen ihm die dickbäuchigen Gören mit ihren Dosen auf dem Kopf. Sie machen ihm Platz und warten, bis er vorbei ist, dann machen sie sich auf den Weg zur Pumpe, um mehr Wasser zu holen. Und das tun sie den ganzen Tag, jeden Tag. Ja, denkst du denn, ich weiß das nicht? Er schlägt sich sogar mit der zusammengerollten Zeitung auf die Schenkel. Auf mögliche Beobachter auf der Straße oder dem frisch gepflügten Feld mit den in Tipi-Form gestapelten Maisstengeln mag es wirken wie die lebhafte Geste eines Mannes, der es genießt, sich Bewegung zu machen. Aber die Kinder ignorieren ihn, wie er sie. Wie hoch ist der Prozentsatz der Hungernden in der Welt? Wie lange kommen wir ungestraft davon? Haben die Aristokraten in Frankreich, als sie vom Terror erfaßt wurden, gewußt: jetzt hat es uns erwischt? Haben die Juden in Deutschland gedacht: jetzt sind wir dran? Bald, in dieser Generation oder in der nächsten, werden wir es sein, die hungern und leiden müssen. Warum nicht? Und denkst du, mein respektabler Firmenanwalt hätte dich davor gerettet? Mit einer erfolgreichen Verteidigung deiner fröhlichen Partys mit Negern, einer gerechten Sache also, und deiner Plakate, die soziale Ungerechtigkeit anprangern, als sei dies deine persönliche Entdeckung?

Erde in seinem Mund.

Es knirscht zwischen den Zähnen; wenn er schluck und seine kräftigen Backenzähne aufeinander stoßen, zermalmen sie mikroskopisches Gestein. Erde in seinem Mund. Obwohl er sich die Lippen abgewischt hat. Er sammelt Speichel mit der Zunge und spuckt in den Staub.

Halbwüchsige, halbwilde Katzen in der Dachrinne über der Küchentür; es ist reichlich Milch da, aber sie machen sich wahrscheinlich nie die Mühe, sie zu füttern. Doch, da steht ein Teller neben der Tür. Psspsspss. Er wird sich im Badezimmer den Mund ausspülen. Die Hintertür öffnet sich quietschend, schlägt zu, öffnet sich wieder und schlägt noch einmal zu. Die Küche riecht nach verbranntem Porridge und saurer Milch, und die Platten des Elektroherds sind abge-

stellt, strahlen aber Wärme aus wie ein errötendes Gesicht. Sie kochen natürlich hier, obwohl sie das eigentlich nicht sollen. Im Rest des Hauses liegt das emsig aufgetragene Bohnerwachs dick auf den nie betretenen Fußböden.
Ein Platz für eine Frau.

Die Dusche spritzt ihm warmes Wasser ins Gesicht, der Strahl verstärkt sich und wird kälter, er kann weder sehen noch hören. Einmal im Badezimmer, schien es ihm viel besser zu duschen, als sich nur den Mund zu spülen. Die verchromte Dusche, die über dem Bad befestigt oder in der Hand gehalten werden kann, bildet einen scharfen Kontrast zu den geborstenen, mit abblätternden Bambi-Abziehbildern verzierten Kacheln, die der vorige Eigentümer offenbar als Höhepunkt des Badezimmerkomforts betrachtete. Tausend Wassernadeln massieren die Starrheit aus seinem Gesicht. Er hält den Atem an, dann zieht er die Luft ein und fühlt mit Entzücken, wie das Wasser in seinen Mund, auf seine Zunge prasselt. Er hört ein Klingeln. Mit dem Kopf unter Wasser bildet man sich leicht ein Klingelgeräusch ein. Aber nein, es klingelt, und nicht in seinem Kopf. Das Telefon. Seine Ohren haben Jahre der Gewöhnung gebraucht, um nur auf seine spezielle Klangkombination des Gemeinschaftsanschlusses – dreimal kurz und einmal lang – zu reagieren. Er geht nackt auf den Flur hinunter, seine Fußspuren sind triefendnaß auf der undurchdringlichen Schicht von Bohnerwachs. Wann immer er die Stimme eines der Nachbarn am Telefon vernimmt (nicht, daß er sie gut genug kennt, um sie voneinander zu unterscheiden, aber er erkennt den starken Afrikaans-Akzent, den ihr Englisch, und die authentische Muttersprachen-Intonation, den ihr Afrikaans hat), verfällt er in einen defensiven Ton höflicher Bestimmtheit, denn sie rufen fast immer an, um sich zu beschweren. Eine ausgerissene Kuh ist in ihre Luzernenfelder geraten, oder die Boys haben sich bei der Benutzung des Flusses für die Bewässerung nicht an ihren Turnus gehalten. Aber heute spricht die eher zögernde Stimme, die sich als die des

alten De Beer selbst entpuppt, in den schmeichelnden Tönen, die diese Buren immer gebrauchen, wenn sie etwas wollen. Afrikaans mit seinen hausbackenen Wendungen und tröstlich klingenden Verkleinerungsformen, die nicht mit einem Adjektiv wie ›winzig‹ oder ›klein‹, sondern mit einer Nachsilbe gebildet werden, eignet sich dazu besser als Englisch, aber diese Leute scheinen seine Beherrschung des Afrikaans zu ignorieren. Sie bestehen darauf, englisch mit ihm zu sprechen und machen damit klar, daß er hier draußen, außerhalb der Stadt, aus der er kommt und in die er zurückkehrt, nur mit Einschränkungen akzeptiert ist. Es hat aber auch Momente gegeben, in denen sie ihn als einen der ihren behandeln: »Mehring?« Ein lächelnder, fordernder, vorwurfsvoller Blick, wie ein Jude die Biegung der Nase registriert, die nur aus einem bestimmten Winkel in einem sonst neutralen Gesicht wahrgenommen werden kann. »Dann sind Sie ein Afrikaner, nicht wahr?« und gehen damit in die Muttersprache über. Er antwortet in derselben Sprache. »Es ist möglicherweise ein deutscher Name. Aus Südwest. Eine lange Zeit her.« (Gemeint ist Deutsch-Südwestafrika.)
»Hören Sie, Mr. Mehring«, der alte De Beer ist äußerst bemüht, ihn nicht zu beunruhigen, »seid ihr Leutchen zu Hause?«
Das »ihr Leutchen« entspricht einer diskreten Gewohnheit; die Farmer wissen, daß er keine Frau hat, aber sie wissen auch, daß er oft Wagenladungen voller Besucher empfängt; ohnehin können sie sich einen Mann ohne irgendeine Form von Familie nicht vorstellen. Da er keine hat, haben sie im Weg gnadenvoller Unterstellung eine für ihn erfunden.
»Können wir dann eben mal vorbeikommen? Nur auf einen kleinen Schwatz? Wird nicht viel Zeit in Anspruch nehmen. Vielleicht können Sie uns aushelfen.«
Dem war eine ausgedehnte Konversation über das Wetter und die Dürre vorausgegangen, das Übliche, bevor man zum The-

ma kommt. Da er nackt ist, möchte Mehring vor Ungeduld aufstampfen. Sein Körper empfindet eine nervöse Furcht davor, daß jemand plötzlich hereinkommt: Seine Vernunft sagt ihm, daß außer ihm niemand hier wohnt und daß niemand zur Tür hereinkommen kann. Und dennoch, während er gequält ins Telefon lächelt, das er in der rechten Hand hält, spielt seine Linke herum wie die eines kleinen Jungen, der Trost und Zuflucht bei seinen Genitalien sucht – seine Finger durchkämmen das feuchte, krause Haar, ziehen an der Vorhaut, die beim Duschen zurückgerutscht ist, wiegen die ungleichmäßig großen Hoden, die kleinere und leichtere Seite unbewußt sanfter und vorsichtiger.
Er zieht sich in großer Eile an. Kaum die Folge der Aussicht auf einen Besuch von Meneer De Beer. Es ist die Dusche, die ihm über das sonderbare Erwachen unten im Schilf hinweggeholfen und ihn auf eine normale Existenzebene zurückgeführt hat. »Du bist mit dem falschen Fuß aufgestanden«, heißt das alte Sprichwort; es stimmt, daß man am falschen Ort aufwachen kann. Die Akupunktur der Wassernadeln hat das Gesicht wiederhergestellt, mit dem er heute dem benachbarten Buren, morgen früh den Metallgesellschaft-Leuten zu begegnen hat; das ihn jetzt selbst in dem armseligen Rechteck des Badezimmerspiegels anblickt. Er bürstet sein Haar. Die Schläfen sind grau gesprenkelt. Selbst nackt: das ist das Gesicht, das die Herren der Metallgesellschaft als das seine erkennen werden.
»Alina!« ruft er durch die Hintertür.
»Alina!«
Es ärgert ihn, daß sie sich natürlich ausgerechnet an dem Tag, an dem er sie braucht, dem Sonntag, woanders herumtreiben müssen. Er müht sich, die Fliegenrahmen aus rostigem Draht im Wohnzimmer hochzuschieben und ein paar Fenster zu öffnen. Jeder Besucher von den benachbarten Farmen würde hier drinnen mehr zu Hause wirken als er selbst; er hat das

Haus ›voets-toets‹ gekauft, mit allem Drum und Dran, der »Sitzgarnitur« aus Nylonplüsch, dem wackligen dreibeinigen Kaffeetischchen, dem Feuerschirm aus rhodesischem Kupfer mit getriebener Feuerlilie, dem schmiedeeisernen Blumenständer – von Familienfotos abgesehen, sieht es hier aus wie in ihren eigenen Wohnzimmern. Es gibt sogar ein Klavier mit Löchern, wo früher die Kerzenhalter angeschraubt gewesen sind. Gelegentlich schlägt einer seiner Freunde, der sich ins Haus verirrt hat, aus Spaß eine Taste an: Manchmal hört man eine Note, manchmal nur den leisen Anschlag des Hammers. Er hat angeboten, das Stück an jeden wegzuschenken, der es abtransportieren will – ein Angebot, das nichts als Heiterkeit erntet. Auf dem Buffet, das als Bar und Aufbewahrungsort für Rechnungen dient, steht sein Transistorradio, und er stellt es an, um die Nachrichten zu hören, hat aber vergessen, daß sie sonntags später gesendet werden. Eine lärmende Sinfonie durchdringt das ganze Haus. Als sein Gast samt Entourage ins Haus einzieht (er hat vergessen, daß die Vordertür monatelang nicht benutzt worden ist, und braucht eine Weile, um sie zu öffnen), scheint es, als sei das Haus, auch in den unsichtbaren Räumen, mit Stimmen und Bewegung bevölkert.

Es ist eine ganz schöne Delegation. Am Sonntagnachmittag erwartet die ganze Familie, bei jeder Art von Ausflug dabei zu sein. Der alte De Beer hat den jungen De Beer dabei, und der junge De Beer ist von der jungen Frau De Beer mit Kind begleitet. Dann ist da noch ein junges Mädchen, das der jungen Frau De Beer ähnlich sieht, wahrscheinlich eine Schwester. Er hat die Familie De Beer in einer solchen Anordnung heute schon einmal gesehen, als sie, alle unter feierlichen Hüten, in ihrem Wagen vom sonntäglichen Kirchenbesuch zurückkehrten. Daher wußten sie auch, daß er da ist. Es sind Leute, die sich nicht einfach über einen Raum verteilen, ohne daß man es ihnen sagt. Kommen Sie herein, kommen Sie herein, setzen

Sie sich... sie stehen in loser Formation hinter dem alten De Beer. Bitte kommen Sie herein.
Selbst nachdem sie sich niedergelassen haben (sie schauen sich die Stuhlsitze vorher an, als fürchteten sie, sich auf etwas zu setzen oder etwas zu beschädigen), bleiben sie hinter den Rockschößen des Alten verborgen – sie sagen kein Wort. Das Kind windet sich vor lauter Schüchternheit wie eine Rebe um die dicken jungen Beine der Mutter, deren Knie eng aneinander gepreßt sind. Hansie De Beer verwaltet die Farm; mit ihm hat Mehring normalerweise zu tun, aber in Gegenwart des Vaters äußert er sich nur, wenn der alte Mann sich ihm zuwendet. Der alte De Beer ist ein gutaussehender Mann, sein Anzug spannt sich eng wie ein Trommelfell um seinen Körper; es müßte sich eine Uhrkette darüber wölben, statt dessen trägt er die neueste japanische Elektrikuhr am Handgelenk, mit einem Zifferblatt, das sich auf einem Armaturenbrett sehen lassen könnte. Bauch und Hoden, vom Anzug eng umschlossen, teilen majestätisch die Schenkel. Oh, wenn man seine Mannbarkeit und Vaterschaft so vor sich hertragen könnte, wenn man Zuchthengst und Patriarch zugleich wäre. Seine Ärmel sind mit Fleisch ausgefüllt, es gibt seinen Armen die richtigen Winkel, denkmalartig auf den Sessellehnen zu ruhen. Mehring nimmt alle diese Einzelheiten in sich auf und vergißt dabei, Bier anzubieten. Als er es tut, verharrt das Kaiser- oder Edward VII.-Gesicht des alten Mannes für einen Moment ausdruckslos; sein Sohn und die Frau reagieren auch nicht. Guter Gott, womöglich trinken sie sonntags keinen Alkohol, der Sohn hat Angst, ja zu sagen.
Die heisere, bedächtige Stimme des alten Mannes: »Wenn Sie vielleicht einen Brandy hätten. Ich würde gern einen Brandy nehmen.« Jetzt zieht Hansie vorsichtig nach: »Vielen Dank, für mich Bier.« »Haben Sie vielleicht etwas Kaltes?« Die Frau fragt wie ein braves kleines Mädchen. Sie darf unter den Au-

gen des Schwiegervaters sicher keinen Alkohol anrühren, weder sonntags noch werktags.
»Nur mit einem Tröpfchen Wasser drin. Das reicht. Nein, Ihre Luzernen waren nicht schlecht, gar nicht so schlecht. Aber warum pflanzen Sie keine auf dem obersten Feld, beim Kraal, bis Desports Zaun? – Vorher, als – (er wendet sich an seinen Sohn, der ihm den Namen sagt) als Jacobs hier wohnte, pflanzte er dort immer Luzernen. Sie würden sich da prima machen, Mann. Da gibt es ja nicht viel Frost. Sie können sie mit Ihrem Wasser den ganzen Winter über in Schuß halten.«
»Oh, ich habe einmal mit viel Erfolg Mais dort angepflanzt.«
»Mais! Ja schon... aber der Mais ist jetzt abgeerntet. Wenn Sie jetzt Luzernen hätten. Winterluzernen bringen einen guten Preis.«
Er spricht mit dem Geschäftsmann aus der Stadt, er lächelt sogar unter dem Schnurrbart, der seine Lippen verbirgt: »Das Gesetz von Angebot und Nachfrage, was?«
Mehring bringt als guter Gastgeber ein Lachen auf, und der Sohn stimmt ein. Die junge Frau spricht die ganze Zeit in einem scharfen Flüsterton mit den Kindern. Sie sind dabei, sich eine Flasche Cola zu teilen, die trotz des ständigen Durchgangsverkehrs in seiner Küche wochenlang unberührt im Eisschrank gelegen hat. »Einen Augenblick, vielleicht finde ich noch eine Flasche.«
»Nein, nein, das ist genug.«
Die Kleine wird sinken und ertrinken, wenn sie die Mutter losläßt, und doch flirtet sie, während sie sich anklammert, sie versucht, seine Blicke auf sich zu ziehen, damit sie sich sofort wieder hinter dem mütterlichen Schenkel verstecken kann. Sie ist schön, wie ihre Kinder es so oft sind – wo kriegen sie sie her? –, und sie wird – was tun sie ihnen an? – sich zu einer Art hohler Steckrübe entwickeln, wie ihre Mutter eine ist. »Es tut

mir so leid, ich habe nichts im Haus, ich bin verreist gewesen.« In eine solche Frau einzudringen, muß so sein, als bediente man sich einer der fleischigen, strotzenden Pflanzen, mit denen Fremdenlegionäre vorliebnehmen müssen.

»Gar nicht schlecht. Nur waren es keine fünfzig Pfund pro Sack... stimmt es nicht...« (Er wendet sich wieder Hans zu, den er jetzt als Zeugen braucht.)

»Nein, das stimmt, es war ein bißchen weniger, als Sie... es macht nichts...«

Sie hatten Luzernen von ihm gekauft – vor der Japanreise; vor sechs Wochen? Früher? Oder später?

»Wir hatten etwa zehn Prozent Verlust.« Hansie wird durch einen Blick gezwungen, bestätigend zu nicken.

»Sie müssen vertrocknet sein. Denn ich erinnere mich, ich habe sie selber abgewogen, nicht die Boys.«

Es war eine Woche vor der Sache mit der Polizei gewesen. Er war gar nicht auf die Farm gekommen. Vielleicht wußten sie es; der alte Mann mit den intelligenten braunen Augen mochte es wissen. Von einem Stadtmenschen wie ihm erwartete man, daß er alles seinen Boys überließ.

»Einem Kaffern können Sie beim Wiegen nicht trauen, das kann ich Ihnen sagen. Sie können versuchen, es ihnen beizubringen, solange Sie wollen. Es ist ihnen gleich, wieviel es ist, wissen Sie; sie können das Gewicht besser schätzen, indem sie es auf den Rücken heben. Ich habe Boys gehabt, die konnten Ihnen das genaue Gewicht sagen, wenn sie die Ballen hochhoben.«

Sie alle lachen, nicht ohne Bewunderung, sogar der alte De Beer selbst, sogar die junge Frau De Beer. Sie schüttelt den Kopf mit den sich unter einem Nylonschal kräuselnden griechischen Löckchen, das Kinn gegen den rosa Hals gepreßt, schüchtern, ganz ihr Kind. »Das stimmt, wissen Sie, das stimmt ganz genau, was mein Schwiegervater da sagt...«

Der alte De Beer, der die Hand über sein Glas ausgestreckt

hat, um zu zeigen, daß es voll genug ist, hat die Situation jetzt voll unter Kontrolle; selbst Mehring kann ihn ohne bewußte Anstrengung nicht unterbrechen. »Aber, was ich fragen wollte – Sie können mir vielleicht einen Gefallen tun, wissen Sie. Ich muß eine Menge Baumaterial und solches Zeug transportieren – eine Masse Zeug. Und wir haben nur den kleinen Lieferwagen, außer dem Milchwagen, und den kann ich nicht nehmen, die Milch muß jeden Morgen in die Stadt.«
Natürlich, sie wollen den Kleinlastwagen ausleihen. Es erübrigt sich zu warten, bis sie darum bitten, das wäre nicht nachbarlich. Er ist an die Konventionen von Großzügigkeit, Saunabädern und Ausflügen zum Krügerpark gewöhnt. »Aber nehmen Sie doch meinen Toyota, warum denn nicht? Ich werde meinem Boy Bescheid sagen. An welchem Tag brauchen Sie ihn?«
»Zwei Tage oder so«, wagt Hansie sich vor.
»Sehen Sie, es ist draußen in Rustenberg, das Haus meines verstorbenen Onkels...« Die junge Frau De Beer kann der Versuchung nicht widerstehen, sich über etwas zu verbreiten, was so offensichtlich in ihr Interessengebiet fällt. »Er ist gerade gestorben. Mmm, es war furchtbar, so lange Zeit hat er – wissen Sie – hat er keine Nahrung bei sich behalten können. Nicht einmal Wasser.«
Der alte Mann läßt sich nicht einmal dazu herab, sie als die Urheberin dieser Störung anzuerkennen. Er blickt seitwärts unter seinen Lidern hervor, als ob die Unterbrechung etwas sei, das gerade den Raum durchquert hat, seine Hand ist erhoben, seine Lippen sind geöffnet, er holt zwischen den Sätzen Luft. »Montag würde passen, Montag wäre gut.«
»Meine Tante will das Haus aufgeben, ja, eine Schande.«
»Mit Vergnügen. Sagen Sie einfach meinem Boy Bescheid, wann es Ihnen paßt. Ich glaube nicht, daß er diese Woche gebraucht wird.« »Oh, Ihr Boy«, der alte De Beer, die Hände mit jovialer Geste flach auf die breiten Schenkel gestemmt,

erlaubt sich noch ein Lächeln unterm Schnurrbart, »der nimmt den Traktor, wenn er seine Freunde besuchen will, der braucht den Lastwagen nicht.« Er nimmt die Spitze mit Humor; in ihren Augen ist es ohnehin gleichzeitig eine solidarische Geste, ein Arbeitgeber macht den anderen auf Dinge aufmerksam, die er wissen sollte.
Der alte Mann lehnt einen dritten Brandy ab; es sieht aus, als ob sie gehen wollen, aber sie gehen nicht. Die Kinder sind in den Hof gelaufen und kommen mit einem in den Rock der Kleinen gewickelten Kätzchen zurück, das sie gefangen haben.
»Sie sind ein Mann, der viel herumkommt. Sie müssen sich mit solchen Sachen auskennen – es ist eine Familienbibel im Nachlaß und noch andere alte Sachen. Antik. Antik was? Ich höre, daß manche Leute heutzutage eine Menge Geld für alte Sachen zahlen. Als Investition, was? Sie müssen mal bei uns vorbeikommen. Sie müssen sich das Zeug mal ansehen, wenn es da ist.«
»Ja, gern, wie interessant.«
»Ich bin selbst Sammler. Ich habe signierte Fotografien aller unserer Premierminister. Seit General Botha. Mein *Vater* hat unter General Botha gekämpft – haben Sie das gewußt? Und *sein* Vater (achtunggebietende Pause), mein *Großvater,* hat in den Kaffernkriegen gekämpft. Ich habe ein Farbporträt des verstorbenen Mr. Verwoerd, für mich persönlich signiert. Ich habe ihn im Juli 1960 in Pretoria kennengelernt. Ja, und ich besitze auch eins von John Vorster.«
Das verängstigte Kätzchen entkommt, über Linoleum schlitternd, unter das Buffet. Die Mutter saugt das Fingergelenk der Kleinen, um den Schmerz eines Kratzers zu lindern. Das gerötete Gesicht des Kindes kündigt einen bevorstehenden Tränenausbruch an.
»Fünf Stühle, von der Mutter meiner Mutter. Es heißt, sie kommen vom Kap. Ursprünglich. Aber ich interessiere mich

für Geschichte – verstehen Sie. Das ist mein Hobby. Die Geschichte – der Afrikander. Das interessiert mich. Nicht Möbel und so was. General Botha hat meinem Vater das Foto persönlich überreicht, der Name meines Vaters steht drauf – Henrik Barend De Beer – in der Handschrift des Generals.«

Das ältere Mädchen mit der Mütterlichkeit gegenüber Jüngeren, die nur Neger- oder Afrikanderkindern eigen ist, wedelt zur Ablenkung mit etwas, das sie vom Kaminsims genommen hat, und der drohende Moment geht vorüber; aber Hansie sagt auf afrikaans: »Nein, sie macht es kaputt, stell es wieder hin.«

Was ist es eigentlich? Es gibt in diesem Zimmer nichts, im ganzen Haus nichts, woran ihm gelegen ist. Der Gegenstand, den das ältere Mädchen – unsicher, ob sie ihn wieder auf seinen Platz stellen soll oder nicht – in der Hand hält, ist eine jener primitiv geschnitzten Figuren: ein schwarzer Krieger mit Speer und Lederschild. Sie werden in Souvenirläden und Flugplätzen in ganz Afrika verkauft. Er weiß nicht, wie es hierher kommt; der Speer ist verlorengegangen, er steckt nicht in dem Loch in der Hand, wo diese Dinger hingehören.

»Sie kann es behalten. Es ist ja wertlos.«

»Aber wollen Sie es nicht behalten«, fragt die Mutter, die weiß, daß er ein vielgereister Mann ist.

»Ich weiß nicht mal, wie es hierher kommt. Man kann die Dinger überall kaufen.«

»Mein Großvater«, sagt der alte De Beer, während er sich mit für einen Mann seines Umfangs großer Behendigkeit aus dem Sessel erhebt, »meines Vaters Vater besaß eine Kaffern-Puppe, die im Krieg in dem niedergebrannten Haus eines Häuptlings gefunden wurde. Haben Sie schon mal vom Modjadjis Kraal gehört? Da in der Nähe ist es gewesen.«

»Eine Kaffern-Puppe?«

»Dort oben, im nördlichen Transvaal. Haben Sie mal was von

der Kaffern-Regenkönigin gehört? Na, in der Gegend ist es gewesen. Eine dieser Puppen, die sie für ihre Magie brauchen. Viel ist nicht davon übrig; es waren Federn und kleine Säckchen mit Dreck an ihr befestigt, aber sie ist sehr alt.« Die schweren Schultern deuten mit einer Bewegung an, daß die Puppe noch irgendwo herumliegt.

»Sehen Sie zu, daß sie Ihnen nicht verlorengeht, Meneer De Beer. Amerikanische Museen zahlen heutzutage ein Vermögen für solche Sachen.«

»Sag schön Danke zu dem Onkel.«

Auf dem Weg zum Wagen machen sie einen kleinen Umweg an der Koppel mit den neugeborenen Kälbern vorbei. Mehring und der alte De Beer gehen vorneweg. Hansie, über eine krankes Kalb befragt, gibt Ratschläge. Jacobus erscheint mit dem Futter, in seinem zerrissenen Overall und Gummistiefeln; zum Glück scheint er nie zu vergessen, daß Trinken und Arbeit nicht zusammengehen. Der Tierarzt ist dagewesen, um das Kalb zu untersuchen. Er war kaum von Tokio zurück, da rief Jacobus schon an und bat ihn, den Tierarzt zu schikken.

»Aber jetzt trinkt es?«

»Ja, Baas, jetzt trinken.«

»Aber warum legt es sich immer hin? Läuft es nie herum?«

»Doch, Baas, is schon gelaufen.«

Vor dem Nachbarfarmer stimmt Jacobus Mehring in allem zu, statt eine selbständige Antwort zu geben. Er steht da, als sei er vor die Klasse gerufen worden. Dann, als wolle er zeigen, was er gelernt hat, als täte er es nicht jeden Tag, wenn diese Männer, die ihn jetzt beobachten, nicht da sind, gießt er den Brei mit besonderer Sorgfalt in die Tröge und breitet das Heu aus.

»Das läuft ja alles recht glatt hier bei Ihnen«, bemerkt der alte De Beer mit liebenswürdiger Herablassung.

»Dieser Herr wird morgen oder an einem anderen Tag der

Woche den Lastwagen holen. Halt nach ihm Ausschau und gib ihm die Schlüssel, ja?«

Jacobus steht stramm, mit einer Art Hüpfer, die Knie leicht gebogen. Er sagt zustimmend: »Ja, Baas.«

Während sie in den Wagen steigen, schlurft ein Schwarzer mit einem Plastikeimer vorbei, der endlose Sonntagsverkehr von Lager zu Lager. Jede Farm ist ihr Durchgangsgebiet, dagegen ist kein Kraut gewachsen; bei De Beer ist es nicht anders. Aber dieser Mann winkt Mehring, er ist ein wenig angetrunken: »Mina funa lo job?«* Sein Ton ist mehr drohend als fragend. »Kein Job!« Mehring wirft die Hände in die Luft.

Hansie darf immerhin fahren. »Eine Menge Faulenzer hängen hier herum. Es ist diese Siedlung. Ich wünschte, sie wäre hundert Meilen weit fort. Ehrlich. Und bei Ihnen hat man sogar einen von diesen Gangstern ermordet aufgefunden. Es ist nicht sicher hier.«

Der alte De Beer verwirft diese weibischen Betrachtungen. »Meine Boys wissen, daß ich auf jeden schieße, der meinem Vieh nachts nahekommt. Sie wissen es, und sie lassen es ihre Freunde wissen.«

Das kleine Kind wird von der Mutter dazu angehalten, aus dem Fenster des abfahrenden Wagens zu winken.

»Was will er mit dem Lastwagen?« Jacobus folgt Mehring in kurzem Abstand zurück zum Haus, wie er es immer tut, wenn er eine Bitte hat. Der Farmer hat sich umgedreht; sie stehen einander gegenüber, nicht wirklich nahe genug für ein Gespräch.

»Er muß ein paar Sachen von Rustenberg holen.« Er dreht sich wieder um und geht weiter, während er spricht. Sie kommen gemeinsam bei der Tür an, und Jacobus tritt hinter ihm ein.

»Warum nimmt er nicht den Lastwagen seines Bruders?«

* Ich brauche Arbeit

»Ich weiß nicht. Was für ein Bruder? Hat er einen Bruder hier in der Gegend?«
Ein Schnauben und ein Lächeln: »In Theronshoop, das ist sein Bruder.«
Sie wissen alles über uns. Er fragt sich, ob er eine Bemerkung über den Traktor fallenlassen soll. Ach, was soll's, wenn es dem alten Knaben Freude macht; solange der Traktor keinen Schaden nimmt. Es wird andere Gelegenheiten geben, wenn ihm danach ist, Vorwürfe zu machen. »Nun, Jacobus, wo brennt's?«
Der Mann hat es gerochen wie ein Hund, daß er in großzügiger Stimmung ist. Um an die Zigaretten in seiner Hosentasche zu kommen, muß er die Brust dehnen und den Körper anheben, er nimmt drei aus der Packung, und sofort sind die geöffneten Hände da, um sie entgegenzunehmen. Jacobus steckt sie mit zwei Fingern in die Brusttasche seines Overalls.
Alle ernsthaften Gespräche über die Farm werden im Stehen hier in der Küche geführt. »Master, wir brauchen einen neuen Boy für die Kühe.«
»Für die Kühe! Sind denn Solomon, Phineas und Witbooi nicht gut genug?«
»Witbooi, er is... Master, er is bißchen alt.« Aber es klingt, als habe sich das gerade rechtzeitig als Begründung eingestellt.
»Habt ihr Boys euch gestritten? Was hat Witbooi ausgefressen?« »Nein, nein, Witbooi, er is in Ordnung. Wir sind Freunde. Du weißt das lange Zeit. Noch *ein* Boy. Er kann Witbooi helfen.«
»Nicht noch mehr Boys! Der Winter steht vor der Tür. He, Jacobus? Wozu brauchen wir mehr Boys, es wächst ja nicht viel! Nein, nein, sag' Wibooi, er soll so weitermachen.«
Er lächelt, lacht beinahe, neckt. Der schwarze Mann wird allmählich auch zum Lächeln gezwungen, erst nickt er, dann

schüttelt er den Kopf, langsam, aber immer noch lächelnd, gequält, halb lachend.
»Das wär's, Jacobus.«
Er verschließt die Tür des Buffets, hinter der er den Alkohol aufbewahrt, sieht sich in diesem Zimmer um, das so selten Menschen aufnimmt; sie haben ihre Abdrücke in den Sesselpolstern hinterlassen. Das wohlregulierte System von Forderungen und Zugeständnissen zwischen den Buren und ihm, der übliche Gedankenaustausch zwischen seinem Schwarzen und ihm haben das feine Rillennetz wieder vertieft, in dem sein Denken normalerweise kreist. Der freie Raum, den er an diesem Nachmittag in sich trug, ist mit Fußspuren bedeckt, er ist nicht mehr und nicht weniger existent als ein großstädtischer Bürgersteig unter dem Kommen und Gehen dahinwandernder Körper, die ihn zu dem machen, was er ist. Fast mit Vergnügen spürt er das Erwachen eines Gefühls, das ihn an jedem Sonntagabend beschleicht – eine leichte, erwartungsvolle Ungeduld, in die Stadt zurückzukehren. So wie er am Sonntagmorgen nicht warten kann, sie zu verlassen. Der Rhythmus dieser abwechselnden Gefühle ist einfach und zuverlässig wie das tägliche Wahrnehmen der Darmbewegungen, die nach der ersten Zigarette nach dem Frühstück die Entleerung ankündigen. Beim Verlassen des Hauses fällt ihm das Kätzchen ein. Auf den Knien, das Gesicht vom Bücken gerötet und angespannt, sucht er unter dem Buffet, Staub, eine Linie, die genau markiert, wo das Bohnerwachs endet, wo der Schwung des Poliertuchs erlahmt ist. Also, er hat Besseres zu tun... Er wird beim Weggehen Jacobus auftragen, Alina Bescheid zu sagen. Im Staub unter der Wandverkleidung war eine Murmel. Er hat sie aufgenommen, für seinen Sohn; findet sie in seiner Hand. Er nimmt die abschüssige Stelle an der Einfahrt zur Farm vorbei, vorbei an dem Pfosten, auf dem ein Maiskolben und ein weißes Fähnchen den Mais anzeigen, der hier vor sechs Wochen zu verkaufen war,

und die Murmel drückt ihn zwischen der rechten Hand und dem Steuer wie ein Geschwür. Sein Sohn ist jetzt sechzehn. Er versucht, immer noch die Murmel haltend, mühevoll das Fenster herunterzudrehen. Das Fenster ist endlich offen, und die Hand zögert. Er hat die Murmel nicht aus dem Fenster geworfen, sondern in das offene Handschuhfach unter dem Armaturenbrett.

...und ich bete auch um Kinder, damit dieses Dorf reich bevölkert werde und Deines Namens kein Ende ist.

Jacobus hatte sechs Stückchen braunes Papier von einer Zukkertüte aus dem indischen Laden vor sich auf dem Boden liegen. Er nahm drei Zigaretten aus der Brusttasche seines Overalls. Seine Hände waren schmal und langgliedrig, aber die Fingerspitzen waren mit Hornhaut überzogen und schienen mit den weißen Röllchen zu jonglieren wie die harten Spitzen einer Krebszange; nur ein Nagel, der Daumennagel, war lang genug, um die Zigaretten aufzuschlitzen, dafür aber zu dick. Er würde Tabak verschütten. Er gab den stümperhaften Versuch auf und griff in die Hosen des Overalls. Sie waren enorm und unter dem Gürtel übereinander gefaltet, so daß der Hosenschlitz diagonal von seiner vermutlichen Mitte dorthin verlief, wo sich aller Wahrscheinlichkeit nach seine linke Hüfte befand. Er zog eine Dose mit Hustenpastillen hervor, die das notwendige Werkzeug enthielt. Er nahm eine zerbrochene Rasierklinge heraus, schnitt die Zigaretten sauber auf und verteilte den Tabak auf die sechs braunen Papierstückchen.
»Wie wäre es mit dem Holländer auf der anderen Farm? Dem Bruder von dem, der gestern da war. Er kann es doch da versuchen.« Sie ruhten sich aus; sie hatten die getrockneten Maispflanzen in eine Maschine gefüllt, die sie zu Viehfutter zerhackte; Blattfetzchen, so dünn wie Seidenpapier, millimeterlange Streifchen der glatten Stengel, winzige, wie Speichel aussehende Markstückchen hingen an ihnen wie Schnee. Drei von ihnen hatten die Köpfe mit ihren alten Hüten bedeckt, aber das wollige Haar des vierten, dessen Arbeitschancen zur Debatte standen, war bestäubt.
»Das hat keinen Sinn.«
»Da ist er schon gewesen.«
Das erste Stück des braunen Papiers mit dem Häufchen Tabak

wurde gerollt, geleckt, ausgehändigt. »Er soll es in der Stadt versuchen.«

Es erübrigte sich, Jacobus daran zu erinnern, daß Farmarbeitern keine Stadtpapiere zustehen. Er mußte etwas Besonderes im Sinn haben.

»Im Schlachthaus brauchen sie Leute.«

»Wer hat dir das gesagt?«

»Alinas Tochters Mann hat's gesagt.«

Der vierte Mann bekam auch eine Zigarette. Er hatte nicht den ganzen Morgen mit ihnen gearbeitet, sondern war vor ein oder zwei Stunden auf der Suche nach ihnen vom Lager gekommen und hatte für eine Weile in ihrem Rhythmus mitgearbeitet. Jemand schnalzte mit der Zunge, dann folgte skeptisches Grunzen und erneutes Schnalzen.

»Die gehören doch zur Stadtverwaltung? Die sollen jemanden ohne Stadtpapiere nehmen? Das hab' ich noch nie gehört. Die Stadtverwaltung?«

»Da können wir ja alle in die Stadt und Geld verdienen.«

»Ja«, erwidert Jacobus (mit soviel Überzeugung, wie er aufbringen kann) und erhebt leicht die Stimme, »du kannst ja den Mann von der Tochter fragen, er wird es dir sagen. Sie haben nicht genug Arbeiter. Sie nehmen jeden. Das hat er mir mal gesagt.« Eine Gestalt auf einem Fahrrad kommt vorbei, pumpt regelmäßig mit dem rechten und linken Bein und singt ohne Worte, wie ein Mann singt, wenn der Fahrtwind in seinen Ohren ihn glauben macht, daß andere ihn ebenso wenig hören können wie er selbst. Einer von ihnen ruft ihm einen Scherz zu; er hatte sie unter dem Scheunendach nicht bemerkt.

»Ich kann losgehen und telefonieren.« Für Jacobus, wenn auch nicht für die anderen, war es einfach genug.

»Wen willst du denn fragen?«

Der junge Mann hatte sein Fahrrad in der Nähe abgestellt und sich ihnen angeschlossen, respektvoll, ohne die Unterhaltung, der er nicht sogleich folgen konnte, zu unterbrechen. Er trug eine schwarz un weiß karierte Mütze, grüne, ausgestellte Hosen, Schuhe und Socken, ein orangefarbenes Strickhemd aus Orlon; seine Sonntagskleidung isolierte ihn wie einen Bräutigam unter dessen Verwandten.

»Na, komm. Ich kann jetzt zum Haus gehen und beim Inder William anrufen. William kann ans Telefon kommen. Sie können ihn rufen. Er kann Alinas Tochter fragen.« Jacobus feuerte Antworten auf ihre Zweifel und Einwände ab, bevor sie sie formulieren konnten.

Sie zögerten immer noch. Er lachte. Sie wußten, daß er die Schlüssel zum Haus hatte, daß er aus- und eingehen konnte, wie es ihm gefiel. Womöglich stimmte es, daß er sogar den indischen Laden anrufen und nach einem der Männer fragen konnte, die dort arbeiteten. Vielleicht würde der Inder dem Mann erlauben, ans Telefon zu kommen.

»Kommt ihr mit? Ich gehe jetzt zum Haus.« Es war ihm gleich, ob sie ihn begleiteten oder nicht.

Während sie an der Einfriedung mit dem wiederkäuenden Bullen und dem Schuppen mit dem Messerpflug und anderen halb auseinandergenommenen Kombinationen aus Stahlzähnen und -schneiden vorbeigingen (Jacobus trat beiseite, um einen empfindlichen Maschinenteil näher an den Rest heranzuschieben), sagte jemand: »Warum haben die denn nichts zu ihm gesagt, als er bei ihnen war?« Dieses Mal antwortete der Mann selbst: »Sie haben mir nichts gesagt. Ich weiß nicht.«

»Ich kann nur sagen, ich weiß, was der Mann von Alinas Tochter mir erzählt hat. Vielleicht ist es zu spät. Wir können es herausfinden, wir können ja fragen. Am Telefon.«

Er ging in die offene Garage und nahm den Schlüssel zur Küchentür aus dem Versteck zwischen den Zwiebelbündeln, die er zum Trocknen an den Dachbalken gehängt hatte. Das Haus stank nach Katzenpipi. Sie schoben sich hinter ihm ins Wohnzimmer, auf leisen Sohlen, mit leicht gebogenen Knien.

Der ältliche Rhodesier, Witbooi, nahm den Hut ab. Sie standen, während Jacobus seinen Finger an den Nummern entlanggleiten ließ, die auf dem Rand eines Kalenders mit dem Bild einer unbekleideten weißen Frau geschrieben standen. Er drehte die Telefonkurbel, nahm den Hörer auf, wobei er den Zeigefinger der anderen Hand auf der Nummer ruhen ließ, dann, nach einem etwas zögernden Anfang, wiederholte er die erste Zahl und nannte dann der Vermittlung alle vier. Er sah nicht zu ihnen hin, während das Gespräch vermittelt wurde. Die Sonntagszeitung lag flach auf dem Fußboden. Neben den Sesseln standen leere Flaschen. Die Aschenbecher waren voll.

Er sprach jetzt englisch, was nicht alle von ihnen konnten, und nicht nur seine Worte waren anders. Er stotterte, hob und senkte wiederholt einen Fuß, krümmte sich um die Hand, die den Hörer hielt. »Bitte... bitte, ich möchte William sprechen. William. Den Boy. Ja-a. Ja-a. William. Nein, nein, ich sein Bruder, will ihn sprechen.«

Erneutes Schweigen. Der junge Mann, Izak, hob eine der Bierflaschen auf, hielt sie hoch, stellte sie wieder hin. Jetzt begann Jacobus wieder zu sprechen, schnell und laut, in der Sprache, die ihnen allen gemeinsam war, und sie hörten alle zu. Seinen Äußerungen konnten sie entnehmen, daß der Mann am anderen Ende sagte: Es stimmt, daß das Schlachthaus manchmal Leute ohne Papiere in der Stadt arbeiten läßt. Jacobus brüllte in den Apparat und die andere Stimme brüllte zurück. »Du meinst, er kann jeden Tag mit Dorcas Mann hingehen? Was meinst du denn? Nicht jetzt? Aber warum hast du gesagt – o ja, gut, wenn du nicht sicher bist. Wann kommt er nach Hause – um sechs? Sieben. Fein. Fein, mein Junge.«

Jacobus hängte den Hörer fest und sorgfältig ein, drehte die Kurbel, um die Verbindung zu beenden und präsentierte den anderen das Ergebnis seiner Bemühungen. »Er wird sich erkundigen, wenn der andere nach Hause kommt.«

Izak hatte den Deckel des Klaviers gehoben; er blickte sie auffordernd, lächelnd an. Seine Hand schwebte über den Tasten, als sei er dabei, einen Schmetterling zu fangen.

Jacobus gab mit einem Kopfnicken zu verstehen, daß das Klavier zu schließen sei. Während sie alle hinausgingen, blieb er einen Moment im Zimmer und sammelte eine halbgerauchte Zigarette und mehrere Zigarrenstummel aus den Aschenbechern. Die Stummel waren etwas weit aufgeraucht, wie die, die die Kinder ihm bringen mußten, wann immer sie welche im Gras fanden.

Eine rostfarbene Schicht aus vertrocknetem Blut verfärbte die Gummistiefel. Izak, der zum Bierholen in die hinter De Beers Farm gelegene Shanty Town geschickt worden war, erkannte die blutbedeckten Stiefel, noch bevor er die Gesichter der Männer in der Kneipe unterscheiden konnte, einem Haus mit nur einem Raum, dessen Dach mit Felsbrocken und Kürbissen beschwert war. Izak trug für das Bier eine Milchkanne mit einem an einer Kette befestigten Deckel; sie gab ihr frühmorgendliches Geklapper von sich, während die beiden Männer im Halbdunkel miteinander zurückradelten.

»Dorcas Mann ist mit Izak hier vorbeigekommen.« Jacobus' Frau brachte ihm einen Becher Tee.

Jacobus kratzte den Rest Brei mit dem Finger auf dem geblümten Teller zusammen und rettete so einen letzten Mundvoll. »Du kannst im Dunkeln sehen.«

Sie tat Zucker in den Tee.

»Wo hat Izak ihn gefunden?«

»Was weiß ich. Acht Uhr, neun Uhr – wenn sie in der Stadt arbeiten, kommen sie, wann es ihnen paßt. Sie gehen, wohin sie wollen.« Sie und Alina verbrachten viel Zeit damit, auf ihre Kinder und auf deren Männer und Frauen zu schimpfen.

Jacobus kam an der Koppel vorbei, in der die Kälber sich für die Nacht niedergelegt hatten. Ein oder zwei stolperten auf ihre Füße, und er murmelte beruhigende Worte. Er konnte von hier aus das rote Licht der Kohlenfeuer im Lager sehen, das die Mauern anleuchtete.

»Du bist also zum Inder los und hast ihn da geholt?« Er behandelte den jungen Izak mit der amüsierten Toleranz eines älteren Mannes für einen Heranwachsenden.

»Er war dort, als ich Bier für Thomas holte.« Izak hatte seine Mütze auf und lächelte.
»Ausgerechnet dort. Was schickt ihr denn den Izak dahin?«
»Du gehst ja selber manchmal.«
»*Ich* gehe. Er ist ein Kind. Der Ort ist für ihn schlimmer als die Siedlung. Sie nehmen dir das Geld aus der Tasche. Wenn sie es nicht selber mit dem Messer tun, dann bringen sie diese dreckigen Weiber dazu, es dir aus der Hose zu holen.«
Izak, der die allgemeine Aufmerksamkeit genoß, sah friedlich in die Runde.
Die Hühner stritten sich um die Ruheplätze auf den abgehackten Ästen eines Baumes, der mit Eisenringen und Drahtenden behängt war; jemand gab vor, nach ihnen zu schlagen, und der dunkle Umriß des Baums schien zu explodieren.
»Die werden ihm ganz was anderes aus der Hose holen...«
»Das ist schön, was Izak? Er mag das.«
Aber der Mann in den blutbefleckten Gummistiefeln, der für sie alle ganz einfach Dorcas Mann war, da deren Mutter, Alina, eine von ihnen war, antwortete sofort an dessen Stelle: »Selbst wenn er einen Paß hätte, käme da nichts raus, Mann. Es gibt jetzt keine Arbeit. Damals, als wir uns unterhielten, ja... aber jetzt nicht. Das war Weihnachten, bevor sie dafür gesorgt hatten, daß die Farmer nicht mehr so viel Vieh schickten. Da kam zuviel Vieh auf einmal in die Stadt. Die Tiere sind auf dem Bahnhof verreckt. Weißt du nicht mehr, weil es keinen Regen gab...« Der Mann, der Arbeit suchte, schüttelte vor ihnen allen langsam den Kopf. Der Kopf des jungen Izak war deutlich an der schwarzweiß karierten Mütze zu erkennen, aber der Schädel dieses Mannes war noch staubig von der Arbeit am Morgen, er wirkte unscheinbar, undeutlich, war im kreisförmigen Schein des Feuers nur halb sichtbar. Die Hühner hatten sich wieder beruhigt; die Kinder husteten im Schlaf; eine Frau schenkte den letzten Rest Bier ein.
»Bleib du da weg, Izak. Niemand sollte dich dahin schicken,

du wirst bald auf eigenen Füßen stehen, und ich sage dir, dann fängt für dich der Ärger an, du wirst *mir* Schwierigkeiten machen, und damit ist es für dich vorbei.«

Niemand lachte. Niemand sagte ein Wort. Jacobus sprach und mußte sich Gehör verschaffen.

»Von da sind sie gekommen, nicht von der Siedlung; die Leute, die das hergebracht haben – da unten am Fluß.«

Niemand sprach, aber die Anwesenheit der Männer drückte sich mit einem Male anders aus als bisher; als hätten die Worte sie physisch berührt, zogen sie sich in sich selbst zurück, wie die Fühler einer Seeanemone, die sich stumm tief unters Wasser zurückzieht.

»Ich sag's dir doch.«

Izak, der sich nicht erinnern konnte, schaute fragend von einem zum anderen. Für einen Moment erschien ihm ihr Zurückweichen als erneuter, gegen ihn gerichteter Vorwurf – was hatte er denn jetzt wieder verbrochen? Dann wurde auch er angerührt. Es fiel ihm wieder ein.

Jacobus nahm einen Schluck Bier und enthob sie damit der Verpflichtung, auf ein Thema einzugehen, über das nie jemand sprach. Aber gerade als sie anfingen, von etwas anderem zu sprechen, nahm er wieder das Wort: »Ich frage niemanden dort. Ich sage nicht, es war dieser oder jener. Wer oder wer. Aber trotzdem…« Er schlug sich mit vier Fingern an die knochige Brust, in der er sein Wissen – für sie alle verborgen – für sich behielt.

Dieses Haus riecht nach Katze. Schon seit Wochen. Jedesmal, wenn er kommt, grüßt ihn der Gestank. Es liegt daran, daß die ganze Woche nicht gelüftet wird.
Sie hat das Haus niemals betreten.
Er hat zwar mit den Leuten darüber gesprochen, aber es scheint nichts dagegen unternommen zu werden. Es sind zu viele Katzen hier, und der Himmel weiß, wie sie sich am Leben erhalten. Er hat Jacobus gegenüber angedeutet, was er über die Katzen denkt, aber wie Jacobus nun einmal ist, so grinst der nur und kontert mit einer positiven Aussage: Es gibt auch zu viele Ratten. Vom Vieh abgesehen, kann man sie nicht dazu kriegen, für irgendein Tier zu sorgen. Er würde gern einen schönen Rassehund auf der Farm halten, einen Collie oder einen Hühnerhund, aber es ist niemand da, der sich die Woche über um ihn kümmern würde. Am stärksten riecht es im Badezimmer. Natürlich, wenn eine Katze eingeschlossen wird, verrichtet sie ihr Geschäft oft in der Badewanne. Es ist kein Desinfektionsmittel im Haus, das er in den Abfluß gießen könnte. Er vergißt immer wieder, so etwas zu kaufen. Selbst Kölnisch Wasser wäre besser als nichts.
»Bitte nehmen Sie doch diese charmante und attraktive Frau im Wagen mit.« »Ich habe dafür gesorgt, daß ein besonders reizender Mann Sie abholt.« So daß man schon in Verlegenheit und bereit ist, den anderen langweilig zu finden, bevor man durch dieses kalkulierte, voyeurhafte Kuppelspiel zusammengebracht wird. Er bat seine Mitfahrerin, den Zettel mit der Adresse des Gastgebers, bei dem sie beide zum Mittagessen eingeladen waren, aus dem Handschuhkasten zu nehmen. Und sie las mit gespieltem Ernst aus einem Firmenbericht vor, den er hineingelegt hatte: »...und die zugehörige

Tochtergesellschaft, Galvanisierung und Metallröhrenverarbeitung…« Ihre Stimme nahm einen wichtigtuerischen Klang an, er sollte denken, daß sie sich so die Stimme eines Aufsichtsratsvorsitzenden vorstellte, sie, die von solchen Dingen angeblich keine Ahnung hatte, da sie einer anderen Welt angehörte.

»Ich handle mit Eisen.«

»Kein gewöhnlicher Eisenhändler.«

Hätte er, als er sie einige Tage später anrief, einen Drink oder ein Abendessen im Restaurant vorgeschlagen, wäre ihre Antwort vielleicht negativ ausgefallen. Eine solche Form der Annäherung konnte nur bestätigen, daß sie nach den sexuellen Anstandsregeln der Dinnerpartys »nichts gemeinsam hatten«. Aber ein Mann, der eine neue weibliche Bekanntschaft mit dem ausgefallenen Vorschlag anruft, sich eine Farm anzuschauen, die er zu kaufen beabsichtigt – das war etwas anderes, das war die richtige Taktik einer solchen Frau gegenüber. Außerhalb ihrer eigenen Konventionen waren sie bereit, sich einzugestehen, daß ein Industrieller – nicht ein kleiner Geschäftsmann, versteht sich – durchaus ein wenig Einbildungskraft und Elan besitzen kann, und daß sich damit ein amüsantes Spiel treiben läßt. Vorausgesetzt, man bleibt distanziert und hält sich stets vor Augen, mit was für einer Sorte Mann man es zu tun hat. Der Makler hatte ihm keinen Hausschlüssel gegeben. Er schaute durch die Fenster, legte die Hände über die Augen, um die Spiegelungen zu vermeiden, die ihn daran hinderten, einen ordentlichen Blick auf die Räume zu werfen. Er konnte sie sich allerdings vorstellen… wenn er den Besitz kauft, wird er sie hierher bringen. Es war vielleicht genau in diesem Moment, daß ihm der Zweck des Kaufs klargeworden war und ihn ganz erfüllt hatte, gerade, weil sie an jenem Tag das Haus nicht hatten betreten können. Die Tatsache, daß es verschlossen war, definierte und begrenzte für ihn die Bestimmung des Hauses. Sie zeigte kein Interesse; sie stand mit den silberberingten Händen auf den mit Hosen bekleideten Schenkeln da und blickte mit dem schläfrigen Ausdruck, den Stadtmenschen auf dem Land annehmen, weit fort über die mit Unkraut bedeckten Felder zu den Weiden hinunter. »Wenn ich Ihr Geld hätte, würde ich es kaufen und es so lassen, wie es ist.«

»Eine Farm ist nur schön, wenn sie produktiv ist.«

»Sie hören solche Klischees und glauben daran, weil sie ›richtig‹ klingen. So sieht Ihre Moral aus.«

Der kokettierende Spott in ihrer Stimme verschaffte ihm eine unerwartete Erektion. (Sogar damals, vielleicht?... War das der Beginn dieser – unpassenden – Reaktionen, die er jetzt zeigte, wenn ihn ein Kind, das er schon in den Windeln gesehen hatte, auf die Wange küßte?)

»Und die Ihre, meine Liebe? Wenn Sie so besorgt um die dickbäuchigen Negerkinder sind, die wir unterwegs gesehen haben, glauben Sie dann nicht, daß das Land Nahrung produzieren sollte?« Er kannte alle Antworten, die sie hätte geben können, er kannte sie auswendig, hatte sie hundertmal von Frauen ihrer Art zu hören bekommen: Für Hungerlöhne? Zu wessen Vorteil? Für Ihren Profit? Oder in einem schlechten Jahr für Ihren Verlust, damit Sie Ihre superhohen Steuern mindern könnten?

Aber sie hatte beschlossen, die Schuldbewußte zu spielen. Sie spüren, was für eine Wirkung sie auf einen haben, es schmeichelt ihnen, selbst wenn es sie nicht erregt, selbst wenn sie wissen – was sie als über dreißigjährige Frau wissen mußte –, daß so eine Wirkung von allen möglichen Reizen ausgelöst werden konnte, mit denen in Verbindung gebracht zu werden sie keineswegs als schmeichelhaft betrachten. Sie lächelte, zog ein Gesicht: »Ja, ich weiß – ich weiß. Ich will die Welt verändern, aber zum Teil so lassen, wie sie mir gefällt. Wenn ich Ihr Geld hätte...«

Und darum wirst du nie mein Geld haben, nie die Welt verändern. Wo immer sie gelandet ist. Demonstriert vielleicht vor einer Botschaft, vergnügt sich in heroischen Scharmützeln mit harmlosen Londoner Bobbies, die nicht einmal bewaffnet sind. Sie wird inzwischen ihren Büstenhalter weggeworfen haben, wie alle anderen. Wird mit wogenden Titten abgeschleppt. Ein Gesicht voll intelligenter Dummheit, so wie er es beim letzten Mal gesehen hat, nicht leicht schimmernd und olivfarben im Fleisch, sondern zusammengesetzt aus den schwarzen Punkten einer Zeitungsfotografie, die sie auf der Gangway, nach rückwärts blickend, festhielt. Was sagen diese Frauen doch immer: *»Ich liebe mein Heimatland von Herzen und bin tief unglücklich, daß ich es verlassen muß.«* Aber die respektablen Firmenanwälte spannen sie ein, die Kontakte mit der britischen Regierung werden bemüht, alles, um einen fremden Paß für die Ausreise zu bekommen. Das intelligent-dumme Gesicht so indigniert nach dem Polizeiverhör; vor Angst die Hosen voll. Was haben sie denn erwartet?

»Sie haben die Farm gekauft!«

»Kommen Sie und feiern Sie mit mir.«

»Wo?«

Noch nicht im Haus; aber bald, sehr bald. »Wo immer es Ihnen paßt. Im ›Carlton‹.«

»O Gott, nicht dort. Nicht bei Champagner und Räucherlachs.«

»Bei einem Italiener?«

»Nein, nein. Parmaschinken und Melone.«

»Also gut, Sie mögen keine Restaurants.«

»Wir können hier bei mir essen. Besser als in Ihren teuren lausigen Restaurants. Ich ziehe meine eigene Küche vor. Aber den Wein müssen Sie mitbringen. Ich habe nichts, was einer solchen Feier würdig wäre.«

»Mein neuestes Grundstücksgeschäft.« Es gehörte zum Umgangston zwischen ihnen, daß er ihre Einstellung ihm gegenüber parodierte, daß er ihre Unterstellungen übernahm.

Ihre Wohnung war so, wie er sie sich nach einem kurzen Blick durch die Haustür (als er sie zu dem bewußten Lunch abholte) vorgestellt hatte. Ein großer, stiller, überwucherter Garten, kleine Räume voller Bücher und den von der Familie ihres Mannes stammenden reparaturbedürftigen Möbeln. Eingeborenentöpferei. Linke Zeitungen. Sie hielt ihn von einem Sessel fern, der für leichtere Leute gebaut worden ist. Es war nicht viel Whisky im Haus, ihr Mann war an eine australische Universität »ausgeliehen«, um linguistische Forschungen zu betreiben.

»Ein verstaubtes Thema, Buschmänner und Ureinwohner. Man muß in die Wüste gehen, um welche zu finden, die ganze Sache ist so trocken, so vergangenheitsbezogen. Ich interessiere mich mehr für Menschen, die nicht bereits dabei sind, unwiderruflich auszusterben.«

Er hatte schon immer sehr gut verstanden, was Frauen wirklich meinten, wenn sie über ihre Ehemänner sprachen.

»Menschen mit einer Zukunft. Wenn ich Ihr Geld hätte...«

Über den Tisch hinweg lachten sie miteinander. Merkwürdig, die bloß Hübschen, Einfältigen verlieren beim Trinken die Fasson, die Klugen, Gutaussehenden werden schöner, ihre Weiblichkeit kommt stärker zum Vorschein. Der Wein ließ sie glänzen; nicht so wie eine Frau mit glänzender Nase, sondern wie eines dieser seidigen Eier aus braungestreiftem Achat, die sich dort in der Wüste fanden, wo er aufgewachsen war. Wenn er sie in der Achselhöhle oder unterm Schenkel, im Dunst der Körperhitze wärmte und dann an seinen Khakishorts den Hauch fortrieb, erschien unter der glänzenden braunen Oberfläche eine alluvial leuchtende Maserung. »Sie würden eine Schule für die Negerkinder bauen.« »Eine Wohlfahrtsschule auf Ihrer Farm? Eine Mehring-Mission? Niemals!« Aber natürlich, das wäre ja ein Beitrag zur »Perpetuierung des Systems«. Großer Gott! Wie konnte er ihr diese

Gelegenheit geben, er hätte es besser wissen sollen. Aber schließlich – was machte es schon. Sie tranken und machten sich über alles lustig. »Sie gehören zu der Sorte, die *zuviel hat*. Sie haben zuviel Wein mitgebracht.« Sie war ganz natürlich, sie rülpste mit gerunzelter Stirn und zusammengepreßten Lippen, sie sagte, was sie dachte.

Ein kleiner Messingleuchter über dem Tisch enthielt Kerzen, die schon vor dem Anzünden halb heruntergebrannt waren. Sie verabscheute Eleganz. Sie brannten genau bis zum Ende der Mahlzeit, bis zum Kaffee. Er behielt die Kerzen im Auge; während ihres ganzen Gesprächs. Eine kleine Messingglocke mit der Figur eines storchenähnlichen Vogels als Griff stand bereit, und die Mahlzeit erreichte jedesmal einen neuen Abschnitt, wenn sie damit nach dem Diener klingelte, aber die Kerzen brannten ihre eigene ungebrochene Zeitlang herunter. Er sah zu, wie sie nacheinander abbrannten. Jede Flamme war eine gelbe Lotosblüte, die eine genau gleich gestaltete bräunliche Form in sich barg. In deren Tiefe wiederum wiederholte sich, noch kleiner, die gleiche Form in leuchtendem Blau. Das Blau ruht auf dem Docht. Wenn das Wachs den Messingrand des Halters erreicht, biegt der Docht sich plötzlich darüber zusammen. Er streckt sich, als schnappe er nach Luft, zur Seite. Die Flamme erstickt, flakkert rauchend noch einmal auf (kein brauner Kern mehr – der Docht ist im Wachs begraben – nur die gelbe Aureole und der blaue Boden, jetzt von intensiverem Blau). Aus. Und dann flammt sie geräuschlos explodierend (sie hört es nicht) noch einmal auf. Und noch einmal. Und verlischt schließlich in Form eines dunklen Rauchfadens, der gerade zur Decke aufsteigt.

Er zog ihre Zunge in seinen Mund, als zöge er mit der Zigarre an der Streichholzflamme. Womöglich verwendete sie absichtlich halb heruntergebrannte Kerzen in dem Wissen, daß sie genau für eine Mahlzeit mit zwei Personen reichten – das

Wechselspiel einer Konversation unter mehreren Gästen würde selbstverständlich mehr Zeit in Anspruch nehmen.
Unter dem mit bunten Perlen beschwerten Netz hat Alina, die nie sicher ist, für welche Mahlzeit sie deckt, auch heute wieder Tomatenketchup, Marmelade, Honig und Senf aufgestellt. Die Auswahl ist sogar noch reichhaltiger. Sie demonstriert, daß seine Eßgewohnheiten ihr ein Mysterium sind, das unvorstellbare, ihr unzugängliche Wahlmöglichkeiten enthält. Ein Glas mit eingelegten Zwiebeln steht da. Er hat es letztes Wochenende von einem dieser Lastwagen am Straßenrand gekauft, die landwirtschaftliche Produkte der Gegend und Handarbeiten anbieten, Sitzkissen aus Kunstlederabfällen, Stofftiere. Es stimmt, er ißt in diesen Tagen recht oft und zu unregelmäßigen Zeiten hier auf der Farm – manchmal arbeitet er die Mittagspause über und verläßt dann um drei impulsiv das Büro, um unterwegs Lebensmittel einzukaufen, deren Beschaffenheit völlig davon abhängt, welcher Laden am bequemsten zu erreichen ist. Es gibt keine Lunchpartys unten am Fluß. Seit seiner Japanreise nicht mehr. Die Weiden sind jetzt völlig entblättert und das Gras, ohnehin bis zur Erde abgeweidet, ist mit einer glitschigen Schicht schmaler brauner Blätter bedeckt. Tot und begraben da unten – der Sommer. Wann immer er erwägt, Freunde aus der Stadt einzuladen... es fällt ihm immer dieselbe alte Clique ein, die gute alte Freundin, die er seit fünfzehn Jahren kennt, mit ihrem Klüngel, die Tochter, die die Spielgefährtin seines Sohnes war.
Auf der Farm ist jetzt die richtige Zeit für Instandhaltungsarbeiten – Gebäude müssen repariert, blockierte Feuerrinnen gesäubert werden, und er muß zusammen mit Jacobus alle Zäune inspizieren. Die Art von Arbeit, die sie nie erledigen, wenn man ihnen nicht auf die Finger sieht. Eine Farm muß in Gang gehalten werden. Seine Energien steigen im umgekehrten Verhältnis zu ihrer Winterfaulheit: Da sitzen sie, Rücken

an der Kraalmauer und wärmen sich, die wöchentliche Ration Maismehl wird ja weiter ausgeteilt, und ihre armen kleinen Teufel von Kindern holen das Wasser von der Pumpe. Jacobus berichtet, daß es bereits Frost gegeben hat. Er hat ihn aufs Schuppendach geschickt, wo er die lockeren und verbogenen Wellblechstücke festhämmert. Er läßt dabei ein heiseres Schnüffeln hören, zieht den Schleim in die laufende Nase hoch, wie er es den ganzen Winter über macht. Die Reparaturen an den Zäunen führen sie – wie gelegentlich auch andere Arbeiten – gemeinsam aus; nur so wird es ordentlich gemacht. Jacobus ruft den herumstehenden Kindern ih ihrer eigenen Sprache Ermahnungen zu, um sie zu verjagen. Sie machen keinen Lärm, schubsen sich nur und kichern unterdrückt. Und husten natürlich ununterbrochen. »Hier, wartet!« Jedesmal wenn er kommt, scheinen es mehr zu sein. Er hat alle Zwei- und Ein-Centstücke aus seinen Taschen genommen, und sie sind glücklich.

Ja, glücklich. Seine Hand kommt in der Tasche mit einem ungeöffneten, in Schülerhandschrift geschriebenen Brief in Berührung.

»Warum nicht fragen diesen Master, was er gemacht? Warum er Rücklicht kaputtgemacht? Ist jetzt lange her. Er wird sagen, jemand anders haben Lastwagen kaputtgemacht...«

Der Brief knistert am Taschenfutter, jedesmal wenn er den rechten Schenkel bewegt. »Kümmere *du* dich um den Schaden, den du am Traktor anrichtest, du benutzt ihn ja, als wäre er ein Taxi für die ganze Siedlung.«

»Ich!« Aber der Draht wackelt nicht, er ist kein Dummkopf; Geistesgegenwart hat er, das muß man ihm lassen.

»Ja, du weiß sehr gut, wovon ich rede.«

Sie beenden schweigend ihre Arbeit, man hört nichts als das Quietschen des Drahts, der um die frisch imprägnierten Pfosten gewunden wird und beim Loslassen schwirrt wie eine gesprungene Gitarrensaite.

»Der Inder hat über mich geredet.« Er ist zu einem Schluß gekommen.
»Ich gehe nicht zum Inder, um über meine Farm zu sprechen. Aber ich weiß, was vorgeht. Merk dir das. Und wenn du das nächste Mal kommst, und mir erzählst, daß der Traktor nicht in Ordnung ist...«
Darauf gab er keine Antwort. Aber als er und Solomon und der Junge mit der Vorliebe für ausgefallene Kopfbedeckungen die Stacheldrahtrolle und die unbenutzten Pfähle wegräumen, sind sie munter dabei, im Schutz ihrer eigenen Sprache über ihn zu lästern. Sie ziehen sich in diese Sprache zurück und können sagen, was ihnen paßt. Die Muskeln der geschwollenen Stelle zwischen seinen Schulterblättern ziehen sich ein wenig zusammen, als er die drei hinter sich spürt, hinter sich läßt. Die Farm ist groß. Er kann in alle Richtungen gehen. (Ganz ehrlich, ich kann es gar nicht erwarten, wieder auf meine gute alte Kate zu entkommen. Jeder seiner höflichen Absagen auf Wochenendeinladungen enthalten ein wenig jettschwarzglitzernde Bosheit. Er ist immer noch begehrt; man braucht ihn als Tischherren. Was für ein Jammer, ich hatte so eine entzückende Dame für Sie vorgesehen.)
Einhundertsechzig Hektar. Aber wie ein altes Pferd kommt auch er... Alles hat seinen Spielraum. Untersuchungen beweisen, daß selbst scheinbar vom Zufall abhängige Geschöpfe eine eigene Aktivitätstopographie besitzen, die sie niemals wirklich verlassen, auch wenn es auf beiläufige Beobachter so wirkt, als wanden und schlängelten sie sich ziellos, beinahe sinnlos, in die Freiheit. Von der Wohnung zum Wagen, zum Büro, von Tischen in Betten, von Flughäfen zu Hotels, von der Stadt aufs Land – die Spur gleicht einem geschlossenen System wie Ätzspur, die irgend etwas (Würmer? Ameisen?) auf diesen Baumstamm hinterlassen hat. Nicht weiter. In welche Richtung er auf seiner Farm auch geht, von wo immer er kommt, selbst wenn er zu einer Wanderung ohne Ziel auf-

gebrochen ist, jedesmal findet er sich am Ende hier wieder. Unten, jenseits der dritten Weide, beim Schilf. Friedlich, kein Zweifel. Aus irgendeinem Grund kommen sie nicht mehr hierher, nicht einmal die Gören. Er ist allein hier; es gibt ihm ein schwer zu definierendes Gefühl. Es ist, als habe er beim Hinsetzen einen (nicht vorhandenen, da er keinen trägt) Hut abgenommen – das kommt, weil die Weiden jetzt ganz kahl sind, sie lassen Augenbrauen und Lider ohne Schutz gegen Licht und Raum. Er ist allein mit dem Brief zwischen Taschenfutter und Schenkel. Nicht die Sorte Brief –, von einer Frau – den man in ein besonderes Versteck trägt, um ihn zu studieren. Aber ein Brief, der irgendwann gelesen werden muß. Für ein paar abwesende Sekunden des Nichterkennens sind seine Augen auf ein flaches Steingrab gerichtet – aber nein, es ist kein Grab, es gibt kein Grab. Es ist der Hügel, auf dem sie im Sommer die Schafe gebraten haben. Jede Einzelheit wird durch die trockene Reinheit der Winterluft klar und plastisch hervorgehoben. Die Ufererhebung, an der der Fluß bei höherem Wasserstand aus dem Schilf fließt, ist frei von dem gerundeten Polster sommerlichen Grüns: die knochige Hüfte eines Amazonentorsos unter dem überhängenden Rand. Die Muskeln um seinen Mund und das Kinn mit dem markanten Einschnitt ziehen sich kurz zusammen und pressen sein Fleisch in blutleere Falten. Der Reflex eines Mannes, der daran gewöhnt ist, seine Ungeduld mit Untergebenen zu unterdrücken. Die abgestorbenen Schilfhalme sind nie ganz still, und nachdem er den Umschlag aufgeschlitzt hat, klingt das Rascheln der beiden Briefbögen wie das Geräusch des Schilfs.

»Ich verstehe nicht, wie Du das sagen kannst. Es ist keineswegs noch viel Zeit da. Du weißt, daß wir letztes Jahr das Meldeformular ausfüllen mußten. Sie haben meinen Namen und alles. Du weißt, daß ich ohne Deinen Brief ans Verteidigungsministerium in Pretoria nicht mal einen Paß für die

Schulreise nach Übersee gekriegt hätte. Sobald die Prüfungen am Jahresende – dieses Jahres – (zweimal unterstrichen) vorbei sind, werden sie mich einziehen. Bitte, Papa, ich weiß, daß Du viel zu tun hast und so weiter, aber ich muß Bescheid wissen. Gehe ich nun im Dezember nach Amerika oder nicht. Das muß ich wissen (durchgestrichen). Ich kann Dir nur sagen: Wenn irgendeiner denkt, daß ich zum Militär gehen werde, um zu lernen, wie man ›Kaffern umlegt‹ wie ein braver Patriot, dann hat er sich geirrt. Besten Dank! Du sagst, es sei eine gute Erfahrung für mich und eine Gelegenheit, Leute kennenzulernen, die ich sonst nicht treffe, wenn ich auf eine gute – ich nenne so was übrigens eher eine snobistische – Schule ginge. Was für Leute? Ich sehe nichts Gutes darin (durchgestrichen), keinerlei Gewinn darin, neun Monate kurzgeschoren mit einem Haufen loyaler Südafrikaner zu verbringen und beigebracht zu kriegen, wie man Herrenrasse bleibt, weil man die Gewehre hat. Ich nehme an, es wäre eine ebensogute Erfahrung, auf Freiheitskämpfer am Caprivi Strip zu schießen. Wegen der Augustferien. Danke, aber mir ist nicht nach Johannesburg. Mammi schlägt vor, daß ich nach New York komme, aber sie hat ja David und Erica, sie ist nicht allein, und es wäre eine zu große Ausgabe für Dich. Und wie Du weißt, hoffe ich, im Dezember dort zu sein. Aber Du kennst ja Mammi – sie denkt immer, Du seist ein Millionär! Jedenfalls, was ich gern tun würde – ich denke mir, ich würde gern nach Südwest reisen, nach Swakopmund. Kannst Du an Emmy und Kurt schreiben, daß es in Ordnung ist? Ich habe geschrieben, und sie sagen, es ist o.k., würden aber gern von Dir hören, usw. Schick mir kein Flugticket oder Geld für den Zug. Ich reise per Anhalter.«

Na schön, vorzüglich, tausche die Güter dieser Welt gegen ein paar sorgfältig ausgefranste Jeans und trage deinen Bettelnapf auf der Straße nach Südwest spazieren. Niemand wird je erfahren, daß die alten Leutchen, die am anderen Ende bereit-

stehen, um die Füße des kleinen Lord zu salben, von einer Pension leben, die ihnen dein Vater bezahlt.
Wenn ich dein Geld hätte. O sicher, als er acht Jahre alt war und seine Mutter ihn verließ, da hatte sie keine Verwendung für ihn, aber jetzt läßt sie ihn zweimal im Jahr zehntausend Meilen hin- und herfliegen, damit er ihr und ihrer neuen amerikanischen Brut Gesellschaft leistet, warum nicht? Wenn ich dein Geld hätte... ich würde so tun, als sei es nicht da; auf der Straße, nicht mal genug für die Zugreise. Ich würde alles lassen, wie es ist. Und was Kinder angeht, so glaube ich nicht an die Vererbung von Besitz, an unverdientes Eigentum, an die Vererbung von Privilegien.
»Du hast einen Sohn? Lebt er bei dir?«
»Ich bin immer alleiniger Vormund gewesen. Er ist im Internat. Beinahe ein Mann. So groß wie ich. In den letzten Ferien hat er mich gefragt, ›Warum hast du geheiratet?‹ Und ich habe ihm gesagt, warum sind wir wohl hinter ihnen her – sie war hübsch. Sie hatte eine umwerfende Figur.«
Es war die Stunde der Zigarette und des vertraulichen Gesprächs nach dem Liebesspiel. Plötzlich hatte sie sich auf dem Ellenbogen aufgerichtet, das olivbraune Gesicht mit der verschmierten Augenschminke sah mit bewunderndem Abscheu auf ihn herab, einem Ausdruck, den er einmal zuvor in einer anderen Situation gesehen hatte, und zwar auf dem Gesicht einer Frau, die er zu einem Ringkampf mitgenommen hatte.
»Das hast du über seine Mutter gesagt?«
»Er ist kein Kind mehr.«
»Genauso hast du dich ausgedrückt? Als sprächst du von einer Frau, die du in einer Bar oder auf der Straße gekauft hast?«
»Soll ich dir was sagen, Antonia? Du kannst das nicht wissen, aber es hat einen besonderen Reiz, eine Frau zu besitzen, für die man bezahlt hat. Hin und wieder. Ich kann es nicht erklä-

ren. Es ist sehr einfach. Für diese eine Nacht oder diesen einen Nachmittag oder was immer. Du hast gekauft und für alles bezahlt.«

»Und nachher gibt es auf beiden Seiten keinerlei unerfüllte emotionale Verpflichtungen.«

»Nein, nein, du siehst in allem eine tiefere Bedeutung. Ich muß dich leider enttäuschen. Es ist einfach das Gefühl, daß man diese Frau nicht nur nimmt, sondern auch für sie bezahlt hat.« Sein Zeigefinger rührte, während sie sprachen, mit sanfter Regelmäßigkeit in dem schwarzen Pelz ihrer Achselhöhle, als kraulte er eine Katze hinterm Ohr.

»Mein Gott, du willst mir einreden, daß du alles kaufen kannst. Mehring und seine hundertprozentigen Tochtergesellschaften.« Auch sie begann, ihn zu streicheln, als wollte sie klarstellen, daß sie nicht die passive Rolle akzeptierte, die Männer wie er ihr zuweisen wollten.

»Nein, nur daß man das eine oder andere Gute kaufen kann.«

Ein Regenpfeifer hat sich wenige Schritte von seinem Füßen niedergelassen, vom Schnabel zum Schwanzende wippend, um das Gleichgewicht zu halten. Die exquisit gezeichnete schwarzweiße Musterung seines Gefieders zwingt seine Augen zur Konzentration. Die winterliche Landschaft des hohen Buschlands gilt traditionell als rauh, aber hier ist sie nur rauh, wenn man sie berührt – die Borsten der kurzen Grasbüschel, das dornige, tote Khakigestrüpp, die messerscharfen Kanten der Schilfhalme – alles, was sein Blick erreichen kann, von der Tinte auf dem Brief und den Umrissen der Grabsteine abgesehen, ist weich und sanft getönt. Die Reihe der fernen Hügel zieht sich zart und blaß am Horizont entlang. Die Weiden hängen, vom Haus oder von der Straße aus gesehen, wie Rauch über dem Schilf. Und in Wahrheit ist es Rauch, der all diese Zartheit verursacht; Rauchpartikel, die in der stillen Winterluft hängen; Rauch von der Siedlung zwischen Farm und Stadt. Er liegt wie grauer Star über dem brennenden

Auge der Sonne. An manchen Tagen kann man sogar direkt in die Sonne schauen, wie in das Prisma im Unterwasserlicht eines Sternsaphirs.
Er hat den Brief zerrissen. Nicht aus Ärger, aber auch nicht ohne bewußte Gleichgültigkeit. Jetzt weiß er nicht, was er mit den Resten tun soll. Papier ist organisch; es würde sich allmählich auflösen, wenn er es hier im Schilf ließe, niemand kommt hierher, und ohnehin würde niemand aus dem Puzzle von Worten schlau werden: »Das muß ich wissen«, »daß Du viel zu tun hast und so weiter«, »kurzgeschoren«, »Kaffern umlegt«. Stell dir vor, sie würde, ohne es zu ahnen, über ein unentdecktes Grab laufen, aber dabei auf einem Papierfetzchen die Worte »Kaffern umlegt« entziffern – o mein Gott, die Legende von Herzlosigkeit und Brutalität, die sie aus diesem bißchen Beweismaterial zusammenspinnen könnte!
Was wollen sie überhaupt, sie, die offenbar nur wissen, daß sie nicht das wollen, was er hat? Was will *er* denn, einen speziell seinetwegen angezettelten Krieg, damit er sich als kriegsdienstverweigernder Held beweisen kann? So wie er sich vor Jahren ein Fahrrad mit Rennlenkstange gewünscht hat? So wie *du* dir gewünscht hast, mich zu einem Treffen ins griechische Café bestellen zu können: »Schwierigkeiten«, sagtest du, und der Ausdruck deiner Augen wechselte in dem Moment, in dem du mich erkanntest, von Furcht zu dummer Arroganz und Aufregung. Kein Wunder, daß diese hinterwäldlerischen Tölpel in Uniform dir ins Gesicht geschlagen haben; mir selbst ist ein- oder zweimal danach zumute gewesen. Der freie Geist und im Bett die kecke Zigeunerin (ihr Name war Mancebo, bevor sie ihren Professor ehelichte, ein alter französischer oder spanischer Zigeunername, sagte sie; wahrscheinlich eher ein bißchen jüdisches Blut in der Familie); aber du warst gar nicht so frei und keck, als sie dich am John Vorster Square über deine schwarzen Freunde, die armen Schweine, befragten. Sprich mit einem guten Rechtsanwalt,

einem respektablen, gewieften Firmenanwalt und rette den kriegsdienstverweigernden Helden vor dem Gefängnis, den Helden mit dem glatten, weißblonden Haar und braunen Flaum ums Kinn, der ihm so überraschend früh gewachsen ist. (Er wird viril sein, ob er will oder nicht, wie sein Papa, immer hinter den Frauen her, auch wenn er sich selbst dafür verachtet).

Was glauben sie, erreichen zu können? Was ist denn ihrer Meinung nach zu haben? Friede, Glück und Gerechtigkeit? Erkämpft von hübschen Frauen und Schuljungen? Das Tausendjährige Reich? Errungen von Leuten, die gute, respektable Firmenanwälte brauchen?

Die Welt verändern, aber zum Teil so lassen, wie sie mir gefällt – wer würde die Welt nicht umkrempeln, wenn es so einfach wäre? Um alles zu erhalten, woran man hängt, muß man die Nerven haben, alles Störende zu ignorieren – tot und begraben. Die, deren Leben am wenigsten wert ist, erkennen das. Jacobus und seine Leute oben im Lager. Die Tausende in dieser Siedlung. Das Gesicht irgendwo tief unterm Schlamm, und Kühe trampeln darüber weg und lassen ihre Fladen fallen, das getrocknete Schilf liegt da wie zu einem Teppich ausgestreute Binsen, alles ist, wie du es vorgeschlagen hast. Warum es nicht so lassen, wie es ist?

Er hat sie vor sich aufgereiht, und sie haben keine Antwort. Nichts zu sagen. Er spürt Erleichterung, Befreiung, nachdem er unbestreitbare Fakten vorgelegt hat. Sich zu behaupten, heißt sich zu regenerieren. Für einen Augenblick empfindet er den Impuls, die Papierschnitzel unter einem der Steine der Kochstelle zu verbergen; er stößt sogar mit der Stiefelspitze danach, obwohl er weiß (er hat ein paar getragen), daß sie nur mit zwei Händen zu heben sind. Aber er öffnet den aufgeschlitzten Umschlag und schüttet, mit den Fingern über gewölbter Handfläche eine Art Trichter formend, die Papierflocken wieder hinein. Nicht ein Stück fällt zu Boden.

»Der Bure darf den Lastwagen haben und das Rücklicht kaputtmachen und die Tür zerkratzen. Ja.«
»Was ist das für ein Mann? Saust zwischen der Stadt und hier hin und her wie ein streunender Hund. Wo ist sein Kind? Seine Frau? Er ist nicht wie die anderen reichen Weißen.« Dorcas Mann stand in ihrer Mitte und folgte der Gestalt mit dem Blick eines Stadtbewohners; die Farmarbeiter mußten sonnabends und an den Feiertagen arbeiten, er nicht. »Oh, er hat einen Sohn. Er kommt manchmal her.«
»›Terry‹. Sein Sohn sagt, er will nicht Master genannt werden – das hat er Jacobus gesagt, nicht? Ihr müßt nicht Master Terry zu mir sagen. Wir sollen ihn einfach beim Vornamen nennen.« Izak ließ sein junges Lachen hören.
Jacobus ging über Belanglosigkeiten hinweg. Er senkte die Stimme, obwohl er wußte, daß seine Worte, selbst wenn auf die Entfernung hin vernehmbar, nicht verstanden werden konnten. »Macht es den Traktor kaputt, wenn ich damit zum Laden fahre?« »Du wolltest den Lastwagen nehmen. Nimm ihn, wann du willst. Er würde es nicht merken. Wie soll er? Er rast aus der Stadt her und wieder zurück. Du bist ein Dummkopf, mein Alter.«
»Ich bin derjenige, der den Traktor ölt und in Ordnung hält, ich bin es, der sich um seine Maschinen kümmert, *alle* seine Maschinen, alles, sein ganzes Vieh, jeden Tag, Sonnabend, Sonntag, sogar Weihnachten.«

Sie rechen das Viehfutter aus dem Erdsilo. Stellen großen Fleiß zur Schau – niemand blickt auf, außer einem Besucher (der konstante Strom von betrunkenen und nüchternen Wochenendbesuchern), der mit ihnen schwatzt. Er hat es sich wohl eingebildet, hat aus den Kandenzen ihrer Sprache etwas zusammengebaut, das in seinen Gedanken war, oder hat er im Vorbeigehen den Namen »Terry« ganz klar gehört? Äußerst unwahrscheinlich. Er war ein anderes Wort mit einem ähn-

lichen Klang. Der runde Deckel des Mülleimers vor der Küchentür ruht in seiner Hand wie das Becken in der Hand eines Orchestermusikers (der Brief fällt in den Mansch aus verbranntem Maismehl und nach Gärung riechenden Kartoffelschalen) und fällt mit einem Knall zu.
Wie üblich, wenn er gerade abfahren will, eilt Jacobus mit einem dringenden Anliegen herbei. Der Motor läuft. Ein Sack Zement. Egal, wie gründlich die Bedürfnisse der Farm durchgesprochen worden sind, Jacobus wird immer unter dem Zwang stehen, sich noch etwas einfallen zu lassen. Es ist kaum mehr als eine Verzögerungstaktik, als ob es ihm widerstrebe, hier zurückgelassen zu werden, hier wo er hingehört, hier auf der Farm. Die Verantwortung, und er ist eigentlich recht verantwortungsbewußt, der alte Jacobus, auf seine Weise. Er kommt mit dem gewohnten sorgenvollen Grinsen, den Kopf zur Seite geneigt, und bleckt seine paar verfaulten Hauer, kein Anzeichen von Beleidigtsein. Mehring könnte sagen, fahr am Montag mit dem Lastwagen zu einem Baustoffgeschäft; aber es ist nicht vorauszusehen, wie weitgehend eine solche Vollmacht interpretiert werden wird. Bevor er sich's versieht, sitzen sie alle drin und fahren in die Kneipe oder zu einem Begräbnis, der Lastwagen wird irgendwo zuschanden gefahren und muß als Verlust abgeschrieben werden, weil der Fahrer keinen Führerschein hatte, und die Versicherung nicht zahlt. Mit dieser Art von bequemen Konzessionen tut man niemandem einen Gefallen, sie drohen nur, die Organisation durcheinanderzubringen.
Wer würde nicht die Welt umkrempeln, wenn es so einfach wäre. »Das Auf und Ab von Währungen, von Börsenpreisen, von Import und Export, das Angebot von Arbeitskräften, Rohmaterial-Kosten.« »Eisen, zum Beispiel.«
»Ja, Eisen.«
»Ah, wie ich sehe, glaubst du an etwas – du bist einer von denen, für die Baal Fortschritt bedeutet...«

»Was meinst du damit, ›Baal‹?«
»Weil du ein Heide bist, mußt du ein konkretes Objekt investieren – ein Ding – mit einer von dir getrennten Macht.«
»Von einer in die Irre gegangenen katholischen Zigeunerin oder was immer du bist, hört sich das seltsam an...«
Ihre Hand berührte ihn, gerade unterhalb des Brustmuskels, halb tätschelnd, halb klopfend, halb streichelnd. »Das ist es, woran ich glaube, Menschen aus Fleisch und Blut, nicht Gottheiten im Himmel oder irgendwo hier unten. ›Fortschritt‹, ›Entwicklung‹ – ein großer, mächtiger, wundervoller, mechanisierter Allzweckgott, hm, der alles *gut* machen wird, alles in Ordnung bringen wird, wenn nur die Finanzen stimmen. Das Geld und die Gewußt-Wie-Maschine. Das ist es doch bei dir, oder? Die Politik spielt keine Rolle. Zur Hölle mit der Ideologie. Die armen Teufel wissen ohnehin nicht, was gut für sie ist. Das rechtfertigt, was du gutheißt – das ist es doch, was dein Gewissen beruhigt, nicht wahr, das Große, Unparteiische, Entwicklung. Keine schmutzigen Hände, kein korrumpierter Charakter, weder übler Rassist noch Kaffernfreund. Weder dreckiger Kommunist noch Kapitalistenschwein. Es wird alles vom Computer entschieden werden – seht mal her, keine Hände! Veränderung ist programmiert, nicht erarbeitet. Keine Auseinandersetzungen unter Menschen. Das wäre ja zu miefig und zu hautnah. Laßt sie nur Kuchen essen, Gott befohlen, solange die Produktionsziffern es zulassen und die Dividenden nicht darunter leiden.«
Die Farm muß, um ihre Existenz und die der Menschen, die auf ihr arbeiten, zu rechtfertigen, produktiv bleiben. Das sind die Tatsachen.

... einmal in der Nacht rief ihn eine Stimme und sagte, er solle zum Fluß hinuntergehen. Dort werde er eine in einem Gummibaum gefangene Antilope finden; er solle hingehen und sie holen.

Wenn der Augustwind kommt, wirbeln Tausende von Papierschnitzeln durch die Luft und bleiben am Zaun der Siedlung hängen. Die zusammengewürfelten Kleidungsstücke der Kinder und alten Leute, die den Abfallhaufen durchwühlen, werden an ihre Körper gepreßt oder von ihnen weggeblasen. Manchmal ist der Wind so stark, daß er Bretter und sich überschlagende Kisten vor sich hertreibt, die über die Straße schlittern und gegen den Zaun geschleudert oder von Autorädern plattgedrückt werden wie überfahrene Hunde und Katzen. Zeitungen, Asche, Knochen und zerbrochene Flaschen kommen von der Siedlung; Kisten, Bretter und Stroh stammen von den Fabriken und Lagerhäusern jenseits des Buschlands, in denen viele der Siedlungsbewohner arbeiten. Die Leute, die am Straßenrand auf ihre Busse warten, haben ihre Münder zum Schutz gegen den roten Staub mit Wollschals bedeckt, so wie die Frauen, die bei ihren Ständen sitzen und Apfelsinen und gelben, auf Kohleöfchen gerösteten Mais verkaufen. Die Müllwühler sind geduldig – ob faul oder schwach, ist im Vorbeifahren schwer zu beurteilen – und ihre nackten Beine und Füße und die Hände, mit denen sie den Abfall durchsuchen, sind mit Asche grau überzogen. Zwei der älteren Farmkinder gehen in der Siedlung zur Schule. Sie könnten die Abkürzung übers Buschland und durch die von Gangstern für den Transport gestohlener Waren geschnittene Zaunlücke nehmen, aber sie dehnen den langen Heimweg aus und schauen den Leuten zu, die im Abfall suchen. Sie wissen nicht, was sie zu finden hoffen; sie stellen fest, daß die Erfahrenen das nehmen, was ihnen in die Hände fällt. Sie haben mit Asche bedeckte Zeigefinger, nicht größer als ihre eigenen, in Sardinenbüchsen tauchen sehen, unter deren zurückgerollten

Deckeln noch ein Rest Öl glänzte. War das Öl aufgeleckt, wurde der Schlüssel aus der Büchse gedreht. Es gibt ungleiche Schuhe, Hüllen aus Schweiß und Dreck und abgetragenem Leder für Hühneraugen und mißgebildete Zehen, einen zerlöcherten Hut. Am schwersten zu finden sind alte Reifen, weil man Sandalen daraus machen kann. Hinter den Zäunen entlang der Eisenbahnlinie, die mit ihren Abstellgleisen auch das Industriegebiet durchquert, sieht man schwarze Männer mit kräftigen Muskeln und breitem Grinsen, wie sie ihre Zähne putzen, Dosenbier trinken oder Geld in die Sparbüchse stecken. Industrien und Fabriken verkünden ihre Anwesenheit – Gasschweißereien, Fabriken zur Herstellung kunstvoller Blumentöpfe und von Luxusmatratzen für richtige Schlafhaltung, HIER IST FIAT ZUHAUSE.

Die Siedlung gleicht dem Abfallplatz; die Kinder wissen auch nicht, was dort zu finden ist. Sie gleicht der Farm überhaupt nicht, wo man Vogeleier findet oder Draht oder irgend etwas anderes (eine Münze, einen Taschenkamm, Zigarettenstummel), was die Weißen veloren oder weggeworfen haben. Einmal ging ein Ring verloren; die Kinder wurden dazu angehalten, nach einem glänzenden Stein im Gras Ausschau zu halten. Und einmal gab es eine Schildkröte, und die Eltern haben sie gegessen, und der Panzer ist noch in Jacobus' Haus.

Sie trieben sich auf den Straßen der Siedlung herum und guckten in Häuser, die Möbel hatten, wie das Haus des weißen Farmers, umzäunte Pfirsichbäume, Hunde bellten wie die des Inders, und sie kamen an einer anderen Art Haus vorbei, an langen Reihen von Räumen, deren abwechselnd blauer und rosa Außenanstrich bezeichnete, wie die Wohnungen abgetrennt waren. Hier wohnten vor allem Fabrikarbeiter, die allmählich Berge aus Bierkisten auf den unbebauten Landflächen anhäuften. Vor der Halle, die so groß war wie eine Kirche, waren riesige bunte Bilder zu sehen, mit weißen Männern drauf, die sich beschossen oder auf Pferden ritten, aber die Kinder hatten noch nie eine Eintrittskarte gekauft. In kleinen Läden, die dem des Inders ähnelten, kauften sie für fünf Cent mit Essig beträufelte Pommes frites und lungerten vor den Schaufenstern der großen Kaufhäuser der Siedlung mit den Tausenden von verschiedenfarbigen Flaschen hinter den einbruchsicheren Stahlgittern. Sie sahen Männer in schikkeren Sachen, als selbst Izak sie besaß, weißen Mützen und Sonnenbrillen, mit phantastischen Armbanduhren und Ringen an den Händen, die auf den pelzverkleideten Lenkrädern ihrer Wagen ruhten. Es gab Frauen, die ihr Haar glatt trugen wie die Weißen, und Krankenschwestern in Uniformen, die so sauber und steif waren wie Papier. Raritäten, die man auf der Farm sorgfältig aufhob, gab es hier im Überfluß. Hier trug jeder Kartons und Tragtüten, Flaschen und Plastikbehälter in der Hand oder auf dem Kopf. Sie sahen ein Kind mit einem kleinen dreirädrigen Fahrrad. Ein Ladenbesitzer jagte hinter einem kreischenden Mädchen her, das eine Ananas geklaut hatte. Sie spielten auf der Straße mit ein paar Kindern, die ihnen plötzlich ihre Pommes frites wegrissen und damit verschwanden. Jemand schenkte ihnen einen Ballon, aus einem Lastwagen mit einer Stimme wie Izaks Radio, die alle Leute aufforderte, sich ein blutbildendes Medikament zu kaufen. Sie standen und sahen Jungen in ihrem eigenen Alter zu, die um Geld spielten. Der eine von ihnen zog sein Messer und stieß es dem anderen in den Handrücken. Sie rannten weg, kamen aber zurück; sie kamen immer zurück. Einer von ihnen war schon weit herumgekommen, sogar nach Johannesburg hinein, auf der Karre eines Düngemittelhändlers. Auf dem Karren liegend hatte er die enormen Gebäude gesehen; sie schienen hin- und hergerüttelt zu werden, als wollten sie jeden Moment unter den ruckartigen Bewegungen des verängstigten Pferdes und der ungleichmäßigen Achse zusammenbrechen.

Auf dem Heimweg von der Siedlung erstreckte sich die ungepflasterte Straße vor und hinter ihnen, ihre Oberfläche eine riesige Staubwolke, die auf sie zurollte. Es gab Augenblicke, in denen sie ein Auto sahen und ein Gesicht oder mehrere Gesichter inmitten des Staubwirbels, und dann brach der Tumult über sie herein, der brennende, feine Sand peitschte sie wie eine pelzige Zunge, spuckte stechende Steinteilchen. Sobald sie wieder atmen und sehen konnten, war die wilde Jagd schon auf der anderen Seite, die Straße hinauf, Rauchwolken vor der Sonne verbreitend und den Horizont verfinsternd. Manchmal war es Mehring, den ihre Augen im Bruchteil einer Sekunde im Mittelpunkt des Sturms erblickten.

Zwei Männer traten, ohne sich um die feigen Hunde zu kümmern, aus der Dunkelheit. Die Kochstellen waren erloschen, und Izak sah zwei aufrechte Gestalten im winterlichen Mondlicht, die ihre Schatten quer über den Hof des Kraals warfen. Sie wurden vorwärtsgedrängt, von Geknurr und Geheul umkreist. Sie fragten nach Solomon.
Solomon war irgendwo in dem Raum voll schlafender Körper, deren starker Geruch durch die Wärme des Kohlenfeuers intensiviert wurde. Er hatte eine Frau bei sich in seinem Eisenbett und richtete sich neben dem in ein Tuch gewickelten Kopf auf dem Ellbogen auf. Er trug sein Arbeitshemd gegen die Kälte, und es absorbierte gerade genug Licht vom Feuer, um sein Gesicht erkennbar zu machen. Er reagierte wie ein Mann, der weder beunruhigt noch verwirrt ist. Er sagte nichts. Aber er versuchte weder, sich wieder hinzulegen, noch aufzustehen, und Izak ging wieder hinaus. Er stieg über die Schlafenden auf dem Boden hinweg.
Er sprach nicht mit den wartenden Männern und wunderte sich nicht darüber, daß sie ihrerseits nicht mit ihm redeten. Er war jung, in seinem Alter wurde man noch nicht befragt. Solomon kam in Hosen und Schuhen heraus, sie sagten: »Dein Bruder sagt, du mußt kommen.«
»Heute nacht?«
»Du mußt sofort kommen.«
»Ich komme morgen.«
Er hatte die Kinder im Zimmer hinter sich aufgestört, und sie begannen im Schlaf zu husten.
»Ich bin im Bett. Wir schlafen alle.«
Aber das stimmte nicht; sie standen hier.
Sie redeten eine Weile hin und her.

»Nein, nicht morgen, heute nacht. Er ist in Schwierigkeiten, du mußt kommen, Mann. Es will ihm jemand an den Kragen. Heute nacht.«

Solomon ging ins Zimmer zurück und kam im Pullover wieder. Während er mit den anderen verschwand, konnte Izak ihn an den hellen Streifen um Hals und Taille erkennen.

Am nächsten Morgen kam er nicht, um zusammen mit Phineas und Witbooi die Kühe auf die Weide zu treiben. Jacobus nahm an, er habe bei seinem Bruder in der Shanty Town nahe De Beers Farm übernachtet und werde später kommen. Jacobus war weder besorgt noch ärgerlich. Solomon war kein Säufer, und es war möglich, daß man seinen Bruder ohne Paß aufgegriffen hatte. Dann mußte er herausfinden, auf welcher Polizeiwache man ihn festhielt und ihn dort mit einer Kaution loseisen. Das konnte einen Tag dauern.

Um zwölf Uhr machte sich Jacobus auf, um nach ein paar blockierten Bewässerungsrohren zu sehen, und er fand Solomon bis aufs Unterhemd nackt im Buschfeld liegend. Seine Hände und Füße waren eiskalt und schuppig wie die Glieder eines Reptils. Er hatte aus einer Kopfwunde viel Blut verloren. Das vergossene Blut war gefroren, zu einer dünnen, rosafarbenen, mit Reif vermischten Eisschicht auf dem welken Gras, von dem sein Körper die vom Wind geschwächte Wärme der Morgensonne ferngehalten hatte. Er lag in tiefer Bewußtlosigkeit, und weder Rufe noch Stimmen noch die Fahrt zum Krankenhaus, die er in seine Bettdecken eingewickelt im Lastwagen zurücklegte, konnten ihm ein Lebenszeichen entlocken. Jacobus, die Frau, die mit Solomon zusammen gewesen war, und Izak fuhren vom Krankenhaus zur Shanty Town, aber Solomons Bruder war nicht dort und seit drei Tagen auch nicht gesehen worden. Sie hatten mit ihren Nachfragen an der naheliegendsten Informationsquelle, in der Kneipe, begonnen und waren dann einer Spur von Gerüchten von einer Person zur anderen gefolgt. Izak konnte die Männer nicht beschreiben, denn er hatte ihre Gesichter nicht gesehen. Wieder und wieder rekapitulierte er genau, für jede Gruppe und jeden einzelnen, was gesagt worden war. Einige fragten, als läge die Schuld bei Izak: »Aber warum ist er mit diesen Leuten mitgegangen?« Und andere fragten, ob er die Männer denn gekannt habe. Izak konnte nur noch einmal exakt wiedergeben, was geschehen war. Sein Bericht und die darauf folgenden Reaktionen wurden schließlich zum Ritual, das Jacobus mit der Schlußbemerkung bereicherte: »Hätte er nur mich gerufen, es wäre anders gekommen.«

Sie sahen Izak an; nur ein Junge.

Solomons Frau schluchzte; er hatte nichts zu ihr gesagt, als er seinen Pullover holte. Sie war nicht mit ihm verheiratet, er vertraute ihr nichts an. Als sie wieder auf der Farm waren, zeigte Izak, wo er gestanden hatte und von wo die Männer gekommen waren, und alle sagten aus, ob sie etwas gehört hatten oder nicht. Die Hühner pickten, wo die Männer gestanden hatten, und die Hunde, die zwar gewinselt und gebellt, aber die Eindringlinge nicht abgewehrt hatten, lagen, mit den mageren Schenkeln zuckend, im Tagesschlummer. Die Kinder blieben am Tatort, wie jemand, der einen Zug verpaßt hat und weiter auf dem Bahnsteig herumsteht. Das Wasser in den Bewässerungsrohren floß noch immer nicht; aber gegen halb vier kam es wieder in Gang. Jacobus und die anderen Männer erhoben sich von einem späten Mittagessen – einem Topf mit hart gewordenem Maisbrei – und gingen, um die Wasserpumpen anzustellen. Die Frauen und Kinder konnten die Stimmen der immer noch diskutierenden Männer hören, die langsam das Feld hinuntergingen. Später nahm Jacobus den Hausschlüssel vom Nagel zwischen den herabhängenden Zwiebelbündeln und versuchte, in der Stadt anzurufen. Aber das Büro war geschlossen, und in der Wohnung meldete sich niemand. Am nächsten Nachmittag versuchte er es wieder. »Ich weiß, warum kein Wasser ist. Ist viel zu kalt

unten am Fluß. Eis kommt in die Röhre, diesen Morgen wieder. Gestern dasselbe, und wieder diesen Morgen.«
»Was meinst du mit ›wieder‹? Ist es denn gestern überhaupt geflossen?«
»Wenn wärmer wird am Nachmittag, ja.«
Dafür hat die Stimme am anderen Ende keine Zeit. »Na gut, ich nehme an, ich kann eine Isolierung für das Rohr besorgen – welches Rohr ist es? Das direkt am Pumpenhaus oder welches? Ist auch egal – wir sprechen am Sonntag darüber. Ich hoffe nur, daß es bis dahin nicht bricht. Jacobus, stell in der Zwischenzeit die Bewässerung lieber *nicht* an, das ist am sichersten, laß es einfach sein, ja? Aber leere das Rohr, wenn die Sonne darauf scheint, sieh zu, daß kein Wasser drin ist, und schalte dann ab. Verstehst du? Nicht bewässern.«
»Ja, ja, is am besten. Und Solomon sehr krank im Krankenhaus.«
»O mein Gott, auch das noch. Und was fehlt Solomon?«
»In der Nacht is er da rüber auf die andere Farm von dem Holländer, nach seinem Bruder sehen. Jemand ihn holen spät in der Nacht; ich glaube nach elf. Dann am Morgen is er nicht hier für die Kühe und später seh ich selber, Solomon is im Feld gewesen, all die Zeit, da, da unten, wo – du weißt...«
»Du meinst, auf der dritten Weide?«
»...Ja. Jemand hat seine Kleider genommen, alles, seinen Kopf verletzt, er blutet da im Buschland. Er mich nicht hören, wenn ich ihn im Lastwagen fahre – ich hole Lastwagen und fahr ihn in die Siedlung.«
Keine Reaktion bei der Erwähnung des Lastwagens, obwohl Jacobus nach dem Wort eine winzige Pause macht, bevor er fortfährt; ein Weißer wird dir nie etwas abschlagen, wenn du beweisen kannst, daß jemand krank ist oder im Sterben liegt. Die Pause ist nur da, um ihn daran zu erinnern, was er über den Traktor gesagt hat.
»Und was sagen sie im Krankenhaus, Jacobus? Ist er in Ord-

nung?« »Er schlafen, schlafen. Sie sagen, is schlimm, aber vielleicht wieder besser werden.«
»Na, das ist ja schrecklich, Jacobus. Er hat Glück gehabt, daß er nicht gestorben ist, die ganze Nacht draußen, bei diesem Wetter.«
»Aber ich glaube, er schlafen ganze Zeit, weiß nichts, ja...«
»Starker Frost, was? Was macht der Rettich? Ist er schwarz geworden?«
»Ist noch gut in Schuß... und ich finden anderen Boy, von woanders, kann Solomons Job solange tun. Guter Boy, weiß Bescheid mit Kühen.«
Wieder eine Pause. Und die Antwort fällt in die Lücke, die für sie bereitgehalten wird, so wie in der Telefonvermittlung, die ihre beiden Stimmen verbindet, bestimmte Metallhebel in ihre Schlitze fallen müssen, um die Verbindung herzustellen.
»Na gut. Wenn es sein muß. Ich werde versuchen, morgen zu kommen. Sonst am Sonntag. Und vergiß nicht – keine Bewässerung, ja, Jacobus?«
Jacobus sah sich um, bevor er das Haus verließ; nichts, was zu irgendwelchen Beschwerden führen könnte. Die Stiefel stehen geputzt neben dem Kühlschrank, die Fenster sind geschlossen, die Vorhänge zugezogen. Die Glasschüssel mit drei verschrumpelten, übriggebliebenen Apfelsinen mitten auf dem Tisch, wo Alina sie hingestellt hat. Niemand hat etwas angerührt. Er schnüffelt. Kein Geruch, jedenfalls nicht, soweit er feststellen konnte. Er schloß ab. Von der Küchentür aus erkannte er den Kopf des Mannes, der neben Witbooi auf dem Traktor saß. Er winkte ihnen zu, während sie an der Scheune vorbeifuhren. Witbooi rief zurück. Ihre Rufe stiegen und fielen aneinander vorbei, nächtliche Rufe im kalten Schatten des Sonnenuntergangs. Das Haus hinter ihm war dunkel; auf jedem Fenster glitt eine von Rauch und Staub gerötete Sonne an den blinden Scheiben hinunter.

Der Traktor schob sich wie ein Krüppel über die Umrisse der dunkel werdenden Erde. Als er anhielt, blieben Witbooi und der andere für einen Moment sitzen, Witbooi leicht in Jacobus Richtung geneigt. Jacobus fühlte mit einer Hand nach dem fehlenden Haken am Halsausschnitt des Overalls; vielleicht war ihm kalt. Sie sahen, daß er nicht zu ihnen kommen würde, und schwangen sich langsam zu Boden. Sie waren müde von einem Tag, der nicht wie andere Tage gewesen war. Ihre Blicke fielen auf den Hausschlüssel, der, vom toten Sonnenlicht angestrahlt, an Jacobus langem Zeigefinger hing.
»Ich hab's ihm gesagt. Du kannst jetzt hier arbeiten. Ich habe ihm gesagt, daß ich dich einstelle.«
Der andere Mann war seit vielen Wochen auf der Farm untergekrochen. Seine Familie aß von jedermanns Kochtöpfen; Jacobus konnte die übliche Maismehlration nicht erhöhen, ohne Rechenschaft darüber abzulegen, wenn der Vorrat nicht für die vorgeschriebene Zeit reichte.
Der Mann runzelte die Stirn: »Und er sagt ja?«
»Du hast mir nicht geglaubt. Ihr wollt alle, daß alles *sofort* passiert. Ich habe dir gesagt, ich weiß, wann der richtige Moment da ist.«
»Und wir kriegen ein Zimmer? Ich möchte das Zimmer am Ende, falls ...«
»Du hast bis jetzt doch ganz gut gelebt, oder? Deine Frau, deine Kinder – alle. Laß mir nur ein bißchen Zeit. Ich besorge dir Ziegel von ihm. Ich kriege alles von ihm.«
Der Mann bewegte den Kopf in ungläubiger Bewunderung. Er kam plötzlich zu sich: »Dank dir, Bruder, ja, dank dir.« – »Keine Ursache, Bruder.« – »Danke, Bruder.« – »Ist in Ordnung, Bruder.« Eine Weile spann sich der freundliche Wortwechsel fort. Der Mann schien Witbooi und den Traktor vergessen zu haben. Er wanderte, den Kopf zielbewußt nach unten gerichtet, auf den Kraal zu.
Witbooi sagte: »Jetzt sind zwei ohne Paß hier.«

Jacobus wies auf die unförmige Maschine; sie sollte bei Anbruch der Dunkelheit im Schuppen sein. »Glaubst du, er hat mich je wegen *deiner* Papiere gefragt? Ihm ist es gleich, ob jemand Papiere hat oder nicht, solange die Arbeit gemacht wird. Das ist alles, was ihn interessiert. Und wenn die Polizei dich erwischt, braucht er dir nur ins Gesicht zu sehen und zu sagen, er weiß nicht, wer du bist, du hast dich auf der Farm versteckt, das ist alles. Der braucht sich keine Sorgen zu machen.« Und er lachte: »Ich kenne ihn.«

Bevor Solomon sich so weit erholt hatte, daß er seine Erlebnisse zum besten geben konnte, verbreitete sich die Legende, er sei in der Nacht von einem Geist angefallen worden. Es war etwas da unten auf der dritten Weide gewesen. Als er dann berichtete, was geschehen war, handelte es sich um eine Kulmination von Umständen, die allen Farmbewohnern vertraut war. Solomons Bruder hatte mit dem Versprechen, Solomon werde für ihn zurückzahlen, zwanzig Rand von jemandem geliehen. Solomon besaß diese Summe – einen vollen Monatslohn – nicht und besorgte sie sich von jemand anderem, dem er als Sicherheit sein Fahrrad überließ. Sein Bruder sah das Rad, glaubte, es sei gestohlen worden, und nahm es mit. Der Gläubiger, der es in Verwahrung gehabt hatte, ging zu Solomons Bruder, beschuldigte beide des Diebstahls und verlangte sein Geld zurück. In der Zwischenzeit hatte der erste Gläubiger nur neun Rand und siebzig Cent von der Schuldsumme zurückerhalten. Solomon oder sein Bruder hatten den Rest für etwas anderes ausgegeben. Es kam zu Auseinandersetzungen und Versprechungen, Zusammenkünften auf der anderen Seite des Buschlandes, jenseits des Schilfs, zwischen Farm und Shanty Town. Die Gläubiger schickten ein paar ihrer Leute, um Solomon nachts herauszulocken und ihn zusammenzuschlagen. Er kannte sie nicht – zwei unter Tausenden aus der Siedlung oder der Shanty Town, die bereit waren, einen solchen Auftrag anzunehmen –. Er wußte, warum es

geschehen war. Aber die Kinder gingen nicht zur dritten Weide. Eines hielt das andere zurück. Da unten ist etwas. Niemand hatte es gesehen; es hatte einem der kleineren Kinder einen Schreck eingejagt. Welchem? Wer? „Da ist was.«
Sie erinnerten sich nicht mehr an das, was dort unten unterm Schilf lag. An das, was Solomon vor Monaten in der dritten Weide gefunden hatte; es lag noch immer dort.

»Und da«, sagte er, »erwachte ich und machte mich auf den Weg. Mein Bruder, Umankamane, folgte mir. Er warf einen Stein und traf eine Aloe. Ich erschrak und lief zurück zu ihm und schalt ihn und rief: ›Warum hast du mich erschreckt, als ich dabei war, meine Antilope einzufangen?‹«

Ist das alles, was überlebt?
Ist das alles, was übrigbleibt?
Das Schilf war abgesengt, es sieht aus wie ein schlecht geschnittener Bürstenschnitt. Das ganze Sumpfland ist abgebrannt, stoppelig. Man kann das gelobte Land sehen, zu dem die Kühe immer hinstreben. Es ist nichts als ein flaches, festes Stückchen Insel dort drinnen. Geschwärzt, zerhackt; das Ganze entblößt, unter Augenhöhe abgesunken. Und es ist nichts zu sehen, nichts, in dieser Schilflandschaft, die jetzt nackt und unverhüllt daliegt. Keine Spur, keine Stelle, die sich von einer anderen unterscheiden ließe.
Schon lange bevor er die Farm erreichte, konnte er sehen, was geschehen war. Vom indischen Laden aus. Mit einer Ausnahme ist es jedes Jahr, seit er die Farm hat, das gleiche gewesen; aber dieses Mal ist das Schilf vernichtet, das hat es vorher noch nie gegeben. Dieses Mal muß es drüben bei De Beer angefangen haben. Ein schwarzer Teppich breitet sich von unterhalb der Gummiplantage auf De Beers Hügel (der Wind, der in die andere Richtung blies, hat seine Bäume gerettet) hinunter über das Buschland bis zum Fluß, folgt der Sumpfniederung für etwa eine halbe Meile, als habe der eindringende Feind eine Stelle zum Überqueren ausgekundschaftet – was denn schließlich auch geschah. Das Feuer sprang von Schilfbüschel zu Schilfbüschel über, auf die versteckten Inseln zu, auf denen es sich festfraß, um dann wieder aufs Schilf überzugreifen und über das Wasser in Mehrings Buschland zu gelangen. Das Hoheitsgebiet des Feuers. Eine Invasion mit allen ihren Durchbrüchen, Vorsprüngen, Brükkenköpfen. In einer Nacht genommen.
Im ersten Augenblick, als er es vom Laden aus sah, empfand

er einen qualvollen Ekel, eine buchstäblich körperliche Reaktion, als würde die Pythonschlange seiner Gedärme, in der warm sein üppiges Wochenendfrühstück ruhte, sich gegen eine innere Wand seines Körpers ringeln. Der Mercedes, von der eigenen Staubwolke überholt, schleuderte zur Straßenseite. Es schien ihm später, als habe er laut zu sich selbst gesprochen, geflucht – eine Anrufung lang vergessener und (für ihn) nicht existenter Götter. Dann preßte er den Fuß aufs Gaspedal und fuhr sehr schnell, fühlte, wie die Reifen über vom Staub bedeckte Querrinnen holperten, merkte, wie er mit einer krampfhaften Bewegung des Adamsapfels schluckte, merkte, daß er Luft einsog und bis zum Bersten anhielt wie einen geballten Klumpen tief unten in der Kehle, empfand den Drang, schnell dort zu sein – wozu?

Es ist alles vorbei. Dünner Rauch. Ziemlich kalt. Die ganze Farm stinkt wie ein kalter Aschenbecher. Schlimmer als letztes Jahr, denn es hat diesmal auch die Weidenbäume erwischt; aber die Felder auf seiner Seite sind fast unbeschädigt. Er geht entlang an den neuen in Schwarz gezeichneten Grenzen und findet beim näheren Hinsehen, wie das Feuer ohne jeden guten Grund bald hier ein Büschel hoher Gräser vertilgte, bald dort ein anderes umgangen hat, wie es sich gierig in einen Graben hineingefressen, eine zähe Marschpflanze mit dörrender Hitze bestrahlt, aber nicht zerstört, eine schwarze Spur zum Zaun hin gezogen hat. Das Picknick-Ufer liegt im schwarzen Hoheitsgebiet; es ist mit verdrehten Fasern verkohlter Blätter bedeckt und mit den Resten der Weidenzweige, die aussehen als wäre ihnen pelziger, grauer Schimmel gewachsen und die zu Asche zerfallen, wenn seine Stiefel sie berühren. In die Steine des Kochplatzes sind Markierungen eingebrannt wie in grobe Töpferware.

Er folgt der schwarzen Grenze, wo immer es zu Fuß möglich ist, am Fluß entlang, rechts und links der Stelle, an der er, die dritte Koppel passierend, angekommen ist. Da, wo das

Schwarz einen Vorstoß ins unversehrte Buschland gemacht hat, geht er erst beinahe zimperlich drumherum, aber später überquert er diese Stellen einfach. Seine Stiefel sind grau, und er ist nicht sicher, ob es eine zurückgebliebene Hitze ist, die er durch die Sohlen spürt, oder ob er sich das einbildet. Eine tote Ratte mit intaktem Kopf und offenen Augen liegt am Boden. Nicht verbrannt; am Rauch erstickt? Ein paar Wasserhühner kreisen in Uhrzeigerrichtung auf dem Fluß. Sie sind so schwarz wie alles andere, ausgenommen der glänzende Fluß, aber wie er sind sie lebendig, wo alles andere tot ist. Der Fluß wirkt so außergewöhnlich kraftvoll, gleitend und schimmernd, er scheint sich bereits neue Pfade durch das geschwächte und zerstörte Schilf zu bahnen; er schwillt gegen die Uferränder, und es ist unmöglich, ihn an einer Stelle im Blick festzuhalten. Er fühlt, wie seine Augen mitgleiten. Und der Fluß scheint so still; es gibt keinen Widerstand. Er schlägt sich während des ganzen Morgens durch das verbrannte Schilf und an den Feldern entlang, um mit Jacobus zu beraten und sich dann wieder auf den Heimweg zu machen. Jacobus erwartet natürlich volle Anerkennung für seinen Einsatz gegen das Feuer. Es ist eine lange Geschichte, wie alle ihre Geschichten, und ein Ohr genügt, um zuzuhören. Sie schauen sich zusammen ein Kalb an, das verloren gegangen war und von dem man befürchtet hatte, es sei dem Feuer zum Opfer gefallen. Der Mann, der das kleine Biest mit Grütze füttert, trägt einen wollenen Schal ums Gesicht, wie sie es immer tun, wenn sie Zahnweh oder Kopfschmerzen haben.

»Na, Solomon, was haben diese Halunken mit dir gemacht?«

Jacobus sagt: »Den schönen Pullover, der junge Herr, er ihn gegeben – du weißt, welchen? Sehr, sehr schöner Pullover – weggenommen. Alles … du weißt, welchen Pullover?«

Nein, er weiß nicht, wie Terry sich seiner Kleidungsstücke zu entledigen beliebt.

»Hosen, Schuhe, diesen Pullover, den Terry ihm geben – alles.« Jacobus ist nicht gerade eine Schönheit, und wenn er dramatisch wird, zieht er die aufgesprungenen Lippen zurück und zeigt diese gräßlichen alten Zähne.

»Alles wieder in Ordnung, wie?«

Der Schal wird mit einer Gehorsamkeit zurückgezogen, die er nicht gewünscht hat. Das schwarze Gesicht mit dem halben Lächeln ist angenehm genug, geduldig. Quer über die Stirn verlaufen zwei dicke, gekräuselte, zusammengenähte Lippen.

»Oh, das wird noch mehr zurückgehen – das wird noch besser – so was braucht seine Zeit.« Er ist nicht sicher, wie weit er sich verständlich macht. Bisher hat sich fast nie ein Anlaß ergeben, mit diesem Mann zu sprechen. Solomons Antworten werden meist von Jacobus gegeben. Aber plötzlich spricht der Mann: »Das bleibt bei mir bis zu dem Tag, an dem ich sterbe.«

Der Schal wird sorgfältig wieder umgebunden.

»Dieser Pullover war sehr, sehr gut.«

Jacobus sieht nicht hin, als die weiße, mit dem Ruß verbrannter Vegetation bedeckte Hand die Zigarettenpackung herauszieht. Ein kurzes Zögern; vier in Solomons Hände.

»Hier.« Zwei für Jacobus.

Jemand hat eine Kochstelle unbeaufsichtigt gelassen, oder De Beers Boys haben auf eigene Faust beschlossen, Unkraut zu verbrennen oder das Gras auf einem Stück Weide früh sprießen zu lassen. »Ein schlechter Winter für uns, was, Jacobus?«

Jacobus' Arme rudern wie Windmühlenflügel, während er vorführt, wie das Feuer von den Feldern ferngehalten wurde. Aber in Wahrheit sieht es so aus, als sei es da, wo es nicht von den vorhandenen Feuerschneisen gestoppt wurde, von selbst erloschen. Der Wind hat gedreht; oder etwas in dieser Art. Ob die Weidenbäume sich jemals erholen werden? Die denken,

wenn das Land gerettet ist, dann hat es keinen Schaden gegeben. Sie verstehen nicht, was das *Vlei* ist, wie der große Erdschwamm, vom Schilf zusammengehalten, seinerseits in der Regenzeit die Abflüsse eindämmt, wie das Schilf filtert und schützt... Was ist mit den Vögeln? Den Webervögeln? Den Bischofsvögeln? Den Schnepfen? Den bunten Eisvögeln, die er manchmal sieht? Den Enten? Und die Perlhühner nisten in den trockenen Gebieten. Um diese Jahreszeit werden allerdings keine Nester dagewesen sein. Aber was sonst – Insekten, Larven, das verborgene Netz niederer Lebewesen dort drinnen, die als Amöben beginnen und sterbend, verrottend, neuen Anfang schaffen?
Schwarz gebrannt. Wieder hinunter, ein einsames Stück Ungeziefer auf diesem geschorenen, ascheverkrusteten Zuchthäuslerkopf. Schwarze Fetzen hängen von den unteren Stümpfen der Weiden. Möglicherweise sind es nicht Teile des Baums, sondern die Überbleibsel fedriger Schilfbüschel. In manche der älteren Bäume hat sich das Feuer mit der rußbehandschuhten Hand eines Chirurgen hineingebohrt und vaginaähnliche Lücken oder Astlöcher ausgebrannt; das reliefartige Muster auf allen Stämmen ist zu einer samtigen Schicht weißer Asche gesenkt worden. Seine Waden schmerzen. Es hat etwas mit dem Funktionieren des Kreislaufs zu tun. Der Doktor sagte, rauchen Sie weniger. Darum hat er angefangen, Zigarren statt Zigaretten zu rauchen, nur, daß er jetzt beides raucht. Aber es ist unmöglich, sich hier auszuruhen, nicht heute, nicht in diesem vom Feuer hinterlassenen Schutt. Kein Wunder, daß sie schmerzen. Er leidet unter dem Zwang, jede Einzelheit zu analysieren – dieser qualvolle, ruhelose Drang, wenn etwas nicht zu ändern ist, wenn man nichts tun kann, wieder und wieder auf der gleichen Sache herumzureiten. Er wird heute ins Haus gehen. Da kann er wenigstens die Füße hochlegen. Wie immer kommt er herein, als sei er ein Fremder. Das Wohnzimmer hat seine unveränderten, vertrauten

und unpersönlichen Komponenten, wie die Motelzimmer auf seinen Reisen – es macht keinen Unterschied, daß in diesem Fall er sein eigener Vormieter ist und daß die Hinterlassenschaften, die alte Zeitschrift, der übriggebliebene Schluck in der Flasche, die Überbleibsel in der Obstschale, von ihm stammen. Selbst der Geruch von Insektenvertilgungsmitteln als Ersatz für frische Luft ist vorhanden. Alina hat gegen irgend etwas gespritzt, obwohl er, außer seinen Stiefeln, wenig hier hat, von dem die Motten sich ernähren könnten. Ein paar übriggebliebene Kleidungsstücke sind noch da, die seinem Sohn nicht mehr passen würden, wenn er noch hierher käme. Man könnte sie an Bedürftige verschenken, wie den Pullover. Das Haus ist reine Verschwendung, niemand benutzt es. Natürlich, der Monat Schulferien, während dessen er hätte hier sein können, ist beinahe vorüber. Bald Zeit für ihn, die Rückreise per Anhalter anzutreten.
Auf dem Sofa liegend, betrachtet er seine Handrücken und sieht die Linie auf der Haut, da wo das Schwarz eher hinein- als hinausgewaschen worden ist. Brandmarkierungen. Sie zeigte ihm die Tontöpfe in ihrem Haus. Wenn sie ihre Zigarette ausdrückt, hält sie den Stummel nach unten, als presse sie den Kopf eines Ertrinkenden unter Wasser, während sie spricht. »Oh, Mitleid ist wie Onanieren. Schadet keinem, und wenn es einem guttut…« Lord Terry würde dir jetzt vielleicht zustimmen, er würde es heute wohl kindisch finden, seine alten Sachen ins Lager zu tragen. Man könnte sich einen Scherz mit ihm machen und ihm sagen, wie gefährlich es für die Leute sei, solche Besitztümer zu haben. Sie haben einem armen Teufel für ein paar Rand den Kopf gespalten. Du hast recht, man weiß nie, wann man mehr Schaden als Gutes anrichtet, nicht wahr? Ich kann aus Japan Porzellan mitbringen, sehr gute Sachen. Aber du hast so etwas vorgezogen – etwas vom Feuer Verschandeltes. Jetzt hat er Neuigkeiten nach Südwest zu schreiben – das Feuer. Wenn sich Briefpapier

im Haus findet. Es ist ihm seit einigen Minuten bewußt, daß Alina da ist, auf der anderen Seite der Innenwand, in der Küche. Er erkennt die leichten Geräusche, die ihre Bewegungen begleiten, wenn sie etwas herrichtet, das nach ihrer Meinung eine Mahlzeit darstellt. Er erkennt sie, wie man die Gegenwart einer Katze spürt, die an der Wand entlang in ein Zimmer streicht, um auf ein sonnenbeschienenes Fensterbrett zu springen, oder die einer Maus, die zwischen Lebensmitteln und Zeitungen trippelt und stöbert. Alleinsein schärft den Hörsinn. Erst wird der Wasserhahn voll aufgedreht, so daß der Kessel überläuft. Der Kessel berührt die stählerne Herdplatte. Der Klang des sich biegenden Blechdeckels, als der Brotkasten geöffnet wird. Gleich muß sie hier hereinkommen, wegen des Kühlschranks; ja – und sie klopft nicht an, weil der Kühlschrank aus diesem Zimmer gewissermaßen eine Erweiterung der Küche macht. Aber sie setzt die Füße (in blauen Wollpantoffeln, deren Sohlen beim Heben und Senken die Nummer 7 sehen lassen) vorsichtig auf und blickt nicht nach dem Sofa, als ob dort jemand schliefe, den jedes Anzeichen von Aufmerksamkeit aufwecken würde. »Ist ein Schreibblock im Haus?«

Er spricht Afrikaans, sie scheint ihn nicht zu verstehen. Sie schaut vom Kühlschrank zur Küche und zurück. Sie öffnet den Kühlschrank respektvoll und ist für einige lange Sekunden hinter der Tür verschwunden und taucht wieder auf, mit einem unansehnlichen Butterklumpen auf einer Untertasse und einem umfangreichen Milchkrug, die sie beide schnell unter das Netz auf den Tisch stellt. Er möchte seine Frage wiederholen, aber sie begegnet seinem Blick noch einmal mit diesem heftig verlangenden Starren zur Küche hin und eilt hinaus. Bei ihrer Rückkehr trägt sie ein Tablett mit einem Deckchen aus Plastikspitzen. Darauf erblickt er – denn sie hält es tief, damit er es begutachten kann, bevor sie es auf den Tisch setzt – einen Teller mit Sardinen, in der Form, in die die

Dose sie gepreßt hat, eine Packung süßen Zwieback und das letzte in Folie verpackte Käsedreieck in einer runden Pappschachtel.

Er hat vergessen zu sagen, daß Lebensmittel hereingebracht werden müssen. »Nein, nein – Alina – schau im Wagen nach, du findest Fleisch dort und Tomaten. Brot.«

Seine Hand gräbt in den Tiefen des Schrankfachs, in dem Jacobus die Rechnungen aufhebt. Jedes leere Blatt Papier würde genügen, aber es ist nichts zu finden, und morgen wird sein Schreibdrang verflogen sein. Da er gewöhnlich keine Privatbriefe schreibt, diktiert er seine ganze Korrespondenz. Wäre er hinter einer Frau her, würde er sie anrufen, wenn er ihre Adresse wüßte. Er hat nicht geschrieben, sondern ein paar Zeilen diktiert und vor etwa zehn Tagen zusammen mit einer Geldanweisung abgeschickt. Emmy und Kurt werden schon gewußt haben, was damit zu tun sei, trotz ablehnender Reaktionen von anderer Seite.

Es ist ohnehin zu spät für Briefe. Es kam nur einer aus Südwestafrika, und die Geldanweisung diente als Antwort darauf. Er war »Namibia« überschrieben, das war alles, über dem Datum. Dann ausgewählte Informationen. Er ist mit Kurt und (Name unleserlich oder mit keinem bekannten Gesicht mehr zu verbinden) irgendeinem anderen alten Mann von Swakopmund in der Wüste gewesen. Sie waren wundervoll, wußten alles über Pflanzen und Tiere, Kurt hat versucht, ihn in ein Gebiet zu fahren, das ihn interessiert, aber natürlich, die gesamte Umgebung der Uranbergwerke ist abgesperrt, man kommt nicht näher heran als zum Khan Canyon. Die Damaras in der Gegend sind alle – das Wort stand zwischen Anführungszeichen – »umgesiedelt« worden, man hat sie in irgendeine Reservation getrieben, die gesamte Bevölkerung. Es war eine Zahl angegeben. Dann folgte die Bemerkung, es sei viel zu kalt zum Schwimmen.

Woher dieses plötzliche Interesse an Uran? Nicht weil er ein geschäftliches Interesse an unedlen Metallen entwickelt hat, das ist sicher. Damaras? Er muß die Klip-Kaffern in den steinigen, das trockene Flußbett umgebenden Hügeln meinen. Als wir jung waren, begegneten wir ihnen manchmal, wenn wir Rehböcke jagten, obwohl es eigentlich ein Rätsel ist, wie Böcke oder Menschen in einer solchen Gegend überleben können. Sie sind da wie die Steine, nein, waren da wie die Steine, offenbar sind sie es nicht mehr. Er hat nie einen zu sehen bekommen, aber er läßt mich alles über sie wissen. Kein allzu faszinierender Urlaub für einen Sechzehnjährigen. Alte Leute und ein gründliches Studium (so scheint es) von Blau- und Weißbüchern. Er könnte einmal nach Tokio oder Kanada mitkommen. Einmal. Wann würde das eine Mal sein? Wenn die Schulferien mit einer notwendigen Reise zusammenfielen, wenn ein Vater und ein Sohn, die sich eine Menge zu sagen haben, Seite an Seite im Flugzeug sitzen und Pläne schmieden. Die Farm – für wen ist eine Farm da, wenn nicht für den eigenen Sohn – interessiert ihn nicht. Er hätte den ganzen August hier verbringen können. Sie hätten zusammen Bäume pflanzen können. Man vergißt so etwas. Obwohl das Feuer vorüber war, ist er zu Hause angekommen, als habe er bis zur Erschöpfung dagegen angekämpft, und jetzt machen Anspannung und Ermüdung des Morgens dem Hunger Platz. Er wartet nicht ab, bis Alina das Essen bringt, sondern holt selber den körperwarmen braunen Brotlaib, den er in der Stadt gekauft hat, und schneidet sich eine dicke Scheibe herunter. Ja, man vergißt. Es ist ihm wirklich bis heute nicht eingefallen, und der ganze Monat ist verstrichen. Zu spät für einen Brief. Er ißt das Brot unzerteilt und ohne Butter, die Kruste von dem weichen, zähen Innern reißend und in den Mund stopfend. Er ißt ein bißchen ferkelig, wenn er hier allein ist. Es bereitet ihm Vergnügen, wo keine anderen Vergnügungen zu haben sind, die Betten leer und das Klavier unberührt. Er sollte wirklich etwas an der Einrichtung tun. Warum muß der Kühlschrank hier im Zimmer stehen? Aber es ist bequem, einfach vom Tisch aufzustehen und zu nehmen, was man will. Alina bringt einen Teller mit Tomaten, naß vom Wasserhahn, und das halbe Pfund Schinken, auf dessen Fettrand rote Zellophanfetzchen kleben. Er sieht beim Essen nicht zum Fenster auf, durch das er die verbrannten Stellen, die geplünderten Weiden erkennen könnte. Er blickt absichtlich in die andere Richtung, auf das kleinere Fenster, durch das ein Pfirsichbaum, ein Wassertank und der nützliche Schrott zu sehen sind, den sie nie wegwerfen, ein Autositz, das Rahmenwerk eines alten Elektroherdes.

Die Kälte, die ihn umgibt, der Schatten über ihm, die Bohnerwachspolitur unter seinen Füßen – das Haus ist der unwichtigste Teil der Farm. Was zählt, ist der Wert des Landes. Die Inflation hat dazu beigetragen, aber auch davon abgesehen, war es kein unkluger Kauf, und der Besitz ist gut instand gehalten worden. Grund und Boden allein müssen jetzt soviel wert sein wie Land und Haus zusammen zur Zeit des Kaufs. Es gibt andere Häuser, andere Betten (er kann sich nie dazu überwinden, in dem muffligen, schmuddligen Schlafzimmer zu Bett zu gehen. Es ist ihm gleich, daß seine Stiefel das Sofa mit Asche beschmieren.). Sie wußte das wohl, obwohl es bei Leuten ihrer Sorte wieder schwierig ist, zwischen grandioser Theorie (was sie glauben denken zu müssen) und Wirklichkeit zu unterscheiden. Schließlich spricht auch *sie* von »Namibia«, von etwas, das nicht existiert, von einer Idee in den Köpfen bestimmter Leute als Bezeichnung für ein Land, in dem er geboren und aufgewachsen ist und das sie wahrscheinlich nie gesehen hat. Die Schultern vorgebeugt, einen entschlossenen Zug um den Mund, in demonstratives Gelächter ausbrechend: »Und inwiefern ist denn bitte dein Konzept von dem Land mehr als nur eine Idee? Für die Ovambos und Hereros und Damaras? Kannst du mir das vielleicht sagen?

Du, der du das Land ›kennst‹? Der kleine weiße Baas, der barfuß mit den kleinen schwarzen Söhnen von Knechten herumgelaufen ist, die jetzt Väter von Knechten sind? Ein Name auf der Landkarte. Ein Etikett, das ihnen aufgeklebt wurde. ›Südwest-Afrika‹. ›Mandatsgebiet‹. Ein Land ›gehört‹ dir nicht, weil du ein Stück Papier unterschreibst, so wie du dir die Eigentumsurkunde für diese Farm gekauft hast.«

In der Opposition (dem umstrittenen Territorium der Auseinandersetzung, dem Kampf um Selbstdefinition, der sich hinter den Worten abspielt) liegt die Anziehungskraft einer solchen Frau. Hier findet (in der Sprache der Scheidungsgerichte) intimer Verkehr statt. Nicht, daß er jemals in eine jener Affären verwickelt gewesen wäre, die mit Privatdetektiven und anklagenden Ehemännern im Gerichtssaal enden. Für einen Mann in seiner Position kommt ein Skandal nicht in Frage. Ihr Mann war zum Glück mehr an Buschmännern interessiert als an den Aktivitäten seiner Frau. Auch über Sex sprach sie, als sei das Teil einer Ideologie, zu der er keinen Zutritt hatte. Obwohl sie das Gebiet ein paarmal mit ihm berührte. Er möchte, daß sein Sohn seinen Spaß hat, solange er jung ist – so sprach er mit ihr über diese Dinge –, daß er sich austobt, alles mitnimmt. Dann wird er in späteren Jahren erkennen, daß die ganze Sache nicht so wichtig ist.

»Was für ein Unsinn. Das ist doch eine Simplifizierung des Geschlechtlichen. Als wenn man das ein- für allemal hinter sich bringen könnte. Wenn du in deiner Jugend ›alles mitgenommen‹ hast, bedeutet das noch lange nicht, daß es später in deiner eigenen Sexualität nichts mehr auszuloten gibt. Es ist idiotisch, sich vorzumachen, Sex sei nicht von emotionalen Ideen durchsetzt, die um ihn gewachsen und zu seinem Bestandteil geworden sind, von ritterlicher Liebe bis zu ewiger Leidenschaft und all diesem Kram. Und das sind keine Wachstumsschmerzen. Das sind Gefühle, die man mit vierzig so stark empfindet wie mit siebzehn. Stärker. Je erwachsener

man wird, desto mehr ist man bereit, ihre Bedeutsamkeit anzuerkennen.«
»Ich denke nicht darüber nach.«
»Nein, du tust es einfach.«
»Stimmt.« Mit einem bestimmten Lächeln, das sie eifrig als Indiz gegen ihn aufgriff, das sie aber dennoch – oder gerade deswegen – zu ihm hinzog.
»Ich entsinne mich, du hast mir einmal gesagt, daß du gelegentlich Spaß daran hast, eine Frau zu kaufen – weil es dich glauben macht, sie tue es nur, weil sie dafür bezahlt worden ist. Sie hat keine Wahl. Sexueller Faschismus. Klar und einfach.«
Warum nicht dieses Haus? Es war keine Zeit, sie hatte Freunde bei sich wohnen, und sie würden sich über ihre lange Abwesenheit wundern. Sie lachte, als er den Friseur als Ausrede vorschlug. »Sehe ich so aus, als verbrächte ich Stunden damit, mir die Haare toupieren und färben zu lassen?« Er hatte sich eine Blöße gegeben. Sie ließ ihn nie im unklaren darüber, wenn er sich wieder einmal als Mann eines bestimmten Typs erwiesen hatte. Er war an Frauen gewöhnt, die nichts Besseres zu tun hatten, als stundenlang in Schönheitssalons herumzusitzen. Und wie ging dieser Satz weiter? Er hätte es ihr ins Gesicht zusagen können:» ... Während Schwarze ihre Arbeit tun.« Wenn solche Frauen Liebesverhältnisse hatten, dann mußten sie entsprechende Alibis benutzen.
Aber wenn sie so ein freier Geist war: »Warum mußt du deinen Freunden Rechenschaft darüber ablegen, wo du hingehst?«
»Mit meinen Freunden verbindet mich etwas, was wichtiger ist als alles andere.«
Natürlich. Sie war nicht einmal so weit gegangen, die Namen ihrer Freunde zu erwähnen. Instruktionen, Verschwiegenheit zu bewahren, Kontakte voneinander isoliert zu halten. Sollte ich um Einundzwanziguhrfünf nicht von dieser Mission zu-

rück sein, dann haben sie mich erwischt, löst den Alarm aus, zerstört alle Dokumente... all die inkompetente Verschwörungsromantik, die sie zu einem Moralkodex erhoben hatte. Verschaffte ihr das nicht, in Grenzen, ein ebenso gutes Alibi wie das einer Frau, die zum Friseur geht? Äußerst praktisch. Niemand wußte, wo man war, so daß selbst auf Befragen keiner etwas ausplaudern konnte, damit machte sie es risikolos, in seine Wohnung zu kommen, selbst wenn sie vor Einbruch der Dunkelheit, oder für wann immer der Countdown mit ihren Freunden vereinbart war, zurück sein mußte.

»Eine Duplex, so nennen es doch die Wohnungsmakler?« Während sie die Treppe herunterkommt, schielt sie unter den Augenlidern auf ihren Magen. Jetzt ist *sie* es, die sich eine Blöße gibt. Sie beobachtet sich selbst. Sie trägt ihre frühen grauen Haare zur Schau, aber sie hat auch ihre Ängste – ein schlaffer Bauch. Es stimmt, sie ist nicht flach, wenn man auf ihr liegt, kann man nicht diesen Knochen dort unten am Hintern spüren. Blickt er auf sie hinunter, so sieht er nicht die sanfte, auf beiden Seiten von Hüftknochen verbundene Konkave, diese zauberhafte Andeutung von Nacktheit unter der Nacktheit, die über das Fleisch hinaus zu den Knochen reicht, wie man sie manchmal an jungen Mädchen in der Art von Bikini sieht, der nur die kleine, schnabelartige Abrundung des weiblichen Körpers verdeckt. Sie hatte keinen besonders schönen Körper, selbst damals vor fünf Jahren nicht. Und da war sie eigentlich noch nicht in dem Alter, sich um das Schicksal ihrer Taille zu sorgen, das sie schließlich alle ereilt. »Was, keine Sauna? Kein Swimmingpool?« »Für alle Mieter gemeinsam. Auf dem Dach. Du mußt dich mit den Badezimmern zufriedengeben, rosa mit beigem Klo, grün mit schwarzem Klo. Such dir eins aus.«

»Oh, wie schick. Welches benutzt man wofür?«

Wenn ich dein Geld hätte...

Sie kam in die Wohnung wie die anderen; es spielte sich in der

Wohnung ab wie bei den anderen. Nur Terry hat hinter der Wand dieses Zimmers geschlafen (nicht der Küchenwand, hinter der Alina gerade mit jemandem spricht); drüben hinter der Wand mit dem Klavier, an der hoch oben ein Paar fliegender Enten aus Porzellan hängt. Auf dem Bett in seinem Schul-Schlafsack hatte Terry – das ist gewiß, keine Frau bei sich, nur Onanie und soziales Gewissen.

Die Dünen der Wüste strecken sich entlang der Straße zwischen Swakopmund und Walfischbai. Goldene, ruhende, nackte Figuren. Torso auf Torso, die Hüfte schwingt sich von der Taille mit unbeschreiblicher Sanftheit. Die sinnliche Einbildungskraft findet nur einen Vergleich, das Gefühl, wenn eine Substanz sich auf der Zunge auflöst. Die See ist auf der anderen Straßenseite. Hier schwimmen die Pelikane zwischen den Felsen, ruhevoll wie Zelluloidenten in der Badewanne, und Krebse – von Mayonnaise bedeckte Klümpchen in den Restaurants, die er jetzt frequentiert – fing man mit bloßen Händen unter dem Felsenabsatz. Keine teuren Handschuhe und Brillen und Schnorchel, wie Kurt und Emmy, die beiden Alten, sie jetzt so lieb für ihren prinzlichen Besucher erbitten. Es gab alteingesessene Bewohner, auch damals Freunde von Kurt, die sich in Naturkunde auskannten und Geschichten erzählten. Könnte derselbe alte Mann sein. Es gibt Qualitäten, die selbst jüngere Leute in der Rückschau alt erscheinen lassen. Die Bezeichnung »alter Soundso« umschreibt etwas anderes als Lebensalter – Wohlwollen vielleicht? Eine angenehme, verlorengegangene Eigenschaft, die nicht mehr zu finden ist. Güte? Emmy und Kurt sind gute, einfache Leute – das bedeutet, sie sind zurückgelassen worden, sie ändern sich nicht, die Wüste dort hinten in der Vergangenheit hat sie konserviert – so gut für den Jungen, wie sie für ihn selbst als Jungen waren. Es sind kinderlose Frauen wie Emmy, die die besten Mütter abgeben. Alte Knaben wie Kurt, die keinen Sohn haben, können mit Jungen all die Dinge unternehmen, für die Väter keine Zeit oder keine Neigung haben. Das kleine Haus mit seinem Garten aus Wüstensand, entlang den mit Muscheln eingerahmten Pfaden in Muster geharkt, und die Hundehütte, von Kurt selbst gebaut, die Tür an Scharnieren, so daß das Haus des Hundes, ganz wie Emmys Haus, jeden Morgen gelüftet werden konnte. Das sind die Dinge, die Kinder glücklich machen. Man sollte meinen, daß für einen Sechzehnjährigen eine Farm, auf der er sich herumtreiben kann, ein Paradies wäre. Du könntest dir ein Reitpferd halten, wenn du wolltest. Wenn du interessiert wärst.

»Du mußt mal wieder zur Farm rauskommen.«

»O ja. Es war so schön dort.«

Als hätte er den Platz niedergebrannt, ihn durch seine Berührung zerstört. Aber es gehörte für sie vielleicht alles zum sexuellen Spiel? Er muß versuchen, sie zu verführen. Sie gibt scheinbar nach. Und dann springt sie ihn sozusagen mit dem Hintern ins Gesicht, und ist davon. »Demnächst einmal...«

»Laß uns einen Picknick-Lunch mitnehmen. Ich würde liebend gern das elende Büro schwänzen.«

Sie sieht ihn unverschämt an, mit vorgestrecktem Kinn und wackelndem Kopf, macht sich lustig: »Ich weiß. Vielleicht. Nächste Woche.«

Ein- oder zweimal in der Wohnung, das war eigentlich nichts. Sie war keine Frau, die einen Instinkt für das hatte, wonach es einem in speziellen Momenten im Bett verlangte. Ohne Zweifel betrachtete sie sich selbst als bemerkenswert »intelligente« Geliebte. In der Wohnung, wie jede andere.

»O ja... manchmal wünschte ich, ich hätte deine Farm...«

Sie hatte es wieder aufgebracht.

Er hatte das Thema nicht erwähnt. Sie hatten sich auf einen Drink in einem Hotel getroffen, nachdem er sie einige Wochen nicht gesehen hatte. Er wußte nicht, ob sie – wohl wie-

der in die Wohnung – mitkommen oder sich nach dem nächsten Glas für diesmal von ihm verabschieden würde.
»Manchmal aus so lächerlichen Gründen – irgendeiner Kleinigkeit. Heute nachmittag bin ich die Straße hinuntergerannt, nach – ich mußte schnell wohin –, und ich sah einen jungen Hund vor einem dieser kleinen Häuser mit einer polierten Veranda und Farn in einer Dose – du weißt. Ein dünnes Hundebaby, es stand mit einwärts gedrehten Pfoten, und sein albernes Schwänzchen hing in der Luft. Dann setzte es sich plötzlich hin und beobachtete die Straße. Ich wollte dieses Hündchen und dieses Haus, ich wollte dort nachmittags sitzen und mit ihm spielen. Für ein paar Augenblicke wollte ich nichts anderes. Und ich begriff, daß *das* für mich ›gut‹ sein bedeutete. Kannst du dir das von mir vorstellen?«
Du hast also Augenblicke, in denen du dich dem »System« anpassen, dich aus »Schwierigkeiten« heraushalten, eine weiße Hausfrau mit weißen Privilegien sein möchtest. So wie du gern Affären hast, aber dich deiner Liebhaber schämst. Und wieder versteht er, was sie, mit dem, was sie sagt, wirklich meint.
»Es war eine schreckliche Versuchung, ehrlich, nur für eine Sekunde. Ich muß wirklich sehr müde gewesen sein.«
Verstehen und die Gelegenheit ergreifen. »Du siehst nicht müde aus.« Auf Komplimente über ihr Aussehen würde sie mit gelangweiltem Stöhnen reagieren, aber gleichzeitig wollte sie so etwas hören, nur nicht zu direkt. Die Zeit lief aus, wie damals, als die halben Kerzen brannten.
»Und wenn du meine Farm hättest?«
Sie wippte für ein paar Augenblicke mit dem Fuß, ihr Schenkel bewegte sich unterm Rock; lächelte, sich selbst einschätzend, wie sie es so gern tat. »Es wäre wohl das gleiche.«
Sie sah ihn an.
»Ich würde Hühner ziehen.«
»Hühner züchten.«

»Na, wie immer man es nennt. Ich wäre eine – eine...« Sie drehte anmutig den Kopf, angelte mit den Lippen nach Worten, wie nach einer Frucht, die vor ihrem Mund hing.
Eine mutige Revolutionärin. Schwierigkeiten, sagtest du. Du warst stolz auf dich selbst, du hattest allen Versuchungen widerstanden: Oh, was für ein *Jammer*, süßes kleines Hundchen, süße kleine Negerkinder.
»Ich weiß nicht, warum ich dir das alles erzähle.« Immer, wenn sie mit ihm geschlafen hatte, war es notwendig für ihr Ego, den Unterschied zwischen ihnen herauszustreichen, die tiefe Kluft zwischen ihr und einem Mann wie ihm, die vom Vergnügen momentan überbrückt worden war. Gleichzeitig war es Schmeichelei. Kein gewöhnlicher Eisenhändler. »Ich weiß wirklich nicht, warum. Aber ich finde, es ist am schwierigsten, Menschen etwas anzuvertrauen, die einem wirklich nahestehen. Am besten wird man seine Bekenntnisse an wildfremde Menschen los. An jemanden, der einen während einer Reise in ein Gespräch verwickelt. Es ist einfacher mit jemandem, den man gar nicht kennt.«
Das Haus ist niemals hergerichtet worden. Er schließt die Fenster gegen den Staub, der heute nachmittag heraufweht (die verbrannte Vegetation hat ihn verschlimmert), und drinnen ist alles ganz so, wie es am ersten Tag gewesen sein muß, als er vergeblich versuchte, von draußen hereinzuschauen. Er sieht die schwarze Landschaft dort draußen, und seine Finger bohren sich in seine Handfläche, sie pressen in sein Fleisch, er spürt, wie seine Nägel ihn schmerzen und verletzen, er kann sich nicht helfen – um wie viele Jahre sind diese Weiden zurückgeworfen worden! Selbst wenn die meisten überleben. Es ist schwer zu sagen, was abgestorben und was lebendig ist. Auf seiner Inspektionsrunde hat er einige innen ausgebrannte gefunden, die er jetzt wiedererkennt. Von hier aus kann er auf ihren Kronen braune Strähnen wehen sehen, Stränge vor einem kahlen Stück Himmel, die hoch genug scheinen, um

unbeschädigt zu sein. Selbst wenn es woanders gewesen wäre, nicht nur die paar Mal in der Wohnung, es wäre inzwischen sowieso vorbei. Es war schon damals etwas schal geworden. Wie viele Male vor jenem Tag in dem griechischen Café, von dem sie glaubte, daß niemand sie dort erkennen werde? Es sind natürlich keine Briefe vorhanden. »Ich werde nicht schreiben. Es könnte ungesund für dich sein, Briefe von mir zu bekommen.« Auf diese Tour. Selbst als sie davonlief, so schnell ihre Füße sie tragen konnten, mußte sie sich weiter drohende Gesichter im Spiegel schneiden.

»Ich kann dir versichern, daß niemand meine Post öffnet. Außer meiner Sekretärin, wenn nicht ›Persönlich‹ darauf vermerkt ist.«

»Ah ja, das ist es, du denkst, du bist unangreifbar, du glaubst, die Geheimpolizei würde es nicht wagen, sich für dich zu interessieren, du trägst zur wirtschaftlichen Entwicklung bei, du bringst ausländisches Kapital ins Land, du förderst freundschaftliche Beziehungen zu Japan, du hilfst, die Zahlungsbilanz auszugleichen...« Sie war wirklich amüsant, wenn sie eine ihrer düsteren politischen Warnreden begann und dann einen Phantasieflug in das unternahm, was sie – mit einem Unterton von Ironie – für seine Welt hielt. »Immer noch die hundertprozentigen Tochtergesellschaften. Galvanisierung, oder was immer es war? – Röhrenverarbeitung, irgendwas – du hast mehrfache Identitäten und Adressen, Vorsitzender von diesem und jenem, Präsident von etwas anderem...« Sie dachte jetzt voller Neid darüber nach, wie sie diese Identitäten und Adressen hätte nutzen können. Zu spät. Er verfolgte den Gedanken auf ihrem olivglatten Gesicht: Du hast doch nichts dagegen, ein paar an den Vorsitzenden adressierte Briefe zu bekommen. Es würde nicht oft sein. Du kannst sie mir geben, wenn wir uns sehen.

Sie war diejenige, die ihn vom Café aus anrief, nach Wochen – oder waren es Monate? Er hatte schon lange vorher den Gedanken fallen gelassen, sie hier herauszubringen. Als sie ihn küßte (im Wagen war es, als er sie zu dem Rechtsanwalt brachte, um den sie ihn gebeten hatte? Nein, er sah sie danach noch wieder, nicht in der Wohnung allerdings, vielen Dank, jetzt, wo sie es geschafft hatte, sich in Schwierigkeiten zu bringen, und ihr womöglich jemand folgte) – als sie ihn küßte, wußte er, daß sie das Land verlassen würde; er empfand nichts, was ihn die Nägel in der Handfläche vergraben ließ.

Es ist so windig, daß ein lose eingehängtes Fenster kreischt, und es scheint, als schüttele jemand das ganze Haus, um hereinzukommen – er muß Jacobus auftragen, es mit Draht zu befestigen, und daran denken, ein neues Scharnier aus der Stadt mitzubringen –, dennoch macht er sich auf die Beine, die nicht mehr schmerzen, sich aber einen Moment lang, weil er die Füße hoch hatte, kühl anfühlen, bis das Blut zurückkommt, und geht noch einmal aus. Der Staub läßt die fernen Hügel wirken wie eine mit weichem Gummi überradierte Bleistiftskizze. In der Nähe blitzt alles, vom Wind poliert, in der Nachmittagssonne – die Hörner der Kühe, der neue Draht eines Zaunes, sein Uhrenarmband. Schaut er hinter dem Haus über das Land zur Straße hin, scheint alles unberührt. Ein Roggenfeld neigt sich flach unterm Wind; es ist lächerlich, die Bewässerungsdüsen anzulassen, das ganze Wasser wird fortgeweht. Er müht sich mit dem Hahn, aus dem weiter Wasser träufelt, obwohl er ihn abgedreht hat. Er zeigt gern, daß er es vorzieht, solche Dinge selbst zu tun, wenn er hier ist, er hält nichts davon, immerzu nach den Boys zu rufen. Die oberen Felder, die gepflügt worden sind, sind in bester Ordnung und – er hat angehalten, er hat die Hände auf dem Gürtel, er lächelt und zählt, die Augen gegen den Wind zusammengekniffen – dort drüben, dort drüben sind dreiundzwanzig Perlhühner, von einigen ist nur der Kopf zu sehen, von anderen die bleifarbene, orientalisch geformte Gestalt im Profil, Gestalten wie auf der Bordüre eines indischen

Tuchs, stilisiert wie das Mango-Muster auf einer seiner Krawatten. Dreiundzwanzig. Er hat vielleicht ein paar zuviel gezählt oder eines ausgelassen, sie wissen, er ist hier, und sie setzen sich in Bewegung. Sie scheinen gleichmäßig dahinzugleiten, die Köpfe über den Erdschollen, wie Boote in unruhigem Wasser. Aber in Wirklichkeit rennen sie wie der Blitz, versuch nur einmal, Perlhühnern auf den Fersen zu bleiben. Dreiundzwanzig, ungefähr. Dreiundzwanzig auf meiner Farm. Nicht schlecht. Gar nicht schlecht. Eine kleine schwarze Stelle in der Landschaft verdirbt ihm die Freude – was ist das? Weit fort vom Fluß? Aber er weiß sofort, was es ist, das muß an einem der Sträßchen sein, auf denen der Bus zum Industriegebiet gegenüber der Siedlung fährt. Die, die zur Arbeit gehen, warten dort auf den Bus, und es ist kalt frühmorgens – es muß kalt sein –, sie zünden einfach ein Bündel abgestorbenes Gras an, um sich die Hände zu wärmen... Im letzten Jahr war es dasselbe. Das Ganze hat im letzten Jahr so angefangen, es kam nicht von De Beers Seite, sondern von der Straße. Er kann nie wissen, wann ein Anruf die Nachricht von einem neuen Feuer bringen wird. Es ist wohl eine Feuerschneise da; dafür hat er zu Beginn des Winters gesorgt, er hat die Boys dort oben hingeschickt. Aber nichts kann die Leute davon abhalten, sich auf der anderen Seite der Schneise mit einem netten kleinen Feuerchen zu wärmen. Da ist nichts zu machen.

Er geht unter den glitzernd-schuppigen Gummibäumen, deren vom Wind hochgewehte Blätter ihre Unterseite zeigen, und es scheint ihm, als habe das Sumpfland-Feuer auch im Kraal gewütet. Aber nein. Der Boden ist überall von der Hitze ihrer Kohleöfen markiert. Ein enormer Aschenhaufen neben den Wohnräumen. Die schwarzen Säcke in den Öffnungen sind Vorhänge. Verkohlte Maiskolben liegen da herum, wo sie gesessen haben. Es ist wie immer im Winter, wenn es keinen Regen gibt, der den Platz reinigt. Ihre Hunde heben wacklige Köpfe und bellen ihn an, aber sie kommen nie heraus. Eine Hündin mit Jungen macht den meisten Krach, und die Jungen sind ausgehungert, man sollte sie zum Tierschutzverein bringen und töten lassen. Es ist offenbar sinnlos, mit Jacobus zu sprechen. Aber es könnten fünfzig Perlhühner gewesen sein. Sollten sie sich zu sehr vermehren, könnte man ein paar schießen, für die Küche.

Von hier aus hat er wieder die schwarze Verwüstung dort unten am Fluß vor Augen.

Auf der Straße trapsen sie auf ihren üblichen Wochenendwanderschaften an ihm vorbei. Er kann sie hinter sich hören, und sie zögern, bevor sie ihn überholen. Für ein paar Momente scheint es lächerlicherweise, als führe er sie in einer Prozession an, dann, während sie ihn einholen, umgeben sie ihn kurz aus höflicher Distanz, zwei Männer auf einer Seite, eine ihrer Frauen auf der anderen. Der eine Mann trägt Gummistiefel, der andere eine Balaclavamütze, die ihn wie ein Rittervisier gegen den Staub einhüllt. Er kann nicht, wie sein Begleiter es tut, den Hut abnehmen, aber beide intonieren *Baas... Baas...* schon ein wenig angeheitert, er kann es hören, es ist Sonnabendnachmittag, für sie hat das Wochenende begonnen. Der Desinfektionsgeruch von Lifebuoy-Seife, wo sie vorübergegangen sind, von ihr ein Frauengeruch (so nimmt er an, er kann ihn nicht mit den Intimitäten weißen weiblichen Fleisches assoziieren), und der Duft von Holzfeuer. Sie hat eine Decke wie einen warmen Rock über ihrem Kleid festgesteckt, und ihre kräftigen, glänzend schwarzen Waden und glänzend schwarzen Arme, mit Ellbogen wie Kernen im Fleisch, sind nackt. Die Kinder, die zum Lager gehen, haben ihn nicht gegrüßt. Sie tragen ein Baby, das helle, gelbrötliche Haare hat – sehr häßlich. Er kann sich nicht entsinnen, es vorher gesehen zu haben. Der Himmel weiß, wie viele Leute ins Lager einziehen.

Sinnlos, noch einmal dort hinunterzugehen. Verluste zählen.

Es gibt keine Verluste – keine meßbaren, die man ins Einkommensteuerformular eintragen kann –, der Roggen ist unbeschädigt, das Vieh vollzählig. Die Sache ist – seine Füße tragen ihn nun doch über die vom Frost angefressenen Luzernenstoppeln. Er hat bis heute vergessen, daß der Monat August beinahe vorüber ist, daß – nein, nicht ein Kind, das wie alle Schulkinder im Winter mit Murmeln spielt, sondern der mit dem langen blonden Haar und dem beginnenden Bart – daß der nicht hier gewesen ist.
Eine überflüssige Anwesenheit. Die Sache ist – er hat die dritte Weide erreicht, hat das Gatter geöffnet und den Draht wieder um den Pfosten hinter ihm geschlungen –, er wünscht sich seine Zigeunerin nicht zurück. Er geht weiter und weiter, folgt der Schwärze, liest die Topographie der neuen Grenzen, schreitet es alles gemessen ab. Was ist es, das er hat? Etwas, was sie nie für möglich halten würden. Es ist unbequem, so etwas zu glauben, es ist gegen alle Ideologie; verstopft euch die Ohren, haltet die Augen zu, wenn ihr es nicht ertragen könnt. Er schreitet langsam. Er hört seine eigenen Schritte; ein Stiefel, dann der nächste, wie sie unter sich schwache Explosionen verbrannter Pflanzengewebe auslösen, ein Netzwerk zerbrechen, das nur ein Überbleibsel von der Zerstörung ist. Seine Gedanken passen sich dem Rhythmus der Schritte mühelos an.
Was – ich – besitze – genügt – mir.
Wer wagt, das auszusprechen?
Er hat nicht gesprochen. Es ist niemand auf der Farm, mit dem er sprechen kann. Er weiß, daß er niemandem Rechenschaft schuldet. Niemand antwortet. Du bist nicht hier, er auch nicht. Du bist nicht hier, sie auch nicht. Die Jahreszeit eignet sich nicht für Picknickpartys mit Gästen aus der Stadt. Die Kollegen vom Vorstand, die Geschäftsfreunde aus der Bergbauindustrie, der Vorstandsvorsitzende, der selbst so eine Farm hat, die Frauen, die ihn als Tischherrn wollen, die

Tochter, die ihm immer noch den kindlichen Gutenachtkuß gibt, sie sind nicht eingeladen. Ein Toter, aber er spricht nicht seine Sprache. Das Wasser, dunkelblau wie Kohle, ist vom Wind aufgewühlt. Der Staub hat rundum einen zweiten, violett umrandeten Horizont errichtet. Das Schilf bleibt selbst in diesem Wind geräuschlos, alle Stränge sind zerrissen.
Er fühlt, wie sich in ihm eine schamvolle Neugier rührt, wie wenn man wissen möchte, was hinter der Badezimmertür vorgeht. Was geschieht unter einer Erdschicht (so dünn sie auch sein mag. Ganz sicher ist es schlampige Arbeit gewesen), wenn ein Feuer wie dieses hier einbricht? Ist alles ledern schwarz, in gebranntem Ton verhärtet, konserviert, nicht loszuwerden, selbst durch die Feuerprobe nicht? Oder ist alles vertilgt worden wie in einem Hochofen, dein ganzes gemeines, gewalttätiges, bedrohtes und bedrohendes (sicherlich) Verbrecherleben (höchstwahrscheinlich) – armer schwarzer Abschaum – geläutert, dort unten. Der Erde entkommen, im Geiste, in Rauch?
Wenn der Regen kommt (falls es dieses Jahr kräftigen Regen gibt, und ein Farmer muß Optimist sein, das pflegt er mit dem professionellen Stolz des Amateurs bei mittäglichen Gesprächen mit Geschäftsfreunden zu sagen), dann werden überall die glatten, olivfarbenen, schmalen Kerzen ähnelnden Keime wachsen, selbst aus diesen Stämmen, die zusammengebrochen im Wasser liegen, und auch das Schilf wird in die Höhe schießen, mannshoch, man wird hier drin nichts sehen können. Der Schaden ist geschehen. Aber es wird aussehen, als ob nichts je geschehen sei. Es wird sein, als ob hier unten nichts je geschehen sei.

…das war das Ende, und nie wieder wurde ihm gesagt, er solle gehen und eine Antilope fangen. Da sie nichts fanden, kehrten sie heim.

Ihr ursprünglicher Drang hinauszugelangen, hatte sich seit langem in den ebenso leidenschaftlichen Drang verwandelt, andere fernzuhalten. Die Hunde umschlossen den Laden des Inders, sein Haus, seine Familie und die Schwarzen im Hof mit einem Ring von wütender Raserei. Es war des Inders einzige Form von Besitzanspruch, und die Papiere der Afrikaner gewährten ihnen nur zeitweise den Aufenthalt an ihrem Geburtsort.
Bismillah kam in Hemdsärmeln aus dem kühlen Innern des Ladens und ging für ein paar Minuten in der Sonne herum. Er tat es nicht der frischen Luft wegen. Er sah sofort, wo ein Teil des Zauns nachgab, oder wo das Wellblech mit einem alten Stück Bedachung verstärkt werden mußte. Keine Lücke entging ihm. Und die Schwarzen, die auf seine Anweisung das Blech festhämmerten oder den Stacheldraht zusammenflickten, taten es voller Zufriedenheit. Nun konnte niemand eindringen. Sie waren jetzt vor ihren eigenen Leuten sicher und vor all den anderen, denen nichts zustand und die nehmen würden, was immer zu haben war.
Kein Marodeur von der Siedlung konnte dem Lagerraum mit den vernagelten Fenstern nahekommen, in dem Primuskocher, Kochtöpfe und Ersatzteile für Fahrräder aufbewahrt wurden. Keine gewalttätige Hand konnte die Tür des Safes sprengen, der, mit dem verblichenen Wappen der englischen Hersteller verziert, hinter dem rosa Vorhang im Hausflur verborgen stand. Nie würden die sanften Mädchen oder die schönen Kinder, die an den Rockschößen der mütterlichen, statuenhaften Gestalten am Küchenherd hingen, vom Gesicht eines Eindringlings erschreckt werden. Weder die Reifen des alten Pontiac noch das Autoradio und die Batterien

würden jemals über Nacht verschwinden. Und aus den Löchern, in denen die Schwarzen hausten, würden weder die Fahrräder gestohlen werden noch die Wolldecken, noch Dorcas Nähmaschine, von Bismillah auf Raten gekauft, die er ihr vom Lohn abzog.

Die Hunde umkreisten die Grenze dieser Sicherheit.

Sie waren nutzlos gegen die – allgegenwärtige – Möglichkeit des Besuchs irgendeines Beamten, eines Inspektors, eines Kontrolleurs. Viele Titel, die alle dasselbe bedeuteten: einen weißen Mann, der das Recht hatte, einen auszuweisen. Wenn so einer kam, mußten die Hunde hereingerufen und angekettet werden, er war kein Eindringling und kein Moradeur, er kam im Namen des Gesetzes, gegen ihn gab es keine Verteidigung. Man durfte ihn nicht verärgern, man mußte diplomatische Umwege benutzen. Eine aufgrund des Group Areas-Gesetzes verfügte Ausweisung trat vielleicht nach sechs Monaten in Kraft, in einem Jahr, in zwei Jahren? Manchmal wurde eine Verlängerung gewährt. Da war die Frage der Definition: Zum Weißen erklärt? Weiß aufgrund der Beschäftigung? Bismillah war kein gebildeter Mann – er hatte dafür gesorgt, daß seine Söhne einen besseren Start im Leben erhielten –, aber mit dieser juristischen Terminologie war er so vertraut wie jeder Rechtsanwalt. Und obwohl er kein reicher Mann war (die Familie war groß und der Pontiac, in den sie sich zwängte, aus zweiter Hand gekauft), so zahlte er doch so regelmäßig, als kaufe *er* etwas auf Raten, für einen Rechtsanwalt, damit er und seine Familie der möglichen Ankunft eines Beamten immer um einen Zug voraus waren. Sollte der Beamte erscheinen und eine Frist von sechs Monaten geben, dann mußte der Rechtsanwalt darauf vorbereitet sein, die Lücke im Gesetz zu finden, die daraus ein Jahr machen würde. Und wenn das Jahr abgelaufen sein sollte, ein weiteres Jahr. Es hatte einen sehr alten Mann in einem Laden wie diesem hier gegeben, der sich bei jeder Ausweisung einfach weigerte, auszuziehen und ins Gefängnis ging und dort fastete, um sie wie Gandhi durch seine persönlichen Leiden zu beschämen, und der schließlich starb und von den weißen Zeitungen zu einer Art Heiligen erklärt wurde. Bismillahs Frau und seine alten Tanten vergossen immer Ströme von Tränen, wenn die Rede auf Nana Sita kam, aber wenn man auch stolz darauf sein konnte, daß er ein großer Mann gewesen war, wie nur ein Inder es sein kann, so hatten doch die meisten Menschen für eine Frau, Kinder und Tanten und so weiter zu sorgen. Nicht jeder war so arm, daß er sich Größe leisten konnte.

Nachdem Bismillah sich davon überzeugt hatte, daß der Zaun repariert wurde, ging er durch den Laden ins Haus und nahm auf dem Weg eine Flasche Hustensaft und ein Pillenröhrchen mit, die in den letzten Tagen in seiner Sichtweite neben der Kasse gestanden hatten. Der Hausflur war mit Gegenständen vollgestellt, für die woanders nirgends Platz war. Da standen der Tresor, ein glasverkleideter Bücherschrank, der sämtliche Schulbücher aller Kinder sowie eine Prachtausgabe des Koran, Khalil Gibram und »Bilanzbuchhaltung für jedermann« enthielt, ein gegen die Wand gelehntes faltbares Kinderbett, ein hoher, wackliger Blumenständer mit einer Vase voll künstlicher Chrysanthemen, der bei seinen Schritten ins Wanken geriet.

Der Blumenständer hatte einmal in dem Zimmer gestanden, das er jetzt betrat. Das war, bevor der Raum dem neuesten jungen Paar im Haus als Heimstätte übergeben worden war. In diesem einen Raum war die gesamte Ausstattung untergebracht, die die Braut seines zweiten Sohnes, Dawood, von ihren Eltern in Durban für den Ehestand erhalten hatte. Der Schwiegervater sah sich von weißem, goldverschnörkeltem Mobiliar umgeben, das hier fast so eng beieinanderstand wie in dem Möbelwagen, der es von der Küste hergebracht hatte. Die violetten Nylonvorhänge waren über die heruntergelas-

senen Jalousien drapiert. Die rüschenbesetzten Lampen mit den Goldketten waren erleuchtet. Um elf Uhr morgens herrschte eine intim nächtliche Atmosphäre. In dem enormen Bett lag lächelnd sein Sohn, das Gesicht rosig-braun in den Kissen, die an dem satinverkleideten Rückenpolster lehnten. Zwei Vorderzähne ruhten, wie die seines Großvaters, auf seiner Unterlippe, aber diese Lippe war frisch und glänzend. »Hör nur, sie sagt, ich soll aufstehen, ich werde zu faul.« Er sprach englisch und umklammerte das Handgelenk seiner jungen Frau, die neben ihm gelegen hatte und sich jetzt verlegen bemühte, auf die Füße zu kommen. Das Baby, ein schlafendes Bündel, lag ebenfalls auf dem Bett. Der zur Aussteuer gehörende Choli der jungen Frau war eng, und Dawood schnitt Gesichter und äffte die Verwirrung nach, mit der sie versuchte, die Seiten des modisch tiefen, viereckigen Ausschnitts hochzuziehen. Ihre von Milch geschwollenen Brüste, glänzend und erhitzt wie das Gesicht ihres Mannes, wölbten sich unter der Gaze ihres Sari. Ein Heizkörper wärmte den Dunst von frischem Anstrich, Wick Vaporub und Muttermilch. Der winzige Raum mit seiner Möbelladen-Pracht hatte etwas Fieberhaftes.
Bismillah fragte das Mädchen auf Gujerati: »Hast du auch nicht vergessen, seine Temperatur zu messen?« Sie schlug die Hand vor den Mund und zog die Luft ein.
»Hör nur, was sie sagt...« Dawood spreizte unter der Decke die Beine, hob die Hüften, lachte und rutschte tiefer ins Bett. Wie er es erwartet hatte, schnappte sie das Baby, als sei er im Begriff, es vom Bett zu stoßen. »Hör zu, Mann, höre«, seine großen schwarzen Augen verkündeten Vergnügen, das die Aufmerksamkeit von Vater und Frau ihm bereiteten. Genauso hatte er als kleiner Junge ausgesehen, wenn er krank war, bis auf die Stoppeln, die auf seinem jugendlichen Doppelkinn und um die roten Lippen und weißen Zähne glitzerten. »Aber das Zeug macht meinen Husten schlimmer!« Ja, auch mit Bart

war er nichts weiter als ein vergnügter, als Bandit verkleideter kleiner Junge. Bismillah hatte nie jemand anderen als sich selbst für würdig befunden, seinen Söhnen Medizin zu verabreichen. Er ignorierte das alberne englische Geschwätz des jungen Mannes und stieß ihm den Löffel in den Mund. Dann kamen die Antibiotika. Das Mädchen hielt ein Kristallglas mit Wasser (ein Hochzeitsgeschenk) bereit. Dawood spielte sich schrecklich auf, wobei er sich selbst beobachtete. Die ganze Szene wurde von dem langen Spiegel auf dem Toilettentisch wiedergegeben, der am Fußende des Bettes stand, so daß man sich gerade vorbeizwängen konnte.

»Siehst du, es macht es viel schlimmer...« zwischen Hustenanfällen.

»Nein, es lockert den Schleim in der Brust. Glaub mir. Ich kann es hören. Viel lockerer. Du mußt versuchen, es auszuspucken – gib ihm etwas zum spucken. Ich sollte ständig um dich sein. Hier...«

»Nein – einen Moment...« aber das Mädchen erschrak über die eigene Verwegenheit.

»Nein, was machst du da! Nicht das, Bajee!« Dawood gestikulierte und lachte, was einen neuen Hustenanfall auslöste.

»Das ist gut genug. Warum nicht?«

»Nein, nein, das ist ihr besonders lieb und teuer.«

Bismillah hielt die Schale hoch, um herauszufinden, ob sie einem bestimmten Zweck diene.

»Es macht nichts. Es ist nichts Besonderes. Aber nicht zum spucken, das will sie nicht.«

»Was kann das denn schaden? Man kann es ja auswaschen.«

»Aber es ist kein Spucknapf.«

Bismillah stellte den unnützen Gegenstand mit abschließender Gebärde auf seinen Platz zurück. Sie sprachen alle auf einmal in ihrer eigenen Sprache, nur daß Dawood immer sein: »Hör mal«, einschob. So waren die Jungen, wenn sie die Schule in der Stadt besucht hatten, sie mußten in alles englische Ausdrücke hineinmischen, um zu zeigen, wie gebildet sie waren.

»Du mußt den Schleim auswerfen. Du wirst es nie von der Brust bekommen...«

»Schon gut, schon gut – nein, glaubst du, ich stecke meine Nase da hinein...« und Dawood warf sich wieder mit kindischem Vergnügen im Bett herum, die kleine, weiße Emailleschüssel abwehrend, die seine Frau ihm anbot.

»Das benutzt sie, wenn sie das Baby saubermacht. Wenn es die Windeln voll hat, verstehst du? Da tut sie die Wattestückchen rein. Nein, nein, Mann...«

Bismillah blieb eine Weile in der Tür stehen. Dawood sank in die Kissen zurück, er neckte, jammerte und tat so, als wäre die Frau ein Hündchen, das aus unerfindlichen Gründen die Tricks nicht mehr vorführen wollte, die es doch so gut beherrschte. Sie saß wieder auf der Bettkante und wickelte, alle Gliedmaßen nacheinander hochhebend, das Bündel auf ihrem Schoß aus. Ihre gespreizten Beine boten reichlich Platz; leider hatte der Junge eine von denen geheiratet, die nach ein paar Geburten gigantischer werden. Aber immerhin hatte sie heute, hier im Schlafzimmer eingesperrt, doch ein dümmliches Lächeln zustande gebracht. In dem einen Jahr, das sie hier verbracht hatte, war sie nicht besonders lebhaft mit den anderen Mädchen umgegangen. Allerdings hatte Bismillah bisher nur eine Beschwerde von ihr gehört (wenn die Frauen unzufrieden waren, wie konnten sie dann für seine Söhne gut sein). Sie hatte nicht erwartet, daß die Winter hier so kalt sein würden. Was dachte sie sich denn beim Anblick des Hofes oder des verbrannten Buschlandes – daß man hier Bananen pflanzen könnte, daß es warm und feucht und grün sein würde wie an der Küste? Wenn Frauen anfangen zu nörgeln und Heimweh haben, dann nimmt das meist kein Ende. Als Nächstes würde sie Dawood bitten, sie Monate mit ihrer Familie in Durban verbringen zu lassen. Die winzigen, verschlungenen Finger des Kindes verfingen sich in der Gaze über den üppigen Brüsten des Mädchens, und Dawood wandte seine Aufmerksamkeit mit Entzücken der Situation zu und griff mit eigener Hand ein, um die des Kindes zu lösen, halb abgewehrt und halb angespornt von den Protesten der Frau. Der Schwiegervater kam plötzlich zu dem Schluß, daß sie vielleicht das Baby stillen wolle. Er verließ sie.

»Holt eine Schale aus der Küche, ja? Du mußt versuchen, es auszuspucken.«

Ja, das war die kurze Phase im Leben, wenn ein junger Mann für eine Weile seine Hände wiederentdeckt, so wie ein Baby. Der Junge wäre überall glücklich, wo er die erste Frau, die er ganz für sich allein hat, berühren kann. Überall. Das Zimmer ist ein Paradies. Das Zimmer genügt ihm. Warum soll er jemals wieder aufstehen und in den Laden zurückkehren?

Der alte Mann saß auf seinem Holzstuhl.

»Wie kann er bei diesem Wind und Staub die Brust freikriegen.«

Sein alter Vater gab keine Antwort; das bedeutete keineswegs, daß er nicht zugehört hatte.

»Das Medikament löst es, aber ich habe ihm gesagt, er muß spucken.«

Der alte Mann räusperte sich; er gehörte einer Generation an, für die es eines solches Gebots nicht bedurfte, es mußte ihm absurd erscheinen.

*Yinifuna? Yinifuna?**

Manche der Schwarzen lungerten eine halbe Stunde im Laden herum und faßten alles an. Andere konnten nicht warten, bis sie dran waren. Bismillah beherrschte die erforderlichen Wörter ihrer Sprache in der Pidgin-Version, die sich in den Bergwerken entwickelt hatte. Er konnte auch ein wenig Pidgin-Englisch und Pidgin-Afrikaans, wie es die schwarzen

* Was willst du?

Farmarbeiter sprachen. Eine Frau erkundigte sich nach dem Preis für jeden einzelnen Stoffballen auf dem Regal hinter William. Nachdem Bismillah einem Mann sein gewünschtes Stück scheckige Seife verkauft und ein Pfund weiße Bohnen für einen anderen abgewogen hatte, rief er: »Was will sie?«

»Sie sich Zeug ansehen.« Aber der schwarze Mann kannte sich in den Sitten und Gebräuchen eines Ladens aus und erklärte der Frau in ihrer eigenen Sprache, daß sie sich jetzt entschließen müsse zu kaufen. Sie nahm keine Notiz davon, verweilte, über den Ladentisch gelehnt, um die außer Reichweite verstauten Rollen gekräuselten Nylons anzustarren, bis sie schließlich mit prüfenden Blicken auf alles, was ihr in die Augen fiel, aus dem Laden wanderte. Ein paar Bemerkungen, die sie fallenließ, waren nicht direkt an die anderen Kunden gerichtet, sondern verteidigten eher ihr Anrecht darauf, unausgesprochene Gedanken, die sie mit ihnen teilte, zum Ausdruck zu bringen.

Yinifuna? Yinifuna?

»Zucker«, sagten sie.

»Tee.«

»Streichhölzer.«

»Dosensirup.«

Manche streckten nur die Hand mit dem Geld hin und zeigten auf die gewünschte Ware. Manchmal war es nicht genug. »Fünfzehn Cent.« Bismillah schob das Zehn-Centstück zurück; dann verlangten sie oft Zeit, um zu überlegen, ob sie den Preis bezahlen konnten und wollten. Sie murrten oder fragten nach kleineren Mengen oder nach einer anderen Marke. »Ich will für zehn Cent.« »Nichts für zehn Cent, nur für fünfzehn.« Forderung. Antwort. Gegenforderung. Aussage. Kein Wort wurde verschwendet. Die Kommunikation, auf ihre engsten, unmittelbaren Grenzen beschränkt, war vollständig. Zur gleichen Zeit setzte Bismillah mit seinem alten

Vater das lange Gespräch über ihr gemeinsames Leben im Laden fort. Sein Rhythmus war pointiert, wurde aber nie durchbrochen durch das gewohnte tägliche Weggehen und Wiederkommen oder durch die Tatsache, daß die Stimme des alten Mannes über die Jahre ihre Vorherrschaft eingebüßt hatte, während Bismillahs gleichzeitig an Lautstärke gewonnen hatte; der eine war in die Schweigsamkeit des Alters verfallen, der andere entwickelte die Redseligkeit der mittleren Jahre. In dem vollen Laden gewährleistete dieses Gespräch in Gujerati den Familienangehörigen eine Ungestörtheit, als sei sonst niemand anwesend. Die Sprache konnte von den anderen nicht verstanden werden. Außerdem waren die Zusammenhänge so unwandelbar bestimmt, von Zeit und Gleichförmigkeit in die Gedankengänge des alten Mannes und Bismillahs eingegraben, daß keine Anspielung verwirrend oder ohne Bedeutung war.

»Du wirst nicht immer da sein, um für sie zu denken. Ist ihnen das klar? Und was wird dann geschehen?«

Yinifuna? Für wieviel – fünfundzwanzig Cent? Dieser kostet fünfundzwanzig Cent, dieser fünfunddreißig.

Die Hand des schwarzen Mannes, ewig um einen Spaten- oder Hackengriff gekrümmt, die Nägel undurchsichtig, dick, gespalten wie abgenutztes Horn, traute sich nicht etwas zu berühren, sondern bewegte sich zaudernd zwischen dem einen und dem anderen. Er stank wie altes Fell. Kinder, die darauf warteten, nach ihm bedient zu werden, ließen ihre weichen Lippen auf der Kante des Ladentisches ruhen und streckten ab und zu die Zunge heraus, um den Rotz aufzufangen, der aus ihren Nasen floß.

»Sicher soll man seinen Spaß haben, so lange man jung ist. Aber kannst du nicht mit ihm sprechen. Sie machen sich nichts klar.« Die kleinen von verschmiertem Schleim und Staub klebrigen Gesichter starrten den alten Mann an, wie er in seinem Stuhl saß, die Fußgelenke gekreuzt, die runde weiße Mütze auf dem bärtigen Kopf, die Hände, deren Zeigefinger ihren eigenen Takt schlugen, unter dem Bauch gefaltet. Er starrte zurück, nicht weil er sie wahrnahm, sondern weil dies seine tägliche Blickrichtung und -höhe auf den Laden war, als säße er am Fenster.

»Sie sind mit ihren Gedanken, ich weiß nicht... irgendwo...«

Bismillah streckte schnell die Hand aus. Seine Finger forderten die Kinder ungeduldig auf, vorzurücken. Eine kleine schwarze Klaue schob ein Zwei-Centstück hin und bekam vier fischförmige Süßigkeiten aus einer von Puderzucker getrübten Glasdose.

»Ich kann nicht darüber diskutieren. Man sollte meinen, sie würden etwas Interesse aufbringen. Oder wenigstens eine Meinung; sie haben doch ihr Abitur, sie lesen Zeitung.«

Er hörte aus dem Schweigen seines Vaters einen Einwand oder eine Frage heraus.

»Jalal, schon gut... Aber mit ihm geht es zu weit in die andere Richtung, er könnte uns alle in Schwierigkeiten bringen. Um drei Uhr heute früh habe ich Tee getrunken. Sie sagt zu mir, warum bist du so ruhelos. Nichts, habe ich zu ihr gesagt, nichts, geh und koch mir einen Tee. Warum bin ich so ruhelos? Wie kann ich meinen Kopf nachts ruhig aufs Kissen legen. Ist es ihnen klar? Was hilft es, wach zu liegen, sagt sie zu mir. Leicht gesagt.«

Der alte Mann begann zu schnaufen und sich zu räuspern, zum Zeichen, daß er zu sprechen beabsichtigte.

Bismillah schob die Kassenschublade zu und sprach, während der Daumen den Ring mit dem roten Stein am Finger drehte, so aufgeregt, als sei er bereits unterbrochen worden: »Bulbulia sagt, es wird diesmal schwierig werden. Er ist sich gar nicht sicher, was er tun kann. Wir dürfen nicht auf ihn zählen. Er ist ein gewiefter Mann, ich habe Vertrauen zu ihm, ganz gleich, was Jalal meint – aber er kann auch nur tun was ihm möglich ist, das muß man verstehen. Woher soll es kommen? Begreifen die Kinder das? Sie wissen nur, wie man Geld ausgibt. Wenn ich wieder zahlen muß, gut, dann werde ich zahlen. Er weiß das. Aber er sagt, der zuständige Mann ist neu, und er muß vorsichtig sein. Natürlich. Er ist schließlich Rechtsanwalt.«

Nun erklang endlich die Stimme des alten Mannes wie ein von einem steifen, knarrenden, alten Orgelgebläse begleiteter Ton: »Wir vertrauen auf Gott.«

»Was? Ja, Gott. Aber ob Gott uns hilft?«

Der alte Mann und er beobachteten einander; er hatte sich rücklings gegen den Ladentisch gelehnt, und seine braune Wollweste warf Falten.

»Einer, der kein Holländer ist...« Der alte Mann ergriff wieder das Wort. »Einer aus der Stadt. Ein Geschäftsmann.« Bismillah wog nachdenklich den Kopf. Er brauchte einen Moment, bevor er antwortete: »Du denkst immer noch an den mit dem Mercedes. Aber warum sollte ein Mann wie er dazu bereit sein? Er braucht kein Geld. Warum sollte er sich in etwas verwickeln lassen? So ein wohlhabender weißer Mann kommt hier nur zum Sonntag heraus, weißt du. Das kann man ja sehen. Er kommt, um seinen Freunden das Land zu zeigen. Er hat das Geld nicht nötig. Er braucht keinen Laden, der unter seinem Namen läuft. Mit einem Holländer ist das anders. Diese Leute hier in der Gegend brauchen immer Geld. Alle diese Farmen sind mit Hypotheken belastet. Wenn man nur den einen kennen würde, der das Geld gerade dringend genug nötig hat – dreihundert Rand? Fünfhundert – da könnte man vielleicht zu einer Vereinbarung kommen.«

Der Finger des alten Mannes zitterte stärker im Unglauben an die Wirksamkeit einer solchen Summe.

»Tausend. Gut. Sie nehmen dir den letzten Penny, wenn du etwas von ihnen willst. Da hat Jalal recht. Aber kann er mir vielleicht sagen, was wir tun sollen, wenn wir nicht einen

Weißen dafür bezahlen, die Lizenz in seinem Namen zu beantragen? Kann er mir sagen, wo und wie wir dann unser Brot verdienen sollen?«

Der alte Mann sagte: »Keinen Holländer. Vielleicht... man weiß nie. Er ist selbst Geschäftsmann. Er kann schließlich nicht mehr als nein sagen.«

»Ach, geh zum Teufel, was bildest du dir eigentlich ein!« Aber Bismillah sprach auf Englisch vor sich hin, er hatte sich bereits von seinem Vater abgewandt und zischte, außer Hörweite des alten Mannes, seine Drohung einem anderen zu, der sie nicht verstehen konnte, einem von der lärmenden Sorte, der sich Mut angetrunken hatte, bevor er in den Laden kam.

»*Ufunani?* Was will der? Wenn er was will, in Ordnung, sonst muß er raus, keine Schreierei. In diesem Laden wird nicht herumgeschrien, verstanden!«

William sagte: »Er will mit dir reden.«

»Gib du ihm, was er haben will.«

Der Mann trug Arbeiterkleidung, Overall mit Gummistiefeln, auf denen eine Art rostroter Belag eingetrocknet war.

»Was will er von mir?« Bismillah wandte sich an William, obwohl der Mann sich dort aufgepflanzt hatte, wo der Ladenbesitzer hinter der Theke hervorgekommen war.

»Ich will Dorcas Geld.«

»Was meint er? Ich weiß nicht, wovon er redet.«

»Das ist der Mann von Dorcas, dem Mädchen da.« Eine Kopfbewegung zum hinteren Teil des Ladens, zum Haus.

»Ich weiß nichts von irgendwelchem Geld.«

»Dorcas ist dein Hausmädchen, ja? Du hast zwei Rand abgezogen, als du diesen Monat gezahlt hast. Warum hast du zwei Rand abgezogen?«

»Ich weiß nicht wer du bist. Ich weiß nichts über Geld von dir – arbeitest du für mich? Das Mädchen arbeitet für mich, oder nicht?«

»Warum du zwei Rand abziehen?«
»Das ist der Mann von Dorcas. Er will mit dir reden.«
»Sag du Dorcas, sie soll mit mir reden. Ich kenne diesen Mann nicht.«
»Sag mir, warum du zwei Rand abgezogen?«
»Mach, daß du aus meinem Laden rauskommst, du hast hier nichts zu suchen.«
»Er wohnt bei Dorcas im Hof.«
»Mach jetzt, daß du wegkommst, ich will dich weder hier noch im Hof sehen, verstanden? Raus!«
Sie standen alle unberührt im Hintergrund herum. Es hätte ein Hahnen- oder Hundekampf zwischen ihren Beinen ausbrechen können, es hätte sie nicht aufgeregt.
Williams Gesicht hatte sich unter der Last der Verantwortung verzerrt. In einem Anfall von Selbstkontrolle, der heftiger war als ein Wutausbruch, erzwang er mit leiser Eindringlichkeit den Rückzug des Mannes, der Schritt für Schritt vor seinem zischenden Flüstern zurückwich. Die Reihen der Wartenden schlossen sich wieder. Alle schuldeten Geld, hatten jemandem Geld geliehen, brauchten Geld, wußten, daß es sinnlos war, etwas von diesen anderen, den Indern oder den Weißen, zu erwarten, die immer Geld hatten – es war nichts Bemerkenswertes an diesem Vorfall. Bismillah zog seine braune Wollweste glatt, als habe jemand Hand an ihn gelegt, und kehrte gelassen auf seinen Platz zurück. Die Ladentheke war wieder zwischen ihm und den anderen.
Aber William schritt zwischen den dichtgedrängten Reihen seiner Leute mit einer drohenden Aura hindurch, die seinen Körper umgab wie von statischer Elektrizität gesträubtes Haar. Seine Augen starrten blind in sie hinein, während seine Hände Waren gegen die in ihrem Griff warm gewordenen Münzen austauschten. Seine Gegenwart wirkte so sensationell, wie der Streit es nicht gewesen war. »Sie hat wohl was

gekauft und kann dann nicht bezahlen, was?« Erstaunen über den Leichtsinn der Frau, die das so hingesagt hatte. William stand da und atmete, so daß alle es hören konnten. Seine Stimme schlug zu. »Kümmere dich um deine Angelegenheiten!« Sie machten ihre Einkäufe und gingen.

Dorcas Mann war im März dem Drei-Glocken-Weihnachtsclub beigetreten, und er schob jeden Monat die Quittungen für seine Einzahlungen mehrfach gefaltet in seinen Paß; sie waren mit der Abbildung von Glocken und einem mit rotem Band daran befestigten grünen Beerenzweig geschmückt. Niemand sonst im Hof des Inders gehörte einem Weihnachtsclub an. Niemand anders arbeitete in der Stadt und wußte, daß es dergleichen gab. Sie wußten nicht einmal, was ein Weihnachtsclub war. Als er seine Mitgliedskarte und die erste Quittung nach Hause brachte, mußte er fast den ganzen Abend lang erklären, um was es sich handelte, und danach kamen andere Leute, die gehört hatten, er sei irgendwo Mitglied geworden und wollten alles noch einmal hören. Er hatte auch eine der Broschüren bei sich, die im Schlachthaus vom Club verteilt worden waren. Sie ging von Hand zu Hand. Für diejenigen, die kein Englisch lesen konnten, mußte er übersetzen: Hier stand, was man wöchentlich zahlen mußte – 30 Cent für das Familienpaket Nr. 1, 35 Cent für das Familienpaket Nr. 2, 45 Cent für das extragroße Paket. Außerdem gab es eine Liste dessen, was er aufgrund seiner wöchentlichen Einzahlungen zu Weihnachten in seinem Paket bekommen würde. Am 15. Dezember würde er Familienpaket Nr. 1 heimbringen, das außer Mehl, Kerzen, Streichhölzern, Seife, Götterspeise und Vanillesauce in Pulverform noch folgendes enthalten würde: 1 große Dose Pfirsiche, 2 Dosen Milch, 1 Dose Würstchen, 1 Dose Corned beef, 1 Dose Kekse, 1 Pfund Kaffee, 1 Pfund Kochfett und eine besondere Überraschungspackung mit Süßigkeiten für die Kinder. Jedermann kannte die

Glocken von Schule und Kirche her, aber mehrere Leute fragten, was das für ein grüner Zweig mit weißen Beeren sei? Selbst Dorcas Mann konnte nicht sagen, von was für einem Strauch er stammte.

Er nahm die Quittungen heraus, faltete sie auseinander und glättete sie, eine nach der anderen, mit seinem hämmernden Handballen. Er riß sie, eine nach der anderen, in Stücke und fegte dann die Fetzen mit der flachen Hand von der Kiste, die als Tisch diente. Seine Hand hämmerte weiter, während er brüllte. Das Holz gab nach und zersplitterte. Die Kerze in der Untertasse fiel um, und eine Emailleschale mit Resten von Maisbrei und Sauce flog klirrend gegen irgend etwas, was im Wege stand. Er teilte Fußtritte an die Hennen aus, die sich auf das Essen stürzten. Dorcas, die Arme um die Nähmaschine geschlungen, schluchzte mit gleichmäßiger Energie wie eine Pumpe. Aus dem rhythmischen Schluchzen wurden Schreie, die sich mit dem Geflatter und Gekreisch der Hühner mischten, und Leute tauchten auf, um sich einzumengen, zu argumentieren und Partei zu ergreifen. Jemand brachte die Nähmaschine in Sicherheit. William erschien: »Willst du, daß die Polizei kommt? Ich sage dir, wenn du noch mal solchen Krach schlägst, hört der Polizist nicht mehr auf mich, ich kann nichts machen...«

Dorcas Mann legte die Hand an den Kragen seines Overalls und riß daran, daß die Köpfe flogen. »Alle rausschmeißen, überall, alle Inder. Dann können sie unser Geld nicht mehr wegnehmen. Schmeißt sie raus. Dieses Land gehört nicht den Indern. Du wirst sehen, eines Tages müssen alle Inder raus. Raus mit ihnen.«

»Und wenn die elenden Scheißkerle hier rausgeschmissen werden?« William sprudelte die beiden englischen Worte in seiner Wut heraus: *»Du verdammter Scheißkerl*, was wird denn dann aus *dir*, he? Glaubst du, wenn deine Frau hier nicht arbeitet, kannst du noch hier auf dem Hof schlafen? Wird dir

vielleicht der Platz hier gehören, wenn er rausgeschmissen wird?« Sein schneidendes Lachen war voller Wut.
»Schluß jetzt! Keine Weihnachten! Keine Nähmaschine! Schluß und vorbei. Die Regierung wird sie fortjagen. Wir werden sie fortjagen. Wir werden sie mit den weißen Leuten fortjagen.«
Ein alter Mann, der viele Auseinandersetzungen mitangehört hatte, sagte: »Sie wissen, wie man mit den weißen Leuten von der Regierung umgeht. Das sind geschickte Leute, die Inder, sehr geschickt.«
»Schluß jetzt. Kein Weihnachten! Raus!«
Das zornige Toben hatte sich beruhigt und war zu einer beinahe geselligen Streiterei geworden. Dorcas machte sich, immer noch schluchzend, mit ihrem jüngsten Kind und einer Kusine zu Fuß im Dunkeln auf den Weg, um die Nacht bei Alina auf der Farm zu verbringen. Spät in der Nacht nahm ihr Mann, der sich nicht hingelegt hatte und dessen Füße das Gewicht der Stiefel spürten, in denen er den ganzen Tag im Blut des Schlachthauses gearbeitet hatte, die Schlüssel von einem Nagel in dem Raum, in dem William schlief. Er öffnete die Schlösser am Tor und stieß es weit auf. Die Hunde bellten, als er mit dem Rad ohne Licht die leere Straße hinauffuhr, aber er sah sich nicht um. Am Morgen fand William das Tor offen. Drinnen knurrten die Hunde und rasten vor der Öffnung auf und ab, auf und ab, als hätten sie immer noch das Gitter des geschlossenen Tors vor Augen.

Goldene, ruhende, nackte Gestalten der Wüste.

Montego Bay. Sahara. Kalahari. Namib.
Wo er gewesen ist, gibt es Strände aus schwarzem Sand.
Wo immer er herkommt, es gibt jedesmal Stunden auf dem Heimweg über Afrika, in denen dort unten nichts ist. Manchmal ist es Nacht, und man spürt nichts als einen gelegentlichen Aufwind, eine Woge von der Hitze des Tages, selbst in neuntausend Meter Höhe. Manchmal ist es ein Tagesflug, und selbst in neuntausend Meter Höhe kann man es von einem Fensterplatz aus über lange Strecken hinweg sehen, einen sanften Sandhügel nach dem anderen, Steine, Steine und Sand, die unendliche Zerstörung nicht einer Stadt oder einer Zivilisation, sondern Heimat der Erde selbst. Manchmal tobt dort unten ein Sandsturm, und selbst in neuntausend Meter Höhe ist die Luft undurchsichtig. Das Flugzeug ist von seinem eigenen Schleier umhüllt, im Sand verborgen, im Raum vergraben. Nichts wird offenbart.
Einmal diesen Winter hatte er Touristenklasse buchen müssen, weil – so groß ist die Zahl der Leute, die wie er auf Firmenkosten die Welt umreisen – die erste Klasse voll besetzt war. Immerhin hatte er in der Touristenkabine einen leeren Sitz neben sich. Aber in Lissabon kam eine portugiesische Familie an Bord, und nach einigen schmollenden Blicken zwischen den zwei Schwestern, die beide neben Mama sitzen wollten, mußte eine von ihnen den Platz nehmen. Das setzte seiner Absicht ein Ende, die trennende Armlehne hochzuklappen und sich zum Schlafen auszustrecken. Es war Mitternacht. Sie war ein schüchternes Mädchen, weber hübsch noch parfümiert saß sie neben ihm, als die Kabinenbeleuchtung

heruntergedreht wurde und Unterhaltungen einem Hühnerhausgeraschel Platz machten. Sie hatte nicht guten Abend gesagt, ihn nur mit Kuhaugen angesehen, ein Geschöpf, das nie seinen eigenen Willen bekam und bereit war, sich in alles zu schicken, was man gegen sie einzuwenden haben könnte. Als die Stewardeß Wolldecken anbot, öffnete sie ihren schmalen Mund zu einem tonlos miauenden Danke. Er nahm wahr, daß sie sich mehrmals drehte und wendete, um einen Blick auf Mama und Schwester zu werfen, die einige Reihen hinter ihnen saßen, aber sie konnte nicht viel gesehen haben. Er konnte sie schlucken und seufzen hören, als wären sie zusammen im Bett. Er saß nicht bequem, obwohl er den Vorteil hatte, das briefmarkengroße Kopfkissen zwischen Fenster und Sitz klemmen zu können; natürlich ließ sie die Arme auf der Lehne ruhen, und er konnte sich nicht zur anderen Seite hinüberlehnen, ohne sie zu beengen. Die leichte, weiche Decke war bis zu ihrem Kinn hinaufgezogen und berührte seine linke Hand, die auf seinem Schenkel lag. Berührte ihn, verschwand fast ganz, berührte ihn und verschwand, mit ihren Atemzügen, wie er vermutete. Er schob sie fort und berührte dabei ihre Hand, die jetzt lose neben ihrem Schenkel, parallel zu dem seinen lag, mit einer abwehrenden Bewegung. Wie zur Entschuldigung machte er die unpersönlich höfliche Geste, die rutschende Decke, zurechtzuziehen.
Wer sprach zuerst?
War es so sicher, daß er es gewesen war? Hier im Dunkeln (eigentlich nur Halbdunkel, wenn er die Augen öffnete; die Lampen in der Mitte waren aus, und es war die winzige Leselampe ein paar Sitze weiter hinten, die dem, was neben ihm war, Form verlieh), hier im Dunkeln liegt eine halbgeöffnete Hand neben einem Schenkel. Der Schenkel ist (so nimmt er an) über einen anderen gekreuzt, oder seine Innenseite schwillt, weil er gegen einen zweiten, ebensolchen Schenkel gepreßt wird.

Und wenn eine andere Hand sich über den Schenkel von der Außenseite zum Knie schieben würde (ihr Körper nimmt den Faden der Erzählung auf), *gleichzeitig aufwärts und einwärts, dann würde sie auf die parallele Linie treffen, da, wo die beiden Schenkel, wie zwei weiche Polster oder warme Teigrollen, den Druck ihres eigenen Volumens gegeneinander spüren.*

Sie sind von etwas umhüllt, Strümpfen vermutlich, ich machte mir nicht die Mühe hinzusehen, als sie sich setzte.

Die Hand mag kühl sein oder sich warm anfühlen. Die Schenkel könnten mit straff gespannten Sehnen davor zurückschauern, hilflos daliegen, zwei dumme Fleischklumpen, zwei empfindungsfähige Kreaturen, die darauf warten, gestreichelt zu werden.

Das Flugzeug war eine Krankenhausstation, in der die Patienten sich noch nicht ganz zur Ruhe begeben hatten, die Nachtschwester mit ihrem blonden Haarknoten schritt still beaufsichtigend durch die Reihen, die Gespräche verstummten, bis sie gegangen war. Die Hand lag bewegungslos auf dem Schenkel. Dann, obwohl gelegentliche Bewegungen anzeigten, daß noch nicht alle schliefen, und ein alter Mann sich gemächlich auf den Weg zur Toilette machte, nahm die Hand die Kommunikation wieder auf, wie es geschieht, wenn man so vertieft ist, daß Unterbrechungen nicht wirklich stören können. Es war seine linke Hand, die ohnehin am weitesten von ihm fort und dem anderen Wesen am nächsten war, und er brauchte die Stellung, in der er im Winkel von Sitz und Fenster lehnte, nicht zu verändern. Unter der Decke fand seine Hand den Saum des sehr kurzen Rocks und machte – ganz feinfühlend und geduldig – eine Pause, bis die Antwort kam – sie hob ihren Körper gerade genug, um den Rock zu lockern, so daß er seine Hand darunter gleiten lassen (ja, sie trug Strümpfe) und ihn mit dem Gelenk hochschieben konnte.

Ein Versuch, herauszufinden, was für eine Sorte Fleisch dies war, welchem Milieu es angehörte: Wie von einem Mädchen zu erwarten war, das wohlbehütet von Mutter und Schwester reiste, trug sie mehr Unterkleidung, als es bei ihren unabhängigeren und erfahreneren Altersgenossinnen üblich war. Eine Art Futter unter dem Rock und darunter, so überraschend, daß er für einen Moment verwirrt war, oben an den Strümpfen diese Höcker aus Gummi und Metall, die, an Gummiriemen befestigt, irgendwo zum Körper hinaufführten. Seit Jahren schon trugen die Frauen jetzt leichte Strumpfhosen; die Strumpfbänder und der Gürtel, den sie andeuteten, hatten etwas eindeutig Gouvernantenhaftes. Seine Hand, die Hand eines Fremden, eines Mannes, streckte einen Zeigefinger aus, hakte ihn unter den Strumpf und berührte Fleisch.

In dem warmen Dunkel, das von anderen bevölkert ist, in einer Intimität, die der Einsamkeit in einer Menge gleichkommt, ist die Berührung von Fleisch eine frische Erfahrung wie der Geschmack von Wasser in der Wüste. Der Finger wanderte gegen den Strich eines feinen Flaums – ja, das Fleisch verrät, daß es einer der romantischen Rassen angehört, die oft behaart sind – und erreicht die Wärme der beiden zusammengepreßten Beine. Die Haut war klebrig, beinahe feucht. Sie schmiegte sich mit einer Botschaft von Erregung und Vergnügen an seinen Finger. Er spürte, daß sie ihren Kopf ganz still hielt und wußte, daß es ihm nicht erlaubt war, ihr ins Gesicht zu sehen. Eingebettet, eingesogen zwischen den gerade nebeneinanderliegenden Schenkeln, rührte sich sein Finger nur ganz leicht, ein leises Murmeln, nicht mehr. Er war sich über seine genaue Position im Verhältnis zu ihren Knien und den Umrissen ihres Körpers nicht im klaren; höher als halbwegs, schätzte er, wegen des Umfangs der Schenkel. Der Finger hatte keine Eile, die Frage anzuschneiden; die Schenkel mußten sein Kommen vorausempfinden. Selbst wenn sie die Frage nie zuvor beantwortet hatten (weder sie noch die Schwester wirkten älter als 16 oder 17), wußten sie,

daß es jetzt auf sie zukam, was immer die Zeit – eine Stunde zwischen europäischer und afrikanischer Zeit, die keine der Uhren, die im stillen Dunkel an den Handgelenken der Passagiere leuchteten, vermerkte – und was immer der Ort. Passagiere werden im Schlaf nicht mit Fluginformationen gestört. Es mochte ein letzter Rest Europa sein, oder bereits Afrika, der Übergang war nicht wahrnehmbar. Sie brauchte sich vor ihrem eigenen Verlangen nach dem, was geschah, nicht zu fürchten, denn es geschah irgendwo. Die anderen drei Finger vereinten sich übergangslos mit dem Zeigefinger zwischen den Schenkeln und lösten sich dann unerwartet (für sie mußte es unerwartet sein) voneinander, befreiten sich und krochen vorwärts und rückwärts über den Wall des einen Schenkels, unter dem Strumpf, aber ohne den Strumpfhalter zu öffnen, denn die Hand genoß es, unter dem Gewebe eingezwängt zu sein. Dann krümmten sich die Finger – sie mußte die Fingerspitzen, wenn nicht die Nägel, spüren – und fanden, versteht sich, noch einen Stoffrand, der leicht nachgab, ja, daran gehindert werden mußte, auf die Haut zurückzuschnallen, einen gekräuselten Saum rund um das Bein des Slips aus irgendeinem enggewebten, elastischen Material. Hätte sie aufrechter gesessen, so wäre dort die Trennlinie zwischen Schenkel und Rumpf gewesen. Aber sie lag so weit zurückgelehnt unter der Decke, wie der verstellbare Sitz es zuließ, und seine Finger erkannten die Stelle nur an der unterschiedlichen Hautbeschaffenheit, einer plötzlichen, unkörnigen Glätte, seidig und heiß.
Dieses Mal war die Frage anders formuliert, aber sie mußte doch verstanden worden sein: Es gab keine erneute Veränderung der Stellung. Die Schenkel, das konnte er fühlen, als sein Handballen kurz auf ihnen ruhte, fuhren fort, etwas erregt zu umklammern, was nicht da war. Sein Finger, wieder nur der Zeigefinger (ein Monolog des Vorgenusses) spielte ohne Hast in dem krausen Haar, unter diesem zweiten weichen Vlies, so

sanft begraben wie unter dem ersten darüber, und fand sich – auf einmal – von einer dankbaren Hundezunge beleckt. Genauso fühlte es sich an – entzückend, eine leicht flatternde Bewegung, wie das unschuldige Lecken eines Hundebabys; obwohl er es war, der das nasse und seidige Innenfutter ihres Körpers streichelte, hatte er das Empfinden, daß sein Finger die Liebkosung empfing und nicht gab. Hin und wieder stieß er auf das ganz natürlich wirkende lautlose O des kleinen Mundes, der nichts verweigerte. Während der Nacht – oh, weiß Gott, wie lange diese Nacht dauerte – durfte sein Finger viele Male eindringen. Zunächst war er selbst wunderbar angespannt, nicht nur sein Geschlechtsteil, sondern sein ganzer Körper, Beine, Arme, Hals, riesengroß im Sitz, zu einer ungewöhnlichen Bewußtheit seiner eigenen Schranken angeschwollen, aber später gab es sogar Augenblicke, in denen er so ermüdet war, daß er mit dem Finger in ihr einschlummerte. Er erwachte voll Erstaunen: in dem Tunnel von Sitzrücken und lichtlosen gewölbten Wänden, dem schwachen Quietschen, den einzigen Zeichen dafür, daß sich unter dem Gefühl der Bewegungslosigkeit extreme Geschwindigkeit verbarg, ganz wie die extreme Intimität, seine Hand, sein Finger immer noch in dem Körper neben ihm, von ihm umfangen, äußerste Gleichgültigkeit bedeutete.

Das allmähliche Herandämmern des Morgens brachte kein Ende. Er konnte sich nicht von ihr trennen, und sie konnte ihn nicht gehen lassen. Das einzige, wozu er sie nicht bringen konnte, war, ihn zu berühren; ihre etwas dickliche und ganz frauenhafte Hand wurde schlaff und steif im Gelenk, wenn er versuchte, sie zu sich herüberzuziehen; sie war nicht dazu bereit. Bald wurde es ohnehin hell, die Lichter wurden brutal auf die Schlafenden gerichtet, wie auf Gefangene, die man zum Erwachen zwingt, und er zog seine müde Hand rechtzeitig zurück, bevor das Tablett mit dem Fruchtsaft erschien. Die Hand roch nach dem Körper, den sie eben verlassen hatte. Das Mädchen wartete, bis er einen Plastikbecher mit Fruchtsaft genommen hatte, griff dann nach dem ihren, mit dem gleichen lautlosen Dankeschön zur Stewardeß. Sie sprachen nicht; sie leerte durstig den Becher (ja, Mädchen, Lust trocknet den Mund aus), legte die weiche Decke beiseite und verschwand den Gang hinauf. Als sie zurückkam, mußte sie einen Moment stehenbleiben, weil der Gang blockiert war, und er sah auf und traf ihren Blick unter den hochgezogenen, dichten Brauen in ihrem bleichen, dickhäutigen Gesicht, hoffnungslos, hinnehmend. Das Gesicht einer Fremden, wie das Gesicht einer Frau, mit der man so lange zusammengelebt hat, daß man es nicht mehr sieht und das sich wieder verschließt und fremd wird.

Sie deckte sich sorgfältig wieder zu.

Er hatte die Jalousie über seinem ovalen Bullauge hochgeschoben. Die widerstrebend erwachten Insassen des Flugzeugs versanken zum Teil wieder in Schlaf. Orangefarbene Scheinwerferstrahlen der aufgehenden Sonne bohrten sich in dem hingestreckten, summenden Schweigen von Fenster zu Fenster. Alles begann wieder von vorn, fast unheimlich bei Tageslicht. Dort unten, unter den rötlichen Luftwirbeln und dem monoton aufblitzenden Schimmer der Tragfläche, war der Sand, eine unendliche Reihe versteinerter Schallwellen. Er wellte sich endlos, wiederholte sich selbst, da es keine organische Erneuerung gab, mit deren Hilfe Leben abgemessen werden konnte. Weiter und weiter, schimmernd, verschwimmend, verblassend, nichts vertiefend. Sein Blick blieb darauf ruhen, während er fortfuhr zu streicheln, zu liebkosen, zu betasten, weiter und weiter, die ganze Zeit. Die Wüste verwandelte sich in Wälder, Savannen, Bergwerkshalden. In Johannesburg, wo er einen rosa Mantel und ein Paket herunterreichte, das wie eine in Plastik gewickelte Pflanze aussah, sprach er zu ihr: »Machen Sie Ferien?« Sie antwortete, daß sie, ihre Mutter und ihre Schwester gekommen seien, um bei ihrem Onkel zu wohnen. Sie sprach englisch mit einem starken Akzent, aber gut verständlich. Er sagte: »Oh, dort in Durban wird es Ihnen gefallen. An der See.« Ihre Mutter, die mit der Schwester den Gang entlang kam, würdigte seine Hilfeleistung mit dem Handgepäck durch ein schwaches, untertäniges Nicken.

Er hatte die Hände gewaschen, seinen elektrischen Rasierapparat benutzt. Ihre Haare waren gekämmt. Es kam immer der gleiche Angestellte zusammen mit dem Fahrer, um ihn vom Flughafen abzuholen. An der Absperrung sah er das respektvoll aufmerksame, eingebildete junge Gesicht, die Koteletten und das gestreifte Hemd, das in den Anzeigen immer als die korrekte Kleidung für den aufstrebenden höheren Angestellten beschrieben wurde. Einer der Einwanderungsbeamten erkannte ihn und winkte ihn vor dem Rest der Herde durch die Sperre. Die Pflanze wurde am Zollschalter ausgepackt – natürlich, man darf keine lebenden Pflanzen aus dem Ausland hereinbringen. Im Wagen führte er das übliche Gespräch mit dem Angestellten. »Eine gute Reise gehabt, Sir? Alles in Ordnung?«

»Ja, nur meine Knie werden eine Woche Erholung brauchen. Ich mußte in der Touristenklasse fliegen. Höllisch eng.« Ihr Sekret an seiner Hand, so wie man sagt, ein Mann hat Blut an den Händen. Sie schrie oder stand auf und sagte es ihrer Mutter. Was für ein wahnwitziges Risiko. Angeklagt wegen »Belästigung« eines jungen Mädchens; ja, *crimen in juria*. Mit diesem Namen wurde so etwas belegt. Das Mädchen hatte keinen Namen. Eine TAP-Mohairdecke. Wer hätte das gedacht. Nicht ohne Zärtlichkeit, aber wer wird je wissen, daß Zärtlichkeit zum Skandal gehört – vielleicht sogar zu Vergewaltigung und Mord –, manchmal die einzige mögliche Art der Zärtlichkeit. Ein Mann in seiner Stellung würde sein Leben in hämischer Ungnade verbringen. Für immer. Schweigen im Sitzungszimmer des Vorstands, Themawechsel, wenn beim Abendessen sein Name zur Sprache kam, und die junge Tochter des Hauses würde nie erfahren warum, denn sie hatte ihn als Freund der Familie gekannt, seit sie und sein Sohn Kinder waren. Ein wahnwitziges Risiko. Nichts wird je herauskommen. Es war so leicht, und der Himmel weiß, wer die Fremde war und ob sie nicht auf dieser oder jener Straße, in dieser oder jener Stadt, zu dieser oder jener Zeit ganz nahe sein mag, mit der Mutter und der Schwester und der ganzen Sippe, die in solchen Familien die jungen Mädchen behütet. Die Rufe, die an den Winterabenden Feuerstelle mit Feuerstelle, Finsternis mit Finsternis, Rauchwolke mit Rauchwolke verbinden, sind nicht an ihn gerichtet. Auf dem Heimweg beleuchten die Scheinwerfer seines Wagens – wie Wasserstrahlen die Gegenstände balancieren – die verhüllten Formen der Menschen, die außerhalb der Siedlung in einer Schlange auf den Bus warten. Der Frostfleck, ein Hauch von Kälte hat sich aufs Glas gelegt. Eine Plastikhülle, die zu seinem Ärger bei der Windmühle liegengelassen wurde, stellt sich in der warmen Sonne um zehn Uhr am nächsten Morgen als Vorhang von Eiszapfen heraus, der vom Wassertank gefallen ist, an dem er sich über Nacht gebildet hatte.

Und doch ist im Zentrum des Windes, der von zehn Uhr bis zum Sonnenuntergang bläst, an manchen Tagen schon ein heißer Atem zu spüren. Er war am Mittwoch oder Donnerstag hier draußen, um sich das Ausmaß des Schadens zu besehen, das von Woche zu Woche klarer zutage kommt. Das Sumpfland sieht aus wie der Rücken eines Stachelschweins, schwarz und weiß gestreift, wo das Schilf verblichen und unter den verbrannten Spitzen abgestorben ist. Es schien ihm, als sehe er mehrere Male einen gelben Webervogel auf- und abfliegen. Und nur zwei Tage später (das Sumpfland hat sich nicht verändert) ein einzelnes grünes Nest, neu gewoben, oder vielleicht ein altes, das wiederhergestellt wurde.

Der Webervogel hatte die Gegend ausgekundschaftet, sie sind wieder da.
Und heute sieht er etwas, was ihm zuvor nicht aufgefallen ist – vielleicht, weil es noch nicht da war: An den feuchten Wegrändern wächst genug Gras für ein neues Nest. Es ist sehr dünn und leuchtend blaß, beinahe durchsichtig. Es wirkt bläulich, vielleicht nur im Gegensatz zu dem schwarzen Grab, auf dem es gewachsen ist. Auf einmal sieht er all die Zeichen, die sich ihm vorher nicht offenbart haben (kann es sein, daß sie so plötzlich aufgetaucht sind, daß sie vor zwei Tagen, vergangene Woche noch nicht hier waren?). Die Dinge fangen an, sich vor seinen Augen zu beleben, so wie der Satzbau einer fremden Sprache mit einem Mal einen Sinn ergibt. Glänzend braune Spitzen entlang den Weidensträngen. Bricht er sie mit dem Nagel auf, zeigen sie Grün. Manche entfalten grüne Blättchen, wie gepanzerte Käfer ihre dünnen, gazeartigen Flügel unter dem Rückenschild ausbreiten. Auf den Bewässerungskanälen ist ein fahler, Blasen werfender, manchmal samtiger Überzug entstanden. Wenn man ihn mit dem Stock aufbricht – die stagnierende Brühe bildet smaragd- und flaschengrüne Wirbel –, zeigt sich grünlicher Schleim wie die versteinerten Markierungen in Halbedelsteinen.
Die Spitzen neuer Schilfhalme brechen durch die verbrannten Klumpen.
Es hätte schlimmer sein können. »O ja.«
»Ich nehme an, es hätte schlimmer sein können...«
Worte dieser Art. Aber meinten sie die gleichen Dinge, wenn sie miteinander sprachen? Wenigstens war Zeit genug gewesen, mit ihm zusammen hier herauszufahren und sich umzusehen. Eine der Sekretärinnen hatte die Anweisung erhalten, anstelle des üblichen Schülerzugs einen Flug zu buchen.
»Dreizehntausend Ovambos streikten, und die Polizei wagte

nicht, sie anzurühren wegen der Vereinten Nationen. Das ist schon etwas. Aber der Ausgleich war dann eine Niederlage. Niemand weiß, was in Ovamboland vor sich geht. Wir hatten einmal Gelegenheit, mit ein paar Ovambos in den Fischfabriken in Walvis zu sprechen.« Er sieht seinem Vater beim Sprechen nicht an. Es ist ein Profil, das sich auf dem Beifahrersitz zeigt; der flaumige zarte Bart fängt an zu sprießen; die Wimpern sind arrogant und gebogen wie bei einem Mädchen, und der Ausdruck in den Augen bleibt verborgen.
»Was hast du denn um Himmels willen nur in Walvis gemacht? Eine einzige Straße und ein paar Bierstuben. So war es jedenfalls zu meiner Zeit.«
Er war mit einem Studenten dort gewesen, der ihn unterwegs aufgelesen hatte. Einer von denen, die ihre Nase in alles stekken. Es war sinnlos, Kurt und Emmy die Schuld zuzuschieben; sie konnten nichts dagegen tun. Aber er scheint das Thema nicht weiter verfolgen zu wollen; es ist, als widerstehe er ständig der Versuchung, über Dinge zu sprechen, die ihm am Herzen liegen: Was? Die Schwarzen in »Namibia?« Die Aussicht auf Wehrdienst im nächsten Jahr?
»Nicht gerade meine Vorstellung von einem Ort, an dem man sich amüsieren kann!«
Dieses unglaublich lange und schlanke Geschöpf, erst vor so kurzer Zeit zum Mann herangewachsen. Ist er sich über seine eigenen Möglichkeiten im klaren, wie er mit eingezogenem Zwerchfell unentschlossen dasitzt, den Rücken wie zum Schutz vor den breiten Schultern und der muskulösen Brust gegen die langen Beine geneigt? Die harten Schenkel sind genauso breit wie der schmale Raum zwischen den Hüftknochen, auf denen der Gürtel ruht. Er hat überhaupt keinen Bauch, alles Fett setzt sich in diesem Alter in Muskeln und Sex um. Das Ganze ist von einer dürftigen Hülle umgeben, die an Hand- und Fußgelenken aussieht, als ob sie sich schäle. Die Jeans sind jetzt so ausgefranst, daß die Fetzen sich ringeln.

Aus den kindlichen, eckigen Füßen des kleinen Jungen sind diese klauenhaften, angespannten Dinger mit Hammerzehen hervorgesprossen, die zu irgendeiner baumelnden Christusfigur passen würden. »Du wirst es schwierig finden, barfuß zu gehen, alles ist verbrannt.«

»Das macht nichts. Ich bin daran gewöhnt.«

»Wie geht's der guten alten Emmy? Ist ihr Englisch besser geworden? Immer noch ein deutsches *aber* nach jedem zweiten Wort?« Er hat sich zu ihm gewandt, jetzt ist er ganz Ohr, lächelnd, verliebt, die sonnengebräunte Haut um seine Augen rötet sich geradezu vor Begeisterung. Jetzt wäre es möglich, die Hand auszustrecken und ihn sogar zu berühren, ohne das Warnsystem in ihm in Gang zu bringen. Die langen Finger mit dem oxidierten Schlangenring (von der Art, wie man sie so oft auf Londoner Bürgersteigen in der Umgebung der Erosstatue sieht; er wäre nie auf den Gedanken gekommen, so etwas als Mitbringsel zu kaufen – da sieht man es wieder) sind ausgebreitet, um anzudeuten, wie unmöglich es ist, die Vollkommenheit dieser alten deutschen Dame zu beschreiben, von der beide, Vater und Sohn, das Bild eines neugierigen, skeptischen Schulmädchens in sich tragen, mit bernsteinfarbenen Flecken in den Augen und ebensolchen Sommersprossen im Gesicht.

Ein paar hundert Meter lang sprechen sie von Emmy. Er läßt den Mercedes langsam dahinrollen, um Abstand von der Staubwolke zu bekommen, die ein vor ihnen fahrender Wagen aufgewirbelt hat. »Ich sollte sie mal besuchen. Es ist Jahre her, seit ich in Südwest war. Zeit, Zeit... Ich bin gerade erst vor zehn Tagen zurückgekommen. Brasilien, Jamaika...«

Er stellt nie Fragen nach der Arbeit seines Vaters. Ich könnte ebenso gut ein Mafiaboß sein. »Was war das noch, was sie mir vorwarf? Betrügerische Manipulationen unter Industriellen, ein herrlicher Ausdruck, warum kennt ein gut aussehendes

Weib wie du all die schmutzigen Wörter? Und was soll es eigentlich bedeuten?«

»Und wie sollen wir es deiner Meinung nach nennen? Dein Eisenerz – das Bergwerk bezieht seine schwarzen Arbeiter vom zentralen Einstellungsbüro der Bergbauindustrie, nicht wahr? Das schließt einen Wettbewerb um Arbeitskräfte und damit faire Löhne für Arbeiter aus.«

Und während du so sprichst, nimmst du meine Hand und legst sie auf deine Brust, deine harte (braune Zigeuner-)Brustwarze ist wie eine Hundenase in meiner Handfläche. Frauen wie du versprechen immer, was sie nicht halten können. Von einem Zeitungsfoto hast du ihnen zugewinkt, bist gegangen und hast sie ihrem Schicksal überlassen.

Der Staub ist nicht mehr dicht und der Mercedes könnte jetzt beschleunigen, ohne das andere Fahrzeug einzuholen, aber sie kommen gerade beim Inder vorbei, und sein Mitfahrer sagt, er wolle schnell noch ein paar Zigaretten kaufen. Es geschieht nicht aus Trotz, denn das Rauchen ist zwischen ihnen keine Streitfrage, obwohl er erst sechzehn ist und andere Väter durchaus etwas dagegen haben könnten. Der Wunsch wird so nebenbei geäußert, als handle es sich um eine Selbstverständlichkeit, nicht um ein Entgegenkommen, und ohne jede Dankbarkeit oder Zufriedenheit, die ein solches Entgegenkommen verdient hätte. Eine aufsässige Indifferenz, sie zeigt an, daß ihm nur solche Dinge großzügig zugestanden werden, die er gar nicht will oder die ihm gleichgültig sind. Der Empfangende ist großzügig, nicht der Gebende. Das mußt du entscheiden. Ich kann das nicht beurteilen. Kafferntöpfe oder echtes Porzellan aus dem Fernen Osten.

»Ich parke etwas weiter vorn. Es ist unmöglich, sie haben sich in den Kopf gesetzt, ich sollte ihren Laden auf meinen Namen eintragen lassen! Das letzte Mal, als ich für ganze fünf Cent etwas dort eingekauft habe, hat sich der Chef des Ganzen,

nicht der alte Mann, versteht sich, sondern der andere, an mich herangemacht.«
Die Hunde werfen sich sogleich gegen den Zaun, neben dem der Wagen anhält, haken ihre Klauen in den Maschendraht und beißen mit Kiefern, die wie Scheren zuschnappen, in die Luft. Abgesehen von dem Lärm ist es nicht angenehm, so wenig außerhalb der Reichweite so leidenschaftlicher Angriffslust zu sein. Er legt den Gang ein und fährt langsam ein paar Meter weiter an den Außengebäuden der Schwarzen vorbei, die die Grenzen der Besitzung markieren. Er wird den Laden nicht mehr benutzen können, um das eine oder andere einzukaufen, was er in seiner Eile, aus der Stadt herauszukommen, vergessen hat; zu ärgerlich.
Hier kommt er, mit fliegenden blonden Locken, barfuß einhertanzend, sogar zum Spaß im Staub schlitternd – so ist er wohl, wenn er mit anderen zusammen ist? Und doch haben seine Bemühungen, für gelegentliche Wochenenden gleichaltrige junge Leute für ihn einzuladen, zu nichts geführt. Das Zusammentreffen – zwischen den beiden, die als Kinder miteinander gespielt hatten – erbrachte als einzige Reaktion auf dieses bezaubernde Mädchen mit einer Taille von der Länge eines Schwanenhalses die Bemerkung, sie könne zwar nichts dafür, aber sie sei nun einmal eine typische verwöhnte kleine Johannesburgerin. Hat er denn mit seinen sechzehn, beinahe siebzehn Jahren keine Augen im Kopf? Hat er keine Träume – mein Gott, was, das irgendeiner Rede wert ist, kann denn an einem solchen Mädchen für einen Sechzehnjährigen »verdorben« sein? Zähne, so süß und sauber wie frisch geschälte Mandeln, eine Zunge, die gerade erst aufgehört hat, Eis zu lecken, die Brüste unerwartet groß, so wundervoll schwer – am Schwimmbecken ihrer Mutter – im Gegensatz zur restlichen Figur. In diesem Alter – ach, es hat doch keinen Sinn, »in diesem Alter« zu sagen, die Zigeunerin hatte recht, es

wird schon wahr sein, daß es immer weitergeht, das Verlangen wird die Leistungsfähigkeit überdauern, ein Churchill mit einer erloschenen Zigarre.
Er hält in seiner Hand etwas in weißes Papier Gewickeltes. Er kaut.
»Hier. Willst du eins?«
»Was hast du denn eingekauft?«
Statt gleich in den Wagen zu steigen, ist er ans Fenster gekommen und hält freundlich seine Handfläche hin.
»Sie haben mir ein paar gegeben. Samoosas.«
Brot miteinander brechen. Er steckt das sauber geformte, knusprige, fettige Dreieck ganz in den Mund, um beim Fahren nicht das Steuer zu verschmieren. Es ist nicht ganz das, was man sich nach einem späten Frühstück wünscht. »Danke, das reicht. Gut, was?«
»Wirst du in der Sache etwas unternehmen?« Sein Kinn bewegt sich mit dem letzten Mundvoll des kleinen, geometrischen Gebäckpakets, während seine Hand schon nach dem nächsten greift. Die Begierden sind durchaus vorhanden.
»Du meinst, sie wußten, wer du bist? Haben sie dich gefragt? Die haben wirklich Nerven.«
»Natürlich nicht.« Er hat das vom Fett durchsichtig gewordene Stück Papier zerknüllt, wischt sich die Finger daran ab, so gut er kann, und kurbelt das Fenster herunter.
»Nein. Steck es in den Aschenbecher. Oder leg es auf den Boden.«
Das Fenster wird wortlos wieder hochgekurbelt.
Was erwartet er, was soll ich sagen, worüber? Zu welchem Thema?
»Die werden schon einen Dreh finden. Im Schmieren sind diese Inder allen andern über. Sie wissen, wie man überlebt. Und wie! Sie werden irgendeinen Van der Merwe finden, der sich für ihr Kuli-Geld schon nicht zu schade sein wird, ganz gleich, wie er mit seinen Burenfreunden über sie spricht. Ich

werde eben einen weiten Bogen um den Laden machen, das ist alles.«

Natürlich; du sitzt da und knabberst (er sieht es aus dem Augenwinkel) an einem schmutzigen Daumennagel, und die schlichte Großzügigkeit dieser netten Leute hat dich in diese Laune versetzt. Als ob sie nicht genau wüßten, wer du bist. Womöglich haben sie meinen Wagen erkannt, obwohl ich weitergefahren bin, und sie sind keine Dummköpfe, sie verstehen es, im eigenen Interesse taktvoll zu sein, schlau wie die Juden – kein Wort, nur ein paar Leckerbissen, um den Sohn des Vaters freundlich zu stimmen!

Warum nennst du es »Namibia?«

Das ist die Frage, die er stellen möchte, er wird diese Frage den ganzen Tag lang stellen wollen und dabei jedesmal etwas anderes meinen. *Sie* hat er nie danach gefragt, obwohl sie schon damals diesen Namen benutzte. Ihr gegenüber hätte er sich etwas anders ausgedrückt – warum gerade Namibia – mit anderen Worten, warum gerade diesen und nicht einen anderen erfundenen Namen, der eine gewisse Einstellung ausdrückt. Warum wurzelt der Name im Geographischen, Beschreibenden? Es ist nicht alles Wüste dort. Aber sie wäre zu geschickt gewesen, um in eine solche Falle zu gehen. Sie wußte, wann jemand, der die Antwort von vornherein kannte, nur eine Frage stellt, damit der andere sich eine Blöße gibt. Dann reißt sie den Vorteil an sich und demonstriert, daß anders als seine Seite die ihre ehrlich genug war, sich ihrer Ausflüchte nicht zu schämen. »Die Namib-Wüste beschwört in niemandem Eifersucht herauf. Dieser Name erweckt nicht den Eindruck, als gehöre das Land den Ovambos mehr als den Damaras, den Hereros mehr als den Basters. Er ist demographisch neutral. Eine Wüste. Die gehört niemandem.«

»Und die Buschmänner deines Mannes? Werden die nicht ihre Ansprüche anmelden?«

»Ach, die Buschmänner.«

»Du interessierst dich also nicht für die Rechte von Minderheiten?«
Es irritiert sie, ihre eigenen Phrasen an den Kopf geworfen zu bekommen.
»Was hat das mit den Rechten von Minderheiten zu tun? Sie werden die gleichen Rechte haben wie alle anderen; aber es ist kaum zu erwarten, daß sie größere Eigentumsrechte anmelden als irgend jemand sonst, denn das Land ist nach der Namib-Wüste benannt. Es wird allen gehören, außer den Weißen, die es unrechtmäßig besetzt gehalten haben.«
Aber das »warum *du*« ist hier und heute die Frage; was hat *dich* dazu gebracht, mit deinen jugendlichen Athletenarmen für die Sache zu fechten? Was bedeutet der Name für dein halbwüchsiges Gehirn?
Und wieder ist wohl die Antwort schon vor der Frage da. Ich weiß, was du denkst. Ich weiß, was du sagst, während du schweigend dasitzt, in dein zerlumptes Büßerhemd gehüllt – Sühne für die Sünden der Väter.
Du bist zu grün, um ihre Tricks zu versuchen; aber ich sollte in der Lage sein – bin in der Lage –, dich klein und häßlich zu machen wie ein verängstigtes junges Hundchen, das attakkiert wird und ein paar Tropfen pinkelt, um zu zeigen, daß sein einziger Fehler seine Jugend ist.
Was ist unser Thema?
Die Freuden des Reisens. Gut. Du hast, dreißig Jahre nach mir, dreißig Jahre vor der Zeit, die Ebene der *Welwitchia mirabilis* überquert. Diese großen, krakenartigen Pflanzen, lebende Fossilien, vor siebenhundert Jahren an den Strand gespült, aus dem Evolutionsprozeß ausgeschieden. Einer von den alten Knaben, den Kumpeln Kurts, die über all das so gut Bescheid wissen wie über die braunen Altersflecken auf ihren Handrücken und die keine Ansprüche haben, weder auf einen Anteil am Rio Tinto noch auf das Recht, von den Vereinten Nationen angehört zu werden, führen Touristen zu der

Ebene, um ihnen diese uralten pflanzlichen Monstrositäten zu zeigen. »Er hat einen alten Land-Rover gekauft.« – »Ach, tatsächlich?« Die Wüste ist überall gleich, aber er weiß, wo man die größte Welwitchia findet, die fotografiert und in Dias und Filmen an Wände in München und New York projiziert werden wird (es ist eigentlich ein Nadelbaum – aber das weißt du, die Alten werden dir alles erzählt haben). Die Bilder werden vor allem in München und Berlin und Bonn und Frankfurt am Main herumgezeigt werden. Du hast da eine Geschichte über den deutschen Touristen, dem du begegnet bist und der sagte, wir Deutschen haben großes Interesse an diesem Land, junger Mann. Unsere Väter sind hier gewesen. Glaubte er, du seist zu jung, um zu wissen, was du gerade aus deinen Blau- und Weißbüchern gelernt hast, und was er vergessen hat – wie viele tausend Hereros die Väter umgebracht haben? Neunzehntausend. Du kennst natürlich die genaue Zahl. Alles war für dich bereit dort oben, und du für es; es hat dich »angesteckt«, da du keinerlei Immunität besaßest.

Du kamst zum Khan Canyon und sahst die Gipfel, Felsendorne, die sich gekrümmt und gebogen vom Himmel abheben. Du standest unter einem der Bäume dort unten und schautest zu den Bergen auf, in denen das Uran verborgen war, etwas, von dem die Welt vor dreißig Jahren, als ich dort war, und für Tausende von Jahren davor nicht wußte, daß sie es brauchen würde.

»Du kannst überhaupt nichts sehen?«

»Nichts. Man darf nicht einmal auf die Zufahrtsstraße, die von der Straße nach Swakopmund abgeht.«

»Eine enorm wertvolle Anlage. Vielleicht der größte einzelne Fundort in der Welt. Da stecken Millionen drin.« Während er – die Straßenmitte mit den Bodenwellen vermeidend – durch den weichen Staub fährt, erscheint es ihm möglich, über diesen Gegenstand zu sprechen, als handle es sich um normale

Sicherheitsvorkehrungen. »Swakopmund muß größer geworden sein?«
Wenn es *das* ist, was dich interessiert, deutet der Ton seiner Stimme an: »Es gibt einen völlig neuen Stadtteil. Ich weiß nicht wie viele Häuser für die Weißen, die im Bergwerk arbeiten.«
»Ich sollte mal hinfahren und es mir ansehen. Was hältst du von unserem neuen Schild?« Er bremst an der Einfahrt zum Grundstück, nicht nur aus Vorsicht, sondern auch, um seinen Mitfahrer sehen zu lassen. Dieser widmet der Sache seine Aufmerksamkeit, lächelt mit zusammengekniffenen Lippen, als söge er an seiner Zunge, er nimmt sich Zeit – schaut er das Ding einfach an, ein gelbes Schild mit schwarzer Schrift, Emaille auf Stahl, an zwei glänzend schwarz gestrichenen, in Zement eingelassenen Eisenpfosten befestigt, oder liest er den Text in drei Sprachen, in Englisch, Afrikaans und Zulu:
KEIN DURCHGANG – GEEN TOEGANG – AKUNANDLELA LAPHA.
»Als wenn irgend etwas sie fernhalten könnte. Es ist eine ständige Parade, vor allem das ganze Wochenende über, es ist ihr Abkürzungsweg zur Shanty Town jenseits des Vlei. Das gilt auch für den alten De Beer und Nienaber, es ist die Abkürzung für ihre verdammten Milchwagen. Mich beunruhigt vor allem die Feuergefahr.«
Du nickst; zu was gibst du deine Zustimmung? Zu dem absurden, hoffnungsvollen Anspruch, den das Schild erhebt und der nie anerkannt werden wird? Oder dazu, daß es nicht aus Besitzgier, sondern aus Sorge um das Land errichtet wurde? Was soll das heißen: *Namibia*? Mit ihrem verwünschten affektierten Lachen: Es gehört dir nicht, weil du ein Stück Papier unterschreibst, so wie man eine Farm kauft, weißt du.
»Wenigstens wird *das* Ding nie verbrennen. Dafür habe ich gesorgt. Keine Holzpfosten.«

»Es sieht gut aus.« Er blickt sich beinahe schüchtern um, während der Wagen über die Erhebungen in der Straße hoppelt (wenn die Milchwagen den längeren Weg nehmen, wird es möglich sein, den Belag in einen besseren Zustand zu bringen).

»Ah nun – die Weidenbäume grünen schon fast, und da siehst du den Roggen an. Der ist verschont geblieben. Aber das Vlei!«

Da sind sie, wie erwartet, die Sonntagsbesucher, die die Privatstraße entlangwandern. Sie wirken aufgeputzt. Jetzt halten sie an; stehen im Tageslicht wie Kanichen, die ein Scheinwerfer erfaßt hat. Das bedeutet, daß sie lesen können, sie müssen das Schild gelesen haben, denn niemand ist jemals vorher beim Anblick des Farmers stehengeblieben. Aber (beinahe wie Kurts Freunde, die auf ihrer Tour keine interessante Stelle auslassen – es ist wirklich lange her, seit der Junge auf der Farm war) er hält an und nimmt, den Arm auf dem Fensterrahmen, ihren unterwürfigen Gruß entgegen. Einer nennt ihn »Master«, der andere »Sir« – ein Stadttyp. Er trägt die Uniformjacke eines Autobusunternehmens, Khaki, mit den Initialen der Firma PUTCO, in Rot auf der Brusttasche eingestickt. Darüber eine Art Halskette aus Schnüren, mit einem perlenbesetzten Beutel. Beide Männer tragen zeremonielle Stäbe oder Stöcke in perlenbesetzten Futteralen, wirklich recht kunstvoll. (Interessant. »Sieh dir das an, Terry.«)

»Findet ein Fest statt?«

Und all die hin und her schwirrenden, freundlichen, zustimmenden Geräusche begleiten die Bestätigung. Ja, es findet ein Fest statt. Sie lächeln mit glänzenden Gesichtern, von Aufregung oder Anstrengung geölt. Wer weiß, wie weit sie gelaufen sind.

Vielleicht gibt es eine Zeremonie. Initiationsriten oder irgend so etwas, die Unterhaltung bietet. »Was ist das für ein Fest?«

»Jemand war krank, und jetzt ist er wieder gesund. Ja, Master.«
»Zum Dank, daß es ihm besser geht?«
Sie lachen beide und biegen die Knie, um dem Scharfsinn des Farmers Beifall zu spenden; und ihrem unerwartetem Willkommensein auf der Farm. »Ja, Sir.« – »Ja, ja, ihm geht es besser. Ja.«
»Und jede Menge Bier?«
Mehr Gelächter. Der eine schwingt seinen Stock und linst zum Spaß in den Wagen. »Wenn du Bier hast für uns, Master, wir können uns sehr freuen.«
Alles lacht, nur der Junge nicht, er bringt nicht mehr zustande als ein schwaches Lächeln.
»Würdest du gern einen Blick auf dieses ›Fest‹ werfen?«
»Nein, nein, das wäre peinlich.«
Er wollte diesen Ton in den paar Stunden, die sie zusammen sind, vermeiden, aber – in Gottes Namen – warum peinlich?
Das Gesicht verkrampft sich in dem Bemühen, Atem zu holen, einen Anfang zu finden, noch einmal anzusetzen. »Weil es das ist, darum. Das ist eine private Sache. Hat nichts mit uns zu tun.«
»Dummes Zeug. Sie würden sich über ein Publikum freuen. Warum sollten Tänzer etwas gegen ein Publikum haben?«
Aber er läßt das Thema fallen – in die Stille, die zwischen ihnen herrscht, während sie langsam weiterfahren; langsam, wie er immer fährt, wenn er auf seinem eigenen Grund und Boden ist, fast so, als ginge er zu Fuß, aufmerksam beobachtend, wie alles steht. Ein paar Jungstiere, die aus der Koppel gelassen worden sind, bocken und tollen herum, und sie haben beide ihren Spaß daran. Der kleine Junge von vor ein paar Jahren sagt: »Mensch, wie lange man wohl da drauf bliebe, wenn die so herumbocken.«
»Na, du kannst es ja versuchen, wenn es dir nichts ausmacht,

ein paar gebrochene Knochen zu riskieren. Aber du würdest nicht tief fallen.« Die Stiere sind nur halbwüchsig, und seine Beine sind inzwischen so lang geworden.
»So, da wären wir.« Er erkennt die alten Landmarken, heimgekehrt von der Pilgerfahrt mit dem Bettelnapf, dreißig Jahre zurück, da unten im Flußbett des Swakop, in einem altersschwachen Jeep, der durch Tamarisken und wilden Tabak mit gelben Blüten bricht.
Da wären wir. Zusammen mit den umliegenden Farmgebäuden bleibt dies das Herz des Besitzes, so leer das Haus auch ist, abgeschlossen wie immer. Hier lungert immer jemand herum, hat immer jemand was zu tun. Da sitzen zwei unansehnliche Gestalten, an die Mauer der Werkstatt gelehnt, die dicken, ölig glänzenden Beine vor sich in der Sonne ausgestreckt. Sie tragen schwarze Baskenmützen, die sie bis über die Ohren heruntergezogen haben. Sie sitzen so für Stunden, still und stumpf wie Frauen. Dort ist eine Gruppe von vier oder fünf anderen. Sie sind alle zum Fest gekommen und stehen herum, ein Mann in weißer Jacke mit hohem Kragen (könnte einem Doktor gehören? oder einem Kellner?) und verschiedene weibliche Wesen, die sich in Decken gehüllt haben. Und da ist Jacobus – Jacobus, der das unvermeidliche Ritual, dich endlich wiederzusehen, voll zelebriert, nach so langer Zeit, seit den Osterferien hat er dich nicht gesehen...!
»Ich war in den Frühjahrsferien hier, im Mai...«
»Wirklich?«
Ja, wirklich, aber die Zeitunterschiede, Japan, Südamerika, Jamaika, die in Flugzeugen verlorenen Stunden lassen es so viel länger erscheinen. Jacobus richtete sich von etwas auf, womit er herumgefummelt hatte, die Sonne deiner Anwesenheit schien ihm voll ins Gesicht, er gab sich voll und ganz mit einem Lächeln hin, das die kaputten, stinkenden Zähne entblößte, und hob im Herankommen huldigend die

Hand, die er jetzt noch hochhält wie eine Standarte. Jacobus kannst du nicht entkommen, du kannst dich nicht unter dem Sitz verkriechen oder aus dem Fenster in die andere Richtung blicken oder an deinem schmutzigen Daumennagel herumknabbern. Er grüßt dich, er betet dich an, er krönt dich mit einer Dornenkrone, ob du es akzeptierst oder nicht.

»Ich bin glücklich für diesen Tag. Diesen Tag! Warum du bist nicht gekommen so lange, lange Zeit, Terry?« Terry. Der Name wird liebevoll, bewundernd gebraucht, da er sich hier im Wagen leibhaftig manifestiert. »Ich denke, ich dich nie wieder sehen, mein junger Baas – er ist so gut, dieser junge Baas, weißt du?«

»Ich weiß, ich weiß, Jacobus, du hast ihn gern.« Wir lächeln, Jacobus und ich; jetzt mache ich mich über die alte Haut lustig. »Und er is so stark geworden! Wird jetzt erwachsener Mann! Ja, ich bin sehr sehr froh.«

Aus dem Wagen gestiegen, an sich selbst herunterblickend unter all diesem Wohlgefallen und Lob, verschämt grinsend, den Blick auf die von der Namib-Wüste verbrannten Füße mit den rötlich schimmernden Haaren auf den großen Zehen gerichtet, auf die ausgefransten Jeans, das ausgewaschene Trikothemd, die großen Hände mit dem Schlangenring, als ob das alles – sein Selbst – etwas sei, das er irgendwo aufgelesen hat, irgendeine alte Sache.

Nicht für Jacobus. Für Jacobus bist du mein Sohn. Du gehst zur Schule. Du wirst alles lernen. Du wirst alles besitzen. Ein Auto. Ein Haus. Eine Farm fürs Wochenende. Alles, was ich habe.

»Von Eisen, sagt sie (ja, tatsächlich) neiderfüllt. Wenn ich dein Geld hätte...«

Du wirst mein Geld haben. Dagegen kannst du nichts machen: »Er ist jetzt erwachsen, was, Jacobus?«

»Ja, ja. Sehr gut. Ich so glücklich zu sehen.« Das Aufwallen der Begeisterung erreicht die Flutmarke. Jacobus, der von da aus hinunterblickt, wacht wie immer über seine eigenen Interessen, so sehr er auch den loyalen alten Mann mimen mag und wendet seine Aufmerksamkeit anderen Dingen zu. »Diese Leute, sie wollen fragen, ob sie heute kommen dürfen...«

»Ihr habt wohl eine große Party vor, was?«

Jacobus kann nicht aufhören, liebevoll und selbstvergessen dem langen, blonden Haar und den stattlichen Anfängen eines Bartwuchses zuzulächeln. »Ja. Die Frau von Phineas, sie will Medizinmann werden.« Er kichert im voraus über weiße Heiterkeit, die er von so etwas erwartete. »Sie lernt, und heute ist der große Medizinmann gekommen, von da, da, von anderer Seite Stadt. Verstehst du? Er muß prüfen das und das, ob sie weiß, wie gemacht wird.« Er hat sich ganz nah an seinen jungen Baas herangemacht, legt ihm den Arm verschwörerhaft auf die Schulter, senkt den Kopf, grimassiert mit diesen Zähnen vor lauter Bemühen um äußerste Geheimnistuerei und flüstert seiner kleinen Gruppe zu: »Du – du darfst nicht in die Scheune da. Nicht in die Scheune. Die – (er senkt den Blick unter den halbgeschlossenen Augenlidern, so daß die in einiger Entfernung stehenden Besucher seinem Gesichtsausdruck nichts entnehmen können) – die Ziege ist da drin.«

Da stehst du mit hochgezogenen Schultern und siehst mich an, ziehst einen Mundwinkel hoch und lächelst, du willst ihn nicht kränken und hast keine Ahnung, wovon er redet. Eine Ziege? »Nein, nein. Ich sag's dir. Schsch. Medizinmann sagen, Leute müssen Ziege kaufen. Dann er Ziege wegtun, sie nicht weiß, wohin. Niemand darf ihr sagen. Seit drei Tagen sie darf nicht ausgehen, niemand darf mit ihr reden. Sie nichts sehen. Dann nachher sie muß Knochen werfen, all das, verstehst du, und sie muß sagen, wo Ziege ist.«

»Und der Tanz?«

»Ja, irgendwann um fünf oder halb sechs. Alles ist fertig.«
Die drei haben sich langsam den Besuchern zugewandt, Jacobus mit dem wachsamen Blick, den er im Auge hat, wenn er einen Weißen zur Inspektion einer Kuhherde in eine der Koppeln führt. Zweifellos empfindet er Anhänglichkeit an die Farm; man hätte es sehr viel schlechter treffen können, obwohl es zu den typischen Übertreibungen der Geschäftsessen gehört zu behaupten (er kann sich manchmal selbst hören), sein alter Boy sei besser als jeder weiße Manager. Was er wirklich damit meint, ist, daß sie ehrlicher sind als jeder Weiße, den man in einer untergeordneten, aber verantwortlichen Stellung beschäftigen würde. Er mag gelegentlich einen Sack Maismehl als Nebeneinnahme beiseite schaffen, wer würde das nicht – aber er ist nicht verschlagen genug, einen wirklich zu begaunern. Es wird immer gelacht, wenn er – das nur im Vertrauen – mit der Bemerkung herausrückt, daß man sich bei einem Analphabeten darauf verlassen kann, daß er neben der offiziellen keine zweite Buchführung unterhält. Der Hauptbuchhalter lacht über diesen Witz immer am meisten.
Der Mann in der weißen Jacke (ja, jetzt, da wir alles über den Medizinmann erfahren haben, wirkt sie unbestreitbar klinisch, nicht wahr, Terry) hat respektvoll seine Arme zu einem V gekreuzt, das in dem Hut endet, den er abgenommen hat, als der Wagen in den Hof fuhr. Er verneigt sich: »Nkos, nkos.« Jacobus macht eine ausholende Handbewegung und sagt, jetzt deutlich vernehmbar: »Sie wollen zum Lager gehen, sie fragen...«
Der Gruß des Mannes wird erwidert. Die Frauen grüßen nie und erwarten auch nicht, gegrüßt zu werden. Sie sehen sich selbst überhaupt nicht in den Augen des weißen Mannes und des jungen weißen Mannes. »In Ordnung. Sag ihnen, es ist in Ordnung.«
Es stimmt, seine Füße sind so abgehärtet, daß er (wie einer

von ihnen) ohne sichtbares Unbehagen auf ihnen laufen kann, während Jacobus seine wöchentliche Liste von Problemen vorlegt. Er raucht, es läßt sich nicht sagen, ob er von dem, was vorgeht, überhaupt Notiz nimmt, bis Jacobus vorführt, was an dem Scheibenpflug nicht stimmt. Da hockt er sich plötzlich nieder, und das blonde, nicht allzu saubere Haar hängt ihm ins Gesicht: »Sieh dir das an. Hier ist etwas abgesprungen, hier fehlt ein Teil.«
Jacobus kommentiert und erklärt ununterbrochen, und die beiden scheinen einander zu verstehen. Als sie schließlich aufstehen, ist sogar das schwarze Gesicht von dem Blut, das beiden zu Kopf gestiegen ist, dunkler geworden. Die Adern auf der schwarzen Stirn über dem vorstehenden Knochen, den sie alle haben, geben ihm einen nachdenklichen Ausdruck, während er bewundert und ermutigt. »Du so geschickt, Terry. Warum du diesmal nicht kommen, in Ferien? Was stimmt nicht, willst du uns nicht helfen?«
Du lachst. Lachst, um Jacobus eine Freude zu machen.
»Er war verreist, weit weg, in meiner alten Heimat, Jacobus.«
»Aber er kommt Weihnachten, ja. Du kommen uns helfen Weihnachten, wenn Schule aus. Ja!«
»Ich will hier diesen Sommer noch hundert Bäume pflanzen.«
Er hat seine Daumen in die schrägen Vordertaschen der Jeans eingehängt und bahnt sich ohne Anstrengung einen Weg zwischen den Pfützen hindurch, die die Bewässerungsdüsen auf der Straße geschaffen haben. »Was für Bäume?«
Tsk–tsk–tsk–tsk–tsk: die langen, schwankenden Strahlen verändern, von ihrem eigenen Druck getrieben, ruckartig die Richtung; tsk–tsk–tsk–tsk–tsk.
Eine Entscheidung fällt. Die Antwort wird, mit dem Schatten des schnellwachsenden Eukalyptus vor ihnen, unerwartet kommen.
»Eichen.«

Eichen pflanzt man nicht für sich selbst, sondern für die, die nach einem kommen.
Aber das ist offensichtlich nicht unser Thema. Er reagiert mit einer Frage. »Gehst du denn nicht nach Plet?«
Arme, schwankend auf und nieder gehende Arme, fließende Wasser-Arme; einer schweift plötzlich über ihre Gesichter, und sie lächeln einander unter dieser Liebkosung an. Die Luzernen, von der Bewässerung im Wachstum beschleunigt, sind grün und dicht, als sei der Sommer schon da.
»Nein. Ich werde Bäume pflanzen. Laß die anderen fette Fische fangen und sich auf Weihnachtspartys besaufen.«
Was willst du jetzt von mir hören?
A-ha – du wärst vielleicht gern zu dem Häuschen an der See gefahren, dieses Jahr könntest du dich dort bestens amüsieren, das stimmt, du bist bald siebzehn, und da sind all die heranwachsenden Töchter der Freunde, gerade in deinem Alter. Aber das bedeutet, daß du im Januar zur Armee gehen wirst, dort wirst du dich wiederfinden, wenn die Party vorbei ist. Was willst du von mir hören? Wenn du glaubst, daß ich dieses Thema anschneide, hast du dich geirrt – aber er sagt nichts, er spricht, aber er sagt nichts, er wird es selbst nicht zur Sprache bringen.
Im Lager liegen schlafende Frauen auf dem Boden neben dem Aschenhaufen. Sie sind wie Leichen bis über den Kopf in neue buntkarierte und befranste Decken gehüllt. Es sind keine Kinder zu sehen, und dieses eine Mal scheinen sie sogar die Hunde eingesperrt zu haben. »Sieht mir sehr nach ›Morgen danach‹ aus. Aber sie sind vielleicht die ganze Nacht gelaufen, um hierher zu kommen.«
Er ist ein Stückchen vorausgetrottet; er dreht sich um. »Oh, der Picknickplatz ist verbrannt!«
»Es erholt sich alles schon wieder, du hättest das vor zwei Wochen sehen sollen.«
Es bleibt gerade genug Zeit, dort hinunter zu gehen. Die

Fahrt zum Flughafen dauert fast eine Stunde. Sein Schritt ist langsamer geworden. Hinunter zur dritten Weide, durch das Gatter. Er schließt es hinter ihnen, müht sich ab, die Drahtschlinge um den von Ameisen zerfressenen Pfosten zu winden, mit den gereizten Bewegungen einer Handlung, die man zu oft hinter sich gebracht hat, ohne sie in Frage zu stellen. Warum Namibia? Früher war Spanien mal die große Sache. Du bist nicht der erste. Es ist immer so gewesen. Ja, alles, was du denkst, ist zuvor schon Tausende von Malen gedacht worden. Sie haben in Griechenland gekämpft, der klumpfüßige Poet und die wohlmeinenden romantischen Sonderlinge und Wirrköpfe. Sie haben in Spanien für die gute Sache gekämpft und verloren, und das Ergebnis davon ist, daß heute, trotz der großen Verluste, die entstehen, weil Leute wie die Zigeunerin und ihr Professor ebensowenig daran denken würden, Spanien zu besuchen wie das Land, das sie das Griechenland der Obristen nennt (»Aber natürlich, solltest du je von deiner Farm heruntermüssen, dann kaufst du dir doch sicher eine Villa in Malaga. Ist das nicht das Neueste für reiche Südafrikaner?«). Ja, das Ergebnis ist, daß es heute allen Leuten besser geht als damals. Sie haben Arbeit, und sie haben zu essen. Sie haben Schuhe an den Füßen. Eine Uranlagerstätte dieser Größenordnung kann das Bruttosozialprodukt auf eine Ebene bringen, auf der Entwicklung – Lebensfähigkeit – Realität wird, nicht ein Traum, der von »Gerechtigkeit« abhängt, wo immer ihr die zu finden hofft. Er geht auf diesen nackten Füßen hinter ihm her, hat nichts zu sagen, aber er ist da. Sie wollen Schuhe an den Füßen haben. Und sie haben sie den Deutschen und Franzosen und Italienern und Südafrikanern zu verdanken, ganz gleich, was für einen Namen man der Gegend gibt.

Vereinzelte Vögel kreuzen mit schnellem Flug das Blickfeld. Sie bauen Nester. Sie sind von dem Drang erfüllt. Manchmal flattern sie einem beinahe ins Gesicht. Diese Füße sind sehr stark und geschmeidig. Er steht auf den geschwärzten Steinen, von denen im vergangenen Jahr auch er ein paar zur Kochstelle geschleppt hat – mit langen dünnen Zehen das Geröll umklammernd, als wäre es eine Plattform, um Überblick zu gewinnen. In schwarzen Sumpflöchern ist noch verbranntes Schilf. Das junge Schilf ist wie glänzende Seide, grün wie Zuckerrohr, von der gleichen Farbe wie die jungen Grashalme, die, mit Speichel befeuchtet, zwischen seinen Zähnen stecken.

»Es ist nichts da. Ich habe schon immer sehen wollen, was in der Mitte des Vlei ist.«

»Nichts als Vlei.« Das ist der Beweis: Für jemanden, der zu jener Zeit nicht hier war und dem man es nie gesagt hat, sieht es aus, als sei nie etwas gewesen. Dabei fällt mir ein: Die ganze Erde ist ein einziger Friedhof, man weiß nie, wann man über Schädel läuft – vor allem nicht auf diesem Kontinent, der Wiege der Menschheit mit prähistorischen Knochen und kleinen Stücken bearbeiteter Steine (der Pflug bringt tatsächlich manchmal eins an die Oberfläche), die einmal als Waffen oder Werkzeuge dienten. Es ist alles eins. Ihre Ahnen. Von denen weiß auch niemand, wer sie waren. Können sich nicht mitteilen mit dem Mund voller Schlamm. Es existiert nicht, wenn man nicht zufällig weiß, daß es da ist. Die jungen Schilfhalme sind mindestens schon fünfzehn Zentimeter hoch.

»Ich kann mich erinnern, als ich klein war, dachte ich, wenn ich nur dort eindringen könnte, dann würde ich mir ein geheimes Versteck auf diesem Stuckchen Land bauen. Ich versuchte, Felsblöcke in den Fluß zu rollen, auf denen ich hinübergelangen könnte, aber das Wasser war zu tief, sie verschwanden alle.«

»Wir hätten eine Steg bauen können. Alles was man braucht, sind ein paar feste Balken. Ein paar Zementblöcke...«

Die Füße kommen auf den Steinen ins Wackeln, er macht einen Sprung, gewinnt das Gleichgewicht zurück und landet

außerhalb der Kochstelle. »Und dieser Ring, den diese Freundin von dir verloren hat?«
Zwei Stunden vor dem Abflug genügen nicht. Es ist sinnlos, eine Diskussion anzufangen; warum ausgerechnet »Namibia«. Er wird damit fertig werden müssen wie jeder andere Junge seines Alters. An dieser Stelle wurde der Brief zerrissen, und die Papierfetzen wurden beinahe unter diese Steine gesteckt, die sich unter dem Gewicht, das sie gerade tragen mußten, leicht verschoben haben. Auf einem, der umgefallen ist, kann man verkrustete Erde sehen.
Was willst du von mir? Es erübrigt sich, heute ins Haus zu gehen; er nimmt sich lieber genug Zeit, um ihn zu einem anständigen Mittagessen im Flughafen einzuladen. »Ich hoffe, diese elende Ziege frißt sich nicht durch mein letztes Heu, bevor sie ins Gras beißt.«
Aber als sie an der Scheune vorbeikommen, hält sie nichts für ihn bereit; was immer da verborgen ist, liegt dort, wo seine Gedanken sind – woanders.
Sie stehen immer noch im Hof herum, und die Frauen an der Werkstattmauer haben sich nicht gerührt. Er muß Jacobus auf Wiedersehen sagen. Noch einmal muß man alles anhören, was schon vorgetragen worden ist. Der kleine weiße Baas, der barfuß in »Namibia« herumläuft, schwarze Söhne von Dienern, die jetzt Väter von Dienern sind – du kannst dem nicht entgehen, du kannst die Gefühle des alten Jacobus nicht verletzen. Es gehört alles dir. Es wird alles dir gehören. Es ist unnötig, ins Haus zu gehen, aber als der Mercedes in den Hof fährt – rechtzeitig für Mittagessen und Abflug –, da sagt er plötzlich, es sei ihm etwas eingefallen, das er mitnehmen müsse. Was ist in diesem Haus? Ein paar alte Kleidungsstükke. Die wirst du niemals ankriegen, die sind hundertmal zu klein. »Nein – etwas, was ich hiergelassen habe, glaube ich... Ich habe es einem Freund in der Schule versprochen...« Er weicht aus, er will nichts Genaues sagen, wahrscheinlich,

weil es die Warterei nicht wert ist, man könnte es sicher – was immer es sein mag – neu kaufen und all diese Umstände vermeiden.
Jacobus ist zur Stelle, als der Wagen wieder anhält. Er genießt es. Er ist an Verzögerungen gewöhnt. Sonst ist er es ja immer, der mit irgendeiner Bitte auftaucht, wenn man gerade abfährt. Jacobus führt ihn zu dem Versteck, in dem er die Schlüssel aufbewahrt. Er bückt sich, die blonden Strähnen überm Gesicht, so daß man seinen Gesichtsausdruck nicht sieht, und streichelt eine der Katzen an der Küchentür. Diese Katzen sind verwildert, sie verstehen nicht, daß eine Hand nicht unbedingt eine Bedrohung bedeutet. »Und wo kriegt dein Sohn seine Liebe her?« Außerordentlich besorgt um Liebe, Typen wie ihr, obwohl ihr so viele haßt und so vieles verachtet – Regierungen, Ausbeuter billiger Arbeitskräfte zur Gewinnung von Eisenerz, die Leute, deren Aufgabe es ist, die liebevollen Aktivitäten derjenigen zu ermitteln, die (zweifellos) mit vollem Recht Züge in die Luft jagen, Flugzeuge entführen und Briefbomben verschicken. Und dein Mann? Wie bekommt er seine Liebe, während du dich dort drinnen hinter den verriegelten Fenstern vergnügst, in dem leeren Haus, das sich so perfekt eignet, mit Kölnisch Wasser im Badezimmer und Whisky neben dem Bett.
Obwohl die Küchentür offensteht, ist das Haus leer, als ob drinnen niemand leise und auf nackten Sohlen über die polierten Böden ginge, Schränke durchsuchte und einen Stoß Kartons unter den ungemachten Betten hervorzöge. Das Innere des Wagens ist so persönlich wie ein Zimmer; es ist die Behausung zwischen Behausungen und gibt ihnen kaum in etwas nach. Es hat sogar seine eigenen Geräusche, wie ein Haus seine knarrenden Stellen hat: Ein Ticken oder leises Klopfen, wenn Metall sich abkühlt oder sich ausdehnt. Er drückt auf die Tasten für eine Rundfunkstation nach der anderen, die ganze Skala von Musik- und Stimmengeräuschen hinunter bis

zurück zur Stille. Der fleckige Rucksack, mit dem Friedenszeichen in roter Tinte geschmückt, ist das ganze Gepäck; er liegt auf dem Sitz, ein Riemen ist kaputt, die Außentasche ist eingerissen und kann noch das Buch, das nur halb darin steckt, halten. Der Himmel weiß, was er dort drinnen treibt. Fünf nach zwölf. Die Besucher bewegen sich, als seien sie von einer Diskussion zu Boden gedrückt, die nicht abgeschlossen, sondern als Bürde mitgeschleift wird, auf den Kraal zu. Er hat das Buch aus dem Rucksack genommen, um einen Blick darauf zu werfen – was liest er wohl. EROS SELBST, über eine Abbildung des Gottes gedruckt, mit Pfeil und Bogen, Flügeln, zwischen den Beinen alles da. Eine nette, sexuell getönte Liebesgeschichte, gerade, was in diesem Alter – ein kleines Etikett auf der Innenseite des Deckels mit Namen und Adresse einer Buchhandlung in Kapstadt. Geliehen. Von einem Jungen in der Schule zum anderen weitergereicht. Aber warum ist kein Mädchen auf dem Umschlag? EROS SELBST – EINE ANTHOLOGIE – ZUSAMMENGESTELLT UND HERAUSGEGEBEN VON DER BEWEGUNG FÜR HOMOSEXUELLE GLEICHBERECHTIGUNG.

Als habe er – und da war er im selben Alter – plötzlich eine jener Ausgaben von »Lady Chatterley« zu fassen bekommen, die in Ägypten illegal und in miserablem Druck an englischsprechende Soldaten verkauft wurden und ihren Weg von einer Wüste zur anderen fanden, schlägt er das Buch hier, da und überall auf. Die Hände bewegen sich geschickt und hastig. Die Hitze sammelt sich unter der Sonnenbrille auf seinem Gesicht – er reißt sie schnell herunter. Es ist keine Erzählung – Artikel, Essays mit ein paar Gedichten dazwischen, ein Auszug aus dem Protokoll des berühmten Gerichtsverfahrens (Oscar Wilde).

Homosexuelle Ehe: »Was spricht für eine Sanktion durch Kirche und Staat. Sexuelle Pathologie – oder Liebe? Die gesunde Norm. Das Gesetz des Dschungels. Ein Register hat nichts zu

bedeuten. Seine Augen wissen noch, wie man mit höchster Konzentration etwas überfliegt. Unwesentliches beiseite läßt… *Die alte Gleichstellung der Darwinschen Auslese mit der gesunden Norm ist ein Argument, das in seiner logischen Konsequenz die Zivilisation mit dem Dschungel gleichstellen muß… Residuales Unvermögen… in jedem Fall, die Veränderung in der rechtlichen Situation vorausgesetzt, ist die homosexuelle Bewegung für Gleichberechtigung, auch wenn sie beabsichtigt, die öffentliche Meinung zu beeinflussen, so anerkennenswert wie etwa die weithin anerkannte Frauenbewegung, die fordert… Wenn starke Emotionen mit einer Reihe pathologischer Aktivitäten vereinbar sind… homosexuelle Ehen »stoßen« diejenigen »ab«, die… als Grundlage des Familienlebens ebenso relevant wie die heterosexuelle Ehe…*
Was findet er daran? An einem Buch wie diesem? Wenn *das* alles ist, Lehrbuchgewäsch, juristischer Jargon, der es langweilig respektabel und normal klingen läßt – wenn es das ist, was er will. Ist dies das Thema?
Verborgen wie die Ziege. Man muß sich den Weg zu ihr suchen. Es ist nicht viel übrig, was einen welterfahrenen Mann schockieren könnte.
»Ach ja, du, der Unverletzliche. Du hast verschiedene Adressen und Identitäten. Das ist es, was du meinst, du weißt dich zu verbergen und zu schützen.«
»Ich handle mit Eisen, das ist alles.«
»Wenn es so einfach wäre!«
»Ja, und ist es nicht das, als was du mich im Kerzenlicht siehst? Ist das nicht deine Perversion, dich mit jemandem zu besudeln, den du einen Tycoon nennst?«
Was für ein Instinkt hat ihn dazu gebracht, das Buch anzusehen? Instinkt? Manchmal hält er seine Instinkte für bestialisch, aber das ist etwas anderes. Ein Mann, der Frauen liebt, mag in seinem Leben alle möglichen Neigungen entwickeln, er bleibt ein Mann, der Frauen liebt. Keine Frage, sein Herz

schlägt hörbar in den Ohren, heftig und langsam. Seit Jahren hat er keine Verbindung mit dieser anderen Frau, seiner Ex-Frau mehr gehabt, außer über Scheidungsanwälte, aber jetzt setzt er einen Brief nach dem anderen auf, dein Sohn ist ein schwuler Knabe, ein Arschficker. Sie wird es verstehen; sie wird sich erinnern und – perfekte Familienmutter, die sie heute ist – die Andeutung beleidigend finden, daß sie damals selbst nichts dagegen einzuwenden hatte, auf diese Weise Verkehr zu haben. Von irgendwoher muß es ja kommen.

Könnte dies das Thema sein?

Herausgegeben von der Bewegung für homosexuelle Gleichberechtigung.

Er gehört also irgendeinem Klub an. Soweit ist es immerhin schon. Oder hat der Student es ihm gegeben. Er hat es alles von irgendeinem Studenten. Das ist es, das ist wahrscheinlicher. Das könnte es sein. In Japan hätte man diese Dinge geschickter arrangiert. Irgendein weltgewandter Onkel hätte ihn, da er jetzt so um die siebzehn ist, in ein angemessenes Haus mit erfahrenen Mädchen mitgenommen. Oder waren das die Franzosen. Jemand hat es erläutert (spät in einer Hotelbar, nach einer Konferenz), die Romanen überlassen einen Halbwüchsigen in diesen Dingen nie sich selbst. Sehr vernünftig. Wenn man nicht Glück hat. Es wäre reiner Zufall zu finden, was man braucht, wenn man nur die Hand ausstreckt... Er ist urplötzlich in der dunklen, leeren Küchentür des Hauses erschienen. Da ist er. Das Haar hängt ihm in die Augen und gibt ihm einen grüblerischen Ausdruck; er sieht immer so aus, als sei er nachdenklich und verwirrt, selbst wenn er lächelt. Sein Blick wird von der senkrechten Linie zwischen den Brauen vertieft; er neigt sich anmutig seitwärts, um noch einmal eine Katze zu streicheln, die vor der Berührung davongleitet.

Die Hand, die das Buch hält, liegt auf dem Lenkrad. Es scheint, als sei der Vater erwischt worden, nicht der Sohn.

»Was bringt dich dazu, so was zu lesen?« Es scheint nutzlos, einen anderen Zeitpunkt abzuwarten. Und außerdem sind die Worte ihm ganz unfreiwillig entfahren, als sei das Buch ein Ball, der plötzlich im Wagen gelandet ist.
»Ich bin neugierig. Ich will mich informieren.« Er lächelt. Er hat sein Haar zurückgestrichen, als wolle er sein Gesicht zeigen, er hat einen Moment gezögert, ist stehengeblieben, während er seine Gründe angibt, bevor er die Tür öffnet. Er hievt den Rucksack auf den Boden, dann steigt er ein.
»Warum nicht auf den Rücksitz?«
»Keine Sorge, er stört mich nicht. Dieser Wagen ist vorn so geräumig. Du hättest uns sehen sollen, wie wir uns in den Landrover – der von Falkenbergs – gezwängt haben!«
Er hält die Hand hin, damit der Fahrer das Buch loswerden kann, und es wird ihm gereicht.
»Macht keinen besonders interessanten Eindruck.«
Seine Augen sind nicht zu sehen. Der blonde Kopf – der von hinten und von der Seite aussieht wie der einer Frau, obwohl weder sein Gesicht noch sein Körper unmännlich wirken, macht eine ungeduldige Bewegung, als befreie er sich von etwas. »Recht interessant.« Er lehnt sich unbeholfen über den Rucksack und sucht nach einem Platz, in dem das Buch sicherer untergebracht ist als in der zerrissenen Tasche. Nein – er sucht nach etwas, während der Wagen aus dem Hof fährt und er gegen das Armaturenbrett gedrückt wird. Er gräbt weiter, wobei er sogar ein Paar dreckige Socken aus- und wieder einpackt, die den sauren Geruch seines Wüstenschweißes verbreiten: Er fördert etwas zutage.
»Ich habe es in Windhuk gekauft. Ich dachte, für Mammi.« In der Fläche der langen Hand mit den drei Strängen des Schlangenrings um den dritten Finger (Kopf und Schwanz vereinen sich auf der anderen Seite), liegt ein Ei. Ein Halbedelstein in der Form eines Eis.

Wenn das Flugzeug in der Luft ist, wird er gleich in die Stadt fahren. Das heißt, sobald er den Mitfahrer mit dem Magen voller T-Bone-Steak und Champignons, Erdbeeren und Sahne, mit einer Zeitung und einem Zehn-Randschein (verboten, nur die Hälfte davon ist als Schul-Taschengeld zugelassen) für die Reise versehen in der Abflughalle abgeliefert hat. Er wartet nie auf den Abflug. Heutzutage sind die Beobachtungsterrassen mit Familien gefüllt, die nur zu ihrem Sonntagsvergnügen Flugzeuge ansehen, die niemanden bringen oder forttragen, den sie kennen. Er durchquert wieder einmal das von Gemurmel erfüllte, hallende Gewölbe mit den Kommunikanten, die Talismane und heilige Reliquien an sich pressen, Blumensträuße oder Knopflochorchideen bei der Abreise, zollfreie Flaschen bei der Ankunft. Dazu die liturgischen Ansagen, die vom musikalischen Klang eines Gongs pointiert werden, fast so wie in einem ähnlichen Gewölbe einer der großen Kathedralen der alten Welt, zu der man als Privilegierter bei Zwischenlandungen Zutritt hat, die Phasen des Gottesdienstes vom Geläut einer Glocke markiert sind. Vorbei an der Gepäckausgabe, wo diesmal eine aus Mekka zurückgekehrte Gruppe von Indern wartet, gruppiert wie eine Theatertruppe in flitterbesetzten Gewändern, von schluchzenden Verwandten umarmt. Das gewohnte Gesicht, das nach ihm Ausschau hält, das Konversationsritual, das die endgültige Summe aller Reisen ist. »Gute Reise gehabt, Sir? Alles in Ordnung?« – »Meine Knie brauchen Erholung, ich mußte Touristenklasse buchen, höllisch eng…« Er bringt den Ort schnell hinter sich und läßt den Motor unnötig aufheulen, während er aus seiner Lücke in der Wagenreihe zurücksetzt.

Auf der Schnellstraße kann er in einer halben Stunde in der Stadt sein. Aber da, wo die über ihm hängenden Ausfahrtschilder eine Alternative anbieten, gleitet er einfach, ohne die Geschwindigkeit zu drosseln, und ohne Zögern, als sei es von jeher seine Absicht gewesen, auf die rechte Fahrbahn. Die Straße taucht unter der Autobahn durch, die er gerade verlassen hat, weicht der Straße zur Stadt, die für einen Augenblick über ihn hinwegführt, buchstäblich aus. Er ist auf dem Weg zurück zur Farm und nirgendwohin sonst. Der Wagen ist auf dem Weg zur Farm. Jetzt ist es geschehen. Diese großen neuen Schnellstraßen sind auf eine Umkehr nicht eingerichtet. Hat man einen Kurs eingeschlagen, bleibt man dabei; so ist es. Und er fährt, wie es so schön heißt, völlig unbehindert, wie es nur auf einer Schnellstraße möglich ist; ein mechanischer Hase, der auf der ihm vorgeschriebenen Hunderennbahn entlangjagt.

Er wird auf einer der üblichen Sonntagsgesellschaften erwartet. Die Gäste werden in etwa einer Stunde eintreffen, aber er denkt an die Einladung oder vielmehr an die Verpflichtung zurück, als habe er sie bereits versäumt. Nicht viel versäumt: Die Getränke draußen am Schwimmbecken, in der Hoffnung, daß es abends nicht mehr zu kühl für ein Bad sein wird, der Gastgeber (Consolidated Steel Mills und achtundzwanzig Prozent des wiedereröffneten Platinwerks in Rustenberg) in seinem »Smile«-T-Shirt – und wer würde bei dem Anblick *nicht* lächeln. Weibliche Gäste lachen und fallen ihm um den Hals, seine witzige Frau erklärt trocken, daß er es aus der Schublade seines Sohnes gestohlen hat, während die heiser geschrienen Ermahnungen der Rockplatten im Hintergrund die Vorwürfe einer anderen Generation verkünden, als habe man irgendeinem besessenen Propheten erlaubt, in der Tiefe des herrlichen Gartens zu predigen. Er gerät auf der Schnellstraße vorübergehend in den Sonntagsverkehr, ist aber bald an der Siedlung vorbei, vorbei an den Autobussen und den überladenen, hin- und herschwankenden Taxen, und findet sich sicher auf dem Staub seiner eigenen Straße wieder, der Straße zur Farm. Der Staub steigt auf, er verliert sich darin wie in einer über die Ohren gezogenen Bettdecke. Er ist auf die Farm zurückgefahren, und zum Teufel mit allem. Es ist noch früh genug, er könnte zum erstenmal an diesem Sonntag hier sein. Die Sonne steht noch hoch – sie steht nicht mehr im Zenit, hängt aber noch da und scheint wie ein zerbrochener Spiegel; es sind die letzten Augenblicke des vollen Nachmittags. Zu manchen seiner Picknickpartys ist er auch nicht früher hergekommen. Es ist, als sei er heute noch gar nicht dagewesen. Das Warten vor dem indischen Laden, vor dem Haus – der blonde Kopf, die Zehennägel, von denen der Staub fällt, die aussehen wie Augen in einem verschmutzten Gesicht, als habe es das alles nie gegeben. Ein Tag in den letzten Frühjahrsferien – im Mai, hat er gesagt.

Er hat die Farm für sich allein. Sie ignorieren ihn, nicht einmal Jacobus ist heute nachmittag zu sehen. Drüben im Lager ist eine Art Schwärmen in der Luft, eine Verdichtung von Geräusch und Aktivität. Es ist in vollem Gang. Hier und da der Geruch von verbranntem Fleisch, von verbrannten Eingeweiden – nicht die Ziege? Jetzt schon? Er geht in die Scheune; kein Zeichen, daß jemals eine Ziege hier gewesen ist. Alte Ziege, alter Bock Jacobus. Alter Halunke. Eine Geschichte über einen Medizinmann; eine andere über einen kranken Mann. Wie dem auch sei, sie sind alle im Lager und lassen ihn in Frieden, er kann kaum glauben, was ihm paßt.

Kleine, dunkle Vögel, wie schnappende Finger in der Luft. Das Farmland ist gestreift – die Luzernen grün, das alte, trokkene Gras, da wo das Feuer es verschont hat, hellgelb, das frische Schilf grün – selbst die Schwärze der verbrannten Stellen fügt sich in die anmutige Komposition ein. Er sollte jemanden herausbringen, um es zu malen. »Und was ist das? Einer deiner Landsitze?« Sie wandert mit abschätzenden Blicken durch die Wohnung; selbst wenn man Koketterie verabscheut, empfiehlt sich doch ein kleiner Aufschub, bevor man sich auszieht.

»Ein Ferienhaus an der Plettenberg Bay, das wir jahrelang hatten. Sieht jetzt gar nicht mehr so aus. Der ganze Berghang ist zugebaut.«

»Alle deine Freunde sind dir gefolgt.« Urteil oder sympathisierende Bemerkung? Das ist deine Form der Koketterie. Aber die wird auch bald schal wie jeder neuartige Reiz, sie würde bald nicht mehr wirken. Mein Mädchen, die Reaktionen von dir und deinesgleichen – man kann ohne Schwierigkeiten ein Diagramm daraus erstellen.

Ich weiß, was du gerade denkst.

Ja, ich weiß – was man liebt, muß man zerstören, dieser alte Spruch. Aber meinst du, daß jemand wie ich es tut, oder daß wir beide es tun – ist es Spott oder Anerkennung? Bist du wie ich, oder machst du dich über mich lustig?

In einigen Dingen bist du wie ich, oder du hättest sonst nicht mit amüsiertem Interesse vor einem Bild gestanden (*natürlich*, außer der Farm auch noch ein Haus an der See), während ich mich an dich preßte und dein Haar mit der Zunge von deinem Hals schob.

Die Wasserstrahler ergießen sich endlos über die Luzernen, dicht liegen die Tropfen, liegt die Fruchtbarkeit des Sommers über dem Feld. Sie haben vergessen, die Bewässerung abzustellen, aber er wird nicht nach Jacobus ausschauen, er wird das Wasser für eine Weile weiter fließen lassen, bevor er es selbst abstellt. Selbst ihre Nachlässigkeit kann er sich leisten. Sie sind nicht hier, keiner von ihnen, er ist sie alle los. Sollen sie sich ihre Ziegen erschnüffeln, wo immer sie sie zu finden glauben. Der Fluß dort unten fließt ohne Unterbrechung. Gott sei Dank, er hat es alles für sich allein. Ein großer Scheibenpflug ist hier benutzt worden, er steht auf dem Feld zwischen den gewölbten Rücken schlafender Geschöpfe aus Erde. Er kehrt zum Haus zurück, ohne daß jemand hinter ihm hertrottet (sogar ein Hund ist lästig, man muß ihn ständig von den Vögeln fernhalten), und sitzt, dieses eine Mal wie ein richtiger Farmer, auf der Veranda. Er hat sich allerdings nicht die Mühe gemacht, aufzuschließen, sondern ist einfach ums Haus herum- und die Vordertreppe hinaufgegangen. Er beobachtet nicht den Sonnenuntergang, die Veranda liegt nach Osten. Das Haus wird schnell dunkel wie alle verschlossenen, unbewohnten Häuser, wenn die Sonne verschwunden ist. Das Trommeln ist seit einer Weile zu hören; es hat so unbestimmt und sporadisch begonnen, daß er sich über den eigentlichen Anfang nicht im klaren ist – zunächst ein paar vereinzelte und dumpfe Schläge, manchmal hört es sich an, als klopfe jemand einen Teppich – und dann entwickelt sich der Rhythmus. Sie benutzen gewöhnliche Castrol-Fässer, sie haben nicht die donnernde Resonanz der echten Trommeln. Sie wissen nicht mehr, wie man die echten Trommeln macht.

Sich lösen, sich entspannen, allem entkommen, so beschreiben es die Geschäftsfreunde, die ebenfalls eine Farm besitzen. Aufgetaucht aus dem Schutz des Schilfs und der dunkel werdenden Felder, den trotzigen Herzschlag des Flüchtenden im regelmäßigen, dumpfen Klang der Trommeln verlierend, könnte die dunkle Gestalt auf der Veranda ein Tier sein, das sich auf der Schwelle einer verlassenen Behausung verkrochen hat.

Das rote Auge der Zigarre öffnet und schließt sich. An diesem Abend wird ihn niemand hier finden. In ihren Augen ist er da, wo die Rolle, die sie ihm gegeben haben, ihn hinversetzt. Oben im Lager werden sie so bierselig sein, daß sie nicht einmal den Wagen gehört haben. Und sie wissen, daß er am Sonntagabend in die Stadt zurückfährt. Die Gesellschaft um den Swimmingpool mit Unterwasser-Beleuchtung kennt ihn als einen Mann mit regem Privatleben – er ist auf einer anderen Party, oder vielleicht hat er irgendwo eine Frau, er ist diskret, er trägt derlei nicht vor sich her. In der Schule (falls das Flugzeug rechtzeitig eingetroffen ist und falls man ihn

sich dort überhaupt irgendwo vorstellt) wird er auf jener Party vermutet, die er beim Mittagessen im Flughafen erwähnt hat, um eine Gesprächspause zu füllen.
Zeit, die Sorgen hinter sich zu lassen, wie man so sagt. Es herrscht Einigkeit darüber, daß ein Ort wie dieser dazu da ist. Was wird sie mit dem Ei anfangen? Es wird in einer Schale auf einem Tisch in New York liegen, zwischen diesen altmodischen Porzellaneiern – die man früher in die Nester tat, damit die Hennen ihre Eier dort und nicht irgendwohin legten –, nach denen sie immer in den Antiquitätenläden stöberte.
»Und das, was ist das hier?«
»Das ist ein alter silberner Butterstempel. Meine Frau muß ihn beim Packen vergessen haben. Ich weiß nicht, warum ich ihn behalten habe. Sie sammelte. Allen möglichen Trödel.«
»Versteht sich. Das wird von den Frauen reich gewordener Männer erwartet. Du glaubst doch nicht etwa, ich hätte mir vorgestellt, sie hätte selbst gebuttert?«
»Und du sammelst Töpfe.« Jetzt ist er mit einer doppelsinnigen Kombination von Feststellung und Anklage an der Reihe.
»Gar nicht schlecht für einen Eisenhändler!« Sie ist immer bereit, mit einem Lachen einzugestehen, daß sie recht hatte, etwas Besonderes in ihm zu vermuten, etwas, das seine Anziehungskraft erklärt.
»Aber natürlich. Du siehst in mir den Ausdruck des schuldbewußten Verlangens nach den Artefakten der Kultur, die wir zerstört haben. So wie die jungen Amerikaner, die Indianerjacken mit Fransen und Stirnbänder tragen.«
Aber die, mit denen du durchs Barfußgehen Gemeinsamkeit zu schaffen glaubst, wollen Schuhe. Ich wette, sie tragen die Gummistiefel, die ich ihnen gegeben habe, während sie ihrer armen Ziege die Kehle durchschneiden. Man kann niemandem die Schuld geben – nicht wirklich, wie groß der Ärger in der Hitze des Augenblicks auch gewesen sein mag – weder

Emmy und Kurt, die es zugelassen haben, daß er sich mit Hippie-Studenten anfreundet, noch der Mutter, in deren Nest er heimzukehren droht (vielleicht?). Nein, nein, er steht auf eigenen Füßen. Er wird voranstolpern, auf seinen mageren Füßen vorwärts tappen, bis er genug hat. Neugierig. Neugierig auf Wissen. Du wirst alles wissen, was ich weiß, du kleiner Trottel. Du kannst alles haben, was ich gehabt habe. Mehr gibt es nicht. Ich habe mir alles selbst verschafft, als ich selbst nicht älter als sechzehn war, dort in demselben Swakopmund während des Krieges. Ich habe mir eine Frau von fünfunddreißig angelacht, und sie war Emmys Liebling, ob du es glaubst oder nicht. Emmychen war mit der Mutter befreundet, und sie wohnte bei ihrer Mutter, weil ihr Mann in Ägypten kämpfte. Sie war schön in der Art, wie die Frauen sich damals schön machten, das Haar in einer Lockenkrause auf den Schultern, mit einem sehr rotgemalten großen Mund. Sie nahm keine Notiz von mir, aber dann, manchmal, wenn sie mit uns aß, wandte sie sich bei Tisch mir zu: »Wovon träumst du denn? Was geht wohl in dem Jungen vor, Tante Emmy? Erzählt er dir das?« Ich fing an, ihr dreiste Antworten zu geben, obwohl sie doch eine verheiratete Frau war. Ich lernte, wie man mit Frauen spricht, ich merkte, daß sie es mochte, obwohl ich noch ein Junge war. Wir brachten Emmy und Kurt zum Lachen – sie hielten mich für so gescheit. Sie pflegte ihre Besuche auszudehnen, bis es dunkel wurde, und dann konnte Kurt sie wegen der damaligen Benzinrationierung nicht nach Hause fahren. Ich mußte sie sicherheitshalber begleiten – es waren viele Schwarze in der Gegend – deine Ovambos. Ich nahm immer mein Fahrrad für den Rückweg mit und schob es beim Gehen zwischen uns. Sie fragte mich über die Schule aus und wollte wissen, ob ich nicht von zu Hause weglaufen und zur Armee gehen wolle. Sie sagte, sie wolle sehen, ob sie noch radeln könne, und stieg kichernd und wackelnd aufs Rad. Ich mußte die Lenkstange halten, und sie verlor dauernd das Gleichgewicht und fiel mir schwer in die Arme. Ich begriff plötzlich – man kann nicht erklären, wie man es erkennt –, daß sie etwas empfand, wenn sie gegen meine Brust taumelte. Sie war nicht länger eine verheiratete Dame, eine erwachsene Freundin von Emmy, die mich bei Tisch aufzog – sie war, was ich wollte. Sie war, was ich haben wollte, wenn ich nachts im Bett lag. Ich hielt sie auf dem Fahrrad eng umschlungen – guter Gott, *ich* war es, der beinahe erstickte.

Ich erinnere mich, weil es das erstemal war, und es passierte oft, man weiß nie, wann es geschehen wird. Je mehr sie lachte und protestierte, um so mehr schien sie mir entgegenzuschwellen, sie war die Schwellung par excellence, zum erstenmal verkörpert. Man braucht nicht neugierig zu sein; es geschieht von selbst und kann nicht verhindert werden. Sie hatte ihren Spaß bei dieser Sache mit dem Fahrrad, aber ich glaube, sie fand es zu gewagt, mit einem Sechzehnjährigen ins Bett zu gehen. Ich hatte eine harte Zeit mit ihr, das kann ich dir sagen. Sie ließ mich eines Nachts zu ihrem Haus kommen, als ihre Mutter ausgegangen war. Aber sie war nicht bereit, ihre langen Hosen auszuziehen. Ich erinnere mich genau, daß sie die Bluse auszog. Dann sagte sie, das Haus sei nicht sicher genug und sie werde den Schlüssel zu einem leeren Strandhause besorgen. Es war eines dieser alten Holzhäuser aus der deutschen Zeit, mit einem verschnörkelten Türmchen und einem Namen – Haus Wüstenruh, glaube ich, oder so etwas. Du hast sie gesehen, es müssen ein paar übrig sein. Vielleicht steht es noch dort. See- und Wüstensand hatten sich davor aufgehäuft. Der Schlüssel wollte sich nicht im Schloß drehen, und wir konnten nicht hinein. Wir blickten im Dunkeln durch die Fenster, aber es war nicht hineinzukommen. Sie erlaubte nicht, daß ich ein Fenster aufbrach. Herr des Himmels! Sie war nicht bereit, sich in den Sand zu legen, ich nehme an, das war unter ihrer Würde mit ihren fünfunddreißig.

Wir kamen in einer anderen Nacht mit einer Dose von Kurts Öl zurück und öffneten das Schloß und kletterten unter das deutsche Federbett auf einem der Betten. Obwohl ich nicht älter als sechzehn war, hatte ich plötzlich das Selbstvertrauen eines Dreißigjährigen. Aber das dumme Weib hörte nicht auf zu sagen, ich sei zu jung, und sie dürfe es nicht tun, wirklich nicht, und es war erst, nachdem wir vier- oder fünfmal dort gewesen waren, daß sie mich einließ, daß ich sie endlich dazu bekam, mich einzulassen, nachdem ich durch die dunklen, geschlossenen Fenster gestarrt und mir vorgestellt hatte, wie es drinnen mit ihr sein würde in diesem Haus.
Der Wind ist mit der Sonne verschwunden. Man kann sogar Grillen hören. Die ersten in diesem Jahr.
Hin und wieder in Stille abebbend.
G-DUM. Lange Pause. G-DUM. Zögern. G-DUM. G-DUM-DUM-DUM. G-DUM-DUM-DUM. GI-GI-DUM. GI-GI-DUM. GI-GI-DUM. GI-GI-DUM. GI-GI-DUM.
Die Fülle der Nacht erweitert sich überall um ihn herum, die Fülle, mit der die Nacht von seinem Land Besitz ergreift. Ihre alten Castrol-Fässer atmen es regelmäßig ein und aus, G-DUM. G-DUM, die Grillen singen es. Es gibt nichts, was ich nicht gehabt habe. Wunschlos zu sein. Hier zu sitzen und wunschlos zu sein. Du starrst auf deine dreckigen Zehen und weißt nur, was du nicht willst. Armes Schwein, laß nur ein paar Jahre verstreichen. Vielleicht wird es nicht gerade Eisen sein. Du wirst – irgend etwas tun. Wenn ich dein Geld hätte. Eine Nacht, die man sich gekauft und gesichert hat. Der Preis eines Flugtickets hat ihn in ein Flugzeug gesetzt, und das Honorar für einen guten Rechtsanwalt hat dich sichere zehntausend Kilometer von diesem Haus entfernt. Er könnte telefonieren, warum nicht, nach all dieser Zeit, auf diese lange Entfernung, wenn er nur wüßte, wo sie ist. Er hat diesen Impuls schon einmal gehabt, in Montreal. Keine Gefahr, daß man das Gespräch anzapfen könnte, kein Grund zur Besorgnis. *»Schwie-*

rigkeiten« hast du gesagt und es genossen. Das Fernamt fand die Nomadin im Londoner Telefonbuch, aber es nahm eine andere ab und sagte, du seist nicht da, aber ob sie statt dessen den Professor holen solle? Der Hotelportier schrieb einen Zettel über Zeit und Kosten des Gesprächs für die Spesenrechnung – diese Art von Impuls kostet nichts, da hast du recht, das ist im Preis eingeschlossen wie die Sauna. Was kannst du mehr verlangen? Einhundertsechzig Hektar bestellbaren Landes. Ständig fließendes Flußwasser, ein durch und durch solides Wohnhaus, das nur ein bißchen Renovierung braucht...

Du standest mit deinen fahlen, sonnengebräunten Händen mit den silbernen Ringen auf den Schenkeln in engen Hosen, du warst an dem Haus nicht besonders interessiert. Nicht einmal die Komik der Maklersprache fiel dir auf. »Wie lange wird es wohl dauern? Wie lange, bevor sie noch mehr Land brauchen, um die Schwarzen anzusiedeln, die für deine Tochtergesellschaften arbeiten?«

»Ich habe in dieser Gegend keinerlei Interessen, falls du es genau wissen willst.«

»Ah, du denkst an alles. Aber was spielt das für eine Rolle – dann sind es eben die Unternehmen anderer Leute. Die Siedlung wird ausgedehnt werden, du wirst dein Land aufgeben müssen...«

»Ich habe das in Betracht gezogen, ja. Zu einem sehr guten Preis. Ich werde mich woanders einkaufen, weiter draußen.«

»Du wirst deinen Frieden um des Wachstums und der Expansion willen aufgeben müssen, nicht wahr? Aber ist es nicht gerade das, woran du glaubst? Entwicklung? Ist es nicht gerade das, worum es dir geht?« Als wir um das Haus herumgingen, hast du ihm auch nicht einen weiblichen Blick gegönnt. Frauen wie du legen sich überall zu Bett, haben aber keinen Emmychen-Nestbauinstinkt, nur Theorien über die Zerstörung des Familienlebens durch das System der Umsiedlung von Arbeitskräften für den Bergbau und so weiter, o mein Gott. Du redest weiter: »Du wirst dich nochmal um deine Existenz bringen, Mehring.«

Ja, darum geht es, das hoffnungsvolle Argumentieren der Machtlosigkeit von Frauen deiner Art, die nicht in der Lage sind, ihr Jahrtausend zu installieren. Es gibt nur einen einzigen Weg, dich zum Schweigen zu bringen: dich mit dem Paradies zu überfallen, in dem alles einfach ist und in dem es wirklich keine Unterschiede der Rassen, der Religion oder von was sonst gibt – sie redet immer noch, irgendwo, aber für mich ist ihr Mund zum Schweigen gebracht. »Du wirst einmal ein Geschäft zuviel machen, Mehring.«

Oh, um Himmels willen, laß mich in Ruhe. Berühr mich.

Die unerwartete Wärme des Frühlingsabends und eine Vorahnung des Sommers (kann es sein, daß die Bewässerung eine örtlich begrenzte Feuchtigkeit nur in diesem Tal schafft?) steigen in seine Hemdsärmel und vom Kragen des halb zugeknöpften Hemds hinunter bis zum Nabel. Er hat so still dagesessen, daß ihn die phantasievolle Vorstellung überkommt, daß die Farm, solange er sich nicht rührt, das bleibt, was sie in seiner Abwesenheit ist. Er ist eins mit ihr, wie ein Ahne es mit seiner eigenen Erde war. Er ist hier und doch nicht hier. »Wie hoch ist der letzte und äußerste Preis für Roheisen?«

Die Amatongo, die, die in der Unterwelt sind. Manche Eingeborenen sagen, sogenannte Unterwelt, weil sie unter der Erde begraben worden sind. Aber wir können nicht umhin zu glauben, darin ein Anzeichen eines alten Glaubens in einem Hades oder Tartarus zu sehen, der verlorengegangen ist und nicht mehr verstanden wird.

Es war nicht genug Fleisch an einer Ziege; die meisten bekamen nur Bier.

Solomon hatte von einem jungen Stier mit einem weißen Gesicht und einem Kupferring in der rosa Nase geträumt. Er wurde zwar nicht von Träumen geplagt, aber es war zur Sprache gekommen. Phineas, mit dem er in diesem Frühjahr pflügte, wurde von Träumen heimgesucht, – den Träumen seiner Frau; ihr erschien im Schlaf und im Wachen die Gestalt eines wilden Tiers. Sie beschrieb zwei Lichter, die Augen des Tiers, die bald im Aschenhaufen und im Hühnerhof, bald im Eukalyptusbaum auftauchten; aber niemand sonst konnte etwas sehen. Sie sagte, daß die Augen sie begleiteten, wenn sie allein herumging.
Sie war eine Frau, über die die Leute sich im stillen lustig machten. Sie trank eine Menge und wenn sie von der Shanty Town hinter De Beers Farm übers Buschland nach Hause ging, sang sie vor sich hin oder vollführte sogar ein paar Tanzschritte. Nachdem der Farmer den Besitz gekauft hatte, pflegte sie zu seinem Wagen zu kommen und ihn um Arbeit im Haus zu bitten, wobei sie mit einem Finger auf ihren offenen Mund zeigte und in dem für Weiße verständlichen Pidgin-Englisch *Ikona puza* sagte. Damals hatte Alina natürlich schon seit langem den Posten. Aber die Frau kannte sich mit Pflanzen aus. Sie tat im Lager zwar nicht immer ihre Arbeit, aber sie machte sich nützlich, indem sie wilden Spinat und anderes gutes Blattgemüse sammelte, auch Wurzeln als Abführmittel. Sie hatte keine lebenden Kinder, obwohl sie für die letzte Geburt – die Frauen waren sich in der Meinung einig, es müsse die letzte gewesen sein, denn sie sei wohl

allmählich aus dem gebärfähigen Alter heraus – ins Krankenhaus in der Siedlung gegangen war. Seit die Träume begonnen hatten, trank sie nicht mehr. Sie trug ein Tuch tief in die Stirn gebunden, als sei sie in Trauer. Sie gab niemandem die Hand, nur sehr alten Leuten. Manchmal hielt sie die Schultern wie jemand, der sich den Rücken mit heißem Wasser verbrannt hat und wand sich bei jeder Berührung. An den Fußgelenken trug sie Schnüre mit großlöcherigen weißen Perlen aus dem indischen Laden. Sie aß nichts, was ihr die Träume zu essen verboten.

Sie träumte, sie werde sich in eine Schlange verwandeln. Alle bekamen es zu hören. Dann sagte sie, jetzt fürchte sie, in eine Eidechse verwandelt zu werden und benutzte den Namen *isalukazana*, die Eidechse, die eine kleine alte Frau ist.

»Sie wird tatsächlich zu einer alten Frau.«

Solomon wußte nicht, was er Phineas antworten sollte. Seit er die Frau kannte, hatte sie keine Vorderzähne mehr, und jetzt, da sie so abgemagert war, fielen die Wangen ein, und die Haut um ihre Augen war körnig und dunkel geworden. Er hatte gehört, daß sie keine Zulu sei, sondern aus Pondoland komme.

Er sagte zu Jacobus: »Ich kenne diese Leute nicht.«

Er wurde mit anderen zusammen in den Raum und gegen die Wand gedrängt, als sie ihr Verlangen äußerte, zu tanzen und ihnen ihre Träume anzuvertrauen. Da gab es kein Entkommen. Ihr Tuch hing ihr in die Augen. So stand sie auf dem winzigen freien Raum, der übrig war, und gab den Takt an, der geklatscht, und die Worte, die gesungen werden sollten. Einer mußte auf eine zusammengefaltete Rinderhaut trommeln. Es war schwierig, in einer solchen Menschenmenge die Ellbogen zu bewegen und zu klatschen. Draußen plärrte Izaks Radio. Als das Singen und das Klatschen im Gegenrhythmus taktfest geworden war, begann sie, die Gelenke mit den weißen Perlenschnüren zu heben, dann die Füße, einen nach dem anderen, die sie leicht wieder aufsetzte. Sie begann mit den Fersen zu stampfen und die Muskeln ihres Körpers zucken zu lassen wie ein junges Mädchen, bis hinauf zu den Wangen, deren lose Haut flatterte. Das Klatschen wurde schneller, der Gesang dröhnte tiefer und tiefer aus den Brustkästen der Männer und höher und höher aus den Nasenwurzeln der Frauen. Staub und Haar flogen von der Rinderhaut. Der Lärm des Radios wurde vom größeren Volumen der Stimmen übertönt. Dann brach sie ab. Hände verhielten mitten in der Luft, vereinzeltes Klatschen wurde beendet. Hechelnd wie ein dürrer Hund, der im Sumpfland eine Ratte jagt, war sie hinter ihren Träumen her, rumorend, verfolgend, sprach von Leoparden und Chamäleons – Tieren, die die Kinder, die in der Tür standen, nie gesehen hatten –, von Schlangen, in die sie sich verwandeln würde, Umthlwazi, Ubulube, Inwakwa, Umzingandhlu; von imamba und inyandezulu, Schlangen, die Menschen sind und zu neuem Leben erwachen, wenn man sie tötet; sie sprach von den Geistern, amatongo; beschrieb, wie sie die häßliche, schuppige Eidechse gesehen hatte, die der itongo einer alten Frau ist, und wie ihr Schlaf von Elefanten, Hyänen, Löwen und tiefen Flüssen bevölkert war, die sie alle töten wollten, beschrieb, wie sie ihr folgten. Sie sagte, daß es im ganzen Land keinen Ort gebe, den sie nicht kenne, denn sie kam in ihren Träumen überall hin, weit über Johannesburg und Durban hinaus. Sie begann zu beten wie in einer Kirche und brach ab, weil das Verlangen zu beten, wie sie sagte, alle möglichen, plötzlichen Todesarten in sich trug. Hin und wieder verwandelten sich ihre Worte in Lieder, die sie zu kennen behauptete, ohne sie je gelernt zu haben; die Lieder wurden wieder zu Worten, die Träume erzählten. Sie war so erschöpft, daß man ihre Stimme zeitweise nicht hören konnte; Izaks Radio fiel mit einer Werbemelodie für Waschpulver ein, die die Kinder alle auswendig kannten. Aber der Schweiß, der während des Tanzens den

Raum mit ihrem Geruch erfüllt hatte (als hätte er ihren Körper als Rauch verlassen), fuhr fort, zu fließen und zu tropfen, während sie sprach. Er lief und sickerte unentwegt, als weinte ihr ganzer Körper, als wäre jede Pore ein Einstich, aus dem das Leben flösse. Es gab keinen bestimmten Zeitpunkt, zu dem diese Versammlung sich auflöste. Von dem bindenden Rhythmus des Klatschens befreit, begannen die Anwesenden unruhig zu werden, sich zu bewegen und zu sprechen. Die Leute gingen einfach hinaus und wandten sich anderen Dingen zu. Später sah Solomon sie, wie sie sich im Hof die Hände wusch, als hätte sie gerade ein Huhn gerupft oder eine andere alltägliche Arbeit erledigt.

Er sprach mit dieser Frau nicht über ihre Träume. Das war das Problem ihres Mannes, nicht seins. Aber er hörte, sie habe gesagt, wenn sie von Vieh geträumt hätte statt von wilden Tieren, dann wüßte sie, was zu tun sei. Sie würde ein Stück Vieh töten, dann wäre sie wieder gesund.

Es war zu warm für den Wollschal, aber er trug eine Strickmütze. Er schob sie von den geschürzten Lippen zurück, die sich wie der erhabene Abdruck eines fremdartigen Kusses von seiner Stirn abhoben. Er hatte bisher keine Sonne herangelassen. Die Wunde schmerzte nicht, war aber empfindlich gegen die Berührung von Händen. Er lächelte, als er an Phineas' Frau, das arme Geschöpf, dachte: »Ich bin nicht krank.«

Die Frau, die mit ihm lebte, sagte: »Aber du warst so gut wie tot. Du warst tot, dort im Buschland.«

Jacobus sprach immerzu. Er wartete und wartete auf den richtigen Moment, ihn zu fragen. Das einzig Richtige war, einfach zu fragen, selbst wenn die Frage nichts mit dem zu tun hatte, was Jacobus einem gerade mitteilte. »War ich tot, als du mich gefunden hattest?« Sie wuschen den alten Bullen, der gerade vom Decken zurück war.

»Na, wie hättest du denn tot sein sollen, du bist ja hier.«

Jacobus grinst, oder er zieht eine Grimasse, während er schwungvoll den Schaum von der Flanke des Bullen scheuert. Der alte Wüstling hatte sich besudelt, er stand müde auf seinen gedrungenen Beinen mit einem hängenden Bärtchen am Ende seines eingezogenen Penis, während Solomon, von Jacobus angeleitet, ihn mit dem Schlauch abspritzte.

»Aber hast du geglaubt, ich sei tot?«

Jacobus gab ihm einen dramatischen Blick. Er war bereit, seine Geschichte noch einmal zu erzählen. Spritzer vom Schlauch besprenkelten seinen wolligen Bart wie mit Silber.

»Hättest du gesagt, der ist tot?«

»Aber sicher warst du wie ein Toter! Sprachst nicht, bewegtest dich nicht, schnarchtest nicht wie jemand, der besoffen ist...«

Ein Gefühl entsetzlicher Kälte und Dunkelheit – das muß es gewesen sein, als er dort nackt liegengelassen wurde – und die kalten, kalten Ränder, der eisig-geränderte Schmerz, über den eine andere, warme Dunkelheit floß – seine Wunde und das Blut, das sie überflutete. Und dann starb er, allein in der dritten Weide mit dem einen, der dort schon tot lag. Als wäre er gestorben – denn er wußte von nichts, erinnerte sich an nichts, er merkte nicht, daß er gefunden wurde, daß sie ihn trugen, er merkte nicht, daß Jacobus und die anderen über ihm schluchzten, ihn dazu zu bringen versuchten, die Augen zu öffnen, den anderen zu verlassen und zu ihnen zurückzukehren.

Die dunklen, eisigen, gezackten Ränder – es gab sie, wie es den anderen gab, außerhalb seiner selbst und in dem Augenblick vor seinem Tod. Er wußte, wo. Im Himmel, wenn ein schwerer Sturm heranzog und eine geballte Dunkelheit über ihren Köpfen von den Hügeln hing, am Rand dieser Dunkelheit, hoch, hoch oben, dort, wo der gefrorene Regen, der Hagel sich aus der Sommerhitze löste, war die schwarze Schwelle des Sturms zerrissen und gezackt. Dort, so schien es ihm, war er gewesen, davon hatte er Kenntnis gehabt, als er nicht im Buschland war, um Jacobus zu antworten, als er nicht wußte, daß er im Lastwagen transportiert wurde und in einem Krankenhausbett lag.

*

Phineas' Frau ging allen auf die Nerven. Ihr Wunsch nach Tanz und Beichte war mit dem einen Mal nicht abgetan und erledigt. Sie wollte, daß alle wieder für sie klatschten. Aber sie hatten Besseres vor, um einen in die richtige Stimmung zum Singen und Klatschen zu versetzen. Izak lachte und lachte und blieb fort, sogar das erste Mal. »Warum?« – »Wann hat er das gesagt?« – »Ich sage dir, ich weiß, warum.« Izak ließ sie reden; er lächelte über ihr Interesse. Dorcas kam einmal, aber dann wurde es ihr von ihrem Mann, der jetzt hinter seinem Rücken »Weihnachtsclub« genannt wurde, verboten.

»Er hat recht. Es hat schon genug Ärger gegeben.«

»Was für Ärger?«

Schön und gut für Alina, in diesem Ton zu sprechen, aber zwischen Jacobus und Alina gab es die Besonderheit der Verpflichtung, dem Farmer Rechenschaft abzulegen, die die anderen nicht teilten.

»Sie bringt Leute von jenseits des Hügels da. Und von der Siedlung.«

»Phh! Mann! Er weiß nicht, wer hier wohnt und wer nicht.«

»Er wird mir sagen, warum lasse ich alle und jeden auf seiner Farm herumlaufen, sie werden Vieh stehlen, es wird Raufereien geben, sieh dir nur die Sache mit Solomon an... und die andere Geschichte dort unten... dies, jenes – mir gefällt ihre Krankheit selber nicht.« Alina war eine Autorität auf Grund ihrer langen Gespräche mit den anderen Frauen, die mit Phineas' Frau zusammen im Lager wohnten. Es hieß sogar, die Frau schlafe nicht mehr mit ihrem Mann.

»Du weißt sicher, was sie haben soll?«
»Ich mag diese Frau nicht. Ich habe sie nie gemocht. Erst dauernd betrunken, und er beschwert sich, es sei zuviel Bier auf der Farm. Jetzt das. Wenn Phineas nicht so gut mit dem Vieh wäre, dann würde ich sagen, laß sie gehen. Aber der arme Phineas...«
»Du weißt es, nicht wahr? Sie spürt die Amatongo in ihren Schultern. Das bedeutet, daß einem Kräfte verliehen werden.«
Jacobus zog den Schleim durch die Nase in die Kehle hinunter, er spürte einen unangenehmen Geschmack. Er ließ den Zeigefinger kreisen, führte ihn steif an die rechte Schläfe. Alinas Gesicht verzog sich beinahe zu einem Lachen, aber sie traute sich nicht. »Sie sagt, es wundert sie nicht, so habe ich es gehört. Es stimmt, daß sie sich immer mit Pflanzen für Medizin ausgekannt hat.«
»Ich werde meine Abführmittel weiter beim Inder kaufen.«
Und jetzt konnte sie lachen.

Solomon berichtete seinem Bruder über den Traum von dem Bullen mit dem weißen Gesicht, diesem jungen Bullen mit einem noch neuen Nasenring. Sie hatten niemals herausgefunden, wer Solomon nachts herausgelockt und im Buschland wie tot liegengelassen hatte. Sie konnten nur in etwa ausrechnen, wie lange er auf der dritten Weide gelegen hatte. Solomon hätte gern gewußt, wie lange er dort gelegen hatte. Es war ein Wunder, daß er noch lebte. Obwohl er der jüngere war, behandelte ihn sein Bruder seit seiner Genesung mit besonderem Respekt. Er hörte aufmerksam auf alles, was er sagte. Er hörte zu, als Solomon ihm erzählte, was die Frau, die allen zur Last fiel, über ihre Träume von einem Stück Vieh statt von wilden Tieren gesagt hatte. Er fragte: »Keine Schmerzen?«

Er trug die Mütze; die genähten Lippen waren nicht zu sehen.
»Manchmal Kopfschmerzen.«
Solomon teilte seinem Bruder nichts von seinem Gedanken mit, daß er (wie lange?) mit dem anderen dort unten im Busch gelegen hatte, der nie entfernt worden, nie von seinen eigenen Leuten begraben worden war. Daß (für wieviele Stunden?) zwei Tote dort gelegen hatten und nicht nur einer.
Jacobus sagte: »Das ist sein Bulle, der junge, von dem du da träumst, weißt du das?«
Sie besaßen kein Vieh: alle zusammen nicht ein einziges Tier. Die Frau, die glaubte, sie würde magische Kräfte besitzen, träumte von alten Zeiten, von den Tagen, in den Reservationen, als man für eine Hochzeit, eine Beerdigung, eine Danksagung oder als Wiedergutmachung ein Tier aus der Herde schlachtete – den Kraal säubern, so hatte man das genannt.
Wenn ein Tier an einer Krankheit starb, die sein Fleisch nicht gesundheitsgefährdend machte, erhielt Jacobus vom Farmer immer Erlaubnis, es an die Farmarbeiter zu verteilen. Manchmal konnte man von einer anderen Farm Fleisch kaufen, wenn ein Rind verendet war. Solomons Traum handelte von einem jungen Hereford-Bullen wie dem des Farmers, aber selbst ein notgeschlachteter Ochse hätte mehr Geld gekostet, als er in einem halben Jahr verdiente. Für die Ziege hatte er fünf Rand bezahlt. Auf den Farmen der Gegend konnte man keine Ziegen kaufen, weil die Besitzer niemandem erlaubten, welche zu halten. Diese hier kam von einem Mann in der Siedlung, der sie auf einem brachliegenden Stück Land in der Nähe seines Hauses grasen ließ. Es war übrigens eine Ziege mit einem weißen Gesicht, obwohl Solomon nichts Besonderes verlangt hatte.
Jeder schien an den Vorbereitungen beteiligt zu sein. Die Ziege wurde am Tag zuvor von einem Kind gebracht und auf Drängen von Jacobus in der Scheune angepflockt. »Wenn er auf seiner Farm ein Tier grasen sieht, oder wenn nur jemand

Vogeleier aufhebt, gibt es großen Ärger, das wißt ihr.« Jacobus gefiel die Sache überhaupt nicht. Der Farmer kam am Wochenende immer aus der Stadt.
Aber sie alle wußten, daß Jacobus mindestens einmal in der Woche Fleisch aß. Der Farmer brachte ihm immer ein Paket in braunem Papier, das im Kühlschrank des verschlossenen Hauses verschwand. Viele von ihnen hatten kein Fleisch gegessen, seit vor zwei Monaten ein Kalb das Bein gebrochen hatte und geschlachtet worden war. »Na, was meinst du, könnten wir am Montag oder Dienstag nicht lieber Fleisch und Bier haben, statt zu arbeiten?«
Jacobus überhörte den Scherz. »In diesen Tagen kann man nie wissen, wann er auftaucht.«
Am Sonnabendabend erschienen die ersten Gäste. Die alten Frauen, die im Sommer zum Unkraut jäten auf die Farm kamen, mußten etwas gehört haben und kamen am Sonntagmorgen zu Fuß herüber. Da waren die Angehörigen von Solomons Bruder von der anderen Seite des Sumpfgebietes. Die verrückte Frau schien einige ihrer eigenen Freunde gebeten zu haben. Sie benahmen sich, als sei es ihre Ziege, die geschlachtet werden sollte. Immerhin brachten sie eine Menge Bier mit. Die Ziege wurde in den Hof geführt, in dem alle versammelt waren, außer den Anhängern der Frau, die in Phineas' Zimmer klatschten und sangen. Das Tier war froh, aus dem Dunkel der Scheune zu entkommen und drängte entschlossen auf die Kohlblätter zu, die eine Frau beim Kochen liegengelassen hatte. Es ließ Dungkugelchen fallen, die aussahen wie eine zerbrochene Reihe glänzender Perlen. In dem Augenblick, in dem es sich nach den Blättern reckte, wurde es von vielen Händen auf die rechte Seite geworfen. Solomons Bruder stieß ihm ein Messer in die Halsschlagader. Es dauerte ein paar Minuten, bis es starb. Sein Geschrei schien allmählich erstickt zu werden, als senkte sich ein unsichtbares Gewicht auf das Tier. Schließlich – es dauerte nicht sehr lange – war es still.

Solomon hörte, was zu hören war, sah aber nichts. Er stand, wie er von Eingeweihten angewiesen worden war, abseits, mit einem Freund, der mit seinem Bruder für die Busgesellschaft arbeitete. Der Freund sprach im Konversationston mit der Luft: »Hier ist dein Tier, Bengu, Vater Solomons, Nomsa, Mutter Solomons. Damit wollen wir Dank sagen, daß ihr für ihn gesorgt habt. Möge Gott dieses Kind beschützen.« Niemand in der Menge zeigte das geringste Interesse. Die Männer hatten sich bereits um die sterbende Ziege versammelt, alle waren von dem Gedanken an das Fleisch beflügelt und wollten mit dem Häuten und Zerschneiden beginnen, damit gekocht werden konnte. Das Schlachten wurde unter den Ratschlägen und Kommentaren der Zuschauer sachverständig ausgeführt. Einige Teile wurden an die Frauen verteilt, andere für die Männer reserviert. Die Galle wurde über die Eingeweide gegossen, um sie schmackhaft zu machen. Einem fiel noch rechtzeitig ein, das Blut in einer Dose zu sammeln und in das Zimmer zu stellen, in dem Solomon schlief. Dort mußte es über Nacht bleiben. Unter den älteren Leuten, die in der Hocke saßen, ging ein Tonkrug mit Bier von Mund zu Mund; die anderen füllten ihre eigenen Marmeladendosen und Tassen aus den Milcheimern und Benzinbehältern aus Kunststoff, die das Bier enthielten. Sogar Phineas' Frau trank wieder, sie schoß so begierig wie die Ziege auf die Genüsse zu, die ihrer harrten, nachdem sie tagelang in ihrem Zimmer eingeschlossen gewesen war. Das Tanzen, das Händeklatschen und Singen wurden von Fleisch und Bier beflügelt, und die beiden mit Rinderhaut bespannten Ölfässer klangen manchmal so stark, daß sie mit dem Geschrei und Gelächter wetteiferten. Gelegentlich wurde das Trommeln zu einem trägen Taktschlagen, verstummte aber nie ganz, unterbrach nie das Tempo des Vergnügens, des Exzesses, das in jedermanns Blut pulsierte. Das Festgeräusch lockte Neuankömmlinge über das Sumpfland heran. Es ging den ganzen Nachmittag über weiter und fast die ganze Nacht durch. Leute kamen und gingen, noch lange, nachdem das Fleisch verzehrt war, Leute schliefen und Leute wachten. Jacobus war dabei wie alle anderen, betrunken wie alle anderen. Er brauchte sich keine Sorgen zu machen. Der Farmer und der Junge waren früh gekommen und wieder gegangen. Ein- oder zweimal dachte er an die Bewässerungsanlage, konnte sich aber nicht entsinnen, ob sie an- oder abgestellt war. Dann war ihm nicht mehr länger klar, woran er sich zu erinnern versuchte. Der Abend war fast so warm wie eine Sommernacht. Später, als die Kälte vom Fluß aufstieg, hatte das Bier ihnen eine dicke Haut dagegen geschaffen. Sie schwitzten und sangen. Niemand war da, der mit einer Beschwerde zu ihren mit aussortierten Zementblöcken gebauten Behausungen kommen würde, zu ihren Schuppen aus Blech und Säcken, ihren Hühnergehegen aus Schrott und gestohlenem Zaundraht, die in dem Licht der Kohlenfeuer, die von ihren bewegten Körpern verdeckt und freigegeben wurden, auf und ab tanzten, verschwanden und auftauchten. Das Farmhaus war verschlossen. Jacobus hielt den Schlüssel vor allen versteckt. Jacobus hielt sie in Sicherheit, er war die Geisel unter ihnen, versteckt wie der Schlüssel, es war niemand da, der ihn finden konnte. Die ganze Farm war dunkel, nur nicht hier, wo sie für sich selbst ihre Lebensgeister weckten. Der Farmer und sein Sohn mit dem Frauenhaar kamen und gingen, sie ließen nichts zurück, nahmen nichts mit; das Haus war leer. Langsam stampfend, von einem Fuß auf den andern schwankend, gewannen sie beim Tanzen ein Gleichgewicht, das die Trunkenheit nicht stören konnte, und die, deren Fäuste zuschlagen wollten, fanden meist kein Ziel für ihre Schläge. Die Nacht blieb ihnen fern. Ihre Stimmen, ihre trampelnden Füße und dröhnenden Trommeln durchdrangen sie mit Macht. Das schlafende Vieh, die Scheune, die Schuppen, die gezahnten und bekrallten Maschinen, bunt wie Fußballerhemden und

nach Öl riechend, der Lastwagen und der Traktor, das Wasser, das gehorsam und für immer unten im Schilf floß – alles – alles hätte ihnen gehören können.
Am Montag stellte Jacobus erleichtert fest, daß er offenbar doch nicht vergessen hatte, die Bewässerungsanlage abzustellen. Das Lager stank nach fermentiertem Mais in den verschiedensten Formen – vergossenem Bier, Erbrochenem, Urin. Und die wenigen Knochen, an denen Hunde und Fliegen sich gütlich taten, legten Zeugnis ab von der Unzulänglichkeit einer Ziege. Jemand – es konnte nur eine Frau gewesen sein – hatte die Hörner über dem Sack von Solomons Zimmer aufgehängt. Er warf sie auf den Aschenhaufen.

Das müßtest du mal sehen. Ein Jammer, daß du es nicht sehen kannst. Es wurde schon Herbst, als ich das erstemal kam, um mir die Farm anzusehen – war das nicht das Jahr, in dem ohnehin schon die Dürre eingesetzt hatte? Damals hätte man sich niemals vorstellen können, daß es so aussehen würde.
Sicher, jede Frau würde beim Anblick dieser blütenreichen Lilien, die plötzlich aus den ungeordneten Blattschlangen sprießen, in Entzücken geraten. Einige wurden vom Feuer versengt. Er erinnert sich, nach den freigelegten Spitzen der Zwiebeln getreten zu haben, die er für zerstört hielt. Aber nein, der frühe Regen hat die Blüten alle zum Vorschein gebracht, übers ganze Buschland verteilt, sie sehen nicht im geringsten wie Wiesenblumen aus; im Blumenladen würde man ein Vermögen dafür bezahlen. Die Stiele sind fast einen Meter hoch, von fünf oder sechs großen Blüten gekrönt, weiß, mit rot gestreift. Allein auf der Insel, die das Feuer sichtbar gemacht hat, zählt er siebzehn. Das neue Schilf ist noch nicht dicht genug, sie ganz zu verbergen. Und dort, wo der Fluß sich verengt und das Ufer vom Schilf frei ist, blühen die Fakkellilien über dem Wasser. Hier unten auf der dritten Weide glaubt man in den Wassergärten auf dem Landsitz eines Millionärs zu sein.
Es ist beinahe übernatürlich. Wenn man das Kurt und seinen alten Kumpanen zeigen könnte! Gattung: *Amaryllidaceae*; Art: *Crinum bulbispermum*. Eine der Sekretärinnen im Büro ist losgeschickt worden, um das beste verfügbare Buch über Feldblumen einzukaufen, und dem hat er entnommen, daß es sich um die orangene Flußlilie handelt, *Crinum bulbispermum*, Blütezeit Frühjahr, vorwiegend in Sumpfgebieten zu Hause. Sie gehört zur Familie der Amaryllisgewächse, deren

Mitglieder sich meist durch mit zwei oder mehr Deckblättern versehene, in Doldenform angeordnete Blüten auszeichnen.

»Sieh nur, eine vollkommene Mandala.« Sie setzte sich in Szene oder flirtete, indem sie unterstellte, daß er sie verstand, und zeigte mit dem Fuß auf irgendein armseliges Gewächs. Aber während dieses Liebestanzes über Wiesen und Flußrinnen hatte er mehr auf den Fuß geachtet als auf die Pflanze, dem zersprungenen, roten Schild eines Zehennagels, der aus der Sandale hervorstieß wie ein gebieterischer Finger.

»Ein was?«

»Die Form dieser Blätter – das ist der Quirl, den man in einer Murmel sieht. Ein Symbol fürs Universum.«

»Was ist das für ein Wort?«

»Ah, da bin ich überfragt. Sanskrit, glaube ich.« Beim Durchkriechen durch einen Zaun, dessen Stacheldraht er für sie auseinanderhielt, blieb eine Strähne ihres Haares hängen. Pause; ein Teil des guten alten Jagdspiels. Sie lachte, als er das Haar vom Draht löste und es ihr um den Finger gewickelt überreichte. Er sah oft Büschel groben hellen Haares von den Schwänzen der Kühe so auf den Zäunen hängen.

Crinum bulbispermum. Die Zwiebeln vieler Arten enthalten Alkaloide und haben medizinischen Wert. (Er bewahrt das Buch jetzt auf dem Buffet im Haus auf.) Vielleicht haben deshalb die Boys hier und an den Maisfeldrändern um die Pflanzen herumgepflügt. Gottlob pflücken die Kinder keine Blumen (sie sind an so etwas nicht interessiert), aber er entsinnt sich, letztes Jahr eine Frau vom Lager gesehen zu haben, die die Wurzeln ausgrub. Er muß Jacobus sagen, daß diese Zwiebeln nicht entfernt werden dürfen, Medizin oder nicht.

»Was *ist* eigentlich Roheisen? Nein, im Ernst.«

Für Roheisen interessiere ich mich wirklich nicht mehr so sehr, weißt du – aber da es Roheisen ist, womit du mich assoziierst, da es das Schild ist, das du mir umgehängt hast – ich habe genug davon verkauft, verkauft und gekauft, gewußt, wann man kauft und wann man verkauft, genug für mehrere Lebensspannen. Oh, ich habe meinen Spaß gahabt. Jetzt gibt es potentielle neue Märkte in Brasilien; enorme Möglichkeiten. Ich bin dort gewesen, um mich zu informieren (ein Wochenende in Jamaica auf dem Rückweg – hast du je einen schwarzen Strand gesehen?), aber so etwas kann mich nicht aufregen. Hat man je eine Verwandlung gesehen, wie die, die der frühe Regen hier geschaffen hat? Kann es etwas Schöneres geben? Und alles geschieht zu seiner eigenen Zeit, nichts kann es beschleunigen oder regulieren, und wenn es soweit ist, kann nichts es zurückhalten. Hast du gewußt, daß Flußpferde während der Dürre ihre Jungen abtreiben? Und jetzt nach dem frühen Regen standen die Lilien und die Fackellilien im Oktober in voller Blüte, und im November standen die Luzernen – er hatte es plötzlich gesehen, als er an diesem Morgen zur Anhöhe bei den Eukalyptusbäumen kam – in blauer Blüte. Man sollte es nicht für möglich halten, daß das Vlei gebrannt hat. Mehr Vögel als je zuvor. Man sollte nicht glauben, daß hier irgend etwas geschehen ist. Wegen des kräftigen Regens ist früh gepflügt worden, und vor einer halben Stunde stand ich nur ein paar Meter entfernt von einem Dutzend Hadedas, die den jungen Mais pickten. Und mehrere Ibisse habe ich gesehen. Die Pflanzen reichen mir schon bis zum Knie.

»Jetzt, da du diese Farm gekauft hast, kann ich schon sehen, wie du dort in ein paar Jahren an den Busen der Natur sinken wirst. Wenn all *dies* für dich vorbei ist...«

War es ein so großes Geschenk, nackte Wahrsagerin, das du in deinem Körper gesehen hast? Die Hadedas sahen sich von Zeit zu Zeit um, fuhren aber fort, ihre Schnäbel in die Erde zu stecken, als sei ich nicht da.

»Du wirst das Land bemuttern, begatten und beliebhabern...«

Unter der Spezialmischung von Weidegras, die ich mir von

den Leuten bei der landwirtschaftlichen Forschung besorgt habe, ist eine Art wilder Klee mit gelben Blüten, und ich sage dir, er hat einen Duft wie fermentierter Honig, er weht einem überall entgegen, man möchte tief einatmen, möchte sich hinlegen und schlafen...

»Du wirst darin schwelgen.«

Das war wohl eine unserer weniger erfolgreichen Zusammenkünfte. Es hat etwas Klägliches, wenn zwei Körper sich mit einem leicht schmatzenden Geräusch voneinander trennen, wie zwei Hälften einer saftigen Frucht, die auseinandergerissen werden. Frauen erwarten dann etwas – eine Liebkosung, eine Zärtlichkeit –, sie scheinen oft nicht zu wissen, was. Du warst wie die anderen, auch wenn du dich über meine »historische Bestimmung« verbreitet hast. Niemand läuft hier herum, Gott sei Dank, und wenn du hier allein herumwanderst, ich kann dir sagen, dann siehst du Dinge, die du sonst nie sehen würdest. Vögel und Tiere – alle akzeptieren dich. Aber wenn überall Leute herumtrampeln...

»Alles für dich allein. Du hast gekauft, was nicht käuflich ist: du hast den endgültigen, großen Handel abgeschlossen. Der Regen kommt zu seiner Zeit, und so weiter. Eine Jahreszeit folgt der anderen. Es ist so kitschig, Mehring. Ich dachte, in dir steckte mehr als so was. Ich wette, am Ende willst du dort begraben werden. Dort unter deinen Weidenbäumen, in aller Einfachheit, dort wirst du für immer ruhen, und deine Vögel singen für dich, und Swart Gevaar bewacht dein Grab. Oh, Mehring!« Sie richtete sich im Bett auf einem Ellbogen auf, mit der ihr eigenen Bewegung, so daß die braunen Brüste schwangen wie Gewichte an einer Schnur. » Oh, Mehring!« Ihr Lachen: »Du lebst hundert Jahre zu spät für ein solches Ende! Diese 160 Hektar werden nicht an deine Kinder und Kindeskinder weitergereicht werden.«

»Moment mal – ich hab' ja nur eins.«

»Na gut, seine Kindeskinder. Das Stück Papier, das du dir da eingehandelt hast, wird für die nächste Generation keine Gültigkeit mehr haben. Es wird so viel wert sein wie die Urkunden, die unsere Großväter den Schwarzen gaben, als sie ihnen das Land nahmen. Die Schwarzen werden dein Stück Papier zerreißen. Niemand wird wissen, wo du begraben bist.«

»Was stört mich das in meinem süßen Schlaf dort unten am Fluß.«

»Ich weiß, du denkst, du hast die Freuden des einfachen Lebens entdeckt, aber die Wahrheit ist, daß du einfach genug Geld gemacht hast.«

»Wenn du mein Geld hättest... Der Gedanke widerstrebt dir, daß ich damit kriegen konnte, was ich wollte. Freie Seele, die du bist: du hast nie den Sonntagsschulspruch vergessen, daß Geld sündhaft ist. Und dein Psychologisieren – sagt nicht Freud, Geld sei Scheiße? Aber auch Scheiße ist gut – du solltest nur den guten, dicken Dungteppich sehen, den die Kühe in der Koppel gelegt haben. Er ist trocken und krümelig, und wenn Jacobus ihn auf den Feldern verteilt hat und die Bewässerungsanlage ihn näßt, dann riecht es nach See, wunderbar frisch, salzig und sinnlich.«

»Du glaubst, du hast Frieden gefunden, aber auf die Dauer kann niemand von deiner – grundsätzlich vorhandenen – (sie mußte immer eine Einschränkung machen) Intelligenz diese grauenhaften Leute ertragen, mit denen du verkehrst, die teuren Mahlzeiten in diesen gräßlichen Hotels, diese furchtbaren, milde Gaben verteilenden Frauen anderer Geschäftsleute...«

Die Jungen sind nicht so schlecht. Es sind ein paar reizende Mädchen unter den Töchtern. Wenn man selber langes, blondes Haar hätte, beinahe so lang wie ihres (von hinten kann man kaum den Unterschied sehen) und barfuß herumliefe, dann würde man vielleich zustimmen. Sonst nicht.

»Ich kann es förmlich hören. ›Er ist in seine Farm verliebt‹,

werden sie sagen. Aber du willst nicht, daß sie dich besuchen, um Milchmädchen zu spielen. Du wirst es vielleicht wirklich für Liebe halten. Eine neue Form von Liebe. Eine überlegene Form, ohne Menschen. Du wirst dir wohl sogar einbilden, es sei etwas zwischen dir und den Schwarzen, mmh? Diese ›einfachen‹ Schwarzen, mit denen du nicht zu reden brauchst. Die kleinen Kinder, die wir mit dem Drahtauto gesehen haben, das sie deinem nachmodelliert hatten.«
Jacobus respektiert mich. Vielleicht. Alter Halunke. Sie haben Respekt vor Leuten, die sich nicht zum Narren halten lassen. Bei mir wissen sie, wo sie dran sind. Ich bin derjenige, der sie ernährt. Ich wollte dir das Spielzeug kaufen, du warst so begeistert davon, als sei es ein Kunstwerk. Du hättest es in deine Topfsammlung einreihen können. Sie hätten sich gefreut, ein schönes, großes Fünfzigcentstück dafür zu kriegen und wären losgezogen, um ein anderes Stück Draht zu klauen und einen neuen Wagen zu bauen. Aber nein. Dein Gesicht. Mein Vorschlag hatte dich in Schwermut versetzt. Die bekannte Taktik: dein Ausdruck sagt, nun, wenn du nicht sehen kannst, warum nicht, dann kann ich es auch nicht erklären. Woraus besteht ihr reichen Leute eigentlich – aus Roheisen? Aber im Ernst. Was genau *ist* Roheisen? Ich sollte es wirklich wissen. Ich weiß, daß es zur Herstellung von Stahl gebraucht wird.
Roheisen kümmert mich wirklich einen feuchten Kehricht. Ich überlasse das fast alles meinen Partnern. Du bist schon immer so durchschaubar gewesen. Nach kurzer Zeit konnte ich dein reges kleines weibliches Gehirn an der Arbeit sehen, wie man das Innere jener farblosen Geckos sehen kann, die in Zentralafrika an den Zimmerdecken entlanglaufen. Wer weiß, ob es sich nicht einmal gut machen würde, ein paar Fachausdrücke aus der Rohmetallindustrie von sich zu geben? Vielleicht bist du gerade jetzt dabei, in London, sechstausend Meilen, Gott sei Dank, von diesem Maisfeld ent-

fernt, von dem die Hadedas schreiend aufgeflogen sind, einen Kreis gezogen und sich wieder niedergelassen haben, einen informativen Beitrag zu einer Diskussion über die Arbeitsmarktkrise in dem Land zu leisten, von dem du dich so heldenhaft abgesetzt hast. Lassen Sie uns nun einen Blick auf einen der größten Arbeitgeber ausgebeuteter schwarzer Arbeitskräfte werfen, die Stahl- und Maschinenbauindustrie. SEIFSA* – ? Oh, da müssen Sie die Frau des Professors fragen, sie kennt sich in den Hintergründen südafrikanischer kapitalistischer Ausbeutung aus; sie nistete sich im Bett eines prominenten Industriellen ein. Der Verband der Stahl- und Maschinenbau-Industrie in Südafrika hat den in ihren halbjährlich erscheinenden Berichten dargestellten Produktionsanstieg nicht nur aufrechterhalten, sondern sogar beschleunigen können. Der stärkste Anstieg war in der Roheisenproduktion zu verzeichnen, der stärkste Abfall in der Produktion von Nicht-Eisenlegierungen. Die Roheisen-Industrie produzierte im September 435 600 Tonnen im Vergleich zu 340 000 Tonnen im August. Das bringt die Produktion von Roheisen für den Zeitraum Januar bis September auf 3 296 200 Tonnen, ein Anstieg von 12,7 Prozent gegenüber von 2 924 400 Tonnen, die in dem gleichen Zeitabschnitt des Vorjahres produziert wurden. In der Stahlindustrie arbeiten Hunderttausende von Schwarzen, über 80 Prozent der Arbeitskräfte sind schwarz, und von einigen Nachforschungen, die ich unternommen habe, ist mir bekannt, daß in der Roheisen-Industrie allein ... Sie sieht nicht nur gut aus, sie ist auch gut informiert; und unerschrocken dazu – ein tapferes Lächeln von der Gangway des Flugzeugs, bevor sie sich umdrehte und verschwand.
Dieser schwergeprüfte Professor, den ich nie kennengelernt habe: »Du hältst ihn also für einen ehrlichen Mann?«

* SEIFSA = Steel and Engineering Industries Federation of South Africa

Du lagst in meinem Bett, hast die Frage beantwortet, als hätte ich eine andere gestellt: »Ich respektiere ihn.«

Als hätte ich gesagt: »Jacobus respektiert mich.«
»Warum lachst du! Ich respektiere ihn. Er liebt seine Arbeit und lebt nicht auf Kosten anderer. Jedenfalls nicht direkt. Ich nehme an, wenn man einmal näher untersuchen würde, woher das Geld für all diese Forschungsstipendien kommt...«
Am Ende so langweilig wie jede dieser Frauen, die du verachtet hast, weil sie nicht mehr als nur Körper waren. Es wäre langweilig geworden. Moralische Probleme aufnehmen, verdauen, ausscheiden, so klar wie bei einem durchsichtigen Gecko.
Ficker, nicht Liebhaber.
Einmal hast du spät in der Nacht auf einen Anruf von einem Liebhaber gewartet. Der Anruf kam nicht. Du schliefst ein und wurdest um drei Uhr morgens, das Telefon schon in der Hand, von einer Stimme geweckt, die dich mit schmutzigen Beschimpfungen überschüttete. Das war eine dieser anonymen »Belästigungen«, die man der Polizei meldet. Du sagtest mir, es sei das Schlimmste gewesen, was dir je widerfahren sei; aber das war, bevor sie dich beim Polizeiverhör am John Vorster Square in die Mangel nahmen.
Liebende schreiben Briefe und sagen Dinge, die auszusprechen sich andere nur im Bett verpflichtet fühlen. Ein Stück Fleisch von allem Fleisch bleibt ihnen ein Geheimnis; sie müssen immer wieder zu ihm zurückkehren. Und selbst wenn es ihnen zu vertraut wird, behält es seinen Wert durch das, was es einmal war. Da ist die Besessenheit, mit der dieser gelbe Webervogel Würmer und Larven und was immer er finden kann in die Kehlen seiner häßlichen Jungen stopft – und es gibt dieses Jahr Tausende und Abertausende von Webervögeln, und Hunderte der Jungen müssen aus den Nestern fal-

len oder auf andere Weise umkommen – man findet sie nach jedem schweren Regen im Buschland, von Ameisen zerfressen. Nahrung. Liebende nehmen Geschenke voneinander, die sie sich selbst nicht aussuchen würden (was wird seine Mutter mit dem Achat-Ei machen, wenn er es ihr zu Weihnachten schenkt? Jeder Kramladen in der Madison Avenue ist voll von solchen Sachen.). Sie wünschen sich etwas voneinander. Es kommt nicht darauf an, was es ist. Ein Reitpferd? Eine Brücke, die sich so leicht hätte bauen lassen, hätte man nur die Boys angewiesen, ein bißchen Zement zu mischen und ein paar Pfähle und Balken auf dem Traktor hinüberzufahren? Eine Hundehütte mit einem genial ersonnenen Dach, das sich hebt wie ein Deckel? Sie finden es heraus. Sie haben immer etwas gemeinsam, meine liebe Zigeunerin, immer, immer, sie wissen voneinander, selbst wenn man ihnen eine Farm zeigt, die sie nicht besonders interessiert, selbst wenn sie nicht viel sagen und nur Seite an Seite im Wagen sitzen. Sieh dir das trichterförmige Gewebe an, das eine Spinne vor ihr Loch gespannt hat, und den gefangenen Käfer darin, der versucht, sich zu befreien. Solltest du heute nachmittag zu derselben Stelle zurückkehren – wenn es möglich wäre, sie auf dieser Farm jemals wiederzufinden – würdest du den Käfer dort noch sehen, möglicherweise noch am Leben, von der faserigen Hülle umgeben, mit der die Spinne ihn umwickelt hat. Manchmal dauert es Tage, bis die Spinne ihre Beute ins Loch schleppt – hier draußen dauert alles seine Zeit, was immer du tust. Hör dir die Frösche an. Das laute, rauhhalsige Spektakel, das der jeweils erste des Abends täglich um die gleiche Zeit anstimmt. Du findest es langweilig? Ich nicht. Die Frösche hören später so plötzlich auf, wie sie begonnen haben. Hier schläft man ruhig. Blickt er augenlos aufwärts durch einen Erdhimmel, oder liegt er abgewandt, so, wie sie ihn fanden? Da sind die Sprachschwierigkeiten und die kulturellen Unterschiede. Es ist nicht möglich zu folgen, dort, wo er herkommt, kann man sich nicht vorstellen, daß jemand so spricht, wie sie sprechen: Ja, Master, die Halunken von der Siedlung haben mich erwischt, wie der Polizist gesagt hat. Diese Schwarzen haben mir den Schädel eingeschlagen, sie haben mir ein Messer durchs Herz gestoßen, sie haben mich weggeworfen. Kein Mond. Du könntest da unten liegen. Ein ruhiger Schläfer. Dreh dich zu ihr und empfange, ohne sie zu berühren, von ihren offenen Lippen warmen Atem. Atme sie ein wie den Lebenskuß, den ein Sterbender erhält.

Er hat diesen Sommer die Nacht recht oft im Haus verbracht. Laken sind keine da, aber ein Polster vom Sofa dient als Kopfkissen, und dann hat er noch die Felldecke, die er in Botswana gekauft hat, als zum erstenmal gemunkelt wurde, man plane die Gründung eines Konsortiums zum Abbau der Nickelvorräte dort. Sie ist anständig gearbeitet und besteht aus gut aufeinander abgestimmten Fellen schwarzrückiger Schakale; aber man kauft diese Dinge, wenn man in der Welt herumreist, und dann weiß man nicht, was man mit ihnen anfangen oder wem man sie schenken soll. In der Wohnung hat sie sich nicht gut gemacht. Die Moskitos sind schlimm in diesem Schlafzimmer. Die Sprühmittel stinken, helfen aber nicht. Aber während er sich in dem dunklen Badezimmer rasiert, früher, als er es in der Stadt tun würde, fühlt er sich so frisch, als habe er eine besonders erquickende Nachtruhe hinter sich. Durch das Fenster in Augenhöhe, das sich nach oben hin öffnet, beobachtet er die Ankunft der Frauen und alten Männer, die Jacobus zum Jäten aus der Siedlung kommen läßt. Für dreißig Cent pro Tag, sagt Jacobus, kann er sie haben. Aber wenn man sieht, wie gemütlich sie es sich machen, wie sie angetrödelt kommen und einen ausgedehnten Schwatz mit Alina halten und sich an der Werkstattmauer niederlassen – da sind sie wohl auch nicht mehr wert. Er rasiert sich nach Gefühl, blickt überhaupt nicht in den kleinen, stockfleckigen

Spiegel – guter Gott, was geht da vor sich? Jetzt offensichtlich bringen sie ihr Brot oder ihren Maisbrei mit, und nun erscheint der junge Izak mit einer Milchkanne. Ein Picknick also, bevor die Arbeit beginnt. Alles hockt im Hof auf dem Gras und plaudert. Einige dieser alten Mädchen sind echte Typen. Eine von ihnen, deren zerfetzte Bluse, nachdem sie ihre Decken abgenommen hat, von nichts als einer riesigen Sicherheitsnadel über den riesigen alten Brüsten zusammengehalten wird, erspäht ihn am Fenster und ruft ihm einen lauten und kecken Gruß zu, ein Wort in Afrikaans und das andere in ihrer eigenen Sprache: »Môre, ›Nkos‹.« Das Wasser aus dem Bohrloch ist weich, es rasiert sich ausnehmend gut damit. Diese Frauen machen Jacobus mit irgend etwas die Hölle heiß, aber es ist alles zum Spaß. Barfuß, die Hände in die Träger seines neuen, mit einem Latz versehenen Overalls gehakt, die von ihm abstehen wie Chaplins Hosen, argumentiert er mit theatralischen Gesten, aber es wird gelacht, sie schreien ihn nieder. Im Hintergrund hört man das eilige, stolpernde Getrampel der Rinder, die von Solomon und Phineas aus der Koppel getrieben werden – ein Klang, der merkwürdige Ähnlichkeit mit dem der vielen tausend Füße hat, die in der Stadt, fern von den Bussen aus den Bahnhöfen kommen. Jacobus droht einer Frau scherzhaft mit der Faust. So also beginnt hier die Arbeit. Alle nehmen sich Zeit, hier kriegt niemand Magengeschwüre, das muß man ihnen lassen.
Alina steht am Herd und rührt in etwas, das bereits angebrannt riecht. Sie sieht aus, als sei sie noch im Halbschlaf, und ihre Bewegungen sind schwerfällig; es geht ihr zu gut – sie ist nicht daran gewöhnt, daß man sie schon morgens im Haus braucht. Er will ohnehin kein Frühstück. Er öffnet die quietschenden, stählernen Fliegenfenster in dem luft- und leblosen Schlafzimmer – sobald er fort ist, wird sie alles wieder verrammeln – und tritt wie eine Erscheinung (so sieht er sich selbst) aus der Küchentür, in seinem hellgrauen Sommeran-

zug mit dem Rückenschlitz, den Manschettenknöpfen aus römischen Münzen und der rotseidenen Krawatte. Die Stadtkleidung – oder Verkleidung. Er ist gestern direkt vom Büro gekommen – die Cord-Jeans, die er sonst auf der Farm trägt, liegen auf einem Haufen mit der Felldecke. Während er zwischen den flüchtenden Katzen hindurch zum Wagen geht (die nachlässig verstreuten Reste des Maisbreis haben sie angelockt), sieht er sich Auge in Auge mit der Jätbrigade, die ihre Werkzeuge aus der Scheune geholt hat und auf dem Weg in die Felder ist. Eine abgerissene, mit Hacken bewehrte Armee umringt ihn, die grinsenden, wissenden Gesichter der alten Frauen, die niedergeschlagenen Augen der jüngeren; die Köpfe ihrer Babys baumeln über ihren Rücken, die alten Männer in ihren Vogelscheuchen-Mänteln gehen blind drauflos, als wüßten sie nicht, wohin es geht. Es dauert nur ein paar Augenblicke. Er steht in ihrer Mitte und kann nicht weitergehen. Es wäre absurd, sich zurückzuziehen – sie umringen ihn. Jacobus ist mit Eimer und Putzlappen beim Wagen und übergießt die Windschutzscheibe mit Wasser, aber er winkt ihn fort. Er muß in die Stadt. »Was ist mit den Luzernen?«

»Die da draußen, bei der Pumpe? Ich heute schneiden. Sehr guter Tag.«

Darüber kann man auch anderer Meinung sein. Die Wettervorhersage im Radio hat für den Nachmittag Gewitter angekündigt. Wie groß ist das Feld? Einmal geschnitten, könnten die Luzernen durchnäßt werden, bevor sie fürs Bündeln getrocknet sind – ein Verlust von, sagen wir, zweihundert Ballen. Statt gleich zum Tor zu fahren, das für den Tag geöffnet ist (der Nachtwächter trinkt Tee aus einer Sirupdose und hebt die Hand mit respektvollen Gruß an seine weiß-rote Teewärmer-Mütze), wird er schnell noch einen Blick auf die Luzernen werfen. Die Straße ist wirklich schlecht; er hat nicht genug Zeit, sich um alles zu kümmern. Kinder rennen

vor ihm her, um die Lagertore zu öffnen, aber sie folgen ihm nicht, nachdem er durch das letzte hindurchgeholpert ist.
O mein Gott! Was für ein Verbrechen, jeden Morgen in der Wohnung aufzuwachen. Das riesige, solide Bett und der gute Kaffee sind unwichtig. Die Wagentür schließt sich hinter ihm langsam unter ihrem eigenen Gewicht. Das Geräusch wird von der Morgenluft, die klar und schwer ist wie die See, sofort verschluckt. O mein Gott! Das Feld taucht weg, ehe es gegen den Fluß zu wieder ansteigt. Es muß seit dem Sonnenaufgang vor zwei Stunden in Blüte stehen – gestern Nachmittag war es noch grün, nur eine ganz leichte salbeifarbene Tönung deutete die bevorstehende Blüte an. Jetzt liegt ein Hauch von Blau darüber, das sich bei jeder Bewegung zu Violett vertieft. Es rührt sich kein Windhauch, aber die Luft ist ein ständiges Wogen. Das ist das Element dieses üppigen Sommers. Er ist an dem Pumpenhaus vorbei nach unten gegangen, wo ein dickes, unter gebeugten Gräsern und Binsen verborgenes Rohr ihm als Steg über einen Bewässerungsgraben dient. Seine Schuhe und die hellgrauen Hosen werden von den nassen Gräsern gestreift, seine Hände, die er an den Seiten herabhängen läßt, von Millionen feiner Zungen berührt. Sieh dir die Weiden an. Wie hoch das Gras ist. Sieh, die Binsen. Alles vermengt sich, verbindet sich, strömt, tastet. Er steht hier, die verdammten Schuhe sind naß vom Tau, und hat das Gefühl, als schwanke er selbst, das Pulsieren seines Blutes bewegt ihn auf der eigenen Achse (so empfindet er es), so wie es den menschlichen Körper den Bewegungen eines Schiffes anpaßt. Hohe Erde rollt unter seinen Füßen. Die sanfte Bewegung der Gräser wird zu einem leicht betäubenden Säuseln, das in seinem Kopf singt.
Schöner und lieblicher Ort. Woher nimmt er diesen Satz? Er steigt in seinem Bewußtsein auf, tam-ti-tam-ti-tamti-tamtam, wie etwas, das man einmal auswendig gelernt hat. Das gehört nicht zu seinem Wortschatz. Schön und lieblich. Ein

Ort im Lesebuch eines Kindes, an dem nie etwas Übles geschehen könnte, als wenn es solche Orte gäbe. Keine Wunde zu sehen und einfach eingegraben. Er überschaut seinen Besitz bei dem Gedanken, daß irgendwo, überwuchert, diese besondere Stelle existiert, beinahe mit Faszination. Niemand wird sich erinnern, wo du begraben bist.
Die Schuhe sehen schlimm aus.
Im Handschuhfach müßte ein gelbes Staubtuch liegen – aber ein alter Firmenbericht tut es auch. Er wischt die Nässe und die Gräser und ein paar frühe Grassamen ab. Auf der Hauptstraße herrscht um diese Zeit dichter Verkehr. Lastwagen voll Baumaterial für die Straßenarbeiten auf riesigen, langsam kriechenden Anhängern mit der Aufschrift »Abnormal Load«. Lasten aller Art. Dabei hatte er damit gerechnet, daß die Fabrikarbeiter schon an der Arbeit und die Büro- und Ladenangestellten etwas später unterwegs sein würden. Während er überholt und überholt wird, durchkreuzen die Spuren dieser Fahrzeuge und die seines Mercedes immer wieder die Erfahrung, die er gerade hinter sich hat (eine halbe Stunde ist er herumgewandert und hat im Feld gestanden, vielleicht auch nicht länger als zehn Minuten). Eine Art Gitter legt sich über die Erinnerung. Darauf sammeln sich die vielen automatischen Reaktionen auf unwesentliche alltägliche Situationen, und eine davon ist, daß er Leute, die per Anhalter reisen, nicht beachtet. Er hätte von dem Paar, das den Mut aufbringt, an den Wagen heranzukommen, während er kurz vor der Autobahnauffahrt hinter einigen dieser kriechenden Anhänger steckengeblieben ist, sicher keine Notiz genommen (obwohl der alte Mann so auffallend gekleidet war). Ein älterer Mann in der Uniform eines Pförtners und eine junge Frau. Es ist schwierig, nein zu sagen, wenn man feststeckt und in einem großen leeren Wagen sitzt. Er hat sie kurz angebunden aufgefordert, einzusteigen. Sie sind beide demütig auf den Rücksitz geklettert, gerade rechtzeitig, um die Tür hart zuzuschlagen,

wie Leute, die nicht an große, auf leiseste Berührung reagierende Wagen gewöhnt sind, bevor er eine Gelegenheit ergreift, um mit einem schnellen Manöver an den Anhängern vorbeizukommen und wieder auf seine Fahrspur einzuscheren.

Er sitzt vorn allein wie ein Chauffeur und würde es gern dabei belassen. Aber ein Gesicht unter goldverschnürter Mütze, vom unteren Rand des Rückspiegels dort abgeschnitten, wo dünne rosa Hautlappen von einem noch kunstvoller verzierten Stehkragen zusammengehalten werden, versucht beharrlich, einen Blick von ihm zu erhaschen. Es muß schwierig sein, seinem Hinterkopf anzusehen, ob dieser Kontaktversuch erfolgreich ist oder nicht. Der alte Knabe muß auf die vorderste Kante des Sitzes gerutscht sein. »Nein, ich sagte gerade, nur interessehalber, waren Sie nicht am Freitag in der Spätvorstellung von ›Trinity Is Still My Name‹?«

»Sprechen Sie von einem Kino?«

»So ist es. Das Elite 300, Starland City.«

»Nein, nein, ich war nicht im Kino.«

»Das ist aber merkwürdig, ich habe ein Gedächtnis für Gesichter, wissen Sie, und gerade eben, als ich an den Wagen kam, habe ich mir gesagt, den hast du kürzlich gesehen. War es vielleicht am Sonnabend? Ein Herr mit vier anderen, nett aussehenden Leuten, eine blonde Dame war dabei, ich hätte schwören können, daß Sie es waren. Na, ich bin nicht mehr der Jüngste, aber ich schätze, ich sehe jede Woche drei- bis viertausend Leute an mir vorbeigehen, und hin und wieder sage ich zu einem von ihnen, guten Abend, Sir, und wie hat Ihnen *letzte Woche* der Film gefallen – dann nenne ich den Titel des Films, welcher es auch immer gewesen ist, wissen Sie, und die Namen der Stars – und da sollten Sie mal die Gesichter sehen! Was für ein Gedächtnis, sagen sie! Ein Gesicht, das man unter Tausenden einmal gesehen hat, einfach so wiederzuerkennen! Aber man erinnert sich nicht an jedes Gesicht, wissen Sie. Es gibt einige, die man am liebsten nicht mehr wiedersähe, das kann ich Ihnen sagen.«

»Kann ich mir denken.«

»Es gibt solche und solche. Da sind welche, die halten einem die Eintrittskarten unter die Nase wie einen Hundeknochen, für die müßte man vier Hände haben, sie können nicht einen Moment warten. Es kommt ja jeder dran, einer ist so gut wie der andere, und dann, was soll die Eile, man geht ja schließlich zum Vergnügen ins Kino, nicht wahr? Man will sich mal erholen und ausspannen, nicht?«

Das alte Gesicht im Spiegel lächelt, während es seine Philosophie verkündet. Er nickt, so nachdrücklich er kann, um mit dem Hinterkopf angemessene Zustimmung auszudrücken.

»Aber die meisten Leute, die ins Elite 300 gehen, sind von der besseren Sorte. Viele von ihnen kennen mich vom Sehen. Sie haben ein Lächeln und ein ›Guten Abend‹ für mich. Wir haben nicht so viele von diesen jungen Hippies, die man in den großen Kinos findet und die die Füße auf die Sitze legen und die Teppiche versengen. Manche Leute haben vor nichts Respekt. Ich sage immer, es sind die Eltern. Ich habe keine Vorurteile, ich behaupte nicht, daß jeder Junge mit langen Haaren ein Gammler ist. Ich habe selbst Kinder gehabt, und jetzt habe ich Enkel. Aber was würde ich mit mir selbst anfangen, wenn ich zu Hause wäre? Vati, sagt meine Tochter zu mir, du hast das Deine getan. Delville Wood, bis zum Ende, vierzehn bis achtzehn, ja. Aber ich würde an die Decke gehen, wenn ich nichts zu tun hätte. Ich habe fünf Jahre im alten Metro gearbeitet, bevor sie es abrissen. Aber man kann den Komfort dort nicht mit dem eines kleinen, exklusiven Kinos wie dem Elite vergleichen, keine Frage. Sie sind ja sicher mal drin gewesen. In den Sitzen ist man so gut aufgehoben wie im besten Lehnsessel zu Hause. Genauso gut.« Während der letzten paar Minuten der Fahrt herrscht eine bedrückende Stille. Dem alten Mann scheint es peinlich zu sein, daß er sein gesamtes Konversationsrepertoire abgespult hat. An der ersten Ampel nahe dem Stadtzentrum steigen die beiden Fahrgäste aus, unter geräuschvollem Hieven und Schieben des Veterans, der auf dem Sitz entlangrutscht, um hinauszugelangen (vielleicht ist er irgendwie versehrt). Das Mädchen hat während der ganzen Fahrt kein Wort von sich gegeben. Als er nach Entgegennahme überschwenglicher Dankesbeteuerungen losfahren will, hält der alte Mann ihn noch einmal an. Natürlich, sie haben etwas liegen lassen. »Er läuft noch. *Trinity*, meine ich. Es ist ein guter Western, ich glaube, Sie würden Spaß daran haben, wissen Sie.« Die Ampel ist grün, der Wagen wird von allen Seiten angehupt, der alte Mann wird von der Menschenmenge fortgeschwemmt, die sich an der Kreuzung angestaut hat, und irgendein ungeduldiger Widerling ruft sogar Schimpfworte, deren sarkastischer Klang sich im Wagenfenster fängt.

Schon gut. Schon gut. Der Mercedes taucht in die Tiefgarage, wo der diensthabende Zulu mit scheibenförmigen Ohrringen und einer Mütze, die längst nicht so prächtig ist wie die eines Pförtners, den Wagen sofort erkannt und die Kette, die Unbefugten den Eintritt verwehrt, mit zeremonieller Geste wie einen Vorhang fortgezogen hat.

Er spürte das dringende Bedürfnis nach einer Tasse starkem Kaffee. Auf der Farm ohne Frühstück auszukommen tat ihm gut, es hatte etwas Tugendhaftes, das ihm Befriedigung verschaffte, aber er spürte eine leere Wölbung unterm Zwerchfell, die nur von einem guten Kaffee und einer ersten Zigarre abgestützt werden konnte. Eins der Büromädchen würde ihm eine Tasse Pulverkaffee bringen, wenn er die paar Minuten bis zum Arbeitsbeginn wartete, aber an den Tagen, an denen er von der Farm kam, war er früher im Haus als der kleinste Bote, und er wollte nicht einmal zehn Minuten warten. Und dieses Gebräu war auch kein richtiger Kaffee. Er ging hinauf ins Foyer und von da auf die Straße. Es mußte ein Café irgendwo in der Nähe sein. Zu seinen Mittagessen fuhr er einfach von einer Tiefgarage zur anderen; durch die Straßen lief er nur, wenn er zum Friseur ging.
Die Kaffeebar war überfüllt. Junge Leute, die sich hier offenbar vor der Arbeit mit ihren Freunden trafen, reihten sich an der Bar wie Vögel auf einem Telefondraht. Es war eine italienische Bar, voll von verlockendem Kaffeeduft und laut wie die Straße. Er holte sich einen doppelten Espresso und stand, wo er Platz finden konnte, an einem Vorsprung, der in Ellbogenhöhe einen Abstellplatz für seine Tasse abgab. Wie sie redeten, die kleinen Stenotypistinnen und Studenten – was immer sie waren –, vorwiegend Mädchen. Dazwischen trieben sich hier und da ein paar junge Männer herum, und einige Pärchen hielten sich zwischen den Sitzen an den Händen oder liebkosten sich verträumt. Wie sie reden konnten! Vertraulich, angeregt, frisch von der Zahnbürste, die Augen farbig bemalt, Schmetterlinge auf den Hosen, Hieroglyphen auf den Taschen, fast rocklose Hintern beinahe nackt auf den Hok-

kern – sie hätten seine Töchter sein können. Jede einzelne von ihnen. Der Kaffee brannte auf der Zunge. Er konzentrierte sich darauf, ihn in kleinen Schlucken vom Rand der Tasse zu trinken; er floß langsam, dickflüssig und feurig wie dunkles Metall, das in die Barrenform gegossen wird, und sobald er zur Trinkbarkeit abgekühlt war, kam bereits der Satz zum Vorschein, und er bestellte einen neuen. Um an die frische Tasse heranzukommen – sie stand auf dem Fließband, das die Bar entlanglief und in die eine Richtung die Bestellungen der Kunden, in die andere schmutzige Tassen beförderte –, mußte er seinen langen Arm im hellgrauen Ärmel mit dem Zentimeter gestreifter Manschette und den Manschettenknöpfen aus römischen Münzen zwischen blonde und dunkle Köpfe strecken. Eine sonderbare Art, sich einzudrängen. Die beiden, deren Unterhaltung davon gestört wurde, schauten wie auf etwas Körperloses aus einer anderen Welt. Ein Dufthauch stieg ihm in die Nase – kein Parfüm, etwas, womit sie sich die Haare wuschen oder die Achselhöhlen besprühten. Diese Tasse konnte er gemächlicher zu sich nehmen; er konnte warten, bis es möglich war, einen heißen, kräftigen Mundvoll zu schlucken. Er hatte sich einen Stumpen angezündet. Aber eine – von den Dutzenden von Mädchen – lächelte ihm zu und bewegte die Finger einer Hand zu einem kindlichen Winken. Er blickte weg wie jemand, der in einem Raum voller Menschen einen nicht für ihn bestimmten Gruß aufgefangen hat. Als er wieder aufsah, lachte sie, leicht den Kopf schüttelnd, als ob sie sagen wollte: Ich bin's.

Er stellte die Tasse ab. Er saß nicht – Stühle gibt es in solchen Lokalen keine –, entfernte sich aber von dem Säulenvorsprung und tat einen Schritt vorwärts, als erhebe er sich von einem Tisch.

Sie hatte sich mit einer lässigen Bewegung umgedreht, war vom Hocker geglitten und kam auf ihn zu.

»Hal-*lo*! Wir haben dich so lange nicht gesehen. Mammi hat erst gestern von dir gesprochen. Und irgend jemand sagte, du seist in Japan oder Brasilien oder so was.«
»Nein. Nicht in diesem Moment. Wie du siehst.«
Sie lachten, und er breitete, ohne es zu wollen, die Hände aus, als wolle er sich präsentieren – in einem von einem halben Dutzend gutgeschnittener Sommeranzüge, dessen Hosenränder, dort, wo sie in korrekter Länge über die Schuhe reichten, von einem verräterischen Streifen grasfleckiger Nässe gezeichnet waren.
»Was machst du hier?« So früh in unserer Kaffeebar, sagte ihr durchaus willkommen heißendes Lächeln.
»Ich hatte Durst. Und du? Warum bist du nicht in der Schule? Oder ist das eine Beleidigung – du gehst wohl gar nicht mehr zur Schule? Du bist eine dem Müßiggang frönende junge Dame.«
»Oho. Bin ich das? Ich rackere mich ab. Ich gehe auf die Kunstakademie. Ich muß jeden Morgen um viertel vor sechs aufstehen, um den Bus zu kriegen.«
»Warum kauft Papi dir keinen Wagen?«
»Ich weiß. Es ist gemein.« Sie lachte, als wäre dies die witzigste Konversation ihres Lebens.
»Ich werde mal mit ihm darüber reden müssen.«
»Das wäre mir wirklich lieb. Sag du es ihm.«
»Einen netten kleinen Sportwagen. Was hättest du gern? Einen Jaguar? Einen Triumph? Irgendwas mit Speichenrädern?«
Sie zog ein Gesicht und zeigte weiße Grübchen im festen, rosigbraunen Fleisch. »Ich nehme *alles*. Jede alte Klapperkiste. Und was macht Terry? Der hat's gut, der hat bestimmt einen Wagen.«
»So gut auch wieder nicht. Er macht gerade sein Abitur. Immer noch in der Schule eingesperrt.«
»Gut. Gut«, sagte sie vage.

Eine Pause trat ein. Die Espressomaschine gab ein gurgelndes Röcheln von sich. Er hob die Brauen, und sie, die Eingesessene, lachte darüber.

»Aber dieser Kaffee ist vorzüglich. Meine zweite Tasse. Trinkst du einen mit mir?«

»Ja. Er ist erstklassig. Ich habe schon einen. Warte, ich hole ihn.«

Mit einer Drehung ihrer langen Taille war sie fort und wieder zurück, sich einen Weg durch ihre Freunde oder doch Altersgenossen bahnend. Er hatte den Vorsprung gegen jeden mit wackelnder Tasse nahenden möglichen Eindringling bewacht. Beide beugten sich für einen Augenblick einatmend über den Kaffee. »Du rauchst nicht, oder? Ich brauche mir keinen elterlichen Zorn zuzuziehen, indem ich dir eine von diesen anbiete?«

Sie schüttelte den Kopf. »Du hast immer diese Sorte geraucht. Ich wußte immer, daß du zu Besuch warst, wenn dieser Geruch im Haus war.«

Er blies die Rauchwolke fort, die in der stickigen Atmosphäre einen gekräuselten Heiligenschein um ihr Haar bildete. Er fühlt sich verpflichtet zu fragen: »Und wie geht es deiner Mutter? Ich bin so oft verreist gewesen...«

»Oh, es geht ihr gut. Wir haben ein bißchen Krach gehabt, weil ich vorm Abitur von der Schule abgehauen bin. Du kannst es dir vorstellen. Papi war in Ordnung, aber sie war schwierig. Sie wollte, daß ich auf ein Pensionat in die Schweiz gehe... *besten* Dank...«

»Wenn du in die Schweiz gehst, dann zum Skifahren.«

»Genau.«

»Macht dir die Kunstakademie Spaß? Hast du Talent?«

»Ich weiß nicht. Ich glaube nicht, daß mir je die große Inspiration kommen wird. Aber Spaß macht es.«

»Vor allem die Stunden, die du an Orten wie diesem hier verbringst, nicht wahr?«

»Wenn ich noch auf diese blöde Schule ginge, weißt du, wo ich jetzt wäre? Beim gemeinsamen Morgengebet!«
»Geplauder also und Händchenhalten und kleine Ausflüge zur Espressobar und ins Kino?«
»So ist es. Du weißt aber auch alles.«
»Du hast's gut.«
Sie lächelte offen darüber, daß er ihren Ausdruck wiederholte.
»Was hindert dich denn? Du kannst doch einfach aus dem Büro und in ein Kino gehen, wenn dir danach zumute ist? Warum nicht? Papi ächzt und stöhnt immer, als sei er in seinem luxuriösen Riesenbüro angekettet – ich glaube, ihr macht uns allen was vor. Warum kannst du nicht einfach sagen, ich geh heute nachmittag ins Kino? Wenn du Lust dazu hast?«
»Würdest du mit mir zusammen schwänzen? Was hältst du von einem Film, er heißt ›*Trinity – Trinity Was Here*‹...«
»Oh, du meinst ›*Trinity Is Still My Name*‹.«
»Ich habe gehört, es ist ein guter Western mit Mord und Totschlag.«
»Ich hab ihn gesehen. Nicht schlecht.«
»Wie oft bist du denn diese Woche im Kino gewesen, sag.« Sie senkte ihre Stimme zu dem Murmeln, in dem ihre Mutter zu ihm sprach. »Ich glaube, es läuft kein Film in der Stadt, den ich nicht gesehen habe. Ist das nicht schrecklich? Und manche sind so ein Mist. Für uns ist es eben ein Spiel. Wir werden schon rechtzeitig genug davon haben. Glaube ich.«
»Soweit bist du noch nicht, sonst würdest du einfach rausgehen.« »Das stimmt.«
»Aber es muß doch noch anderes geben, ich meine etwas, das du gern tun würdest...?«
»Manchmal.«
Eine dünne Blondine mit gekrümmten Schultern winkte ihr zu und zeigte auf eine riesige Armbanduhr.
Sie war noch so jung, daß sie nicht gelernt hatte, sich zu ver-

abschieden. Sie schwang die Tasche wie ein Straßenarbeiter über die Schulter. »Also werden wir dich und Terry an der Plettenberg Bay sehen? Wir fahren nächste Woche runter, Papi kommt nach, er hat eine Konferenz oder so was.«
»Terry besucht seine Mutter in Amerika.«
»Aber du?«
Er legte Geld neben die Tasse, und sie gingen zu dritt hinaus. Sie mußten gegen die hereindrängenden Kunden ankämpfen; sie machte ihn nicht mit ihrer Freundin bekannt und vergaß, daß die Antwort auf ihre Frage ausgeblieben war. »Fein. Ich werde es Mammi sagen.«
Seine lächelnden Gesten des Widerrufs und Protests nahm sie – schon ein paar Meter entfernt, an die leichtlebige Ungewißheit ihrer eigenen Pläne gewöhnt – lachend entgegen. Sie zeigte durch ihre Mimik, daß sie ihn nicht verstand. »Was? *Was?* Du wirst also dort sein – gut – fabelhaft.«
Die Zeitung, die jeden Morgen zusammengefaltet auf seinem Schreibtisch lag, wanderte gewöhnlich gleich in den Papierkorb. Heute hatte er sie nicht schon im Bett in der Wohnung gelesen. Eisenerz und Mangan standen fest; Kupfer war ein paar Punkte gefallen. Er fing mit den letzten Seiten, dem Wirtschafts- und Finanzteil, an und arbeitete sich zur ersten Seite durch, auf der ein Bericht über den neuesten Skandal in der Geschäftswelt stand – dieses Mal war ein großes Bauunternehmen in Schwierigkeiten. Niemand aus seiner persönlichen Bekanntschaft schien direkt betroffen zu sein, aber er nahm sich vor, mit seinem Börsenmakler über einige Aktien zu sprechen, mit denen er an einer Tochtergesellschaft des Unternehmens beteiligt war. Er hatte auf einen Tip hin gekauft, daß die Gesellschaft möglicherweise Regierungsaufträge für die Sishen-Saldanha-Bahnverbindung erhalten würde – falls dieses Projekt überhaupt zustande kam.
Er aß mit einem Mann von der Bethlehem-Steel sowie einem alten Freund zu Mittag, der gerade dabei war, über Ertrags-

anteile einer Platin-Holding zu verhandeln, und zwar einerseits mit den Eingeborenenhäuptlingen, in deren Gebiet sich die Mine befand, andererseits mit den Leuten von General Motors, die das Platin bei der Herstellung umweltfreundlicher Auspuffrohre verwenden wollten. Nicht uninteressant.

Sie hatten sich kaum getrennt – er war gerade wieder an seinem Schreibtisch –, als der Freund, von dem er sich eben verabschiedet hatte, anrief, um ihm mitzuteilen, daß ein langjähriger gemeinsamer Bekannter soeben mit tödlicher Gasvergiftung in seinem Wagen nahe dem Country Club aufgefunden worden war. Er war der Vater des Mädchens. Er war Vorstandsvorsitzender einer Bank, eines Investmentfonds und mit einem halben Dutzend anderer Konzerne verbunden gewesen, zu denen vielleicht (selbst seine engsten Bekannten waren nicht mit allen seinen geschäftlichen Interessen vertraut) auch das bankrotte Bauunternehmen gehörte.

So ist es mit Schwarzen; sie kamen nicht in die Welt, als gesagt wurde: »Es gibt keine Amatongo.« Sie kamen in die Welt, als es schon hieß: »Es gibt Amatongo.« Aber wir wissen nicht, warum der Mensch, der als erster ins Leben gerufen wurde, sagte: »Es gibt Amatongo.«

...seit die Weißen und die Missionare ins Land kamen, haben wir sagen hören, daß es Gott gibt.

Ich bin's.
Emporgezogen, eingeholt, die Konfrontation ist da, endlich, endlich. Hier ist es. Das ist es. Es ist wahr, daß er sie nicht erkannt hat, weil er nicht weiß, daß er irgend jemanden – irgend etwas erwartet hat. Und doch ist es, als müsse er beständig warten, beständig fürchten. Der Erregungszustand erstickt ihn fast; es sind schon Männer daran gestorben.
Niemand wird sich erinnern, wo du begraben liegst.
Er gehört nicht zu denen, die morbide Rekonstruktionsversuche darüber anstellen, wie es sein muß, wenn so einer auf die Wirkung des Kohlenmonoxids wartet. Bevor man das Bewußtsein verliert, oder wie immer das Ende kommt. Arrangiert man sich in einer Verzweiflungshaltung, den Kopf in die Hand gestützt und so weiter. Oder hält man einfach den Blick aufs Armaturenbrett gerichtet: Tachometer, Öldruckmesser, Temperatur. Erde im Mund, das Gesicht nach unten.
Niemand wird jemals wissen, wo...
Stand auf, trat zurück – oder hat er – grauenvoll – einen Schritt vorwärts getan – guter Gott, ein eingewandertes Mädchen in einer Stadt voller Mädchen, sie kann sich kaum verständlich machen, sie ist ständig da, irgendwo. Oder du – es wäre typisch für dich, aus heiterem Himmel aufzukreuzen und *Schwierigkeiten* aufzurühren, dich daran zu erfreuen: Sie haben mich gnädig wieder hereingelassen, aber natürlich folgt man mir auf Schritt und Tritt...
Ich bin's: Kennst du mich nicht? (Ihre Mutter hätte die Grammatik korrigiert, sie gibt sich Mühe, kein Kolonialenglisch zu sprechen.) Kennst du mich nicht? Selbst Japan ist nicht weit genug weg, selbst auf deinen hundertsechzig Hek-

tar, im Gras untergetaucht (an manchen Stellen ist das jetzt beinahe möglich), bist du nicht weit genug weg.

Er gab der Sache erst einen Namen, als er den breiten Hüftgürtel sah, da, wo die lange Taille entsprang oder endete, auf dem Vorsprung der Hüftknochen (*das* konnte man wirklich nicht Hüften nennen). Mehr mittelalterlicher Panzer oder elisabethanisches Mieder als modischer Hüftgürtel. Das große runde Medaillon sank vorn, leicht konvex, etwas nach unten und schmiegte sich flach der leichten Kurve an, in der ein Bauch gewesen wäre, hätte sie einen gehabt. Er bewunderte den Gürtel; o ja, jemand hatte ihn ihr gerade aus Paris mitgebracht, Mammi oder Papi, in Paris trug man das jetzt. Es ist ein anzügliches, geschmackloses Ornament, das ihren Körper, der sich (durch die Kaffeebar) nähert, wie zum Schutz umfängt, vielleicht ist sie sich dessen bewußt. Während sie sich über den Kaffeeduft beugt, die Ellbogen auf den Vorsprung gestützt (hochgewachsen, ihr Kopf würde bis zu den Augen reichen), hält das Medaillon sie da unten wie eine gewölbte Hand. Kommt dir das nicht bekannt vor?

Was für ein Narr du gewesen bist, erinnere dich nur, wie du darauf angesprungen bist, man hätte meinen können, du hättest noch nie eine Frau gesehen. Als seien alle Frauen, die er gehabt hat, plötzlich hier in einem Körper vereint, so wie es einem zum erstenmal vorkommt, wenn es einem schließlich gelingt, die Tür zu öffnen, und endlich, endlich – dieses kleine Schulmädchen. Wenn es irgendeine Art Anfall oder Attacke wäre, womit man zum Doktor gehen könnte. Oder die man zu ignorieren beschließt. Abgesehen vom übermäßigen Rauchen ist er in Ordnung.

Er nimmt den Hitzegrad, die Süße und die bittere Beschaffenheit des Kaffees sehr deutlich wahr; er gibt sich nicht onkelhaft, es ist nicht seine Gewohnheit, mit jungen Leuten in einem besonderen Ton zu sprechen, er hat ihnen ohnehin nicht viel zu sagen, aber während er sie leichtherzig mit ihrem

müßiggängerischen Lebensstil aufzieht und sie sich beim Freund ihres Vaters darüber zu beschweren scheint, daß sie kein Auto hat, spürt auch sie, daß sich ein präziser Vorgang abspielt, so genau wie den Verlauf einer heißen, süßen Flüssigkeit im Innern des Körpers, dessen Existenz einem normalerweise nicht bewußt wird. Er ist dessen sicher. Gott sei Dank, daß ich keine Töchter habe.
Die brennende Spur bleibt in seiner Speiseröhre zurück. Wie eine Art Sodbrennen, aber Sodbrennen auf eigenen Wunsch. Manche von ihnen nehmen Gift. Eine Dosis Zyankali, das geht schneller. Aber das ist für Spione und kühne Revolutionäre, nicht wahr? Nicht die Art des Tycoons. Zyankali wird in dem billigsten und wirksamsten Prozeß verwendet, mit dem man goldträchtigen Adern das Metall abgewinnt. Es hat zu Beginn dieses Jahrhunderts die Industrie gerettet. Zyankali färbt den Abfall gelb, der am Stadtrand in gigantischen Sandburgen und bezinnten, geometrisch gestuften Hügeln aufgehäuft ist. Von der Schnellstraße hat man einen guten Blick darauf und auf die verstümmelten und wuchernden Eukalyptusbäume, die das Holz für diese alten Minen lieferten. Er fährt so oft – einmal aus dieser Richtung, einmal aus der anderen – daran vorbei, daß er es nicht mehr zur Kenntnis nimmt, ebenso wenig wie das Winken der Anhalter.
Er hat sich den Begräbnisfeierlichkeiten für seinen Kollegen entzogen. Außer einem Juniordirektor, der ihn vertreten soll, hat er eine großzügige Spende (anstelle eines Kranzes) an die von der Witwe bestimmte schwarze Wohltätigkeitsorganisation geschickt, sowie ein enormes Bukett als Beileidsbezeugung an Mutter und Tochter. Sie sind alle so alte Freunde. Der einzige Weg, das Ganze zu umgehen, war Abwesenheit – zu seinem größten Bedauern mußte er in Geschäften die Stadt verlassen. Und das Land. Eine plötzliche notwendige Reise nach Japan. Australien. Für sie ist das alles eins. Er und ein paar andere Kollegen werden möglicherweise einer Art Fonds

für die zwei Frauen gründen müssen, wenn sich herausstellen sollte, daß kein Geld übrig ist. Aber es wird Monate dauern, bis die Finanzen entwirrt sind.

In einem Fall wie diesem wird immer eine Autopsie vorgenommen, und bis es soweit ist, daß – wie es auf dem Titelblatt der Zeitung heißt – der Selbstmord ärztlicherseits bestätigt werden kann, ist es Donnerstag, und vorher läßt sich die Beerdigung nicht organisieren. Und die Wochenenden verbringt er ohnehin immer auf der Farm. Das ist so gut wie Melbourne. Nichts wird je herauskommen. Sie stand schweigend mit ihrer Mutter und Schwester in der Schlange am Zollschalter und wartete darauf, eine in Zeitungspapier und Kunststoff gewickelte Pflanze zu deklarieren. Noch einmal davongekommen.

Sie werden womöglich trotz allem nach Plettenberg Bay fahren, schließlich haben sie dieses schöne Haus dort, und die Freunde werden sich einfinden und sie dazu überreden. Wenn auch nur um des Mädchens willen, werden die Freundinnen drängen. Sie ist so jung, das Leben geht weiter. (Und die Witwe selbst ist nicht alt; bald wird man sich nach einem passenden Tischnachbarn für sie umsehen.) *Du* könntest dem Mädchen wenigstens ein paar Zeilen aus der New Yorker Wohnung deiner heißgeliebten Mutter schreiben – immerhin seid ihr zusammen aufgewachsen. Aber es gibt keinen Kontakt; die einzige Person, die auch nur deinen Namen erwähnt, ist der Eingeborene auf der Farm. Jedesmal, wenn ich komme, seit die Schulen für die Weihnachtsferien geschlossen haben: »Terry, kommt er nicht, um uns zu helfen? Terry, ist er nicht in Jo'burg? Warum Terry ist nicht hier?«

Laß den automatischen Anrufbeantworter die Anrufe in der Wohnung entgegennehmen. Wir haben während der Ferien mehrere Male angerufen, aber du warst einfach *nie* zu Hause. Wir hätten gelegentlich gern mal was von dir gesehen – ausgestreckt im Gras verborgen, niemand würde glauben, daß dort jemand liegt. Beige-silberne Wände neigen sich über ihn. Die Gräser beginnen gerade, Früchte zu tragen. Sie tragen an der Spitze Aquarellpinsel und Federn sowie Kugeln mit feinfädigen Samen. Er ist nur dem Himmel preisgegeben, und von der riesigen Düsenmaschine aus, die dort oben durch den Raum röhrt, könnte man ihn ebensowenig entdecken wie ein Sandkorn in der Wüste. Die Schilfhalme haben Wimpel aus langen dünnen Blättchen. Sie schwanken leise. An ihren dünnen Masten, die sich unter dem Gewicht eines Falters biegen würden, hängen, schaukeln und tanzen samtige, rote Bischofsvögel. Er ist allein unten auf der dritten Weide, so sicher, ungestört zu bleiben. Allein und doch nicht allein. In der Hitze des Tages fliegen einem Mücken und Fliegen in Augen und Nase, als sei man eine Leiche.

Ohne die Dienste seiner Sekretärin (sie bewacht während seiner Auslandsreisen sein Büro wie eine Art unbewohnte gute Stube, die aufgerollten Wirtschaftszeitschriften liegen auf einer Seite des Schreibtisches, die Klimaanlage läuft weiter, die Aschenbecher sind leer) fehlen ihm die *bonsellas* für die Boys, die sonst zu Weihnachten immer fertig gekauft für ihn bereitliegen. Es ist ihm gerade noch rechtzeitig eingefallen, und da ist der indische Laden – er kann für einen Moment anhalten und sich nach etwas Passendem umsehen. Es ist Monate her, sie müssen inzwischen längst eine Lösung für ihre Probleme gefunden haben – und wenn nicht, dann nicht, er hat nicht die geringste Absicht, zum Einkaufen in die Stadt zurückzufahren.

Eine Gestalt, die genau weiß, was sie will, betritt den Laden zwischen rostigen Drahtständen mit verwelktem Gemüse und schwarzgefleckten Bananen und den Schwarzen, die aus Limonadendosen trinkend im Eingang stehen oder verträumt darauf warten, daß sie drankommen. Der Inder mittleren Alters und sein Sohn haben ihn sofort bemerkt; er weckt eine Art Alarmbereitschaft; aber vielleicht nur, weil er ein so hochgewachsener Mann ist, weiß, der alle anderen um einen Kopf überragt. Eine klebrige Göre starrt ihn in Kniehöhe voll Faszination an. Sie sind liebenswürdig, wie nur jüdische und indische Ladenbesitzer es sein können. Es ist, als hätten sie ihn erwartet. Sie haben ihm verziehen. Er hat einen gesellschaftlichen Fauxpas begangen, den niemand erwähnen wird. Sie wußten, daß er irgendwann zurückkommen würde; sie sind unersetzlich.

»Ich habe da etwas sehr Nettes. Das kaufen die Boys alle. Sie mögen das. Sie werden sehen.«

Die Jeans sind so steif, daß sie von alleine aufrecht stehenbleiben würden. Zwischen den zwei sternförmigen Beschlagknöpfen auf der Gesäßtasche ist wahlweise »Lone Ranger« oder »Deputy Sheriff« eingestickt. Aber er kann sich Jacobus nicht als Filmhelden vorstellen. »Nun noch etwas für die älteren Boys.«

»Das ist das Richtige. Erstklassige Polyester, bügelfrei. Hübsche Farben, sehr hübsche Farben. So etwas gefällt ihnen. Glauben Sie mir.«

»Was kosten sie?«

»Oh, die sind billig. Die kosten nicht viel.«

»Wieviel? Und die Hosen?«

»Keine Sorge, wir machen Ihnen einen guten Preis, das wissen Sie doch...«

Es ist ein Großeinkauf, und der füllige Sohn mit den feuchten Augen, die schläfrig sind vor Sanftmut oder Gelächter oder von der letzten Liebesnacht, hat alles stehen und liegen lassen, und Vater und Sohn falten und stapeln voller Energie die Kleidungsstücke zu einem sauberen Paket. Der Vater kommandiert hörbar herum: »Nein, nein, Mann, das geht nicht, hol einen von den großen Bögen dort drinnen – nein, gib das Hemd her, siehst du nicht, daß du den Kragen ruinierst. Das hätten wir. Versuchen Sie das, Sir. Geht es so? Sind Sie sicher? Halten Sie es nur nicht an der Schnur, ich möchte nicht, daß

das Papier reißt und alles hinfällt – einen Moment – Dawood! Wir haben doch diese Hemdenkartons, Mensch...«
»Nein, es geht sehr gut so.«
»Er trägt es Ihnen zum Wagen, Dawood...«
»Geben Sie es nur her, so ist es gerade richtig.«
Sie strahlen ihn an. Abgesehen von dem alten Mann, der, noch nicht ganz tot, dasitzt wie immer und durch ihn und die Schwarzen hindurchsieht, als seien sie ihm alle gleich oder gar nicht vorhanden. Sein Blick begegnet dem des alten Mannes, und keiner sieht es; ein Zwinkern im Auge eines blinden Mannes.
»Und die besten Wünsche zum Fest. Sollten Sie noch etwas brauchen, wir haben heute durchgehend bis sieben Uhr abends geöffnet. Ich nehme an, daß wir den Herrn Sohn während der Ferien hier sehen werden. Ist das ein netter Junge. Und er ißt gern Indisch! Sagen Sie ihm, er soll unbedingt vorbeikommen...«
Ja, ja, er wird es ihm ausrichten, danke, danke.
Im Lager verprügeln sie am Weihnachtstag einen Hund. Er liegt dort unten und hört es. Er hat jedem seine Hose oder sein Hemd gegeben (zehn Prozent Rabatt vom Inder) und das Bier und den Brocken Fleisch, beides von Jacobus in seinem Auftrag eingekauft; das ist es wahrscheinlich, worüber der Hund sich hergemacht hat: das Fleisch. Das bellende Heulen erstirbt zu einem Quietschen und Winseln, dann fängt es wieder von vorne an. Er kann es nicht, *nicht* hören. Sie haben kein Mitgefühl mit Tieren. Na, der Köter hätte es besser wissen sollen; sie würden für Fleisch morden. So etwas wie einen ununterbrochenen Schmerzensschrei gibt es wohl nicht; interessant. Ob Mensch oder Tier, es muß Atempausen geben, auch wenn der Schmerz andauert. Es sei denn, der Schmerz wird in Wellen oder Impulsen oder wie man es nennen will, von der stelle, an der die Flußpferdpeitsche ins Fleisch schneidet oder der Stiefel landet, zum Gehirn übertragen. Man soll-

te es ihnen verbieten. Man sollte ihnen nicht erlauben, diese Hunde zu halten. Aber in solchen Dingen gibt es einfach keine Verständigung. »Was für Hunde? Is nur ein kleiner Hund, der weiß nicht, wie man Vögel jagt« – und das mit braunen Zahnstummeln gegrinst. Dagegen kommt man nicht an. Du hast recht, Kartenleserin: Mitleid, ob gegenüber Mensch oder Tier, ist Zeitverschwendung, es pflastert nur hier und da die Wunden ein wenig zu. Wenn es so einfach wäre! Ich kann ihnen jetzt zwar verbieten, das Tier zu schlagen, aber das würde sie nicht daran hindern, es wieder zu tun, wenn ich weg bin. Alles muß geändert werden. Begreifst du nicht, wenn du jetzt hier lebtest, würden sie dich gar nicht auf ihrer Seite wollen, sie zögen es vor, dich als Scheiß-Weißen einzuordnen. Das schafft mehr Klarheit. Wenn du nur einen Funken Verstand in deinem Kopf hättest, dann wäre dir klar, daß es so enden muß. Es gibt sonst nichts, was sie von dir brauchen.

Das Heulen ist verebbt und im Frieden des Abends versunken. Dieser Ort absorbiert alles, nimmt alles in sich auf und läßt alles in sich verschwinden. Er ist unschuldig. Der Puls, der Rhythmus ist jetzt ein Kommen und Gehen fliegender Vögel kurz nach Sonnenuntergang. Das ozeanische Wogen von Schichten aus Ästen und Halmen hat aufgehört; die Schwerkraft versenkt alles, was der Erde angehört, in die Erde, an eine Kugel geschmolzenen Erzes gekettet, die ins Dunkel hinübergerollt ist. Die gesamte Schwere seines Lebens wird von dem Baum in seinem Rücken getragen. Schwalben flattern wie dunkle, fliegende kleine Tropfen. Von der fernen Wölbung des Himmels kommen Finken heran. Sie hüpfen beim Fliegen auf und ab, hin und her, und durchbrechen dabei die Umrisse ihrer Formation. Tauben schnellen wie Wurfgeschosse auf ihre Ziele zu. Wie Funkenregen explodieren Vögel in seinem Himmel, und – er verändert den Blickwinkel – vor seinen Augen hebt und senkt sich, auf den Luftwellen schwebend, würdevoll ein Mückenschwarm. Er spürt (soll sie ihn doch ruhig in ihrer Kristallkugel ansehen und sich darüber amüsieren, wenn sie Lust hat) beinahe eine Art von Verbundenheit in der Atmosphäre. Du hast es vorausgesagt – das ist wahr – ihr seid immer so gescheit, ihr habt immer den richtigen Ausdruck bereit: »Die berühmte Gleichgültigkeit der Natur kann Leute wie dich wirklich erschüttern, nicht wahr – das ist die Romantik deiner Realpolitik, die Sentimentalität des harten Geschäftsmanns, der seinen Konkurrenten an die Kehle geht.«

Aber trotz all der brauntittigen Wärme und revolutionären Menschlichkeit, die du ausstrahlst, hast du doch den Sicherheitsgurt festgeschnallt und sie alle hinter dir gelassen.

Sein Bewußtsein Punkt für Punkt abtastend wie das Vorrükken der Ameise, die über die Haare seines Unterarms klettert, weiß er, daß er nicht allein unten im Schilf ist. Er denkt an *ihn*, einen von ihnen, der hier irgendwo liegt, nicht mehr, als man bewußt an jemanden denkt, der ständig im Haus gegenwärtig ist und in denselben Räumen atmet. Manchmal ist es notwendig zu sprechen. Manchmal tritt langes Schweigen ein. In diesem besonderen Augenblick spürt er eine Art Neugier, die in sich selbst eine Frage ist: von einem, der nichts zu sagen hat, an einen, dem man nichts sagen kann. Als er hier einschlief, lag er nicht allein mit dem Gesicht im Gras. Manchmal gibt es eine Verbundenheit, um die man sich nicht bemüht hat. Mit der Natur. Die Natur akzeptiert alles. Knochen, Haare, Zähne, Fingernägel und die Schnäbel der Vögel – die Ameisen tragen den letzten Überrest von Fleisch davon, mag er so winzig sein wie eine im Backenzahn steckengebliebene Faser – nichts geht verloren.

Im Hafen der Sommernacht treibt die Stadt auf der anderen Seite des Buschlandes hellerleuchtet vor Anker. Der automatische Anrufbeantworter wartet darauf, ihm seine einzige Konversation zu liefern. Liebling, hier ist Barbara. Wo in al-

ler Welt hältst du dich nur versteckt? Seton und ich möchten zu Silvester ein paar Leute einladen, es soll ein Abend im kleinen Kreis werden, keine große Fete. Aber ohne dich können wir uns den Abend nicht vorstellen. Ich meine, wir möchten wirklich wissen, ob du kommen kannst? Ich habe schon zigmal angerufen.
Hier spricht Mr. André Boyars' Sekretärin. Mr. Boyars würde sich freuen, Herrn Mehring am Sonntag bei sich zum Brunch zu sehen, um Mr. und Mrs. David Lindley-Brown aus... kennenzulernen. Funktioniert dieses Ding bei dir eigentlich, Mehring, oder rede ich in den Wind... hör zu, Caroline und ich möchten uns gern mit zwei anderen zusammentun und Anfang Januar mit Blakey Thompson zu den Komoren-Inseln segeln. Wie gefällt dir das? Er hat seine Jacht aufmöbeln lassen, und er kennt sich aus, aber wir beide haben das Gefühl, so lieb und wert uns Blakey ist, daß die Reise über den Indischen Ozean allein mit ihm doch verdammt schwer zu ertragen wäre – Caroline unterbricht mich, sie sagt, genaugenommen ist es die Straße von Mozambique.
Ich habe eine farbige Band angeheuert, die Jan aufgetrieben hat. Das Mädchen im Büro sagt, du würdest wohl nicht rechtzeitig zurück sein, aber es wäre zu schön, wenn du es schaffen könntest... es wird ein enormes Fest, mir fallen dauernd Leute ein, ohne die es der halbe Spaß wäre – du kennst mich ja –.
Irgend jemand hat mir erzählt, du seist zum Skifahren nach Österreich geflogen? René und ich wollen ein ruhiges und zivilisiertes Neujahr fern von allem Gewimmel erleben, und ich habe ihm gesagt, weißt du, es gibt nur einen Menschen, den ich gern dabei hätte... ehrlich. Du bist noch nie in unserer Jagdhütte am Olifants River gewesen, nicht wahr? Nun, wir nehmen Mengen von Essen und guten Getränken mit, und dann sehen wir uns die Flußpferde an. Wir haben so eine Art kleinen Beobachtungsturm gebaut... René hat eine Kusi-

ne aus Belgien zu Besuch, ein bezauberndes Mädchen, ihr würdet euch großartig verstehen. Wir wären so richtig unter uns.

Manche Anrufer werden von dem Anrufbeantworter eingeschüchtert und formulieren ihre Mitteilungen im Telegrammstil, als müßten sie für jedes Wort bezahlen. Andere werden gerade dann unterbrochen, wenn sie richtig in Fahrt kommen – sie vergessen oder wissen nicht, daß die Aufnahmezeit begrenzt ist, ganz gleich, was man noch alles auf dem Herzen hat. Die Maschine hört einfach nicht mehr zu.

So wie er keine Antwort gibt. Er nimmt an der Unterhaltung nicht teil. Er sitzt in einem Lehnsessel, den Kopf zurückgelehnt, aber nicht unaufmerksam. Hielte er nicht ein Glas in der Hand, würde ein Beobachter der verschlossenen Wohnung, deren Besitzer in den Ferien ist, seine Haltung für die eines Arztes oder einer ähnlich zuverlässig unpersönlichen Vertrauensperson ohne eigene Interessen halten.

Am Weihnachtstag haben sie einen Hund geprügelt, und in der letzten Nacht des Jahres gibt ihr Radio *boere musiek* von sich, dieses leiernde Ziehharmonika – Humptata, das die Afrikaner so lieben. Die monotonen Rhythmen müssen ihren Ursprung ohnehin in den Gesängen schwarzer Stämme haben. Man braucht nur darauf zu achten, wie einer der Boys dasselbe Stück Melodie beim Gehen immer wieder vor sich hinsingt, oder ihrem Singen zuzuhören, wenn sie betrunken sind. Was sie ohnehin bald sein werden.
Er wandert die Straße entlang am Lager vorbei, und in der angrenzenden Koppel haben sich die Tiere alle hingelegt. Man sagt, daß Kühe Musik mögen. Sie atmen mit tiefen Tierseufzern.
Im Lager gibt niemand ein Lebenszeichen, aber er weiß, daß sie alle dort sind. Die L-Form ihrer Hütten verbirgt sie und ihren Dreck und ihre Hühner und ihre Feuerstellen vor der Straße. Eines Tages wird das Ganze abgerissen und anständig gebaut werden müssen, dort, wo es von Anfang an hätte sein sollen – oben hinterm Haus, nahe der Durchgangsstraße, in genügendem Abstand von Fluß. Es wird Unzufriedenheit geben, denn sie lebten bereits hier, als er kam, sie haben hier, weiß Gott wie lange, bevor er den Platz gekauft hat, gehockt und rechnen damit, daß noch ihre Enkel hier leben werden, wenn er längst fort ist. Im Lager tun sie so, als sei er nicht da, aber als er zum Haus zurückkehrt, wo sein Wagen so deutlich wie eine gehißte Flagge seine Anwesenheit verkündet, findet er Jacobus, der offensichtlich auf ihn wartet, obwohl seine Hosenbeine hochgerollt sind und er Seife und Handtuch trägt, als wolle er sich nur die Füße unterm Wasserhahn im Hof waschen. Er schätzt es nicht, wenn jemand in seiner Ab-

wesenheit herkommt oder ohne sein Wissen hier herumspaziert; das hat sich herumgesprochen. Gott weiß, was vorgeht, wenn sie sich selbst überlassen sind. Sie sind schlau wie eine Herde Affen. Er braucht nur an der besonders geformten Staubwolke zu sehen, daß der Mercedes sich nähert, und schon hat er es unter die Leute gebracht, es ist Telepathie oder Hexenkunst, sie verstehen einander, einer sichert den anderen so gut ab. Jacobus ist heute mitteilsam und unbekümmert – hat was getrunken; nun ja, warum nicht.

»Bass, ich wecken dich um zwölf Uhr. Klopfen an die Tür.«

»Ja! Dann trinken wir einen Whisky.« Er ist gerade dabei, eine der Flaschen in dem dünnen weißen Papier, in dem sie verpackt sind, wenn man den Whisky kartonweise kauft, aus dem Wagen zu holen.

»Was Whisky …« Das Lachen ist an einen Danebenstehenden gerichtet; den Nachtwächter. Es winkt ihn herbei wie eine auffordernde Handbewegung. Die Einladung – oder der Scherz – wird in ihrer Sprache erklärt.

Er hat sich für keine der Partys entscheiden können, bevor es zu spät war. Blitze in einer hochfliegenden Höhlung schwarzer Wolken zu seiner Rechten, und zur Linken beginnt ein riesiger, orangefarbener Mond sich gelb zu färben, so wie die Haut eines Ballons beim Aufblasen dünner und heller wird. Ein außergewöhnlicher Anblick; eine außergewöhnliche Nacht. Es kommt vor, daß eine besondere, exakte Kombination von Wärmegraden, Feuchtigkeit, Windrichtung oder -stille, die nach der Frühjahrs-Tagundnachtgleiche zu einer bestimmten Abendstunde, zu einem bestimmten Datum zusammenwirken, geflügelte Ameisen vom Boden emporschweben lassen. Oder (eine völlig andere Kombination: hohe Temperaturen in einem besonders frühen, trockenen Frühling) Leuchtkäfer, die Bahnen glühender Fäden durchs Schilf ziehen. Sie wurden in einer Schülermütze gefangen und in eine

leere Schokoladenschachtel mit Zellophanfenstern gefüllt und so zu einer Laterne gemacht – ein großer Erfolg bei einem kleinen Jungen. Das ist nur einmal geschehen. Niemand kennt die Formel. Sollte das Phänomen sich wiederholen, wäre es jetzt zu spät. Die Luft heute nacht ist von einer Wärme und Weichheit, die Frauen in leichten Kleidern hervorbringen. Um Mitternacht werden sie alle nackt unter den Nachtfaltern schwimmen, die, von der Unterwasserbeleuchtung angezogen, ins Wasser gefallen sind. An den Gästen, die in voller Kleidung hineingesprungen sind, klebt jetzt der Stoff. Es ist unmöglich, sich von einer solchen Nacht in irgendeine Art von Behausung zurückzuziehen. Er hat sich, den Hals der Whiskyflasche immer noch in der Hand, vom Haus entfernt. Für einen Augenblick kehrt er zum Haus zurück, die Küchentür ist offen – Alina zieht mit diesen endlosen Eimern heißen Wassers, die sie offenbar ständig holen, auf und ab – er holt sich eines der billigen dickwandigen Gläser und eine Kunststoffflasche mit Wasser aus dem Kühlschrank.
Mit dem Glas über die Wasserflasche gestülpt in einer Hand und in der anderen die Whiskyflasche schwingend, macht er sich auf den Weg über ein großes Luzernenfeld. Hinter ihm ist der dichte, vom Mond erleuchtete Pflanzenteppich von einer dunklen Linie gespalten, wo der Druck der Füße und die Beine in Wadenhöhe die jungen Pflanzen durchpflügt haben. Das Wetterleuchten tanzt und hüpft leicht vor ihm her; es scheint seinen Körper zu berühren, darüberzugleiten. Er weiß nicht, wohin er geht, aber auch er wird es in einer solchen Nacht erkennen, wenn er sein Ziel erreicht – den Ort, an dem alle Vorzüge dieser Nacht sich ihm in ihrer Vollkommenheit erschließen. Er sitzt abends neuerdings gern auf der unbedachten Veranda eines steinernen Außengebäudes, in dem Säcke mit Kunstdünger aufbewahrt werden, da es günstig in der Mitte der Ländereien liegt. Niemand hat je dort gewohnt – nun, das kann man vielleicht nicht sagen, diese Leute ma-

chen sich überall breit –, niemand hat es als Wohnung benutzt, seit er die Farm gekauft hat, und er hat noch nicht entschieden, was er daraus machen will. Mit einem neuen Dach drauf wäre es besser als jedes der Häuser im Lager aber diese Lösung kommt nicht in Betracht, denn er hat bei seinen abendlichen Aufenthalten festgestellt, daß es die beste Aussicht der ganzen Farm hat. Ein Gästehaus? Wenn man so etwas braucht.

Hier steht ein Klappstuhl aus Metall, dessen Plastikgurte nicht alle gerissen sind. Das hat ihn überhaupt dazu gebracht, sich hier einmal hinzusetzen. Er hat keine Ahnung, wie das Ding hergekommen ist; ein Ring findet sich niemals wieder, aber etwas, an dessen Verlust sich niemand erinnert, wird nie zurückverlangt. Vielleicht hat vor vielen Monaten ein Gast, der befürchtete, im Gras sitzen zu müssen, sich seinen Komfort zu einem der Picknicks unten am Fluß mitgebracht. Und er selbst muß beim letztenmal vergessen haben, den Stuhl zusammenzufalten und hinter die Kunstdüngersäcke zu werfen; er steht in einem bestimmten Winkel gleich links neben einem verkümmerten und zerhackten Maulbeerbaum, der überlebt hat (es muß doch einmal jemand hier gewohnt haben). Es ist sonderbar, hier einen Stuhl zu sehen, als sei er auf Bestellung hingestellt worden. Es ist beinahe, als sei er entkörpert und sähe sich selbst dort sitzen.

Er nimmt den für ihn vorbereiteten Platz ein, indem er ihn ausfüllt. Whisky und Wasser schmecken köstlich. Man mag zwar essen wie ein Schwein, wenn man allein ist, aber das Trinken wird zum Genuß, den man viel sorgfältiger und bewußter auskostet, wenn es nicht gerade als Treibstoff für gesellschaftlichen Verkehr dient. Alle paar Sekunden erzittert die Nacht vom Wetterleuchten, und hin und wieder zerbirst der pechschwarze Himmel zur Linken wie eine Teetasse von oben bis unten in eine blendende Zickzacklinie, deren Bild (komplex wie eine feine Ader oder wie die Topographie eines

Flusses) sich auf den im Reflex geschlossenen Augenlidern einprägt. Aber es donnert nicht. Der verebbende Ruf der Perlhühner in den Maisfeldern ertönt vollkommen klar, und überall in der Runde – oder es scheint zumindest so, weil die Hügel am Horizont das Echo schnell aneinander weiterleiten – amüsieren De Beer und seinesgleichen ihre Kinder mit Feuerwerk. Für sie sind alle Anlässe Familiensache. Kein Donner. Dieses gewaltige Gewitter ist meilenweit entfernt, und dieses eine Mal, in einer Nacht wie dieser, ist es möglich, an einem Punkt zu sein, an dem sein Element endet, und das absolut ruhige, voll vom Mondlicht erfüllte Element beginnt. Es sind wirklich zwei Nächte in einer; so, wie die Mitternacht zwei Jahre voneinander getrennt wird.
Er ist sich der Wirkung des Whiskys voll bewußt, aber sie ist gerade stark genug, um seine Empfänglichkeit für diese wundervolle Nacht ein wenig zu erhöhen. Auf jeder ihrer Partys hätte er um diese Zeit schon viel mehr getrunken, so viel, wie sie jetzt trinken, bis sie alle miteinander schwanken, sich an den Händen greifen und sich festhalten, als könnten sie einander helfen, als solle ein Teppich unter ihren Füßen fortgezogen werden.
Er empfindet etwas, was nur ein Gefühl der Überlegenheit sein kann. Nicht, weil er nicht mehr unter ihnen ist, nicht dieses Jahr – jemand von deiner grundsätzlich vorhandenen Intelligenz, Mehring, selbst du mußtest dich schließlich von dieser Bagage freimachen –, nein, nicht weil sie dieses oder jenes sind oder nicht sind, weil sie Veuve Cliquot trinken, während die farbige Band spielt, weil sie der kleinen grünen Rakete zusehen, die schwächlich überm Buschland aufsteigt, während die Kinder sich an die eng zusammengepreßten rosa Schenkel der Mütter klammern, weil sie sich die Festlichkeiten anderer aneignen, nur um eine Entschuldigung dafür zu haben, daß sie schon vor dem Wochenende mit dem Biertrinken anfangen, sondern weil niemand diese Nacht so sieht wie

er. Niemand außer ihm sieht sie. Das ist das Gefühl. Du hast beim Verlassen des Landes Tränen vergossen, aber weißt du warum?
Und du weißt nicht, daß er und ich zusammengesessen haben, nur wir beide, hier draußen vor einem Haus, das kein Haus ist, und vor einem Baum, der in diesem Augenblick kein Baum zu sein scheint, sondern ein papierenes Rauschen in der plötzlichen Brise, ein Klecks, der sich dunkel gegen die Helligkeit abhebt. Wir zwei Männer sitzen hier, wo man den ganzen Streifen Schilf und Fluß vor sich hat, keine Fledermaus kann sich da unten rühren, ohne daß man ihren Schatten im Mondlicht sieht, und wir machen dem Rest der Flasche gemeinsam den Garaus. Aus welcher Richtung er kommen wird, ist ungewiß, er wird nicht mehr sein als ein Schatten unter Schatten, ein Rascheln in der nächtlich-geheimen Regsamkeit harmloser Geschöpfe im Gras – aber er hat gesagt, er werde kommen, mit einem Sprung die alte, unbedachte Veranda hinauf, auf der es sich bequem hockt. Sicher lächelt er mit diesen verwahrlosten Zähnen, nur macht das Mondlicht hinter ihm aus seinem Gesicht ein schwarzes Oval. »Gut, Jacobus! Jetzt trinken wir einen, was? Komm!« Ein zweiter Stuhl ist nicht vorhanden, das vermeidet Peinlichkeiten. Ganz wie in den alten Zeiten in der Wüste, als die Damara Boys sich mit uns ums Feuer hockten und uns ihre Jagdgeschichten erzählten. »Schmeckt's dir? Das ist was Gutes. Sehr gut. Angenehm, was? Warm im Magen?«
Er hat es vielleicht noch nie getrunken. Aber doch, natürlich hat er, das ist wie die *boere musiek*, sie entwickeln für alles einen Geschmack, die wollen Schuhe an den Füßen haben, gib ihnen nur eine Chance.
»Hier.« (Und sofort hält er sein Glas hin, als täte er es jeden Tag.)
»Hier hast du noch was. Heute nacht bist du glücklich, was? Alle sind glücklich heute nacht. Musik, Trinken, das schöne

Feuerwerk am Himmel… du auch, ja? Wie lange bist du schon hier?«
Nein, nicht wie lange er für mich gearbeitet hat; wie viele Jahre hat er an diesem Ort gelebt, das meine ich. Jacobus hat hier gewohnt, als ich kaufte. Er hatte für den vorigen Eigentümer gearbeitet oder vielleicht auch nur auf einer benachbarten Farm. Abgrenzungen bedeuten ihnen wenig, wenn sie »hier« sagen. »Wie alt bist du?« Er lacht, natürlich. »Nicht alt«, sagt er immer, »noch nicht alt.« Vielleicht weiß er es nicht. »Glückliches – glückliches – wieder ein neues Jahr, morgen, was, Jacobus? Lange Zeit jetzt, lange Zeit.« Ja, sie steht für keinen von uns still; seine Kinder (welches sind seine Kinder?) müssen auch heranwachsen. Er hat Töchter, das weiß ich – Söhne? Ich sollte es wissen. Welcher von ihnen ist seiner? Womöglich sind sie nicht mehr hier. Er wird diesen Ort nie verlassen. Wohin würde er gehen? »Wir werden diese Flasche austrinken, Jacobus, du und ich. Dieses eine Mal. Denkst du, wir sind Manns genug, die Flasche auszutrinken?«
Ja, da lacht er natürlich. Jeder weiß, wieviel sie von ihrem eigenen Gebräu schlucken können. Feiern oder Hungern, so halten sie es; sie fressen sich voll, wenn sie können, und hungern, wenn sie müssen, das ist ihre Stärke. »Jeder ist glücklich. Es ist eine gute Farm, ein guter Arbeitsplatz, nicht wahr? Und das Vieh macht sich gut diesen Sommer. Wir bauen uns eine prächtige kleine Herde auf. Abgesehen von diesem jungen Stier – ich bin nicht so sicher, daß ich da einen guten Kauf gemacht habe. Da hat mich einer hochgenommen. Was meinst du? Du mußt dich doch mittlerweile mit Vieh auskennen, du und Phineas und Solomon, ihr kennt vielleicht nicht den Jargon, aber ihr erkennt ein gutes Stück Rindfleisch, wenn ihr es unter der Hand habt, darauf wette ich…«
Nur dieses eine Mal.
Über Vieh können sie reden, soviel haben sie immerhin ge-

meinsam. Der alte Knabe ist kein Narr, wenn er es nicht sein will und wenn es ihm nicht in den Kram paßt. Er war neulich ziemlich auf Draht, als es um den Bullen ging; man könnte sagen, kritisch, aber mit der unschuldigsten Miene.

»Der Bulle, der junge, is in Ordnung. Aber was nicht stimmt mit den Beinen vorn – die Beine sind'n bißchen schwach.«

Ja, ja, das kann ich auch sehen. »Aber er ist noch jung, die Beine werden schon noch kräftiger.«

»Nein, hier wird er stark – so –, aber Beine bleiben bißchen schwach.«

Ja, ja ich weiß. »Aber wenn das Tier ganz ausgewachsen ist...«

»Warum der andere Bulle, der alte, warum ist der nicht so schwach, wenn er jung ist?«

»Oh, Nandi, das ist der, den Terry nach dem Hindu-Gott getauft hat, den er auf dem Tempel in Durban sah, oh, Nandi, das ist was anderes – das ist ein Bulle. Aber wann hat man schon das Glück, solche Qualität zu finden...«

»Nein, wenn du Bullen kaufst, dann schaust du lange, he? Dann warum schaust du nicht, daß Beine müssen stark sein wie Nandi? Nandi wird alt, aber Beine is stark.«

»Ja, und warum behängen wir ihn nicht mit Jasmingirlanden, wie Terry es sich wünschte...? Ich weiß, was du meinst. Wenn es dein Bulle wäre, dann würdest du darauf achten, nicht einen mit rheumatischen Beinen zu kaufen, der nicht imstande ist, eine Kuh zu besteigen, du würdest aufpassen, wenn du die tausend Rand hättest, einen Bullen zu kaufen...«

Aber wir kommen gut miteinander aus. Wir lachen viel; ich würde ihn immer an seinem Lachen erkennen, selbst wenn sein Gesicht von der Dunkelheit verborgen wäre. »Kannst du dich überhaupt daran erinnern, wie er aussah? Damals, Jacobus? Du mußt ihn doch umgedreht, sein Gesicht gesehen haben? Als du die Sonnenbrille und die Uhr, all das Zeug, an

dich genommen hast. Würdest du ihn erkennen, wenn du ihn wiedersähest – wenn sie dir ein Photo zeigten, wie die Polizei es hätte tun sollen, um ihn zu identifizieren?«
Er kann Alkohol vertragen; er hält den Kopf wie ein Mann, der tief in Gedanken ist.
Er sagt, was er zuvor einmal gesagt hat. Der Baum fegt vorwärts und rückwärts über den Mond. Wir sprechen in aller Muße, manchmal mit geschlossenen Augen. »Niemand kann den Mann kennen. Nichts für den Mann.«
Na, er ist willkommen. Harmlos. Soll er bleiben. Was soll's. Wir würden ihm was zu trinken geben, wenn er jetzt hier wäre, das arme Schwein. Wir würden keine Fragen stellen, was? Nur dieses eine Mal. Kann nichts schaden.
Wir trinken den Whisky und reden und lachen, das ist die Nacht seines Lebens. Trotz der Sprachschwierigkeiten. Das würde dir zu denken geben, wenn du es je erfahren solltest. Überall an der Peripherie der Nacht, sie selbst nicht berührend, ertönen entfernt die läppischen Klänge menschlicher Festlichkeiten. Es ist schwierig, sie voneinander zu unterscheiden; eine Art aus weiter Entfernung kommendes Geschrei, aus dem dann und wann ein einzelner Ton aufsteigt, der sowohl Gelächter wie Schmerz bedeuten könnte. Man kann sich nicht vorstellen, wie das klingt, solange man selbst daran teilnimmt. Er hat den Stuhl zurückgekippt und fühlt das Mondlicht auf seiner linken Wange, als bräune ihn eine fremdartige Sonne; aber das kommt vielleicht nur, weil er sich der Dunkelheit des Gewitters, die die rechte Hälfte seines Gesichts empfängt, so bewußt ist. Der Mond scheint so hell, daß er die Ziffern auf seiner Armbanduhr erkennen kann. Auf eine plötzliche Eingebung hin schleppt er vom Haus einen Schlafsack, Segeltuch und ein Metallbett (faltbar wie der vom Gast vergessene Stuhl) sowie ein paar andere notwendige Dinge herunter. Wer immer aus dem Fenster blicken würde – Alinas Zimmer ist dunkel, das von der *boere-musiek* be-

rauschte Vieh bewegt nicht einmal die hellen, glänzenden Hörner –, würde sehen, wie er beladen den Weg zurückgeht, den er sich vorher schon durch die Luzernen gebahnt hat, vorangezogen, als treibe er schon durch seine eigenen Träume. Er hat eine Moskitospirale mitgebracht und eine frische Packung Zigarren. Die Nacht ist sehr still geworden, obwohl sie absolut nicht stumm ist, und auf der Veranda zwischen den Düngemittelsäcken wird es ohne Zweifel Moskitos geben. Die Spiralen sind eigentlich fürs Haus gedacht, aber vielleicht werden sie helfen. Er zündet den Docht mehrere Male an, bevor er Feuer fängt und allmählich, ganz langsam, die Spirale, eine dünne Kobra mit einem über der Mitte aufrecht stehenden Kopf rot färbt. Nun steigt langsam sich kräuselnder Rauch aus dem lebendigen Mund auf. Er fühlt sich richtig wohl in dem Schlafsack und kann alles sehen wie ein Hase (es muß noch ein paar geben, wenn sie nicht alle aufgegessen haben) oder ein Schakal (De Beer sagt, bis vor etwa zehn Jahren seien hier noch einige herumgelaufen), der den Kopf aus seinem Loch steckt. Er hatte sich vorgenommen, im Liegen noch eine letzte Zigarre zu rauchen, aber die Augen fallen ihm zu. Er spürt im Schlafsack außer seiner eigenen sehr stark noch die Gegenwart eines anderen Menschen. Er preßt die Nase in die dünne, mit Daunen gefüllte Fallschirmseide. Es ist der Geruch des blonden Haars von einem Schuljungen, keines allzu sauberen Haares, obwohl es damals noch nicht so lang war, das sich während vieler ruheloser Halbwüchsigen-Nächte am Futter gerieben hat.

Jacobus ist nicht gekommen.

Die Berührung des kalten Metalls vom Reißverschluß des Schlafsacks hat ihn geweckt. Es ist schon hell. Aber vielleicht noch sehr früh. Der Morgen kommt zu einer Zeit, wenn er von den Vorhängen ferngehalten wird. Eine Sonne, die so bleich ist, wie der Mond der vergangenen Nacht – des vergangenen Jahres – orangefarben war, gibt den obersten Blättern dieses Baums da einen harten Glanz. Als metallische Silhouette gegen den Himmel enthüllen sich die beschnittenen Strünke, die von Zweigen und Blättern unzureichend bedeckt sind, als verkrüppelte Stümpfe. Irgendeine Schicht seines Bewußtseins sagt ihm, daß spätere, lautere Schreie ausgerufen haben, was er zu dieser Stunde, in dieser Nacht des Jahres gehört hat, solange er zurückdenken kann. Ha-ppee*, happee. Happee... ha-ppee... es ist ein Ruf, kein Toast, und macht keinerlei Anstalten, die Beschaffenheit, den Zustand oder den Wunsch, die damit ausgedrückt werden sollen, näher zu definieren, Happee, happee. Um Mitternacht brüllen sie es in den Hinterhöfen der Vororte und in den Straßen und produzieren damit ihr eigenes Glockengeläut. Ja. Sie schlagen mit Mülleimerdeckeln und Spaten gegen die Telefonmaste und schreien *happee, happee*. Sie müssen es oben auf der Straße, wo man die Telephondrähte summen hören kann, wenn man allein ist, mit ihren Hacken getan haben, und vor dem Laden des Inders haben sie bestimmt auch Spektakel gemacht. Die Buren schliefen, die Inder schliefen. Und er selbst ist nie aus dieser Ebene seines Bewußtseins erwacht. Es ist alles vorbei. Noch einmal davongekommen.

Natürlich – wie idiotisch, das zu vergessen! Wenn er gekommen ist, dann muß er zum *Haus* gekommen sein. Er hat vielleicht lange Zeit an die Küchentür geklopft und ist dann gegangen. Es wurde ihm klar, daß es scherzhaft gemeint war. Willst du die Schule schwänzen und mit mir Trinity, wie immer es heißt, ansehen? Es war ein Spaß, versteht sich. Sie hat es als Spaß aufgefaßt. Allmächtiger Gott. Ein Spaß vom vergangenen Jahr.

Überall dort, wo er letzte Nacht die Luzernen niedergetreten hat, sind sie dunkelgrün; die zarten, feuchten, saftigen Blätter sind zerquetscht und zusammengepreßt. Von dem Pfad zwi-

* Ha-ppee = Happy = Happy New Year = Glückliches Neues Jahr.

schen seinen zwei Bestimmungsorten – hier und dem Haus – abgesehen, läßt sich keinerlei Sinn in den Trampelstellen entdecken, die über das von unberührtem, kristallklaren Tau bedeckte Feld verstreut sind. Was in aller Welt hat er nur getan, er muß sich immer wieder um sich selbst gedreht haben, ein Hund, der seinen Schlafplatz vorbereitet, oder ein wilder Vogel, der mit der Brust das Nest plattdrückt. Nur die Kühe sind wach und geben ihre langgezogenen, zustimmenden Laute von sich: Muuhh! Oben im Lager ist nicht einmal ein Rauchfaden zu sehen. Liegen noch in den Armen ihrer Frauen. Witwenvögel – was für ein idiotischer Name, was gibt es in der Natur Männlicheres als diese dünkelhaft dahergetragenen, übertrieben wirkenden Schwanzfedern – fliegen niedrig über die Maispflanzen, die die grünen Felder heller färben, da sie alle in derselben Höhe blühen. Kein Hauch des seifig schlechten Atems vom Fluß. Es ist absolut niemand da. Der Ort gehört ihm allein. Sein Auge beobachtet ihn. Wie jedes gesunde Geschöpf in der Blüte seiner Jahre hockt er sich in aller Einsamkeit in die süß duftenden, feuchten Luzernen und produziert mühelos und nicht ohne Vergnügen (mit dem Rauch der gestern nicht angesteckten Zigarre in der Nase) einen dampfenden Haufen. Der schwache warme Geruch ist hier draußen im Freien harmlos wie Kuhdung. Er lockert mit dem Fuß etwas Erde und ein paar Luzernen und vergräbt dieses Zeugnis seiner Anwesenheit.

So traten wir hervor, in dem Glauben, daß wir genügend besäßen, daß wir alles besäßen, daß alle Weisheit uns gehöre und daß es nichts gebe, was wir nicht wüßten... Wir sahen, daß der schwarze Mann ohne alles hervortrat; wir waren nackt; wir ließen alles hinter uns, weil wir als erste da waren. Aber was den weißen Mann betrifft... wir kamen in Eile; aber er wartete, um nichts zurückzulassen, um alles zu bekommen.

Izak, der ohne bestimmtes Ziel dahinradelte, hielt an, um zu sehen, was sich bei den Indern tat. Einer der Söhne vom Laden kletterte gerade die Streben hinauf, die ihren Regenwassertank abstützten. Sie hatten hier keine Windmühle wie auf der Farm, aber im Hof stand ein alter Brunnen, aus dem die Leute sich mit einer Handpumpe das Wasser holten. Der Inder war dabei, die Streben anzustreichen; eine Dose mit Farbe war in dem Winkel zwischen zwei Stangen eingeklemmt, die ein X bildeten; nachdem er die Stelle gewählt hatte, mit der er beginnen wollte, hielt er sich mühelos in der Schwebe, die Füße weit auseinander oder auf ein Querstück gestützt, die linke Hand um eine vertikale Stange gelegt, während er mit der rechten lange, rotbraune Streifen pinselte. Er war gekleidet wie ein weißer Stadtjunge am Sonntag – Izak sah sie immer, wenn sie auf ihren Motorrädern die Hauptstraße hinunterfuhren –, mit Gummisandalen, die von einem Riemen zwischen den Zehen gehalten wurden und enggeschnittenen Shorts von der Sorte, die einen eingenähten Gürtel mit einer kleinen Metallschnalle haben. Von der Taille aufwärts war er nackt, und die Kette mit dem vergoldeten Anhänger auf der Brust bewegte sich mit ihm. Ein kleines Mädchen vom Haus stand unmittelbar unter ihm, blickte zu ihm hoch, stellte Fragen und machte keine Anstalten, wegzugehen. Sie argumentierten in ihrer Sprache, bis ihr Bruder, oder was immer er war, so tat, als träufelte er Farbe vom Pinsel auf sie herunter, worauf sie kreischend und mit den in langen weißen Socken steckenden Beinen mit großen schritten davonlief. Izak konnte sehen, wie der junge Inder die Muskeln um die Schulterblätter spielen ließ und die Arbeit fortsetzte. Es war nicht einfach, die Streben zu umpinseln, aber er kam gut voran;

Izak begriff nicht, warum er plötzlich aufhörte und ohne auch nur einmal danebenzutreten, herunterkletterte und das Gerüst umwanderte, um es sich von unten zu besehen.
Izak sagte in Afrikaans: »Ist hoch, was?« Es war der junge Inder, nicht einer von den Schuljungen, sondern der Jüngste der erwachsenen Söhne, etwa in Izaks Alter. Jacobus und selbst Solomon wußten nicht genau, wann sie geboren waren, aber Izak kannte sein Geburtsdatum, den 21. April 1956; er hatte es Schwarz auf Weiß auf einem Stück Papier.
Der Inder wandte ihm dunkle Brillengläser zu. Das glänzende gelockte Haar, das sie alle haben, hing über die metallenen Brillenränder. Er verzog im Sonnenlicht das Gesicht und zeigte seine Zähne. »Alles verrostet. Wenn es keiner anstreicht, wird es bald zusammenfallen.«
Izak lachte. »Zu alt.«
»Ich hätte mit der Plattform anfangen sollen. Da liegt der Fehler. Ich bin blöd gewesen, Mann.«
Izak hockte auf seinem Rad, aber nicht im Sattel; es war seitwärts geneigt, und er saß rittlings auf der Stange, wobei er sich mit den Beinen abstützte. »Das kannst du doch immer noch. Steig auf der anderen Seite hoch, Mann.«
»Ich weiß.«
Sie starrten beide einen Moment lang auf die Konstruktion.
»Wirst du auch den Tank anstreichen?«
»Die Dinger streicht man doch nicht an. Das ist Asbest – ein Spezialzeug, das man nicht...«
»Ja, ich kenne Asbest, Mann. Wie fürs Dach.«
Der Inder begann wieder zu klettern, und dieses Mal kam er bis zur Plattform. Oben angelangt, streckte er die Beine hinter sich aus und angelte mit dem Gesicht auf dem Rand liegend wie ein Athlet, der Liegestütze macht, sorgfältig mit einem Arm nach der Farbdose und zog sie hinauf. »Streichst du jetzt die Plattform?«
Er gab keine Antwort, sondern schüttelte sehr langsam den

Kopf. Was hatte er denn da oben bloß vor? Izak konnte dem Kopfschütteln des Inders ansehen, daß er einen Entschluß gefaßt hatte. Aber gerade jetzt wurde Izaks Aufmerksamkeit von einem der Kinder der Farm abgelenkt, einem kleinen Mädchen, das ein winziges Döschen Sirup auf dem Kopf balancierend die Straße entlangkam. Sie wollte auf dem Rad mitgenommen werden und bettelte und quengelte. »Junge, ich bin so müde.«

»Wie kannst du denn müde sein, Sesi, sieh nur das kleine Ding da an, das ist doch nicht schwer.«

»Aber mein Fuß ist wund.«

»Welcher Fuß? Was für ein wunder Fuß? Du willst doch nur auf dem Rad spazierengefahren werden, das weiß ich doch.«

Als er wieder hochsah, begann am oberen Teil des Tanks ein brauner Streifen zu erscheinen. Der nicht sehr große Tank hatte die Form einer Tonne, und der Inder konnte, wenn er sich auf die Zehenspitzen stellte – man sah die roten Gummisohlen seiner Sandalen –, mit dem Pinsel an den oberen Rand heranstreichen. Wollte er den Tank doch noch anstreichen? Nein. Nachdem er den Tank ganz umrundet und den oberen Streifen beendet hatte, hockte er sich nieder und malte – nicht ohne Mühe, denn er nahm in der Hocke mehr Platz ein als im Stehen – den gleichen Streifen in der Breite des Pinsels um den unteren Rand. Jetzt begann er zu schreiben – nein, er malte etwas auf den Teil des Tanks, der Izak und der Straße zugewandt war. Izak – vorsichtig und ohne zu weit zu gehen – begann lachend, sich ein bißchen aufzuspielen und Bemerkungen zu machen. »Was machst du denn da eigentlich? Was ist das, was du da malst? Ein Gesicht! Was soll das sein? Na, sag schon, Mensch...«

Der Inder schüttelte nur wieder langsam den Kopf; er wußte, was er tat.

»Was ist'n das für'n Ding?«

Nachdem das Gebilde ein zweites Mal übermalt worden war, um die Umrisse zu verstärken, zog er sich zur Seite und zeigte wieder die dunklen Brillengläser: »Siehst du es nicht?« Der Umriß eines aufrechtstehenden Eis war innen vor vier Linien unterteilt oder vielmehr von einer vertikalen Linie, von der am Beginn der unteren Hälfte kürzere Linien nach beiden Seiten sowie nach unten weitergingen. Der Inder hing einen Augenblick neben seinem Werk und ließ einen Fuß baumeln. Dann war er mit zwei Bewegungen, von denen die zweite ein Sprung war, leichtfüßig wie eine Katze wieder auf der Erde und begann, die Hände an einem Lappen abzuwischen. Er warf keinen Blick mehr auf das, was er da oben gemalt hatte.

Izak kannte dieses Ei. Er sah es an den Motorrädern. Sogar auf Hemden. Es war schick. Die Leute trugen es wie das Jesuskreuz. Er sah jetzt auch, daß dies der glänzende Anhänger war, den der Inder am Ende seiner Kette auf der nackten Brust trug. Aber was dieses Zeichen eigentlich bedeutete, so wie er es vom Christenkreuz wußte oder auch von dem sechszackigen Stern, den die Kinder Zions auf ihrer Flagge trugen, war ihm nicht klar.

»Es macht sich gut dort.«

Der Inder sah noch immer nicht auf. Er hatte noch nicht – wie Izak – gesehen, wie sich das Resultat seiner Arbeit von unten ausnahm.

»Ich würde mir gern eins kaufen. Du mußt mir eins aus dem Laden besorgen, ja?«

Der Inder lachte und schüttelte den Kopf, ohne Izak anzusehen.

»Oh, bitte, Mensch, ich hätte gern eins (er klopfte sich dort auf die Brust, wo er es tragen würde). Was nehmt ihr dafür? Warum holst du mir nicht eins!«

»Wir haben keine im Laden.«

Danach verstummte das Gespräch, weil der Inder nichts

mehr sagte. Izak lungerte noch eine Weile herum, zog mit dem Vorderrad Zickzacklinien in den Staub und sah ihm zu, wie er wieder daranging, die Streben zu streichen.

»Du wirst dir ein Bein brechen.« Es war Dawoods Stimme, des Bruders, der vor kurzem geheiratet hatte. Er sprach Gujerati. Der Anstreicher blickte hinter den dunklen Brillengläsern für eine Sekunde nach unten. Der Farmboy war des Wartens auf weitere Unterhaltung müde geworden und weggefahren; die kleine Schwester führte den verheirateten Bruder bei der Hand, als habe sie ihn hergezerrt.

»Was soll das denn?« Dawood raufte sich lachend mit der Kleinen.

»Es ist das Friedenszeichen.«

»Das *weiß* ich, kleiner Dummkopf.«

Zwei Tage später brach der Vater die Stille, die zwischen ihnen lag, und sagte, während er in dem milchigen Tee rührte, der ihm regelmäßig vom Haus gebracht wurde: »Jalal, warum mußtest du das da (er machte mit der Hand, die noch den Teelöffel hielt, eine Bewegung aus dem Gelenk) dort oben anbringen?«

Er antwortete auf englisch, ohne zu lächeln. »Zum Spaß.«

»Aber sechzig Zentimeter hoch, jeder kann es auf eine Meile sehen.«

»Was soll ich denn sonst hinmalen? Die südafrikanische Flagge? Den islamischen Halbmond?«

»Du trägst es um den Hals – gut.«

»Na und? Um meinen Hals oder am Wassertank, wo ist da der Unterschied?«

»Ja, die weißen Jungen können sich das leisten, die haben keine anderen Probleme. Die Hippies. Weiße Universitätsstudenten. Und es sieht rot aus – ich meine die Farbe...«

Das Gesicht des jungen Mannes näherte sich voll von wütendem Erstaunen, grinste und spie: »*Rot! Rot!* Du glaubst alles, was du in ihren Zeitungen liest, alles, was sie dir im Radio

erzählen. Du schluckst alles. Tag für Tag. Wenn sie dir sagen, es sind Kommunisten, dann sind es Kommunisten. Rot! Laß dir eins gesagt sein, das ist deine Farbe, es ist scheißbraune Farbe aus dem Lagerraum. Rot! Wenn sie dich einen Kuli schimpfen, dann glaubst du ihnen das auch, was, warum nicht – du glaubst, daß sie die Wahrheit sagen, nicht wahr?«
Er brüllte, als wäre er mit dem Vater allein.
Sein Vater vergaß nie die Anwesenheit des alten Mannes, der auf seinem Platz in seinem Stuhl saß. Er sprach wie ein Mann, der sich der Anwesenheit eines Zeugen bewußt ist und einem ungeschriebenen Kodex Rechnung trägt.
»Schon gut. Alle diese holländischen Farmer fahren auf der Straße hin und her und sehen das. Man weiß nie, wann es jemandem auffällt, der Ärger machen will – glaub mir, ich kenne mich in solchen Sachen aus. Sie lassen uns in Ruhe und wir sie, so ist es am besten. Laß es dabei... Der Polizeiwagen ist jeden Tag auf der Straße...«
»Also die Polizei wird kommen und sagen, du seist ein Kommunist, wir seien kommunistische Kulis, das ist es, was passieren wird, wie? Das sind Hammer und Sichel da oben, sagst *du* – das haben sie dir erzählt – *du* und *sie* sagen...«
Seine Worte brachten seinen Zorn und seine Nerven zur Explosion. Außer sich vor Wut ergriff er einen Hammer und ging zu dem Farbfoto, auf dem er nach bestandenem Abitur lächelte und das mit allen Hochzeitsfotos im Wohnzimmer hing. Er schlug sich selbst in Stücke. »*Sie* wissen, *du* glaubst...« Plötzlich wurde ihm klar – so dringlich wie bei einem plötzlichen Anfall von unkontrollierbarem Durchfall –, daß ihm die Tränen kamen. Er stürmte durch den dunklen Flur zwischen Laden und Haus und schloß sich in dem Zimmer ein, das er mit seinen Brüdern teilte.
Sie waren in der Schule. Es gab zwar keinen Schlüssel, aber er schob das Bettende vor die Tür, wie er es schon mehrmals gemacht hatte. Auf der anderen Seite hörte er seine Mutter

atmen und kleine, höfliche Laute in der Kehle formen. Aber sie würde nur herumstehen und sich nicht trauen zu sprechen. Er lag auf seinem Bett und rauchte. Es kamen keine Tränen. Er überlegte, wohin er gehen könnte. Zu Vettern in Klerksdorp. Zur Tante seiner Mutter in Lichtenburg. Zu Onkel und Vettern in Standerton. Sogar zu den Verwandten von Dawoods Frau in Durban. Eine reiche Auswahl. Und Arbeit in derselben Art von Laden und das gleiche Gerede. Die Mutter roch die Zigarette und verschwand – trotz ihres majestätischen Umfangs beinahe lautlos gehend – den engen Flur hinunter, als hätte man sie weggejagt.

Der automatische Anrufbeantworter seines Telefons hat zweimal einen Versuch registriert, ihn durch ein handvermitteltes Gespräch aus Übersee zu erreichen.
Er könnte seinerseits eine Anweisung auf Band sprechen, Anrufe an seine Nummer auf der Farm weiterzuleiten. Aber er tut es nicht. Wenn er nicht zufällig im Haus ist, gibt es niemanden, der das Telefon bedienen könnte. Und es würde bedeuten, daß in der Vorstellung der anderen – sofern noch jemand übrig ist, der den Versuch nicht aufgegeben hat, ihn zum Abendessen einzuladen – die Distanz sich verkürzt, auf die (Geschäfte in Australien, Skifahren in Österreich) er sich über Ferientage abgesetzt hat.
Es ist unmöglich festzustellen, ob es sich um ein R-Gespräch gehandelt hat. Selbst wenn du deine Jeans zu Fetzen aufträgst und barfuß gehst – die Möglichkeit, ohne Bargeld quer über die Welt zu telefonieren, stempelt dich unverkennbar zum Eisenhändler, fürchte ich. So etwas brandmarkt.
Ich wollte nur ein frohes neues Jahr wünschen und so weiter... Am Telefon fällt mir auf, daß du immer jede Form der Anrede vermeidest, die deine Verwandtschaftsbeziehung zu mir klarstellen könnte. Du nennst mich garnichts. Aber deswegen bist du doch, was du bist. »Oh, fabelhafte Idee, wie geht's denn so? Habt ihr kalte Weihnachten gehabt? Amüsierst du dich? Ich habe mal richtig ausgespannt, habe mir Ruhe gegönnt – ob du es glaubst oder nicht, ich habe ins neue Jahr hineingeschlafen, war so gegen zehn Uhr im Bett...«
Und dann? Eine Pause, in der die Entfernung zu hören, wenn auch nicht zu greifen ist: das schwache, fast unhörbare Summen der Fernleitungen, die allgegenwärtig schwankenden Unterwasserstimmen, verirrte Sirenenklänge anderer Unter-

haltungen in einem dünnen Netz verflochten, das Millionen von Kilometern umspannt. Kannst du mich noch hören? Laß dir einfallen, was du noch sagen willst.

»Es ist nicht Terry, der mit dir sprechen will. Ich bin's.« Auch das ist zu diesem Zeitpunkt nicht ausgeschlossen, obwohl wir im allgemeinen über Rechtsanwälte verkehren. Wir haben vor langer Zeit festgestellt, daß wir damit Spannungen vermeiden können, die ihm schaden würden. Aber damals war er ein Kind. Sieh ihn dir nur jetzt an, ein junger Mann, von Eros selbst mit einem beginnenden Bart ausgerüstet. »Ich weiß, warum du es bist.«

»Er will bleiben, und ich habe die Absicht, ihn hierzubehalten.«

»Ich wußte, daß es das war. Warum solltest du mich sonst anrufen?«

»Ich werde auf keinen Fall zulassen, daß er in diese Armee gezwungen wird. Er hat seine Grundsätze, und ich sehe nicht ein, warum du sie nicht respektieren solltest.«

»Ja, und du wirst ihn dortbehalten. Hinter Mamas Rockschößchen, und ich kann damit anfangen, was ich will, nicht wahr?«

Er steht neben dir und beobachtet dein Gesicht, um herauszufinden, wie ich reagiere. »Warum kann der Junge nicht selbst mit mir reden wie ein Mann? Laß mich mit ihm sprechen.«

Er hat nichts zu sagen.

»Aber ich habe dir etwas zu sagen. Er ist minderjährig. Mir ist vom Gericht das volle Sorgerecht zugesprochen worden. Das sollte dir klar sein. Ich werde eine Verfügung gegen dich erwirken …«

»O ja – renn nur zum Anwalt wie üblich, du kannst dir ja den besten leisten, und ich habe gegen dein Geld keine Chance.«

Jetzt ist ihm doch etwas eingefallen, was er dem Jungen noch hätte sagen können. Aus den offenen Fenstern seines Wagens ragt auf jeder Seite die zitternde Krone eines jungen Baumes. Ihre Wurzeln, beide in Erdballen, sorgfältig in Leinwand und Kunststoff verpackt, liegen auf dem Rücksitz des Mercedes.

»Die Bäume, von denen ich dir erzählt habe, daß ich sie pflanzen will – entsinnst du dich? –, sind mit dem Lastwagen angeliefert worden, aber diese beiden Glanzstücke vertraue ich der Gärtnerei nicht an. Weißt du, was es sind? Spanische Kastanien. Extra für mich importiert. Hundert Rand pro Stück. Mein Geschenk an mich selbst. Der Himmel weiß, ob sie überleben werden, aber ich will es versuchen. Hast du dir auf der Straße heiße Kastanien gekauft? Das ist das Beste, was der miese New Yorker Winter zu bieten hat.«

Die Straße ist ihm so vertraut, daß er sie permanent im Kopf hat wie diese Stromkreise, die entstehen, wenn elektrische Impulse im Gehirn, die komplexe Begriffsverbindungen aneinanderketten, so oft stimuliert worden sind, daß ein Lernprozeß sich anbahnt. Er weiß, wo der Verkehrspolizist mit der Radarfalle sich versteckt hält. Er nimmt, ohne eigentlich hinzusehen, die Hieroglyphe wahr, die jemand auf den Wassertank des Inders geschmiert hat. Er weiß schon, noch bevor er ihre geblümten Kaninchen und Esel auf Kühler und Dach des alten Kombiwagens sehen kann, ob die Kunstgewerblerin mit ihren Stofftieren an der Kurve steht, an der die Autobahn endet. Bestimmte Fahrzeuge, die die Route so oft benutzen wie er, und die er immer wieder sieht, werden zu halb erwarteten Wegweisern, wenn nicht gar zu Landmarken. Sogar Gesichter. Neulich kam es ihm so vor, als hätte ihm von der Bushaltestelle her jemand zugelächelt. Er könnte die Strecke im Schlaf fahren. Er tut es manchmal; er erwacht mitten in der Nacht in der Stadt und glaubt für einen Augenblick, er sei auf der Farm, er wacht in dem Zimmer auf, in dem er im Haus kampiert und glaubt, er höre das Telefon in der Wohnung klingeln. Die niedlichen Kronen der kleinen Bäume tauchen im Luftstrom des Fahrtwinds auf und ab. Die Leute in vorbeifahrenden Wagen werfen ihm den zweiten Blick zu, den jeder auf sich zieht, der Bestandteile seines Privatlebens unter unüblichen Umständen sehen läßt – diese Buren, die vom Toilettentisch bis zum landwirtschaftlichen Gerät alles auf ihre Wagendächer schnüren, oder die Schwarzen der Siedlung, die mit einem Primuskocher auf der Lenkstange oder mit einer Ziege auf dem Rücken dahinradeln.

Wie viele Male ist er hin und her gefahren, hat er den Pfad vom erstenmal flachgefahren, als er kam, um sich den Platz anzusehen und zu entscheiden, daß er einen guten Kauf gemacht habe. Eine Rille, die immer und immer wieder eingegraben wird, unauslöschlich. Wenn es einen ersten Anlaß gibt, so muß es eines Tages auch einen letzten geben. Es wird vielleicht etwas sein wie... etwas so Unbedeutendes wie ein neuer Fettfang für ein Abflußloch, um den Jacobus ihn gebeten hat, oder Abführmittel für die Kühe. Das ist die Realität dieser Farm, meine Liebe; ihn in Gang zu halten. Es wäre wohl verrückt anzunehmen, der Anruf könne von dir gekommen sein, aber es ist doch nicht ganz unvorstellbar. Du könntest so etwas fertigbringen. Selbst wenn es ein R-Gespräch gewesen ist, das verstärkt sogar die Möglichkeit, denn schließlich kann sich mein Geld als nützlich erweisen, wenn man in Schwierigkeiten ist. Du segelst immer hart in der Nähe von Schwierigkeiten – mit einem Megaphon für SOS in einer Hand. Nun, du bist eine Frau, und das ist dein Charme oder ein Teil deines Charmes. Du fängst damit an, daß du ihn wieder ins Spiel bringst: »Hast du noch diesen schönen Besitz, den ich einmal gesehen habe, Mehring? Wenn du wüßtest, wie sehr ich mich nach Afrika sehne! Nicht nach den Leuten, Gott behüte – diesen beschissenen Weißen –, aber nach dem Land.«

»Er blüht und gedeiht – wir haben fast zuviel Regen dieses

Jahr. Du hättest öfter als nur einmal herauskommen sollen.«
»Ich weiß. Du hast mich aber nie wieder mitgenommen – oh, du hättest schon, aber es schien sich nie so recht zu ergeben, nicht wahr...?«
Durch die Sirenenklänge und die tiefen Wasser hindurch, die die Kabel umspülen, die zwischen uns schwingen, zeigst du dich fähig, an mich heranzukommen.
Kein gewöhnlicher Eisenhändler, soweit es dich betrifft. Das Fleisch ist an jedem Ende der Leitung gegenwärtig; das ist nämlich ein unter Spannung stehender Draht, den die rechte Hand da ans Ohr hält, ein funkensprühender Draht, unter dessen Berührung jede Brustwarze aus ihrem kleinen, verbrauchten, braunen Paket erschlaffter Haut herausbricht. Wundervolle Gänsehaut.
»Ich pflanze gerade europäische Kastanien, die die Schwarzen als Feuerholz gebrauchen können, wenn sie die Macht übernommen haben...«
Oh, das bringt dich zum Lachen – ich weiß! Das ist es, was du wirklich an mir, an uns, magst; wir ringen miteinander auf des anderen Boden, keiner gibt einen Zentimeter nach, und wenn wir fallen, dann fallen wir umschlungen wie Liebende.
Was immer du von mir als Arbeitgeber schwarzer Arbeitskräfte halten magst, du bist überzeugt, daß du dich mir anvertrauen kannst. Das hast du schon immer getan.
»Schwierigkeiten. Ich möchte am Telefon nicht zuviel sagen...«
»Bitte mich nur. Bitte mich um etwas. Dazu bin ich ja da. Wie willst du ihnen sonst erklären, daß du mich kennst. Heraus damit.«
»Ich würde es nicht tun, aber es gibt Leute, die mir wichtiger sind als alles andere auf der Welt.«
»Hör auf, um den heißen Brei herumzuschleichen.«

»Ich würde dich nicht aus heiterem Himmel anrufen, wenn es nicht…«
Natürlich würdest du das nicht. Natürlich würdest du nicht anrufen.
Jacobus bewundert die Bäume, die – klein wie sie sind – nicht viel hermachen, aber ihm wird gesagt, sie seien etwas Besonderes. Er stellt alle möglichen Fragen über sie. Er glaubt, damit Gefallen zu erwecken, er weiß, wie man mit dem Farmer umgeht. Außerdem kann er auf diese Weise zeigen, daß er für die Löcher verantwortlich ist, die Solomon, Phineas und er selbst graben.
»Ah, da wird Früchte kommen, das ist schön. Und jetzt ist viel, viel Regen, da wird schnell wachsen.«
»Nicht Früchte, Nüsse. Weißt du, was das ist?«
Es ist schwierig, etwas zu finden, was man mit Kastanien vergleichen kann. Wahrscheinlich hat keiner von ihnen je einen Mandel- oder Walnußbaum gesehen, obwohl es sie in den Gärten der Stadt gibt. Erdnüsse, die kennen sie, sie wachsen häufig genug, nicht hier, aber im mittleren und unteren Buschfeld; aber Erdnüsse wachsen an den Wurzeln der Pflanzen.
»Ja, ich weiß, was Nüsse sind.« Der Schweiß überzieht Jacobus' mattschwarzen Hals (der schwärzer ist als der Rest seines Körpers, so wie der Nacken eines weißen Mannes sich nach langer Sonnenbestrahlung rötet), so wie Kondenswasser eine Flasche dunklen Biers überzieht; er spricht ruckhaft, unentwegt, jeder Satz wird von den Schlägen der Hacke unterbrochen, die er schwingt.
»Erdnüsse, du kennst Erdnüsse. So etwas Ähnliches ist es, nur sind diese sehr groß, sie sind so groß wie kleine neue Kartoffeln, und sie wachsen in Büscheln an den Bäumen.«
»So groß wie Kartoffeln?«
»Neue Kartoffeln, die kleinen.«
»Und sicher schmeckt sehr gut.«

»O ja. Man kann sie kochen und musen wie Kartoffeln.«
Jacobus übersetzt dieses Stück Information und gibt es an Solomon und Phineas weiter, während sie sich mit den Hacken neigen und heben, neigen und heben, aber sie reagieren nicht.
»Ich glaube, ich kann diesen Nüsse versuchen nächstes Jahr.«
Dieser schlaue Mensch weiß, daß er übertreibt, er mag die Sprache nicht beherrschen, aber in den Konventionen einer höflichen Konversation kennt er sich aus.
»Oh, es wird Jahre dauern, bevor sie Nüsse tragen. Du und ich werden alte Männer sein, Jacobus.«
»Nein! Wie können wir alt sein? Du bist doch noch jung.«
»Nein, nein. Das werden große, sehr große Bäume sein, und du wirst alt sein und an einem Stock gehen.«
»Na, is in Ordnung. Is in Ordnung, wenn Terry sie haben kann, wenn er heiratet und sie schön seiner Frau bringt und seinen kleinen Kindern.«
Der Farmer paßt auf, während sie graben. Das ist nötig, denn es darf nicht geschludert werden. Die Löcher müssen tief sein, die Erde muß gut umgegraben werden. Er zerschneidet die dicke Schnur, die um die Verpackung jedes Baums gewunden ist und löst sorgfältig die Kunststoffhaut und die Leinwand darunter. Der Erd- und Wurzelballen (diese Erde ist aus dem fernen Europa hergekommen) ist trotz aller Vorsichtsmaßnahmen ein wenig ausgetrocknet. Einige der zarten Haarwurzeln sehen aus wie Fasern einer alten Matratze. Er prüft sie zwischen Finger und Daumen: sie sind sowohl schlaff wie brüchig. Aber er zwingt sich, die größeren Wurzeln, die sichtbar, wenn auch in europäischer Erde eingebettet sind, nicht zu untersuchen; die Bäume müssen ihr Glück versuchen. Sie zu berühren würde die Sache nur schlimmer machen. Zweihundert Rand im Eimer.
Jacobus denkt schnell; kein Zögern entgeht ihm. Sein Spaten

(sie fangen jetzt an, den Löchern Form zu geben) hält inne. »Wird aber in Ordnung kommen, wenn wir einpflanzen. Genug Regen diesen Monat.«
Das erste Loch ist jetzt fertig, und sie gehen weiter, um das nächste zu graben. Es war nicht einfach, einen Standort für die Bäume zu bestimmen. Eigentlich müßten sie nahe beim Farmhaus stehen – einem richtigen Farmhaus. Zwei große, runde Kastanienbäume, die die Veranda einer Transvaal-Farm beschatten. Das wäre etwas Ungewöhnliches. Aber andererseits wären einheimische Bäume an einer so endgültigen Stelle besser, Gelbholz, Pfefferbäume oder so etwas – in der Regel sollte man einheimische Bäume anpflanzen, wo immer es möglich ist, nicht einmal die gewöhnlichen exotischen Arten wie Eukalyptus oder Pappel. Er hat sich einen Begleitband zu seinem Blumenbuch angeschafft, ein Werk über einheimische Baumarten. Aber bis jetzt gibt es ohnehin kein wirkliches Farmhaus. Eines Tages kann man es vielleicht herrichten, aber es hat nicht den richtigen Charakter, sieht nicht einmal aus, als sollte es überhaupt ein echtes Farmhaus sein. Die Kurve dort, wo die Straße von der Einfahrt zu der Ansammlung von Farmgebäuden führt, scheint die richtige Stelle zu sein. Die Auffahrt zu Haus und Garten, die hier eines Tages vom Rest der Farm abgetrennt präsidieren würden, erhielte eines gewisse Würde. »Biegen Sie bei den großen Kastanien rechts ab.«
Er steht mit den Händen auf den Hüften da, um das Gleichgewicht zu halten, und blickt in das Loch hinunter. Was immer sie sonst können oder nicht können, aufs Graben verstehen sie sich. Hier und da ist auf der Farm Lateritboden, aber nicht hier, und die Spaten haben tief und säuberlich eingeschnitten. Der bloßgelegte Querschnitt enggeschichteter Erdmassen zeigt die wohlerhaltenen Schichten verschiedener Farben und Strukturen. Die aufgebrochene Erde verströmt die starke, dumpfe Feuchtigkeit eines verlassenen Hauses oder eines ge-

öffneten Grabes. Aus einer Erdschicht ragen von den Spaten zerfranste Wurzeln wie zerrissene Drähte. Er beugt sich vor und zerrt daran – die jungen Bäume sollen nicht mit den Wurzelsystemen anderer Pflanzen um ihre Nahrung kämpfen müssen. Aber die Wurzeln geben nicht nach, und er kann nicht sehen, woher sie stammen. Solche Gruben können Schwindelanfälle auslösen; diese hier könnte ihn nicht aufnehmen und völlig verbergen; sie ist nicht tiefer als ein Meter zwanzig. Selbst wenn er sich niederkauerte, wäre noch sein Kopf zu sehen, wie der eines unvorsichtigen Kaninchens. Aber es gibt Menschen, für die sie ausreichen würden: für die Angehörigen der Stämme, die ihre Toten in der Haltung eines Fötus in der Erde ruhen lassen.

Sie haben jetzt ein anständiges Loch gegraben, und nun muß er sicherstellen, daß sie nicht annehmen, sie hätten nun für einen Tag genug geleistet und könnten beim nächsten mit der Schlamperei anfangen. Das rhythmische Grunzen, mit dem sie dort drüben ihre Hacken schwingen, um sie dann mit einem dumpfen Ton in den Boden zu schlagen, besagt nicht, daß sie nicht versuchen könnten, es bei weniger als ein Meter Tiefe bewenden zu lassen, in der Hoffnung, daß niemand es merkt.

Sie haben aufgehört. Jacobus hievt etwas empor, wobei er sich ein wenig in Szene setzt; sie sind auf ein Stück Felsen gestoßen. Auf seinem Büroschreibtisch in der Stadt liegt ein graubrauner Stein, den er einmal gefunden hat, als gepflügt wurde, und der Spuren von Bearbeitung, von einer Art versteinertem Herumschnitzen, zeigt. Alle Sekretärinnen fragen ihn darüber aus. Wie Jacobus fühlen sie sich verpflichtet, an dem Interesse zu zeigen, was ihn interessiert. Er ist in der Lage, es genau zu erklären. »Wissen Sie, was das ist? Eine Axt. Sie wurde so benutzt – hier, legen Sie sie auf Ihre Handfläche. Wissen Sie, wie alt sie ist? Es ist ein Steinzeitgerät von meiner Farm.« Aber jetzt ist nur ein Felsklumpen ans Licht geraten. Die Kastanienbäume sind bis zum Stamm in einer Mischung aus Knochenmehl, wohlgetrocknetem Dung und ausgehobener Erde eingegraben. Die Farben der verschiedenen Schichten sind jetzt alle durcheinander, es ist ein – allerdings unwesentlicher – Schichtenbruch entstanden, wo jetzt die beiden Bäumchen stehen wie Zweige, die Kinder in den Sand stecken, um einen »Garten« zu machen, der in einer Stunde verwelkt.

Er hätte sich für eine Reihe anderer Standorte entscheiden können. Er sieht das jetzt, während er seine Bäume im Kopf hat und auf der Farm herumwandert und hier und da zwei gewaltige, blühende Kastanienbäume (rosa oder weiß? – Er hat vergessen, in der Gärtnerei zu fragen, aber vielleicht ist es vor der ersten Blüte nicht festzustellen) auf die Landschaft projiziert. Die Bewässerungsgräben sind voll Wasser. Das Gras hängt in nassen, schweren Bündeln hinein. Frösche hüpfen wie von einem Schuljungen geworfene Steine. Zum erstenmal seit sieben Sommern hat der Fluß seinen vollen Wasserstand erreicht, und er kann sein beschleunigtes Fließen hören, seine laute Stimme, die die Geräusche von Vögeln, Schilf und Gräsern und sogar die Schreie eines Hirten übertönt, der einer aufsässigen Kuh nachjagt. Er hört es auf der ganzen Farm. Es ist nicht leicht, nahe heranzugelangen. Die dritte Weide ist trügerisch.

Das glitzernde, rauhe, intensive Grün, hier und da von Grasbüscheln mit bronzefarbenen, sternförmigen Strohblüten unterbrochen, wirkt üppig und fest genug, eine Armee zu tragen, ohne Trampelspuren zu zeigen. Aber der Fuß findet keinen Halt. Sobald das Gewicht des Stiefels das Gras berührt, steht man im Wasser; es ist alles Marschland dort unten. Und die Moskitos sind selbst mitten am Tag in Aktion und gehen einem an den Hals. Er muß den Rückzug vom Schilf antreten. Irgendwo dort drinnen, wo sie vor allen Gefahren sicher sind, lassen sich die Wasservögel vernehmen; sie schimpfen laut. Es muß dieses Jahr Hunderte geben. Der Mais muß, wenn es so weitergeht, erstklassig werden. Weiter oben hört er sich selbst durch die Stengel brechen, als käme er sich selbst entgegen, als sei es eine Begegnung mit ihm... Er bleibt plötzlich stehen, die Stengel rascheln und knistern, und der Saft in ihnen steigt, damit sie sich wieder aufrichten können. Es kann nur einer von ihnen gewesen sein – das heißt einer von den Farmarbeitern, ein vertrautes schwarzes Gesicht unter den schwarzen Gesichtern hier oben. Vielleicht eines von ihren Kindern, auf schuldbeladenen Kinderwegen auf der Suche nach Vogeleiern. Er bewegt sich nicht, und der andere bewegt sich auch nicht; es ist, als ob beider Gegenwart (er selbst und das Geräusch seines eigenen Atems) wie zu Tarnung aufeinander warten. Wieder ist er beinahe versucht zu sprechen. Es ist ein starker Drang; sich zum Narren zu machen, laut zu sagen: »Du bist da. Dir scheint, als ob du derjenige bist, der angesprochen wird: Der Mais muß, wenn es so weitergeht, erstklassig werden.« Die Härchen an ihren Blättern kratzen an seiner Kleidung. Die Kolben sind an die mittleren Rohre gepreßt, und an der Spitze hängen Quasten aus seidigen grünen Fransen. Um einen Kolben zu probieren, ihn zu prüfen, muß er mit dem Daumennagel die festsitzende Binde geriffelter Blätter aufschlitzen, von denen der Kolben eingehüllt ist wie eine Mumie. Mit einemmal dringt der Nagel durch den Schlitz und die weißen, jungen, noch weichen Körner und ihre weiße, milchige Substanz fließt unter den Nagel und um die Nagelhaut. Selbst hier gibt es viel Wasser. Er hat das Maisfeld verlassen, ist über den Graben gesprungen und auf einem nachgebenden Uferrand gelandet. Sein linkes Bein bricht vor ihm in ein Loch ein, er steht auf einem Bein, schief, windmühlenartig mit den Armen rudernd, um das Gleichgewicht zu halten. Er gewinnt es erst zurück, als er eine Handfläche hart auf den nassen, borstigen Boden stemmt. Einen Augenblick lang weiß er nicht recht, was er als nächstes tun soll. Er bleibt, wo er ist, in der grotesk variierten Haltung eines Läufers, der auf den Startschuß wartet. Er hätte sich ein Bein brechen können, ist aber unverletzt. Er muß nur das Bein aus dem Schlamm herausbekommen, das ist alles. Der Schlamm ist schon über den Stiefelrand und durch die Sohle gesickert und greift ihm wie eine dicke, kalte Hand ums Fußgelenk. Eine weiche, kalte, schwarze Hand. Ähh. Es ist alles nur eine Frage der Hebelkraft seines anderen Beines und des übrigen Körpers, damit er sich selbst freistemmen kann. Er versucht, sich hochzuziehen, aber der Schlamm hält ihn fest, klammert sich an ihn, hat ihn am Bein gepackt und läßt ihn gehen. Es ist jetzt so, als ob jemand beide Arme eng um sein Bein geschlungen hielte. Es ist natürlich die Saugkraft, das ist alles; je stärker er zieht, desto größer wird das Vakuum. Er würde den Fuß aus dem Stiefel ziehen, wenn er könnte, aber das Bein sitzt bis fast zum Knie fest. Er zieht und zieht; dort unten wird gezogen und gezogen. Es ist absurd. Er beginnt vor panischer Erschöpfung zu kichern.

Und jetzt läßt man ihn loß. Genauso fühlt es sich an: Jemand hat losgelassen, die Saugkraft ist gebrochen. Er muß mit der Elephantiasis aus Morast am Fuß zum Haus humpeln. Er ist bleischwer. Es ist, als sei ein Teil von ihm noch begraben.

Jacobus ist natürlich sehr besorgt. Der gute alte Knabe trägt ihn halb zum Wasserhahn, versucht, den Schlamm mit einem Spaten abzukratzen, und wäscht die zerklumpte Erde vom Schuh, wobei er einen unheimlichen Dreck macht, doppelt soviel, als wenn er die Sache selbst erledigt hätte. Alina, die Jacobus' aufgeregte und verworrene Anweisungen befolgt, bringt ein Paar Pantoffeln, die sie im Haus gefunden hat. Sie sind ein wenig zu kurz, alte Schuhe eines halbwüchsigen Jungen. Aber sie sind gut genug. Das kommt davon, daß man zwei Wohnungen hat. Man findet in keiner, was man gerade braucht.

Die Sonne hat sich in ein dichter werdendes Strahlenbündel verwandelt, die Hitze ist intensiv. Heute nachmittag wird es wieder gießen.

»Zuviel Regen, Jacobus.«

»Zuviel Regen, Master.«

...der Himmel blieb hart, und es regnete nicht. Die Leute verfolgten ihn ohne Erbarmen. Ich sah, wie er verfolgt wurde und war voller Mitleid für ihn, denn selbst nachts sah ich Männer, die seine Tür mit Knüppeln einschlugen und ihn aus dem Haus holten... Und in einem anderen Jahr, als sie sahen, daß der Himmel den Mais zerstören wollte, überhäuften sie ihn mit Haß... Ich habe sagen hören, daß es übermäßig regnete, daß die Fluten Umquaekanas Leiche mit Erde bedecken könnten. Ich habe sagen hören, daß sie ihn vergiftet und nicht erstochen haben. Ich habe sagen hören, daß diese Leute vom Unglück ereilt worden sind, denn ihre Gärten wurden von einer Flut fortgeschwemmt.

Das Wetter kam von der Straße von Mozambique her.
Man stellt sich den Himmelsraum weglos vor, aber die Welt ist von Straßen durchzogen, die von Zyklonen heimgesucht werden, denen man Frauennamen gibt. Eine dieser Straßen kreuzt, über die Seychellen, Madagaskar und die Maskarenen führend, den Indischen Ozean. Die große Insel Madagaskar bildet das eine Ufer der Seestraße und schützt eine lange Strecke des anderen Ufers, nämlich der ostafrikanischen Küste, vor dem offenen Indischen Ozean. Irgendwo weit draußen über der See, Meilen hoch in der Atmosphäre, verhielt ein Zyklon. Sein gigantisches Zaudern verursachte einen Schwall von Flutwellen; sie rollten erst auf die eine Seite der Insel zu, dann über die Berge hinweg, die tausend emporgewandten Spiegel der Reisfelder verdunkelnd, auf die andere, fegte dann wieder davon und verstreute dabei, einem ungeheuren kosmischen Pfau gleich, grobkörnige Hagel-Pailetten, peitschende Regengüsse und die zerschmetterten Überreste entwurzelter Bäume, losgerissener Blechdächer und getöteter Tiere.
Aus der Straße von Mozambique wurde eine Masse feuchter Luft nach Südafrika geschoben und verwandelte sich – von keinem anderen Einfluß, dem Luftdruck etwa oder starkem Wind, abgetrieben – in Regen. Der Regen begann eines Nachmittags, hörte aber nicht, wie die sonst im hohen Buschland nach einem heißen Morgen üblichen Wolkenbrüche, bei Sonnenuntergang auf. Es regnete die ganze Nacht – ein guter Regen, sagten die Leute, stetig und gründlich – und den größten Teil des nächsten Tages. Ein Dauerregen; einer der Drei-Tage-Regen, die in einem guten Jahr das Ende des Sommers anzeigen und sicherstellen, daß bis tief in den Winter

hinein gegrast werden kann. Nach drei Tagen ließ er nach, aber die Wolkendecke hing tief, und am Nachmittag hatte er wieder begonnen, ein Regen, der gleichmäßig rieselte wie das Ticken eines Fernschreibers. Ein dunkler Regen, ein tropischer Regen, keines der Sommergewitter, die sich in großer Höhe abwickeln und oft von der Sonne beleuchtet werden, die in einem anderen Teil des weiten Himmels noch scheint.

Die englischsprachige Abendzeitung veröffentlichte das Foto eines Hundes, der von der Feuerwehr aus einem überfluteten Abfluß gerettet worden war. In der Stadt stülpten die schwarzen Männer besonders geformte wasserdichte Hüllen über ihre Hüte. Die Kinder auf der Farm eilten unter Kunststofftüten zur Schule, in denen man Superphosphate aufbewahrt hatte. Die Straßen der Siedlung wurden wieder zum Sumpfland, das sie einmal gewesen waren, und die weißen Polizisten auf der Wache hatten Muße genug, sich an mehreren Wettbewerben des kommerziellen Rundfunks zu beteiligen: Die Zahl der Verbrechen sank.

Auch in den Busschlangen an den Eingängen der Siedlung standen Leute unter Kunststoffhüllen: Sie stammten von den Verpackungen, in denen die nahegelegenen Fabriken ihr Material erhielten. Die überfüllten Busse schlingerten unsicher vom Tor auf die Straße, ihre Fenster waren innen beschlagen, außen strömte Wasser an ihnen herunter. Die riesigen, uralten Siedlungs-Taxen wurden als erste lahmgelegt, weil Wasser in die Zündkerzen oder in den Verteiler geriet. Aber bald gab es auch genug Wagen aus der Stadt, deren weiße Eigentümer in ihren Regenmänteln entweder mit wutverzerrten Gesichtern ihre Taschentücher bei dem Versuch beschmutzten, einen wichtigen Bestandteil des Motors zu trocknen oder angstvoll darauf warteten, daß ein durchnäßt über sein Rad gebeugter Schwarzer vorbeikäme, der ihnen helfen würde, den Wagen an den Straßenrand zu schieben. Der Verkehr bewegte sich langsamer und langsamer, kam dann völlig zum Erliegen. Manchmal hatte es einen Unfall gegeben, jemand war ins Schleudern geraten und hatte einen Zusammenstoß verursacht, und eine Reihe von Wagen, unbeholfen und schwerfällig in dem Kettenpanzer von Regen, der sie umgab, kollidierten miteinander, wie die Wagen eines rangierenden Zuges aneinanderstoßen. Einmal war es ein Lastwagen, der sie Straße blockierte, ein mit Planen bedecktes Monstrum vom Schlachthaus. Wasser strömte über die rosa marmorierten, erstarrten Schweinekadaver; Schlachthausarbeiter in ihren gelben Südwestern wimmelten herum, schwarze Matrosen versuchten, das Segeltuch gegen die hohe See zu befestigen. Der Sinn für Perspektiven war verändert, als wäre man draußen auf dem Meer, wo es keine erkennbaren Wegweiser gibt. Die vertrauten Umrisse der Fabriken säumten irgendwo die Straße. Wenn man sie nur hätte sehen können, und wenn das, worauf die Reifen wie geölt, nur gelegentlich bei der einen oder anderen Umdrehung greifbare Oberfläche berührend, entlangschlidderten, eine Straße gewesen wäre. An der Dreierkreuzung hatte sich eine Wasserfläche gebildet, durch die die meisten Fahrzeuge sich während der ersten Tage erfolgreich hindurchwagen konnten, solange der Regen nicht zu dicht fiel und die Sicht damit nicht gleich Null wurde. Wenn in diesen Wagen Kinder saßen, kreischten sie vor Vergnügen und Furcht über den Mangel an Wahrnehmung – den Eindruck, vorwärtsgetragen zu werden, ohne auch nur im geringsten die gewohnte Bewegung zu spüren; es war, als ob Arme, die sie hielten, sie losließen, ohne daß sie fielen. Das Rot ihrer Lippen und Zungen und das speckige Weiß ihrer fröhlich gegen die Fenster gepreßten Nasen verzerrte sich für die Menschen in den Wagen hinter ihnen zu zerfließenden, verschwommenen Zügen: vom Wasser aufgelöstes Fleisch. Am Freitag kam für ein paar Stunden nichts vom Himmel, und es war ein feines Leuchten zu sehen, wo die Sonne begraben zu sein schien, eine graue Perle in Juwelierswatte oder ein schimmerndes Insektenei im Kokon. Während der Mittagspause krempelten die jungen Weißen vom Fiat-Montagewerk ihre Jeans hoch und wateten, sich gegenseitig auf Afrikaans anstachelnd, ins Wasser. Um vier Uhr, als die Fabriken fürs Wochenende schlossen, kam von den Katbosrandbergen ein Regen, der so dicht und schwer war, daß er die Rücken der Schwarzen auf ihren Fahrrädern buchstäblich peitschte. Der künstliche See mochte an manchen Stellen nur ein paar Zentimeter tief sein; an anderen reichte das Wasser bis über die Wagenachsen. Überall warteten schwach erleuchtete, U-Booten ähnelnde Fahrzeuge. Ein junger Mann, der sich bis auf die Unterhosen ausgezogen hatte, entstieg einem von ihnen, die Arme über dem Kopf, als erwehre er sich einer Reihe von Leuchtspurgeschossen. Die Knie waren komisch eingeknickt. Er wühlte Wasser im Wasser gegen Wasser auf und sprang wieder zurück, woher er gekommen war. Manche Wagen wurden, um ihre eigenen Achsen wirbelnd, langsam zurückgesetzt und krochen wieder die Straße hinauf. Ein Fahrer, wohl in großer Eile oder auch nur gelangweilt und ungeduldig, begann, den See zu umrunden. Der Wagen schwankte, neigte sich auf eine Seite, geriet offensichtlich ins Schwimmen, fand dann wieder festen Grund und schien, vom Schimmern seiner Lichter her zu urteilen, auf der anderen Seite des Hindernisses an einem leicht ansteigenden Hügel sicheren Boden gewonnen zu haben. Ein anderer scherte aus, und die Leute im nächsten Wagen konnten hören, wie energisch in den zweiten Gang geschaltet wurde. Aber er hatte gerade die offenbar tiefste Stelle überwunden, an der er wie der erste Wagen ins Schwimmen geraten war, um dann wieder auf Grund zu stoßen – er näherte sich gerade dem Hügel, als dort draußen irgend etwas zerbarst. Einer der vielen Bäche, die dem Sumpfland aus meilenweiter Entfernung zuflossen, unsichtbar, seit sechs Tagen zum Platzen angeschwollen, brach auf wie ein Blutgefäß und schoß schlammig-rotbraun in den See, die letzte, gewaltige Zuckung des unendlich weit entfernten Zyklons, die endgültige Erfüllung der Wettervorhersage für die Straße von Mozambique. Der Wagen neigte sich seitwärts, verlor das Gleichgewicht und wurde über den Rand in eine Abflußrinne rechts unterhalb der Straße geschwemmt, die jetzt zum Teil Wasserfall, zum Teil stürzender, drängender, aufgewühlter Fluß war. Er verschwand durch die Eukalyptusbäume zwischen den Zyanidbergen und ließ eine schäumende gelbe Speichelspur von Sand hinter sich zurück. Ein Mann sprang aus einem der wartenden Wagen und stolperte ein paar Meter vorwärts, die Arme in die Richtung ausgestreckt, in die der Wagen verschwunden war. Man konnte sehen, daß es ihm schwerfiel, auf den Beinen zu bleiben. Er stolperte wieder zurück, die Arme nach einem schützenden Dach ausgestreckt.

Sicherheit, fester Boden.
Diese kleine Abflußrinne: Wer hätte das gedacht. Mehring las von diesen Vorfällen mit der intensiven Besitzerleidenschaft, mit der man auf die Nachricht reagiert, daß zwei Häuser weiter von einem Haus, in dem man jahrelang gewohnt hat, ein Mord geschehen ist – in einem gewöhnlichen Haus, auf dessen Türmatte allabendlich die Zeitung lag, vor dessen Gartentor zahllose Male derselbe Hund bellte, wenn man vorbeikam. Diese kleine Abflußrinne. Es hat immer schon ein Zaun dorthin gehört. Ein ins Schleudern geratener Betrunkener hätte dort nachts leicht einmal abrutschen können. Aber wer hätte ahnen können, daß dieses Rinnsal, das manchmal monatelang völlig eintrocknete und nichts weiter war als eine Rinne voll Khakikraut und von den Schwarzen weggeworfener Bierkartons, daß dieses Rinnsal, das bei normalem Regenwetter nicht mehr war als ein dünner Strahl aus dem runden Zementrohr unter der Straße, die Kraft entfalten würde,

einen Wagen und seine Insassen fortzuspülen. »Ohne jede Spur«, so hieß es in den Berichten, »vor den entsetzten Blikken überraschter Augenzeugen verschwunden.« Die Suchaktionen dauerten drei Tage. Hunderte von Menschen fuhren so nahe wie möglich an die fortgeschwemmte Straße heran, legten den Rest zu Fuß zurück und kletterten hinter der Polizei her, die das Wasser absuchte. Diese Fans und Anhänger einer namenlosen Sportart legten solche Begeisterung an den Tag, daß mehr Polizisten notwendig waren, um sie fernzuhalten. Schließlich mußte das ganze Gebiet abgeriegelt werden. Außer einem von den Verwandten zur Verfügung gestellten neun Jahre alten Hochzeitsfoto des vermißten Paares, Mr. und Mrs. Loftus Goetzee, sah man Bilder von der enttäuschten Menge mit ihren Kindern und Regenschirmen. Mr. und Mrs. Loftus Goetzee wurden, tief in dem neuen Fluß, der sein Bett für sie gemacht hatte, ertrunken in ihrem Wagen aufgefunden, aus dem sie nicht hatten entkommen können. Der Wagen war so schwierig zu finden gewesen, weil das Wasser ihn in eine der umfangreichen Gruben zwischen den unbenutzten Bergwerkshalden getragen und diese dann überflutet hatte. Diese Gruben dienten seit langem als Friedhöfe für Autowracks und andere sperrige, unzerstörbare Gegenstände, die zwar verrosten, zerbrechen und sich verbiegen, von der Erde aber nicht wieder aufgenommen und organisch abgebaut werden können.

Obwohl er allen Grund hatte, sich die Szene anzusehen – immerhin war er durch die Überschwemmung von seiner Farm abgeschnitten, und ein sofortiger Beginn der Straßenreparatur lag entschieden in seinem Interesse –, blieb er fort, bis diese Sache erledigt war. Auf der Farm selbst waren offenbar die Telefonkabel heruntergekommen. Die Vermittlung sagte, daß andere Farmen des Gemeinschaftsanschlusses erreicht werden konnten, daß man zu seiner Farm aber nicht durchkommen könne. Er rief beim alten De Beer an und bekam

Hansie an den Apparat, von dem er hörte, daß die einzige andere Straße – der lange Umweg, sechzig Kilometer über Katbosrand Station – wegen der Überschwemmung des Sumpflands auch nicht befahrbar sei. Aber Hansie glaubte, daß bei Mehring alles in Ordnung sei. Einer der Boys hatte es geschafft, an irgendeiner Stelle hinüberzukommen und hatte berichtet, daß offenbar kein Stück Vieh abhanden gekommen sei. Danach hatte De Beer seinen Boys verboten, das Sumpfland zu überqueren, denn eine Frau war dumm genug gewesen, es zu versuchen und war ertrunken. Unten bei Nienabers war sie angetrieben worden.

Eine gewöhnliche kleine Abflußrinne – eigentlich nicht mehr als ein Straßengraben. Ein Halbkreis von Straßenabsperrungen mit aufgehängten Laternen streckte sich an dem Riß entlang, dort, wo die Straße unter dem Anprall des Wassers zusammengebrochen war. Es stand kein Wasser mehr auf der Straße, aber dort unten – selbst aus der Entfernung, aus der er auf dem Kotflügel seines geparkten Wagens balancierend Ausschau hielt, konnte er es sehen – strömte noch immer ein gallefarbener Fluß, der jetzt nur weniger Wasser führte als zur Zeit der Überschwemmung. Die freiliegenden Flußufer, von bloßgelegten Eukalyptuswurzeln zerrissen, verträufelten wie wunde Gaumen den gelben und rostroten Schleim der Chemikalien aus den Abfallgruben. Es war genug Platz da, um mit dem Mercedes an der Barriere vorbeizukommen. Mehr als genug. Aber der Straßenarbeiter mit der roten Flagge begann wie wild umherzutänzeln, und die Verkehrspolizisten machten mit lebhafter Angriffslust Anstalten, ihre Motorräder anzuwerfen. Es war die Sache nicht wert. Er behandelte das Ganze als Scheinmanöver, benutzte den freien Platz nur, um den Mercedes in Richtung Stadt zu wenden, und ließ sie stehen. Wer war wohl zu De Beers hinübergegangen? Jacobus? Nein, der hatte sicher jemand anderen losgeschickt, einen der jüngeren Boys – Izak oder Solomon. Immerhin besaß er die Vernunft, die Notwendigkeit einer solchen Botschaft zu erkennen; wer weiß, wie lange es dauern würde, bis die Telefonmasten wieder aufgerichtet waren. Seine Sekretärin hatte sich mit dem zuständigen Amt in Verbindung gesetzt, aber das einzig Richtige war, die Beziehung zum Postminister spielen zu lassen. Er saß mit einem Mann in einem Vorstand, der den Minister gut kannte. Aber das bedeutete ein Mittagessen und das Eingeständnis – den Beweis –, daß er wieder da war; zurück von dort, wo er unerreichbar gewesen war. »Wenn man sich vorstellt, daß es Sie hätte erwischen können, auf dem Rückweg von Ihrer Farm. Sie fahren doch so oft auf dieser Straße.« Er machte sich über die tyrannische, vielleicht durchaus aufrichtige Besorgnis der Sekretärin lustig: »Aber so etwas würde ich doch nie tun, meine Liebe. Niemals!«

Nachts war das Quaken der Frösche, das betäubte, röchelnde Schlafgeräusch der überschwemmten Erde. Die Weiden und Felder waren Rieselwiesen. Unter der heißen Sonne verkleinerte sich die Wasserfläche, die größer war, als das vom Feuer heimgesuchte Gebiet, jeden Tag mehr und ließ einen fleckigen und aufgeweichten Rand zurück. Auf den am höchsten gelegenen Stellen stampften die Hufe des eingepferchten Viehs Spur auf Spur in den Boden. Jede neue löschte eine ältere aus oder zerstampfte die dicken Ränder der vorigen Trampelspur. Die Hufe kneteten eine reiche Mischung aus Schlamm und Dung, aus der eine Brühe wie braune Buttermilch sickerte. Die Aschenhaufen jahrealter Feuerstellen waren fortgespült worden und klebten als graue Masse auf dem Hof des Lagers. Die Hühner waren nasse Federwische. Die L-förmige Reihe der Zementblockhütten spiegelte sich in den Pfützen. Sie gaben, wenn man an die Wände schlug, keinen Laut zurück, so vollgesogen waren diese mit Feuchtigkeit. Der unerbittliche Regen war durch die Dächer gedrungen, dort, wo die Wellblechstücke nicht ordentlich überlappten, oder dort, wo sich Rost eingenistet hatte, und die daruntergestellten Töpfe und Eimer waren übergelaufen. Alles, was die Bewohner besaßen, lag in der Sonne ausgebreitet, in den Geflügelgehegen, auf den Eukalyptusbäumen, deren nasse, schwarze Rinde sich schälte, über dem Zaun der Kälberkoppel, Dekken, zerrissene Hemden. Überbleibsel der Kleidung Weißer, ein Jackett mit dem Abzeichen einer weißen Schule, ein verschmiertes Etwas, das als Izaks Mütze zu erkennen war, Matratzen, deren Füllung ihnen zu entsprießen schien, Schuhe, die von der Nässe in die Form des Fußes modelliert worden waren, so wie Weiße die ersten Schritte ihrer Kinder verewigen, indem sie die Babyschuhchen in Bronze gießen lassen, die leuchtend roten Spinnweben der dünnen Kopftücher aus dem indischen Laden. Es war eine Inventur sämtlicher Habseligkeiten der Farmarbeiter. Die von Witboois ehemaligen Arbeitgebern ausgestellten Zeugnisse lagen zum Trocknen auf Steinen; an allen vier Enden waren sie von kleineren Steinen beschwert. Tropfen von den Bäumen und Kristalle von den Zäunen fielen darauf, um die Worte TO WHOM IT MAY CONCERN erst zu vergrößern, dann noch weiter zu verwischen.

Jacobus' Gummistiefel waren leck. Am linken Fuß hatte sich das Oberteil von der Sohle gelöst; er hatte sie schon während der Dürre aufgetragen, hatte ihren eigentlichen Zweck vergessen, dem sie jetzt nicht dienen konnten. Das Telefon wollte ihm auch nicht zu Diensten stehen. Er verbrachte lange Zeiten im Haus und drehte an der Kurbel; das Ding war tot, es war nicht nur die Weigerung des weißen Mannes am anderen Ende, von ihm Notiz zu nehmen. Schließlich ging er vom Telefon fort und durch die Zimmer des Hauses, wie er es nie zuvor getan hatte. Er öffnete Schränke, als ob Besitztümer nach dem Tod eines Menschen zu ordnen wären, legte Gegenstände wie Worte einer Geheimschrift oder Symbole eines Lebens beiseite, das nie im Zusammenhang verstanden, nie erklärt werden würde – hier war ein Kasten mit Steinen (wozu brauchten sie Steine), hier war der Stock, dessen Griff sich zu einem Sitz öffnen ließ (ja, der Farmer hatte ihn einmal in den Boden gerammt und darauf gesessen, während er beim Errichten eines Zauns zusah). Da war ein schönes Radio, größer als das von Izak, und sie lassen es mit dem alten Kram hier herumliegen, als ob es gar nichts wäre. Der Sohn hatte irgendwann vergessen, es mit in die Schule zurückzunehmen. Er fand ein Paar Gummistiefel, die auch dem Sohn gehört haben mußten; sie paßten nicht schlecht: er konnte seine Fußsohlen, die von der Nässe rosa und verschrumpelt geworden waren wie die Hände einer Waschfrau, gerade hineinwürgen.

Er trieb Phineas und Solomon, Izak und Thomas bei den notwendigen Erneuerungs- und Reparaturarbeiten unablässig an. Ein Kalb war davongelaufen und ertrunken, aber nur eins; die anderen hundertneunundvierzig Tiere der Herde waren unversehrt. Eine Kuh hatte gekalbt und Euterentzündung bekommen, und er hatte das richtige Medikament dagegen im Haus gefunden, eine Spritze damit gefüllt und so injiziert, wie er es beim Tierarzt gesehen hatte. Er hatte die Luzernen und das Abessinische Liebesgras aus der überfluteten Hälfte der Scheune auf die Veranda des Hauses hinübertragen lassen, wo die Abflüsse gut funktionierten, selbst dann, wenn der Regen unters Dach peitschte. Bald würde er die ganze Mannschaft damit beschäftigen, die Bewässerungskanäle vom Schlamm zu befreien, der sie verstopfte. Wer immer auf der Farm auftauchte, wenn die Straße wieder frei war und das Telefon wieder ging, würde sehen, daß alles auch ohne Anweisungen weitergelaufen war wie sonst mit Anweisungen. Niemand würde ihn anklagen oder ihm etwas beweisen können, wer immer kam, wer immer der erste war – der Farmer, die Polizei, der Tierarzt, einer von diesen Inspektoren, die möglicherweise von der Regierung geschickt wurden und sich nach den Arbeitern auf der Farm oder nach dem Vieh erkundigten.

Das gesamte Sumpfgebiet, ein breiter Fluß aus Inseln von Schilf und Weiden, blieb unter Wasser. Niemand kam ihm nahe, niemand ging dort hinunter. Die Gelbschnabelenten mit ihrer sauber umrissenen, klaren Zeichnung, den schwarzgrauen Nadelstreifen auf den Flügeln, dem schimmernden Blau, das blitzartig zum Vorschein kam, wenn sie zur Kühlung mit den Flügeln schlugen, dem gedeckten Violett am Hals, schwammen aus eigener Kraft; gemächlich dahinsegelnde Kähne. Die schwarzen Wasserhühner kreischten, stritten und flatterten hinter einem Vorhang aus halb überflutetem Schilf. Während das Wasser sich allmählich zurückzog, erhoben sich neue Schlamm- und Sandmassen, wo der Leib der Erde von der Kraft des Wassers zerfurcht worden war. Tote Flußbarben trieben im dampfenden Sonnenlicht wie obszöne schnurrbärtige Ballons, den schillernden Fliegen zugekehrt. Der glitzernde Hals einer Flasche ragte aus dem Morast, breiige Klumpen durchnäßten Pelzes mit Rattenschwänzen. Der Ring einer Frau, oder vielleicht auch nur einer von den Blechringen, die man zum Öffnen einer Bierdose hochzieht, glänzte dort drinnen zwischen den dreizackigen Vogelspuren. Andere Gegenstände tauchten auf und verschwanden manchmal wieder. Sie wurden für einen Tag vom Wasser hochgespült und versanken dann allmählich wieder im Schlamm, dem sie entstammten und der sie überzog, so daß sie, selbst als sie noch sichtbar waren, ein Teil von ihm zu sein schienen, Beine und zerbrochener Rücken eines Stuhls, die wie Knochen aus der dicken Schlammhaut ragten, eine Autotür – gewölbt wie der Brustkasten eines lebenden Geschöpfs, unter derselben dicken, schwarzen Haut. Ein Paar Schuhe kam zum Vorschein. Sie hielten noch die Form der Füße, wie die Schuhe, die oben im Lager zum Trocknen lagen. Sie hielten mehr als die Form; sie hingen fest an einer Art langem

Bündel aus Lumpen und Morast und noch einer anderen, halb aufgelösten Substanz, die fasernartiger und – obgleich aufgedunsen und mit Schlamm und verrottetem Stoff verschmolzen – weniger formlos war – etwas, das sich, selbst in diesem vorgerückten Stadium der Verwesung, von allen anderen Substanzen unterschied, so wie ein hauchdünner Streifen ehemals guter Seide unverkennbar sein Webmuster und seine Beschaffenheit behält, seine bei aller Zartheit zähe Haltbarkeit, auch wenn es nur noch eine Andeutung gewebter Fäden ist, ein Fossilabdruck auf der Erde, die es begraben hat. Kleine Wollfetzen waren mit dem Bündel verwoben. Hätten die Augen der Vögel, die wohl trotz bemerkenswerter Sehkraft keine Farben, sondern nur Töne von Hell und Dunkel unterscheiden, dergleichen erkennen lönnen, dann wären auf diesen Fetzen Nadelstreifen ausgemacht worden, die Nadelstreifen eines Herrenjacketts. Büschel einer anderen Art schwarzgrauer Wolle waren mit dem Bündel nach oben getrieben und fingen sich hier und da im Schlamm. Manche hatten sich ziemlich weit von dem kopfförmigen Gegenstand am Ende des Bündels entfernt, der von den Schuhen am weitesten entfernt war; aber auch auf diesem Gegenstand, der (beinahe menschlich) einer an einen einsamen afrikanischen Strand gespülten haarigen Kokosnuß ähnelte, fanden sich Spuren dieser Wolle und mitten in seinem verwitterten Grau schien, leuchtend weiß wie das ans Wagenfenster gepreßte Nasenbein eines Kindes im Regen, eine von allem Fleisch entblößte Nase. Und ein Kiefer voll prächtiger Zähne, lang, stark und gleichmäßig. Etwas vorspringend, in dem vorwärtsgerichteten, gerundeten Bogen, der im Leben ein breites Lächeln dargestellt hätte. Einer von ihnen.

»Yêbo*, Baas.«

Thomas, der Nachtwächter, steht am Tor, obwohl seine Ar-

* Yêbo = Ja

beitszeit um diese Morgenstunde eigentlich beendet ist. Vielleicht hat er von weitem den Wagen gehört (wie immer, endlich) und ist mit seinem Hund herbeigerannt, um zu demonstrieren, daß er – Flut hin, Flut her – auf seinem Posten geblieben ist. Er hat seine Balaklawa-Mütze dabei und trägt seinen kleinen vergoldeten Ohrring: »Yêbo, Baas, yêbo, Baas« – mehr eine Anbetung als ein normaler Gruß. Der Wulst auf dem dürren Rückgrat des Hundes schwillt an, und das Vieh umspringt den alten Mann zur Antwort auf das, was er sagt: »Yêbo, Baas.«

Jacobus steht nahe am Haus auf der Fahrbahn, auf der sich der Mercedes nähert. Jacobus' Hände hängen offen, mit herausgekehrten Handflächen, an ihm herunter, sein Mund steht offen, sein Gesicht ist verzogen, aber nicht zu einem Grinsen. Er wird ihm schon etwas zu erzählen haben.

Er läßt zum Spaß die Hupe ertönen, tut so, als wolle er ihn überfahren, und will damit ausdrücken, ja, es ist wahr, die Straße ist repariert, hier bin ich wieder... Aber Jacobus macht keine Anstalten, sich zu bewegen; unernstes Benehmen ist offenbar nicht am Platz. Man muß ihren Sinn fürs Zeremonielle respektieren.

Er bringt den Wagen an der üblichen Stelle, neben dem Schuppen mit den Farmgeräten, zum Stehen und sieht nun, daß Phineas und Solomon und Witbooi – die ganze Gesellschaft oder doch beinahe – ebenfalls hier aufgereiht sind. Arme Teufel, der Schreck muß ihnen in die Glieder gefahren sein, sie haben eine harte Zeit hinter sich. Immerhin, er hat Vorräte im Kofferraum, Maismehl und Bohnen, das wird ihnen willkommen sein. Er ist sich beim Aussteigen jeder seiner Bewegungen bewußt, weil ihn alle beobachten. Jacobus streckt jetzt seine Hände, leicht verschränkt und erhoben, flehend vor.

Er sagt: »Wir glauben, is was passiert.«

»Na, Jacobus, wie steht's denn! Wie geht es dir?«

»Alles is in Ordnung, ja, ja-a. Alles kommt in Ordnung.«
»Sind alle auf der Farm heil und gesund? Ja? Phineas – Solomon?«
Es gibt einen Ausbruch von zustimmendem Gemurmel, Lächeln, Gesten –, sie werden lebendig, gehen schüchtern und doch eifrig auf das ein, was er sagt.
»Wir warten jeden Tag«, sagt Jacobus, »jeden Tag. Wir glauben, ist vielleicht was passiert. Ich versuchen, anrufen...«
»Es funktioniert immer noch nicht, was? Ich habe heute morgen versucht, dich zu erreichen. Und dann habe ich mir gesagt, nein, die Straße *muß* jetzt frei sein.«
»Versuchen, versuchen anrufen. Keiner is gekommen, nichts. Einmal ich sage zu Phineas, is besser, du gehst zu Baas De Beer.« »Ich weiß, ich habe ihn angerufen. Aber das war gefährlich, er hätte nicht gehen sollen, wußtet ihr, daß da drüben eine Frau ertrunken ist?«
»Das Wasser!« sagt Phineas. »Das Wasser war zuviel. Ich schwimme und es greift mich. Ich gehe da bei den Bäumen hinein, aber ich komme auf der anderen Seite ganz da unten raus, weit von De Beer...«
Alle sind jetzt angeregt. Jacobus schnappt plötzlich lachend nach Luft, als habe er soeben selbst eine solche Erfahrung mit Erfolg durchgestanden. »Wir haben uns zuviel gesorgt. Die Frau war weg – weg. Nichts. Kann nichts finden. Und nur eine Kuh, die kleine, das Kalb von Sheba.«
»Was ist mit ihr? Tot?«
Solomon spricht: »Wenn ich sehe, sie nicht da, wir suchen da und da, nicht finden.«
Jacobus kratzt sich schnell und kräftig mit einer Geste den Kopf, die die Verwirrung des Überforderten ausdrückt. »Und der Regen kommt so viel. Ja-a. Ganze Zeit, ganze Zeit. Wir suchen überall, aber morgen früh wir sehen, sie ist im Schlamm, die Füße sind festgesteckt, und dann ist hingelegt im Graben da, hinter dem Pumpenhaus.«

»Macht nichts. Nur eine. Es hätte schlimmer sein können. Jacobus, bei so einer Flut.«
Alle geben singende und seufzende Töne des Verständnisses und der Zustimmung von sich.
»Und war eine schöne, fette.«
»Da kann man nichts machen, Jacobus.«
Bedauern und Übereinstimmung, wieder aus tiefer Brust.
»Du müßtest mal sehen, was das Wasser mit der Straße gemacht hat. Ich habe schon vor einer Woche versucht, durchzukommen. Unmöglich. Die halbe Straße war eingefallen. Zwei Leute sind ertrunken. Der Wagen wurde weggeschwemmt, sie waren drinnen. Niemand konnte sie finden. Die Polizei hat gesucht, alle waren...«
»Wir glauben, ist vielleicht was passiert«, sagt Jacobus. Er hat den Bericht mit einem gelegentlichen Kopfnicken begleitet, dem zu entnehmen ist, daß er die ganze Geschichte kennt. »Wir nicht wissen, wem Wagen gehört. Wir hören nichts. Keiner kommt zu uns.« »*Konnte* nicht kommen, verstehst du? Sogar die andere Straße, von Katbosrand, da war auch nicht durchzukommen. Ich konnte nicht kommen.« »Kein Telefon, nichts. Wir glauben, vielleicht...«
Sie müssen alle einen Bonus bekommen. Sie alle. Sie haben sich wirklich recht gut zu helfen gewußt. Eine der Kühe hat eine gut verheilende Euterentzündung, die Jacobus intelligenterweise erkannt und – noch besser – mit der richtigen Injektion behandelt hat. »Wie hast du denn nur gewußt, wie es gemacht wird, Jacobus? Du bist jetzt ein richtiger Arzt, wie?«
Er braucht nicht viel Zuspruch, um Schritt für Schritt vorzumachen, wie er die Spritze gefüllt hat, und so weiter. »Ich immer schön zugucken, wenn Doktor für Kühe kommt.«
»Da werde ich ja eine Menge Geld sparen, was, Jacobus, jetzt brauchen wir den Doktor nicht mehr.«
Er grinst, verschämt vor Vergnügen, sehr mit sich zufrieden.

Ja, einen Bonus muß es geben. Für den Anfang ist eine ganze Zigarettenschachtel eine nette Geste. Sie wird, obwohl er, wie es üblich ist, die gewölbten Hände zur Entgegennahme ausstreckt, beinahe von Mann zu Mann, in der Atmosphäre einer erfolgreich überstandenen Krise, überreicht.

»Wie lange bin ich nicht mehr hier gewesen, Jacobus? Es müssen beinahe zwei Wochen sein.«

»Is mehr als zwei Wochen, wir hier allein sind.« Er ist entschlossen, ein Drama daraus zu machen. Er läßt den Kopf auf die Brust hängen und bewegt ihn trauervoll hin und her.

»Also, du hast dich *sehr gut* um alles gekümmert. Ich bin sehr zufrieden mit dir. Mit allen Boys. Hörst du?«

Jacobus und er sind an den Farmgebäuden vorbei weitergegangen – die anderen haben sich mit einer Art Taktgefühl, die ihnen – trotz ihrer Primitivität – eigen ist, verkrümelt. Jacobus spricht in ihrem Namen: »Danke, Master, ja-a, vielen Dank, Master.«

Natürlich würden, jetzt, da alles vorbei ist, einige im Notfall zu Recht ergriffene Maßnahmen nicht rückgängig gemacht werden, obwohl er darauf bestehen muß, daß nicht alles so bleiben kann, daß sie wieder zum normalen Gang der Dinge zurückkehren müssen. Die Viehfutterballen auf der Veranda des Hauses: sie hätten schon längst wieder in der Scheune sein sollen. Wenn sich niemand darum kümmert, wird das Zeug nie zurückgebracht, im Gegenteil, die nächste Ladung würde auch wieder da abgeladen. So sind sie nun mal, selbst die Besten von ihnen. Das Haus würde einfach als ein weiterer Schuppen übernommen werden. Es lebt ja niemand dort, der sich beschweren könnte. Als nächstes würden dann die Ersatzteile für den Traktor schön ordentlich in der Küche aufbewahrt: Alle Arzneimittel, die er wohl aus dem Schrank gekramt hat, als er für die kranke Kuh nach Penicillin suchte, liegen noch immer auf dem Eßtisch. Er hat allerdings eine Reihe von Bewässerungsgräben freigelegt; man kann sie kaum so nennen – es sind jetzt kleine, über die Ufer tretende Flüsse. Eine der Frauen hat sich das zunutze gemacht und wäscht ihre Wäsche darin – einen Haufen verschmutzter grauer Decken. Da oben im Lager ist wohl alles ziemlich aufgeweicht; aber die Hütten sind aus Zementblöcken, sie müßten eigentlich einigermaßen wetterfest sein. Die kleinen Kinder der Schwarzen haben ihren Spaß. Sie lassen Bierkästen aus Kunststoff schwimmen – eine Art Wettrennen.

»Sie wissen doch, daß sie diese Dinger nicht liegenlassen dürfen, wenn sie mit dem Spielen fertig sind, nicht wahr, Jacobus?« Ihm wird die Stelle gezeigt, an der das Kalb im Schlamm steckengeblieben und verendet ist. Je mehr es kämpfte, um so tiefer sank es ein. Er nimmt sich vor, neue Lager für die Pumpe mitzubringen. Jetzt, wo sie nicht benutzt wird, ist die beste Zeit für eine Reparatur. Jacobus hat gesagt, daß das gesamte Weideland im Sumpfgebiet zur Zeit unbrauchbar ist. Die Tiere würden Fußfäule kriegen, wenn man sie dort grasen ließe. Aber das ist vielleicht alles Unfug, man muß das Land einfach entwässern. »Das läßt sich einrichten: Du kannst die Boys anweisen, mehr Kanäle zu graben, macht ein paar Gräben mehr, dann läuft das Wasser ab.«

Jacobus überlegt einen Moment. »Is zuviel Wasser. Zuviel.« Er tut so, als ob er einen Spaten schwingt, Erde aushebt und sich dann zurückzieht. Der imaginäre Spaten fällt ihm aus der Hand; er ist entmutigt: »Sobald man gräbt, kommt Wasser wieder. Sogar im Lager oben, nicht so nah am Fluß, wenn ich anfange graben, fließt es nach.«

»Nein, nein, das macht nichts. Das ist nichts. Du mußt nur die richtige Stelle finden, einen richtigen Abhang, dann fließt das viele Wasser nach einem Tag ab. Dann wird es langsam jeden Tag trockener – komm, ich zeige dir, wo...«

Die dritte Weide, zum Beispiel, ist schon halb aus dem Wasser aufgetaucht. Von dort, wo er stehenbleiben muß, weil er keine Gummistiefel anhat (er dachte, es wären welche im Haus, aber sie sind verschwunden), kann er sogar die Steine erkennen, in deren Nähe das Schaf geröstet wurde. Er kann nicht weiter, aber er trägt Jacobus auf, das ganze Flußgebiet abzuwandern und herauszufinden, wie tief oder seicht dieses Grundwasser ist. Zu lächerlich, das Land einfach wieder zum Moor werden zu lassen. Das Wasser kann an den meisten Stellen nicht mehr höher stehen als ein paar Zentimeter. Jacobus sagt nichts; das heißt, er ist nicht allzu begeistert, er hat keine Lust, im Schlamm herumzustiefeln, zweifellos hat er davon genug gehabt, aber es geht nun einmal nicht anders. Hier muß alles wieder in Gang gebracht werden. Die Natur findet immer ein Gegenmittel, eine Gegenaktion. Selbst ein Feuer ist, organisch gesehen, nicht irreparabel. Sieh nur, wie alles zurückgekommen ist. Wie gut gewässert diese Weiden jetzt sein müssen! Was für ein leuchtendes Käferflügel-Grün die Blätter haben... Die Asche, die zum Teil ihrer eigenen Zerstörung entstammt, hat sie wohl am Ende genährt. Die Natur weiß von allem Gebrauch zu machen; sie weist nichts zurück und verschwendet nichts.

Da unten macht Jacobus Riesenschritte. Er watet und stapft; er ist zu weit entfernt, als daß man sein Stehenbleiben und sein Weitergehen auslegen könnte. In gewöhnlichen Stiefeln kommt man nicht weit. Alles, was einem hier oben zu tun bleibt, ist, vorsichtig von Hügel zu Hügel zu staksen und das Wasser zu umgehen, wie Kinder das mit den Fugen der Pflastersteine auf einem Bürgersteig tun. Er gibt auf. Er steht jetzt einfach da, und zum erstenmal seit seiner Ankunft, zum erstenmal seit der Flut, ist er dem Ort allein ausgesetzt. Er kommt nicht als Reihe von Erzählungen und Phantasiebildern auf ihn zu, als die ihm die Geschehnisse der vergangenen zwei Wochen präsentiert worden sind, sondern als lebendige Gegenwart.

Es riecht schlecht. Es riecht nach Fäulnis.

Nein, nicht schlecht: uralte Feuchtigkeit, dumpfer Pflanzengeruch, der Pilzduft alter Bücher, der bittere Schlammgestank, der grüne Geruch einer Vase, in der die Stiele verwelkter Blumen schleimig geworden sind. Zweimal hat er von dort aus, wo er hingelangt ist, sehen können, wie ein Klumpen, eine schwärzliche Verdickung aus dem Schlamm gekratzt wurde. Das Stochern mit einem Stock hat bisher nichts anderes zutage gefördert als ersoffene Ratten.
Sein Blick bewegt sich langsam wie der Lichtstrahl eines Leuchtturms. Überall hat sich etwas Schweres ausgebreitet, hat alles niedergewalzt und durcheinandergerührt. Strähnen von Gras, Blättern und toten Baumästen, Klumpen von Schleim, Sand und ewigem Schlamm sind immer in diese Richtung getrieben worden – von einer außerordentlichen Kraft, die eine Landschaft in einen versteinerten Strudel verwandelt hat.
Es stinkt zum Himmel.
Ja, es riecht *wirklich* schlecht. Die Sonne ist wie Hefe. Der ganze Ort ist ein fermentierendes Fäulnisgebräu, und das muß sein. Dieser tödliche Gestank bedeutet Leben. Das sind sie Klumpen toter Ratten ebenso wie die Fötusse der Flußpferde. (Die kleinen Perlhuhnküken werden – leider! – ein ähnliches Ende genommen haben.) Dennoch, obwohl all dies organisch ist, verspürt er einen Drang, sauberzumachen, herumzugehen und Störendes aufzusammeln, wie er es mit den Papierfetzen und den Kunststoff-Flaschen macht, die sie immer herumliegen lassen. Er hat seine Blicke wandern lassen und nicht gemerkt, daß Jacobus umgekehrt ist, geradewegs durch die seichten Pfützen und den Schlamm die dritte Weide hinaufkommt und ihn beinahe erreicht hat.
Jacobus hat es eilig. Er rennt, soweit man das unter diesen Bedingungen in diesem Terrain von seiner Gangart sagen kann, stolpert, rutscht, taumelt, gleitet aus. Er hat das Gefühl, daß die Augen des alten Knaben schon auf ihm ruhen,

bevor er ihn sehen und sein Gesicht erkennen kann. Als er nahe genug heran ist, und er seine Züge erkennen kann, wird ihm mit großem Nachdruck klar, daß ihr Ausdruck etwas Vertrautes verkündet, etwas, was schon einmal geschehen ist, etwas, was er weiß.

Jacobus keucht. Seine Nase läuft vor Anstrengung, und ein klarer Tropfen zittert zwischen den zwei geweiteten Nasenflügeln.

Jacobus wird sagen, Jacobus sagt: »Komm. Komm und sieh.«

»Und wer war Unsondo?« – »Er war es, der als erster hervorkam, als alle Dinge sich lösten (ekudabukeni kwezinto zonke).« – »Erkläre, was bedeutet ekudabukeni?« – »Als diese Erde und alle Dinge sich von Uthlanga lösten.« – »Was ist Uthlanga?« – »Er, der Unsondo zeugte.« – »Wo ist er jetzt?« – »Oh, es gibt ihn nicht mehr. So wie mein Großvater nicht mehr lebt, so lebt auch er nicht mehr: er starb. Als er starb, erschienen andere, die andere Namen hatten... Uthlanga zeugte Unsondo: Unsondo zeugte die Ahnen; die Ahnen zeugten die Urgroßväter; die Urgroßväter zeugten die Großväter; und die Großväter zeugten unsere Väter; und unsere Väter zeugten uns.« – »Gibt es noch welche, die heute Uthlanga heißen?« – »Ja.« – Bist du verheiratet?« – »Ja.« – »Und hast du Kinder?« – »Yêbo. U mina e ngi Uthlanga.« (Ja, ich bin es, der ein Uthlanga ist.)

Nein, nein.

Nein, nein. Die Streben am Wassertank des Inders sind auf einer Seite gebrochen, das war der Regen, hat das Ding unterhöhlt, es wird bald zusammenfallen. Nein, nein. Die Farm wurde zum Ausspannen angeschafft. Wir lagen an Sommernachmittagen dort oben im Haus eingeschlossen, während du angeblich beim Friseur warst. Wenn du im Bad lagst, schob ich deine Beine auseinander und seifte dich mit meinen eigenen Händen ein, weil ich, wie du einmal so gnädig zugegeben hast, nicht ohne Zärtlichkeit bin, kein gewöhnlicher undsoweiter, undsoweiter. Tank wird fallen, wenn sie nicht was dran tun, werden sie nicht, Frieden wird mit dem Gesicht nach unten im Morast enden. Frieden saust auf tausend Motorrädern herum, verziert die Ärmel von Lederjacken, in deren Taschen Schnappmesser stecken und steht in roter Tinte auf einem Rucksack geschrieben, der ein Buch über den widernatürlichen Mißbrauch des männlichen Körpers enthält oder schlicht über Arschfickerei, so nennt man das nämlich, worauf du so neugierig bist. Nein, nein, nein. Was soll das? Was kann nach zehn Monaten übrig sein? Wenn diese Burenbastarde ihre Pflicht getan hätten, wäre es nie dort gewesen. Sie konnten nicht einmal dafür sorgen, daß ein anständiges Loch gegraben wurde. Ein wenig im Boden herumgekratzt und eine Handvoll Erde darübergestreut, wie eine Katze, die ihr Geschäft verscharrt.

Aber nein. Nein, nein. Es ist zunächst einmal dort abgeworfen, dann nicht entfernt worden, und der Eigentümer des Grundstücks ist sicher nicht dafür verantwortlich. Niemand wird auf den toten Eindringling Anspruch erheben. Wer sollte das sein? Nein, nein. Hundertfünfzigtausend von ihnen leben in diesen Häusern hinter dem hohen Zaun, unter dem Rauch, die rechts an ihm vorbeiwirbeln. Die Frauen in der Busschlange am Eingang machen sich mit aufblitzenden Nähgeräten und grob gefärbtem Garn zu schaffen, während sie stehen und warten. Sie sind abgehärtet. Die Füße in riesigen Pfützen, und der vorbeifahrende Wagen schleudert ihnen das Wasser ins Gesicht. Sie sind an alles gewöhnt, sie überleben, ob sie nun Staub schlucken, in Herden durch den Regen wandern oder im August vom Sturm wie Zeitungspapier gegen irgendeine schützende Wand geweht werden.

An den Schuhen zu erkennen und möglicherweise an den Resten des Gesichts mit den – das reicht! Warum sich mehr anhören, es bringt niemandem etwas. Das ist genug. Hundertfünfzigtausend von ihnen, praktisch vor der Haustür. Man hätte das von Anfang an in Betracht ziehen sollen, bevor der Vertrag unterzeichnet wurde. Sie werden Paläste, Throne und Türme niederpflügen, hast du mit einem herausfordernden Lächeln und in einem Ton gesagt, den ich kenne und der bedeutet, daß du ein Gedicht zitierst. Du hast abgewartet, ob mir die Zeilen bekannt waren, obwohl du doch genau gewußt hast, daß Roheisen-»Millionäre« keine Poesie lesen. Das gibt dir ein Überlegenheitsgefühl, vor allem, wenn es sich um eins dieser linken Genies handelt, von dem niemand je etwas gehört hat. Und du lachst: »Roy Campbell, südafrikanischer Faschist.« – »Kein gewöhnlicher südafrikanischer Faschist.« Das amüsiert dich nun wieder. Es nimmt dich für mich ein. Während ich in dem Zimmer des Hauses herumlaufe, das etwas Erregendes hat, weil wir wissen, daß es von außen wirkt, als sei niemand drin, spüre ich deinen Blick auf meinem Penis, der eine steife, begierige Zunge herausstreckt, hilflos, obwohl ich ganz lässig herumwandere und eine Zigarette hole oder einen Drink ans Bett bringe. Natürlich haben sich auch andere das Ding angesehen, so wie du. Eine Frau hat mir mal gesagt, die Spitze sehe aus wie ein deutscher Stahlhelm. Das bringt mich auf mein Alter. Es muß während des Krieges gewesen sein, ich war erst sechzehn, als es anfing. Was kann nach so langer Zeit in der Erde noch Erkennbares übrig sein. Das Vlei trocknet niemals aus. Es ist immer naß dort unten oder zumindest feucht. Es sind Würmer in diesem Brei. Spaghetti mit rosa Schwellungen; nicht Spaghetti, mehr wie diese Röhren, die man in Hühnereingeweiden findet. Der durchgehende weiße Strich hindert ihn am Überholen dieses Lastwagens mit tiefgekühlten Hühnern vor ihm. Ratten und Wasserratten. Es gibt keine Schakale. Sie sind die Unratvertilger der Natur. Sie halten das Buschland rein. De Beer hat seit mehr als zehn Jahren keinen Schakal mehr gesehen. »O nein. *Ein Stahlhelm*! Er ist genau wie das Zentrum einer Bananenblüte. Selbst die etwas violette Färbung und der leichte Glanz. Du weißt, wie die Bananenblüte seitwärts von der Pflanze hängt?«

Wer immer jetzt in linken Kreisen Londons der Glückliche ist, er wird mit dem Vergleich nicht viel anfangen können; es ist nicht anzunehmen, daß er mit den Blüten der Bananenpalme vertraut ist. Was bleibt in einem Gesicht mit einem – nein, nein! Ich will es nicht hören. Das *Vlei* wird sein Werk getan haben. Was immer man als Anfangspunkt des Zyklus betrachtet, Verwesung oder Keimung, Feuchtigkeit ist die richtige Bedingung. Dinge verfaulen oder wachsen; verfaulen und wachsen, indem sie sich von einem Organismus in einen anderen verwandeln. Ratten werden zu Gelee, einem schwarzen Gelee, schwarz wie geronnenes Blut, das ist die Konsistenz, die die Stockspitze übermittelte. Und hier ist die Stelle, an der es vor den erstaunten Blicken entsetzter Augenzeugen spurlos verschwand. Der Lastwagen mit den tiefgekühlten Hühnern hat an der roten Ampel angehalten, genau da, wo es passiert sein muß (die provisorische Verstärkung aus Planken und Barrieren dort, wo die endgültigen Träger und Leitplanken im Entstehen begriffen sind, markieren die Stelle). Das

Warten auf die Ampel verschafft reichlich Zeit, mit den Blikken immer wieder den Umrissen eines riesigen, auf die Rückseite des Lastwagens gemalten Huhnes zu folgen, das einem Zylinder und ein Monokel trägt. Eine Comicstrip-Blase trägt den selbstmörderisch prahlerischen Ausspruch: NUR KLASSEVÖGEL WIE ICH SIND GUT GENUG FRISCH GEFRORENE HÜHNER MARKE ARISTOKRAT GENANNT ZU WERDEN!

»Niemand wird je wissen, wo du begraben bist.« Ah, so einfach, so unabwendbar ist das nun wieder nicht. Ich konnte der Ort nicht wiedererkennen, als alles verbrannt war, und dann, als Schilf und Gras wieder so hoch standen, war es so, als ob nichts geschehen wäre. Konnte nicht wiedererkennen – »finden« ist nicht das richtige Wort, niemand hat je gesucht, es war vergessen, selbst sie haben ihn nie wieder erwähnt, selbst Jacobus nicht. Es stinkt zum Himmel. Alles war zart und frisch und lieblich, mein Gott, wenn man dort lag. Die Spitzen der Gräser trafen über einem beinahe zusammen, und unter einem bewegte sich das Gras sanft tastend unter dem Gewicht des Körpers. Die Sonne verschwand hinter einer Wolke, und eine kühle Schattenhand legte sich für einen Augenblick auf die schlafwarmen Wangen. Es schlief sich immer leicht dort unten nach einer langen Nacht oder einer langen Reise durchs Nichts, das ohne Berührung einen starren, fliegenden Schatten auf Meere und Wälder und Wüsten warf. Niemals so nahe wie der einzelne silberhelle Halm, der sich in der Brise vom Ohr zur Nase des Schläfers senkt und hebt. »Oh, Mehring, wie du romantisierst, du bist ja richtig verliebt in diesen Ort.« Es stinkt zum Himmel. Es war nicht endgültig; das einzig Endgültige ist, daß er immer dort ist. Es war niemals möglich, dort unten allein zu sein. Niemals einsam. Fühl dich niemals einsam. Es mag sich verrückt anhören – nein, ich will es einmal so sagen. Es ist merkwürdig, man braucht deswegen nicht allem möglichen Aberglauben und Unfug anzuhängen – es besteht ein Unterschied zwischen der

Art, in der man nur vor sich hindenkt, und dem Denken als Form einer Konversation, auch wenn keine Antwort kommt. Armes Schwein, wer immer die Scheißkerle waren, sie haben ihm keine Zeit zum Reden gelassen. Gott weiß, was er alles nicht mehr hat sagen können. Was er erzählt haben könnte; gesagt hätte. Es fällt ihnen nicht leicht, sich auszudrücken. Nur das Gesicht und die Nase – das ist genug! Ob der alte Knabe wirklich »Nase« gesagt hat oder ob das Bild in seiner Vorstellung ergänzt worden ist, weil er nicht aufhören kann, daran zu denken, ob es eine angefügte Einzelheit ist – genug. Es stinkt zum Himmel: Die verbrannten Weiden sind wieder gewachsen, das Schilf ist zum Vogeldickicht geworden, der Mais bewahrt die Süße von Lymphen, Menschenmilch und Samen, die ganze Farm ist aufgeblüht und gedeiht, hat, wie Nektar durch einen Grashalm, Kraft aus ihm gesogen...

Ein grauenvoller Moment, grünes Licht anzustarren, und nicht zu wissen, was es bedeutet.

Hämische Hupentöne trommeln auf ihn ein. Leere.

Ein schauderndes Zittern überläuft ihn vom Nacken zum Kiefer, und er fährt hoch, um den Gang einzulegen. Entnervend; aber so etwas passiert jedem mal. Seine verkrampften Kiefer schnattern wie irrsinnig die eine Silbe. Nein, nein. Zurück in die Stadt. Er hat nicht darauf gewartet, mehr zu hören. Sollen sie mit ihm machen, was sie wollen, ob das Wort nun »Nase« war oder nicht. Die Kreuzung, die er jetzt überquert wie jeder andere fähige Autofahrer, der in seinem Leben ein Dutzend Wagen verschlissen hat und dem das Steuer in der Hand zur zweiten Natur geworden ist, nimmt die beruhigende Alltäglichkeit des wirklichen Lebens an. Die Dinge, die er so selbstverständlich hinnimmt, daß er ihnen, in Gedanken bei seinen Geschäften oder anderen wichtigen Fragen, normalerweise keine Aufmerksamkeit widmet. Da sind sie, die schwarzen Fußgänger, die sich in einer munteren Unterhaltung anschreien, der Lastwagen mit den Hühnern, ein

Familienauto, das angehalten hat, damit Papa für die Kinder Zuckerwatte kaufen kann, ein überladenes, langsam dahinkriechendes Taxi aus der Siedlung, ein Bus, der Dieselqualm ausstößt, drei Lambrettas, alle mit Jünglingen im Sattel und Mädchen auf dem Rücksitz; sie erinnern an jene Käfer, die sich – einer an den Rücken des anderen geklammert – im Flug paaren. Nichts ist geschehen. Lieber Himmel, morgen wird er eine Auseinandersetzung mit dem Industrieverband beilegen, und er hat beschlossen, einen weiteren Direktorenposten abzulehnen, den man ihm angeboten hat. Diesmal sind es die neuen Platinminen – er hat mehr Direktorenposten, als ein Mensch sich wünschen kann, außerdem ist er Vorsitzender von zwei Vorständen. Er hat soviel Geld, wie er braucht und, was wichtiger ist, er weiß, was er damit anfangen soll. Die Straße zur Stadt ist alltäglich und vertraut genug, um jeden wieder auf den Teppich zu holen. Die weißen Arbeiter wissen, daß sie nirgendwo sonst in der Welt so gut leben könnten, und die Schwarzen wollen Schuhe an den Füßen haben. Wo sonst in Afrika sieht man so viele gut beschuhte Schwarze wie auf dieser Straße? Hier ist eine Bushaltestelle für sie (Bierkartons liegen herum), und hier, ein paar Meter weiter, eine Haltestelle für die Weißen, die hier in der Gegend arbeiten. So wie einen das Schafezählen müde macht, so kann das Aufzählen einer Reihe gewohnter Objekte die Konzentration wiederherstellen. Ein vorfabrizierter Unterstand an der Haltestelle der Weißen, und vor einem oft gesehenen Zigarettenplakat steht jemand, und er hat – wieder – das sonderbare, unentrinnbare Gefühl, daß ein Paar Augen auf ihn gerichtet sind wie auf eine Zielscheibe. Nein. Das Gesicht eines Mädchens. Eine junge Frau steht dort, und ihre Augen sehen ihn fordernd an, und aus der Nähe (er hat, eher abgelenkt als neugierig, die Fahrt verlangsamt) kann er deutlich sehen, daß die Winkel ihres ziemlich großen Mundes, wenn auch nicht gerade zu einem Lächeln, zu einem halben Gruß verzogen sind. Nein, nein. Er gibt nicht schnell genug Gas; sie hat eine Hand gehoben, nicht zu hoch, die Geste bedeutet eher »einen Moment, bitte«, als ein gebieterisches »Anhalten«. Nein. Der Mercedes, kraftlos geworden, bleibt stehen. Sie kommt ihm entgegen.

»Oh, können Sie mich vielleicht wieder mitnehmen? Danke vielmals.« Er nimmt ihr Gesicht überhaupt nicht zur Kenntnis. Er sieht nur, daß sich Straße und Verkehr, winzig aber klar, in ihren Augen spiegeln wie in den Zerrspiegeln auf dem Jahrmarkt.

Könnte es einen alltäglicheren Vorfall geben? Ein Wagen hat angehalten und jemanden aufgelesen, der in dieselbe Richtung, in die Stadt will. Die Handlung ist binnen einer Minute vorüber, und der Wagen fährt mit zwei statt mit einem Insassen weiter.

Der Fahrer sagt: »Sie kennen mich also?«

»O ja. Sie haben mich und meinen Großvater mal mitgenommen. Sie werden sich nicht erinnern.«

Er hörte zu, aber der größte Teil seiner Aufmerksamkeit ist auf merkwürdige Weise für einige Momente von der breiten, oben abgeflachten Pyramide einer Schutthalde in Anspruch genommen, einer anderen vertrauten Landmarke, der er absichtlich den Blick zugewandt hat. Da! Hat nicht selbst das eine gewisse Schönheit? Es gibt noch Dinge des täglichen Lebens, die schön sind. Man sagt, diese Halden seien unansehnlich, aber in einem bestimmten Licht... Es ist eine feste Halde. Der Regen hat weder ihre Konsistenz noch ihre Umrisse aufgeweicht, sondern die wunderbar saubere, vom Regen gereinigte, sonnige Luft gibt ihr die klaren Konturen eines Denkmals gegen den glasblauen Himmel und bietet gleichzeitig überraschend einen (unvergessenen) sinnlichen Reiz – der riesige, gleichmäßig mit Zinnen versehene Berg scheint von der cremegelben weichen Beschaffenheit oft gewaschenen Sämischleders zu sein. Das ist es. *Das* ist es – die imaginäre

Berührung dieser Oberfläche durch seine Hand (die winzigen Häkchen der Härchen, wenn ein Unterarm oder eine Hinterbacke die Lippen streift) – was, nicht von Gedanken hervorgerufen, die normalerweise diese unbewußten Reflexe erzeugen (seine Gedanken sind heute morgen weiß Gott von solchen Dingen weit entfernt), die vertraute körperliche Reaktion hervorruft. Aber es ist nicht das, was der Arzt eine »kalte Erektion« nennt: freudlos, von einer Morbidität des Körpers ausgelöst, so wie es angeblich geschieht, wenn ein Mann gehängt wird. Nein, es ist, als ob die Wärme in einem betäubten und erstarrten Körper zurückkehrt. Zutiefst tröstlich.

»Er hält nicht eine Minute den Mund. Babbel, babbel. Ich hätte sterben können. So ist er immer. Er ist eben alt, wissen Sie.«

»Er schien ein netter, alter Herr zu sein.«

Ihrer Stimme entnimmt er, daß sie einigermaßen gutmütig lächelt:

»Er ist in Ordnung. Bleibt aktiv und so. Lebendig.«

»Ich kann mich entsinnen, daß Sie kein Wort von sich gegeben haben.«

»Ich habe doch bestimmt Dankeschön gesagt.«

»Ja, keine Sorge, das haben Sie.«

»Gott, ich war vielleicht froh, als ich Sie sah. Ich bin vielleicht in den letzten Wochen oft naß geworden, wenn ich von der Arbeit kam.«

»Sie haben den Wagen wiedererkannt?«

»Ich wußte, daß Sie es waren. Ich habe Sie schon vorher gesehen. Im Vorbeifahren. Schon oft, bevor Sie uns mitnahmen.«

»Ja, ich bin oft auf dieser Straße. Ich könnte sie mit verbundenen Augen fahren.«

Sie gibt ein kicherndes Lachen von sich. »Uh, tun Sie das ja nicht, ich hab furchtbare Angst im Auto. Einmal bin ich jemandem ins Steuer gefallen, ich dachte, wir würden ’n Zusammenstoß haben – und ich kann noch nicht mal fahren. Da bin ich schrecklich, immer nervös. Und heute besonders, ich bin so spät aus dem Haus, ich hatte noch nicht mal Zeit für ’ne Tasse Tee. Es ist nicht fair, wenn man sonnabends arbeiten muß, ich würde mir am liebsten einen Fünftage-Job suchen.«

»Lernen Sie fahren, dann sind Sie nicht mehr nervös.«

Sie plappert wie ein Schulmädchen, aber jetzt antwortet sie mit der kaltschnäuzigen Härte, die diese Mädchen sich schon früh aneignen: »Was soll’s, ohne Auto.«

Es ist dieser Ton, der ihn jetzt doch zu ihr hinblicken läßt; sie wühlt in ihrer großen und schäbigen weißen Handtasche, die vom Befingern leicht rosa befleckt ist. Das verschafft ihm eine Gelegenheit. Nein, nein. Er hätte nie gedacht, daß er sie schon einmal mit diesem alten Türsteher gesehen hat. Aber sie kann die Geschichte nicht erfunden haben; wie könnte sie darüber Bescheid wissen. Es ist dasselbe kleine Mädchen. Nicht wirklich klein im üblichen Sinn des Worts. Sie könnte fünfundzwanzig oder Ende Zwanzig sein. Die Gerüche und Geräusche der Tasche – Tabak von zerdrückten Zigaretten, der Geruch billiger Kosmetika, das Geklingel kleiner Gegenstände, das nervöse Klicken der Armbänder an der tüchtig wirkenden sonnengebräunten Hand – vermitteln irgendwie den Eindruck einer geschiedenen Frau, die sich nach etwas Neuem umsieht.

Sie fängt plötzlich seinen Blick voll auf. Wirklich nicht schlecht. Große, braune Augen von der Art, die kein Weiß zu haben scheinen, bemalt natürlich, dick geschminkte Wimpern und Lider, ein braunes, ovales Gesicht mit einem Leberfleck zwischen Oberlippe und Nase, eine hohe, glänzende Stirn unter dem ziemlich mitgenommenen Wust glanzloser dunkler Haare. Ein billiger Abklatsch des ungeschminkten, gebräunten Gesichts, das er an Frauen mag. Er wendet seine

Aufmerksamkeit wieder der Straße zu, aber ihr Kopf ist am Rand seines Blickfelds: »Oh, Mann, können Sie vielleicht 'ne Minute an dem Rasthaus stoppen, ich brauch wirklich 'n Happen zu essen oder so...« Gott, auch das noch.
Er betätigt den Blinker, um anzuzeigen, daß er nach links abbiegt. Sie hat die Hände im Schoß gefaltet und blickt, sofort zufriedengestellt wie ein Kind, dem man Süßigkeiten versprochen hat, geradeaus. Als er den Kopf dreht, um sicherzustellen, daß kein Fahrrad hinter ihm ist, streift sein Blick nicht ihr Gesicht, sondern ein winziges Goldkreuz, das etwas schief zwischen ihren hochgepreßten Brüsten hängt – ja, so eine ist sie, sonnabendnacht läßt sie sie für die Jungs baumeln, und am Sonntag liegt sie in der Holländisch Reformierten Kirche auf den Knien. Es erübrigt sich wirklich, für sie aus dem Wagen zu steigen, sie erwartet so etwas nicht: Er ist kein Fummler, er zieht Geld so schnell aus der Tasche, wie er es verdient, und hält, wie aus der Luft gegriffen, zwei Randnoten in der Hand, mit denen er winkt, während sie die Tür öffnet.
»Und was wollen Sie?«
»Nichts, danke.«
»Sind Sie sicher?«
»Nichts für mich. Gehen Sie nur.«
Am Schalter des Rasthauses, an dem die schwarzen Kellner die Bestellungen der Autofahrer entgegennehmen, arrangiert sie, während sie wartet, mit einer Hand das Haar und dreht den Fuß auf dem Absatz eines dieser klobigen, wie vom Orthopäden verschriebenen Schuhe hin und her, die Frauen heutzutage tragen. Er kann mit Mühe eine fahrige Ungeduld unterdrücken, die ausbruchsbereit ist für den Fall, daß sie ihn wegen ihres verdammten heißen Würstchens warten läßt – warum überhaupt anhalten, es muß doch genug Busse für solche Leute geben. Wäre er bei Sinnen gewesen, hätte er sich auf diese Sache nie eingelassen. Aber sie bekommt ihr Päckchen

beinahe sofort und kommt mit einem Lächeln, das allerdings nicht ihrem Wohltäter gilt, über die grauen Steinchen gestelzt, die den Vorhof des Rasthauses bedecken. Das Lächeln ist für jeden Mann gedacht, der sie womöglich beobachten könnte. Er seufzt, um sich von der nervösen Spannung kalter Ungeduld zu befreien, deren Ausbruch sich als überflüssig erwiesen hat.

Sie setzt sich neben ihn, setzt sich zurecht und schlägt die Tür zu, und der Wagen fährt wieder an die Fahrbahn heran und wartet auf eine Lücke im Verkehr auf der nächstgelegenen Fahrspur, hier, wo die Schutthalden und die Überbleibsel der alten Eukalyptusplantage eine Art industrieller Ländlichkeit auf beiden Seiten der Straße schaffen. Sie hat das Päckchen, das einen Geruch fettiger Wärme im Wagen verbreitet, nicht geöffnet, sondern beugt sich vor, um es im offenen Handschuhkasten zu verstauen, und legt, während sie sich wieder zurücklehnt, die Hand auf seinen Schenkel. Er wartet auf eine Gelegenheit, wieder einzuscheren. Die Hand liegt auf seinem Bein. Seine Augen flackern regelmäßig im Rhythmus der ununterbrochenen vorbeifahrenden Wagen. Als er eine Chance wahrnimmt und sich rasch in die Wagenschlange einfädelt, liegt die Hand der Frau immer noch auf ihm.

»Bei den alten Schutthalden. Es gibt schöne Bäume dort, man kann die kleine Straße da nehmen …«

Er hat es gesehen. Nein, nein. Jacobus ist nicht zu stoppen. Und wenn man ihn niederschießt; er kommt doch. Der Blinker ist an, und sie redet weiter: »Ja, hier ist es richtig. Nur weiter, trotz Regen uns so. Hier kann man fahren, wir werden nicht steckenbleiben, das ist alles Sand, kein Schlamm.«

Die Fahrgeräusche ändern sich, als der Wagen den Asphalt verläßt und auf die rote Erde und den gelben Sand der kleinen Straße drückt. Sie gibt aufmunternde Äußerungen von sich: »Okay. Okay. So ist's gut. So ist's gut.«

Die kunstgewerblerische Blondine, die in ihrem Kombiwagen Stofftiere verkauft, hat es gesehen: ein schwarzer Mercedes mit einem Mann und einer Frau, der kurz vor der Autobahnauffahrt von der Straße abbiegt und in die alte Plantage fährt. Er sah den von der Hüfte abstehenden Ellbogen und – jenseits des aufblitzenden Emblems, das immer eine Kühlerlänge entfernt in seinem Blickfeld ist – eine glotzende Sonnenbrille. O nein. Er hörte nichts als das Schwatzen an seiner Seite und das beruhigende Schwirren der Reifen auf den sandigen, ausgefahrenen Spuren zu beiden Seiten eines Graswulstes, denen sie sich reibungslos anpassen. Die Eukalyptusbäume stehen nicht dicht – es ist zuviel gefällt worden, um die Mine unter Tage mit Stützbalken zu versehen, und die jetzigen Bäume sind nur dünne, den ursprünglichen Stämmen entsprießende Äste – aber es hat so viel Regen gegeben, daß ihr starker, sauberer, wintergrüner Duft kräftig durchs Fenster strömt. Der Weg verläuft höchstens ein paar hundert Meter unterhalb der Schnellstraße; von dort bis zur Stadt ist es nicht mehr als zehn Minuten. Der Weg muß aus den alten Zeiten stammen, als diese Minen noch in Gang waren; wozu dient er jetzt? Er kann nirgends hinführen, ist aber nicht geschlossen worden. Von hier aus, nicht zu tief hinein, wo er nicht gerade anhält, aber mit dem Fuß auf der Kupplung zögert, denn wohin fährt er? Wohin soll das führen? – von hier aus könnte man in zehn Minuten in der Stadt sein. Ein stiller Ort. Er könnte mitten auf dem Land sein, mit richtigen Wäldern, von richtigen Bergen eingeschlossen. Ein Junge könnte ihn mit Indianern, mit Räubern und Gendarmen bevölkern, es ist ein Ort, zu dem man rennen und sich verstecken kann; aber gleich über den Bäumen ist eine vierspurige Schnellstraße, und hinter dem gelben Berg sind Schrottplätze, Ziegeleien, Gießereien. Nein, nein. Das ist genug. Laß sie nur einmal an dich herankommen – der alte Mann hatte damals seine goldverschnürte Mütze im Fenster und seine Hand auf der Tür, bevor er nein sagen konnte – und sie wollen immer mehr.

deinem Geld, da glauben sie sich alles leisten zu können und gibt es etwas, was sie nicht von dir erwarten würden? Verdammt noch mal, nein.

»Hier ist es hübsch.«

Zwei Worte haben die Bewegung gestoppt, mit der er den Rückwärtsgang des Mercedes einlegen wollte.

»Warum essen Sie nicht?« Sie betteln an Straßenecken und tragen dann das Geld in die nächste Bar; das würden sie damit machen, wenn sie es hätten. Nein, nein.

»Hab ich beinahe vergessen.«

Die Hand löste sich von ihm und wühlte im Handschuhkasten nach dem Paket, dabei stößt sie etwas zur Seite, das auf den Boden des Wagens rollt. »Sehen Sie nur!« Sie hat sich danach gebückt. Eine Glasmurmel. Sie hat hier gelegen, wie sie in Staub und Flusen (Katzengeruch) da gelegen hat, wo ich sie für dich gefunden habe; sie liegt in einer fremden Hand, die auf meinem Schenkel ruhte, mich aber nicht berührt hat, ein aus dem Nest gestohlenes Ei, wie das braune Achatei, das du in einer fremden Jünglingshand zum Ansehen gezeigt hast, ein ganzes Nest voll weißlicher, gesprenkelter Eier, die niemals ausgebrütet werden können. Die Tür neben dem Beifahrersitz steht offen, Sie hoppelt von ihren Schuhen behindert, ein bißchen voran.

»Komm«, sagt sie, »komm und sieh.«

Sie hat sich umgedreht, winkt ihm mit den Augen, das weiße Päckchen in der Hand mit der weißen Tasche. Sie bleibt so für einen Moment, währenddessen sie beide reglos verharren, sie in halber Kehrtwendung zwischen den Bäumen, er sichtbar durch die offene Wagentür, und auch, während er auf seiner Seite aussteigt und – betont – sanft, mit nicht mehr als einem leisen Klicken die Tür schließt. Nein, nein, nein. Aber nichts kann Jacobus daran hindern, so zu rennen, oder es zu versuchen. Wozu? Warum die Eile, wenn doch alles längst vorüber ist, tot, als es gefunden wurde. Gewalt ist eine rote Blume, die

du dir hinter dein beringtes Zigeunerohr stecken kannst, eine Kaffernblüte, die du in London als Andenken an ferne Länder trägst, wie Amerikaner, die mit Hibiskuskränzen um den Hals aus Hawaii heimkehren. Aber die Gewalt ist nach sieben Dürrejahren aufgeblüht, die Gewalt als Fruchtbarkeit, sie treibt wie Humus, steigt wie Pflanzensaft. Wenn die Flut nicht gewesen wäre, das beste Jahr von sieben Jahren. Nein, nein, nein. Der Duft der Bäume ist leicht und kühl. Ihre schmalen, von der Nässe gebräunten Blätter bedecken die Erde wie die abgefallenen Flügel eines Insektenschwarms. Sie sind zu feucht, um unter den Füßen zu rascheln. Sie hat den Mantel (Regenmantel? Alle haben sich daran gewöhnt, täglich mit Regen zu rechnen), den sie aufgeknöpft im Wagen trug, ausgezogen und auf den Boden gebreitet, das Ding liegt mit ausgespreizten Ärmeln, es fehlt nur noch ein Kopf.
»Hier ist es nett.«
Er hat keine Ahnung, was er sagen wird. »Sie könnten im Wagen essen.«
»Toast mit Bacon und Eiern«, sagt sie genießerisch. Sie hat das weiße Papier manierlich um die untere Hälfte des Sandwichs gewickelt, dessen Fettgeruch gegenüber der Frische des Eukalyptus Übelkeit erregt, aber sie spricht mit vollem Mund, arglos die Eigelbspuren auf ihren gesunden Zähnen zeigend. Sie ist jung. Sie klopft einladend auf den Regenmantel, auf dem sie sitzt; sie hat einen ihrer modischen Blockschuhe abgestreift – vielleicht ist er auch einfach vom Fuß gefallen.
»Ich möchte mich nicht setzen.« Er muß ihr um jeden Preis zu verstehen geben, daß ihr Benehmen anmaßend ist, daß sie ihn davon abhält, an ein Ziel zu gelangen, von dem sie, die in einem anderen Milieu lebt, nichts weiß.
»Es ist nett hier.« Sie hat sich ausgestreckt, macht einen Wald aus diesem Platz, ein Picknick aus der Sache. Sie liegt,

beide Schuhe abgeworfen, die Fußgelenke gekreuzt, auf einen Ellbogen gestützt und ißt mit einem trägen Lächeln, die frische Luft genießend, das unappetitliche Sandwich.
»Sie hätten es essen sollen, als ich fuhr.«
Sie klopft neben sich auf den Regenmantel.
Er setzt sich, leicht von ihr abgekehrt. Das Grün der Bäume, die wildledergelben Berge, die klare Luft sind irreführend. Dies ist ein unsauberer Ort, ein überwachsener Abfallhaufen zwischen zu Hügeln gehäuftem Zyanid-Abfall, das ist alles. Rostiges Blech und ein alter Emailletopf liegen in der Nähe. Alte Zeitungen kleben wie verschütteter Porridge an einem Baumstumpf. Er hört, wie sie sich die Finger leckt.
»Mann, ich war am Verhungern. Danke für die Lebensrettung.«
»Kommen Sie. Ich muß gehen.«
Sie liegt mittlerweile flach auf dem Rücken faul da. Sie trägt einen engen rosa Baumwollpullover mit langen Ärmeln und einem tiefen, runden Ausschnitt. Sie zieht den warmen, schlaffen, vom Essen glänzenden Mund nach unten, schielt mit gerunzelter Stirn über die Wangen hinweg auf ihren Körper und wischt sich die Krümel von den Brüsten. Dann lächelt sie wieder und kokettiert mit schläfrigen, halbgeschlossenen Augen.
»Stehen Sie auf.«
Sie streckt einen Arm aus, um hochgezogen zu werden, er kann es unmöglich ignorieren; auf die Füße gekommen, vervollständigt sie die Bewegung (wie sie es im Wagen getan hat, als ihre Hand sich auf sein Bein legte), indem sie ihren ganzen Körper, Bauch an Bauch, Brust an Brust, an ihn lehnt. Ihr Mund schmeckt nach Bacon, und der Kontakt von Zungen und Lippen, das Aufeinanderstoßen von Zähnen, wird wie immer zum Einzug in eine Behausung, die keiner anderen gleicht, zu einem Gleiten und Kneten zwischen glatten und elastischen Wänden der Lust, die sich nach vorn öffnen, nach

außen schließen, ohne Raum für irgend etwas anderes, ohne Gedanken, ohne Identität. Dann schiebt er sie von sich, soll sie fallen, wenn sie will. Er will zurück zum Wagen, zur Straße, zur Autobahn.

»Oh, nur'n Sekündchen«, bettelt sie. »Ich muß mir 'nen Platz suchen. Du weißt schon: Ich muß mal. Warte nur einen Augenblick.« Der Regenmantel liegt immer noch am Boden. Er hat den Impuls, sich hinzuwerfen, erschöpft, den Kopf auf den Armen geborgen, und die Blätter wären nahe vor den Augen. Kein freundlicher Ort. Der Wagen sieht aus, als sei er hier stehengelassen worden. Er setzt sich wieder, halb in der Hocke, die Ellbogen auf den Knien, und besieht sich den Wagen, wie ihn jemand sehen würde, der an diesem Platz auf ihn stieße. Die Stofftierfrau weiß Bescheid, sie sieht Wagen mit Paaren darin in die Plantage abbiegen. Andere: Der nasse Papierbrei, Zigarettenpackungen. Niemand kennt die Leute, die hierherkommen. Die kurze Reise, der Bestimmungsort sind in ihren Lebensplänen und- dokumentationen nicht verzeichnet. Es zählt nicht. Ein Stück unbebautes Land, das seinem alten Zweck nicht mehr dient und offenbar noch keinen neuen gefunden hat. Das meiste Bergwerksgelände hier herum ist vermessen und inspiziert und seine Verwendung als Stadtbauplatz irgendeiner Art als durchaus profitables Unternehmen empfohlen worden. Keiner weiß etwas, und man geht fort und kommt nie mehr an den Ort zurück, obwohl er nicht mehr als eine Meile von der Autobahn entfernt ist. Es sei denn, es passiert etwas. Es ist die Art von Platz, an dem jemand eine Leiche verstecken würde. Man könnte hier ermordet werden. *Wir glauben, is vielleicht was passiert.* Der Mercedes ist über den Straßenrand in den Abflußkanal gestürzt, und alles wurde in guter Ordnung gehalten, mehr oder weniger normal weitergeführt, soweit sie dazu in der Lage sind. Sie waren für den nächsten weißen Mann bereit. Wenn ich es nicht gewesen wäre, wäre ein anderer gekommen. Der näch-

ste Käufer. Vielleicht dachten sie, ich wäre tot; sie wissen, daß immer ein anderer kommt. Sie würden an meinem Grab die Hüte ziehen, wie sie es bei der Begrüßung des Neuen machen würden. »Wir glauben, is vielleicht was passiert.« Aber es kann nur mir passieren. Sie sind immer dort gewesen und sie werden weiter dort sein. Sie haben nichts, und sie haben nichts zu verlieren. Sie ist zurückgekommen, liegt neben ihm und zupft züchtig an ihren Kleidern. Sie ist eine Frau wie alle anderen Frauen, nicht besser und nicht schlechter als das glatte, deutlich olivfarbene Gesicht, das dunkle Haar und die Zigeuneraugen, an die sie ihn erinnert, während sie ganz ruhig und eng neben ihm liegt. Er ist auf dem Rücken ausgestreckt, ohne Kissen rutscht sein Kopf zu weit zurück, und er hat beide Hände gefaltet. »Es ist nett hier. Es ist nett hier.« Sie kichert und murmelt, weil sie glaubt, daß das Gefallen erregt. Sie hat im Gebüsch natürlich ihren Schlüpfer ausgezogen. Nein, nein. Sie hat ihren Mund ganz über seinem geöffnet, saugt seine Lippen in die nasse Membrane der ihren, und seine Augen, die ihrem Gesicht so nahe sind wie die Lupe eines Juweliers, sehen, daß der Haaransatz gar nicht rein ist, es ist ein Schwindel, es ist überhaupt nicht dasselbe; kurze, rauhe, krause Haare wachsen zwischen unreinen Stellen und Pickeln, die wie Koteletten das Gesicht einrahmen.
Während seine Zunge ihr in den Hals fährt, um das Weib zu würgen, zu knebeln, in dem verschlossenen Haus mit der Whiskyflasche auf dem Boden und dem Kölnisch Wasser im Badezimmer, dreht sich ihm vor Ekel der Magen um. Nein, nein. Die Unreinheit der Haut ist enorm, sie ist lehmig und grob. Eine Mondlandschaft. Graubraun mit Lagen von Schmiere, die die Unreinheiten nicht verdecken. Sie entzieht sich ihm; sie tut so, als ob es nun genug sei, sie versteht zu erregen; beide keuchen, beäugen einander und – plötzlich – entdeckt er wie einen vorher nicht beachteten Teil der Land-

schaft ein Paar kräftige männliche Waden in Wollsocken, genau in Augenhöhe, einige Meter hinter ihrer Schulter im Eukalyptusgestrüpp. Zwischen dem Laub ein Paar solide Waden in der Hocke, Knie geradeaus, aber ein wenig zur Seite gedreht, so daß ein schwarzer Taschenkamm zwischen dem dikken Wadenmuskel und dem gerippten Sockenüberschlag deutlich zu sehen ist.

Wenn nicht der Kamm wäre – so unleugbar ein Detail, das eine überspannte Einbildungskraft nicht liefern könnte –, könnte dort unmöglich jemand sein. Es kann niemand hier sein. Aber es ist jemand hier. Jemand ist die ganze Zeit hier gewesen. Man könnte an diesem Ort vollkommen umstellt sein, Räuber und Gendarm, ohne es zu merken. Aber das ist ja lächerlich. Nein, nein. Er inspiziert die Bäume, ohne sich zu rühren, ohne irgendein Lebenszeichen zu geben, und entdeckt ein zweites Paar Waden – oder sind es die ersten, die ihre Position geändert haben oder in einem anderen Winkel ins Blickfeld geraten sind. Sie liegt mit baumelnden Brüsten unter dem billigen Baumwollpullover, auch die Beine unterm Rock sind auseinandergerutscht. Die entblößten Knie sind dunkelhäutig und rauh wie schmutzige Ellbogen. Ihr Mund ist offen und naß, für alles bereit, mit einem wissenden, ein wenig unverschämten Lächeln. Ein dicker, aufgeworfener Mund; nicht die geringste Ähnlichkeit. »Komm. Wozu hast du mich denn hierhergeschleppt, Mann.« Sie gibt sich leichthin und gerissen. Wie hätte je etwas daraus werden können, ein gottverdammtes Liebesnest, vierzig Kilometer von der Stadt entfernt, du warst so »intelligent«, hast den Plan durchschaut, es hat dich natürlich amüsiert, beim erstenmal, als du mich durch die Fenster blicken sahst. »Warum nicht alles so lassen, wie es ist?« Die stämmigen Waden sind nicht mehr da; das heißt nicht mehr zu sehen, vorhanden sind sie schon. Jemand hat hier die ganze Zeit gelauert und lauert immer noch. Worauf? Als die Schlampe in die Büsche ging, hat sie da ein

Signal gegeben? O Gott nein. Das Haar ist künstlich entkraust, und die dunkle Hautfarbe ist keine Sonnenbräune. Das ist es. Vielleicht. Er ist mit einem Fabrikmädchen in den Wald gelockt worden; einem armen Fabrikmädchen, dem die für Farbige vorgesehenen niedrigen Arbeiten zugeteilt werden. Eine Story für die Sonntagsblätter. Eine aufgedonnerte Supermarkt-Karikatur der gebräunten, vom Schicksal mehr begünstigten Geschöpfe mit den langen Taillen, die Pigmentierung nachäffend, dann wieder Vorbilder für so eine hier werden, die sie von Natur aus hat, also: ein doppelter Schwindel. Sie ist also nur ein Köder; sie lungert am Straßenrand und schleppt weiße Männer hierher, damit diese Buren, die Rassenmischungs- oder Sittenpolizei oder wie sie sich nennen, folgen. Sie könnte Portugiesin sein; eines dieser kleinen, stillen Einwanderungsmädchen, bei denen man sicher sein kann, daß sie den Mund halten. Es beruhigt ihn nicht, daß sie den Akzent eines zweisprachigen Landes spricht, daß ihre Fehler im Englischen eindeutig daher stammen, daß Afrikaans ihre Muttersprache ist. Es hilft nichts, daß so vieles nicht logisch und plausibel zu sein scheint; wenn sie ein Köder ist, du elender Narr, wie kommt es dann, daß sie, als du sie zum erstenmal aufgelesen hast, mit dem alten Mann in der goldverschnürten Mütze zusammen war, von dem sie sagt, er sei ihr Großvater? Es ist alles Unsinn, grauenhafter Unsinn, so etwas kann ihm nicht passieren, aber hier ist er, an diesem Ort, in dieser verkommenen Bergwerksplantage, dort steht sein Wagen, nicht zu leugnen, sie rekelt sich auf einem Regenmantel am Boden...

Er muß sich unter den Blicken des anderen auf die Füße rappeln. Aber er brüllt zuerst. Die Stimme, die ans Befehlen gewöhnt ist, spricht aus ihm – wenn er angegriffen, beraubt, ermordet, kastriert werden soll (es könnte eine Bande hier in der Plantage umgehen, die darauf wartet, Männer *in flagranti* zu überfallen; entmannt, wenn am männlichsten), will er die anderen herausfordern. »Was wollen Sie?« Er hört sich selbst schreien.

Der Mann in knielangen Wollsocken, Shorts, offenem Hemdkragen und einer gräßlich rotbraunen Sportjacke ist vielleicht neun Meter entfernt. Sein stures rotes Gesicht mit dem kurzgeschorenen, rötlichbraunen Haar, intensiver in der Farbe als der Flaum, der im Gegenlicht an den Unterarmen und über den Socken sichtbar ist, zeigt einen entsetzten Ausdruck. Er steht da, und sie starren ihn an; er ist von den Bäumen umrahmt wie ein wildes Tier, das man in seiner natürlichen Umgebung gestellt hat. Ein Schläger in kurzen Hosen. Einer von ihren Rugby-Stürmern. Oder ein Bergwerksdetektiv (der gleiche Typ), der auf dem Gelände patrouilliert – sie setzten sie immer in den Bergwerken ein, um Leute zu erwischen, die illegal mit Gold handelten. (Dieses Bergwerk ist seit zehn Jahren stillgelegt...) Das wilde Tier räuspert sich: »Sie sollten lieber gehen.« Er spricht in bedächtigem Polizistenton.

Der Mann und die Frau sind beide voll bekleidet, wenn man davon absieht, daß sie keine Schuhe anhat – absolut unschuldig, jedem Ausflügler zugestanden, der die Fesseln der Stadt abstreifen will. Der Regenmantel schützt beim Sitzen vor dem feuchten Boden, das ist alles. Sogar das Papier, das soeben noch Essen enthielt, ist vorhanden, zusammengeballt auf den Boden geworfen, so wie es vor ihr andere gemacht haben: Man sehe sich nur die widerliche Schweinerei an dem Baumstamm dort an.

»Ja? Was wollen Sie hier überhaupt?« Er schreit, aber er kann kaum seine eigene Stimme hören, denn sein Herz geht wie ein Hammer hinter den geschwollenen Brustmuskeln. Das sind die Schweine, die ihn eigescharrt haben, wie man eine Handvoll Erde auf eine tote Ratte wirft, um den Gestank zu verdecken. »Sagen Sie doch, was Sie wollen!«

»Es ist nicht sicher hier.«

Ist das alles? Fällt dir nichts Besseres dazu ein, du dummer Ochse, du Wächter über die Reinheit der Herrenrasse? »Was geht denn Sie das an? Wer sind Sie? Was haben Sie hier zu suchen?«

Er läßt sich nicht einschüchtern, denn er tut ja seine Pflicht: Die Leiche muß beseitigt werden, also lädt man sie auf anderer Leute Privateigentum ab; das ist die einfachste Lösung. Etwa so zivilisiert wie bei den Schwarzen, die sich gegenseitig abstechen, damit ihr sie vergraben könnt. »Was wollen Sie?«

Der Mann hockt sich plötzlich wieder hin, ganz vertraulich, auch wenn er nicht näher kommt. »Wenn die euch hier finden, rauben sie euch aus.«

»Wer? Wovon zum Teufel reden Sie eigentlich?«

»Ich sag's Ihnen doch. Die nehmen Ihnen alles ab, lassen Sie nackt sitzen.«

»Wir sind bekleidet; wir sind hergekommen, um ein Sandwich zu essen.« Wie peinlich, er hat sich selbst nicht daran hindern können, sich nach dem zerknüllten Papier zu bücken und es als kläglichen Beweis vorzuzeigen.

»Sie verkaufen alles in der Siedlung. Sie würden es nie wiedersehen. Ihre Uhr. Ihr Geld.« Er spricht sehr leise, beinahe schmeichelnd, mit gesenktem Kopf und hochgezogenen Augenbrauen. Er wagt, sich ein wenig näher zu schieben. *Das ist irgendein Signal!* Wie dämlich, keine Pistole im Wagen zu haben. Die anderen werden hinter den Bäumen hervorstürzen, wo sie zugesehen und gelauscht haben; nicht einmal ein kräftiger Mann, noch keine fünfzig, mit Sauna, Massage und reichlich Auslauf auf seiner hundertsechzig Hektar großen Farm fitgehalten, hat da die geringste Chance. Und dann wird es schließlich in den Zeitungen stehen, alles wird ans Licht kommen, verzerrt, zersetzt, aber noch erkennbar, ein Gesicht mit einer – genug. *»Schwierigkeiten«*, hast du gesagt: Der prominente Industrielle, auf höchster Ebene für das wirtschaftliche Wachstum des Landes mitverantwortlich, der seiner linksradikalen Geliebten half, ins Ausland zu entkommen. Er hat versucht, mich zu belästigen (das ist der übliche Ausdruck), als ich – ein junges Mädchen mit Einwanderungsabsichten – neben ihm im Flugzeug saß. Er hat mir in einer Kaffeebar Anträge gemacht, wollte, daß ich mir im Dunkeln mit ihm einen Cowboyfilm ansehe. Wenn ich das Geld meines Vaters gehabt hätte, hätte ich was Besseres damit angefangen, als eine Prostituierte aufzulesen und sie hinter die Bäume zu schleppen. Wir haben immer wieder versucht anzurufen, aber kein Wunder, er wurde mit einer Farbigen erwischt, das war es also, was ihn so beschäftigt hielt. Sie ist noch nicht einmal aufgestanden, das Miststück. Sie liegt da und glotzt und macht sich nicht einmal die Mühe, ihre Beine wieder zusammenzubringen. Sie hat Freunde, die ihr wichtiger sind als alles andere in der Welt, denn sie geben ihr Geld, ja, sie hat ihre eigene Loyalität, und die ist gekauft. Er wird ihnen das Weib lassen. In ein paar Sekunden – er darf sich nicht verraten, nicht einmal mit einem Blick nach dem Wagen – wird er die Flucht ergreifen, ein Sprung, er wird an den erstbesten Interessenten verkaufen, hinein, der Schlüssel steckt im Zündschloß, in wildem Tempo rückwärts davon, die Tür auf der anderen Seite schlägt hin und her, Äste krachen, Laub wird abgerissen. Er wird rennen, rennen und es ihnen überlassen, sie zu berauben oder zu vergewaltigen. Ihr wird es nicht schaden. Die überleben alles. Farbige oder arme Weiße, was immer sie ist, ihre Brüder oder Väter nehmen ihnen die Unschuld früh und gründlich. Sie können es haben, alle hundertsechzig Hektar. Sie wird aufspringen und hinter ihm herschreien, schluchzen, kreischen, und gleichzeitig werden sie ihn anspringen. Dieser da wird ihm an die Beine gehen, wird ihn im Laufen zu fassen kriegen, vom Boden aus zupacken wie eine Faust aus der Hölle, und ihn zu ihnen herunterziehen... nein, nein, nein. Nein, nein, was für ein Unsinn, er hat doch gar nichts zu befürchten – Schauder auf Schauder, als müßte er sich wegen des Sandwichs erbrechen, es kommt alles hoch – alles heraus. Sie ist eine weiße Nutte, und er hatte ohnehin keine Absichten, er wird diese Gangster oder Polizeischläger anzeigen, das wäre noch schöner, Passanten auf dem Grund und Boden des Bergwerks zu terrorisieren, er sitzt mit dem Vorsitzenden der Gesellschaft, der das Grundstück gehört, in einem Vorstand... Nein, nein. LAUF WEG! »Komm. Komm, sieh, sieh das an. Was ist los? Wer ist es?« sagen sie alle. »Es ist Mehring. Das ist Mehring da unten.«

Witbooi erbot sich, einen Sarg zu machen. In der Zwischenzeit benutzten sie ein geteertes Segeltuch, das sie mit Steinen von der Kochstelle beschwerten, auf der die Weißen damals Fleisch gebraten hatten. Izak half, in der Werkstatt neben dem Haus die Bretter zu zersägen; Alina brachte Tee und Porridge und blieb ein wenig, um zu plaudern, aber gedämpft mit Rücksicht auf das, was die beiden Männern zusammenhämmerten. Jacobus hatte den Farmer in seinem Büro in der Stadt angerufen und ihn um Geld für das Holz gebeten. Es wurde ohne weitere Fragen oder Komplikationen genehmigt, ja gut, besorg es beim Inder und sage ihm, daß er sein Geld bekommt. Jacobus wußte durch den Mann von Alinas Tochter (Weihnachtsclub), daß der Inder von irgendwelchen Bauarbeiten Holz übrig hatte. Aber der Farmer wollte nichts davon hören. Er reiste am selben Tag ab, in eines dieser Länder, in die weiße Leute reisen. Die ganze Welt gehörte ihnen. Er gab am Telefon einige Anweisungen; Jacobus solle sich schön um alles kümmern. Jacobus und Alina und eine der anderen Frauen fuhren im Lastwagen zum indischen Laden, um das Holz zu holen. Die Frauen weinten und sagten, sie hätten kein Geld für ein Leichentuch, und könnte der Inder ihnen nicht vielleicht etwas geben, irgend etwas, ein altes Stück Stoff? Er hatte Mitleid mit den armen Teufeln, die immerhin auch Menschen waren, und offenbar ein Familienmitglied verloren hatten, und befahl einem seiner Söhne, eine Bahn von einer Rolle japanischer Baumwolle abzuschneiden, die sich nicht gut verkaufte. Sie sagten, Gott werde ihn segnen.

Das Begräbnis fand an einem sonnigen Donnerstagnachmittag auf festem, hochgelegenem Boden statt. Solomon und sein Bruder hatten das Grab geschaufelt. Der Sarg, der jetzt in gebührender Weise das umschloß, was ihm zum Inhalt bestimmt war, wurde auf den Heuwagen gestellt, der von Jacobus auf dem Traktor so langsam gefahren wurde, daß alle zu Fuß folgen konnten. Regenpfeifer flogen auf, spähend, schrille Laute ausstoßend, empor- und geradeausschnellend. Sie schlugen ihren gewohnten aufgeregten Alarm in der friedlichen Gelassenheit eines Himmels und einer Erde, die sie nicht zur Kenntnis nahmen. Der Traktor rollte weiter. An der vorgesehenen Stelle waren alle die versammelt, die dem Zug nicht gefolgt waren: Der alte Thomas, der Nachtwächter, verzichtete an diesem Nachmittag auf seinen Schlaf, und die Kinder standen bereit. Die alten Männer und die Frauen aus der Siedlung, die das Unkraut jäteten, waren da. Auch die Frau von Phineas, aber ihre Anhänger waren nicht bei ihr. Donnerstag ist der Tag, an dem sich die weiblichen Mitglieder der Zion-Sekte im Buschland um die Siedlung gruppenweise treffen, und eine dieser Gruppen erschien, angeführt von einem Mann in einem langen weißen Mantel, der kreuzweise mit blauen Schnüren verziert war. Er trug einen Stab mit Quaste und war von einem Mann mit einer Trommel begleitet, der sein Instrument ein- oder zweimal leise berührte; der Klang eines Seufzers im Weltraum, an dem großen, von der Sonne beleuchteten Nachmittag, der die Versammlung umgab. Es gab einen Augenblick absoluter Stille, währenddessen alle schwiegen. Vielleicht war es unnötig, etwas zu sagen; niemandem fiel etwas ein, und dann begann der mit dem Stab zu deklamieren und zu predigen. Gelegentlich hob er dabei einen Fuß in die Luft, als wollte er eine unsichtbare Stufe erklimmen, und schwenkte seinen Stab. Die Frauen seiner Gruppe, in runden, weißen Hauben, die in die Form vierblättriger Blumenglocken gestärkt und gebügelt worden waren, sangen einen Choral. Er betete noch einmal, und sie sangen wieder, und Thomas' Stimme, dünn, aber harmonisch und rein, fiel ein. Die Blicke der Kinder folgten dem Spaten. Das Gesicht von Phineas' Frau zeigte ruhigen Frieden; kein Geist saß auf ihrer Schulter, als sie zusah, wie Witbooi, Izak, Solomon und Jacobus die ehrfurchtgebietende hölzerne Hülle versenkten, und ihr Mann die weiche, fette Erde darüberhäufte. Witbooi hatte, ohne Jacobus zu fragen, mittelgroße Steine herbeigeschafft, mit denen er den Grabhügel umrandete, wie er es mit dem Blumenbeet eines Weißen machen würde.

Der, den die Farm aufnahm, hatte keinen Namen. Er hatte keine Angehörigen, aber ihre Frauen vergossen ein paar Tränen für ihn. Er hatte kein Kind hinterlassen, aber ihre Kinder waren da, um nach ihm zu leben. Sie hatten ihn endlich zur Ruhe gebettet; er war zurückgekehrt. Er hatte Besitz ergriffen von dieser Erde, ihrer Erde; er war einer von ihnen.